Chi Zijian

アルグン川の右岸

遅 子建　竹内良雄・土屋肇枝［訳］

白水社
EXLIBRIS

アルグン川の右岸

アルグン川の右岸　目次

アルグン川周辺地図　4
人物相関図　5
第一章　朝　7
第二章　正午　93
第三章　黄昏　211
終　章　半月　349
訳者あとがき　357

アルグン川周辺地図

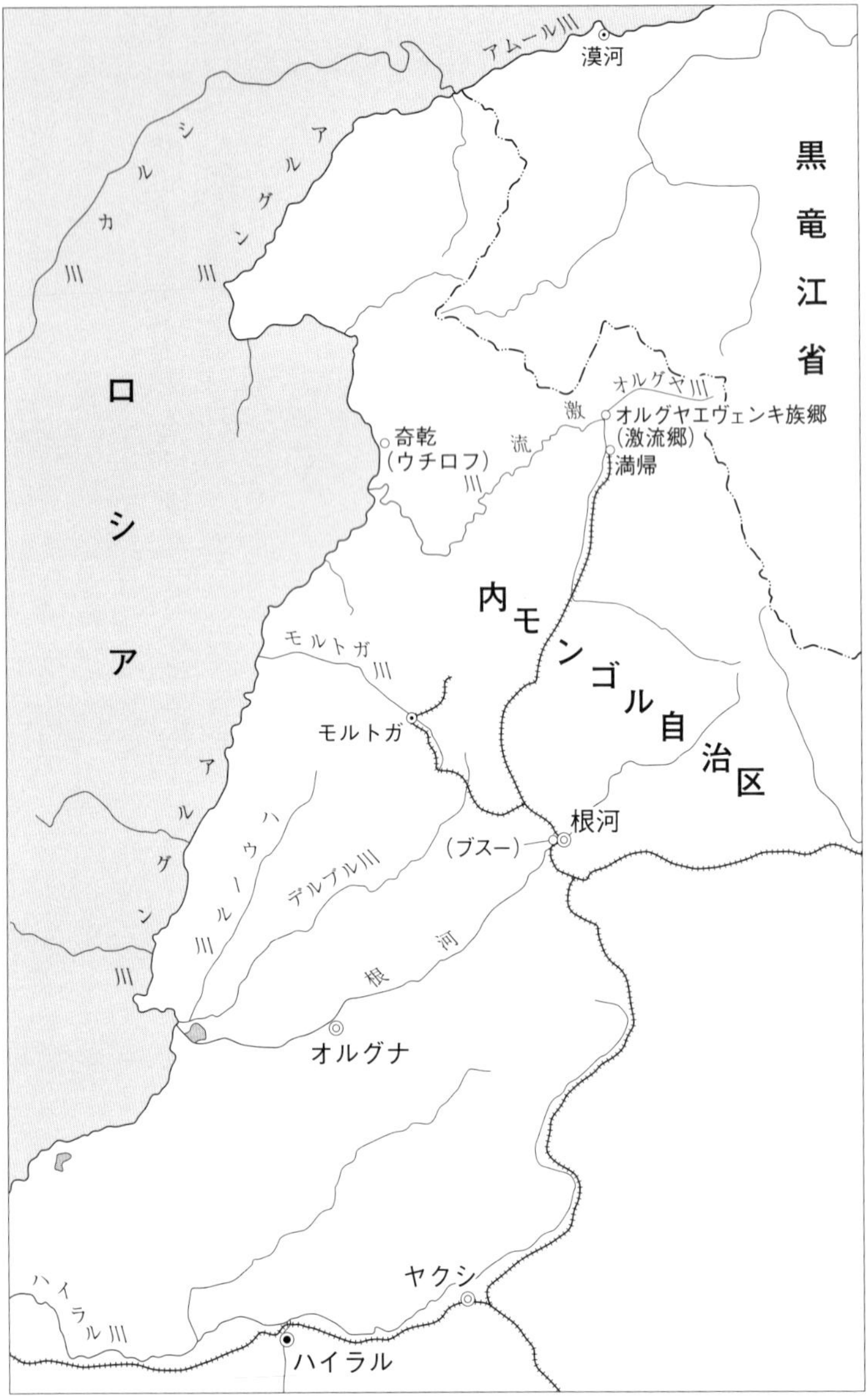

アムール川
漠河
黒竜江省
シルカ川
アルグン川
ロシア
オルグヤ川
激流川
オルグヤエヴェンキ族郷
(激流郷)
満帰
奇乾
(ウチロフ)
内モンゴル自治区
モルトガ川
モルトガ
アルグン川
ハウール川
デルブル川
根河
(ブスー)
根河
オルグナ
ヤクシ
ハイラル川
ハイラル

人物相関図

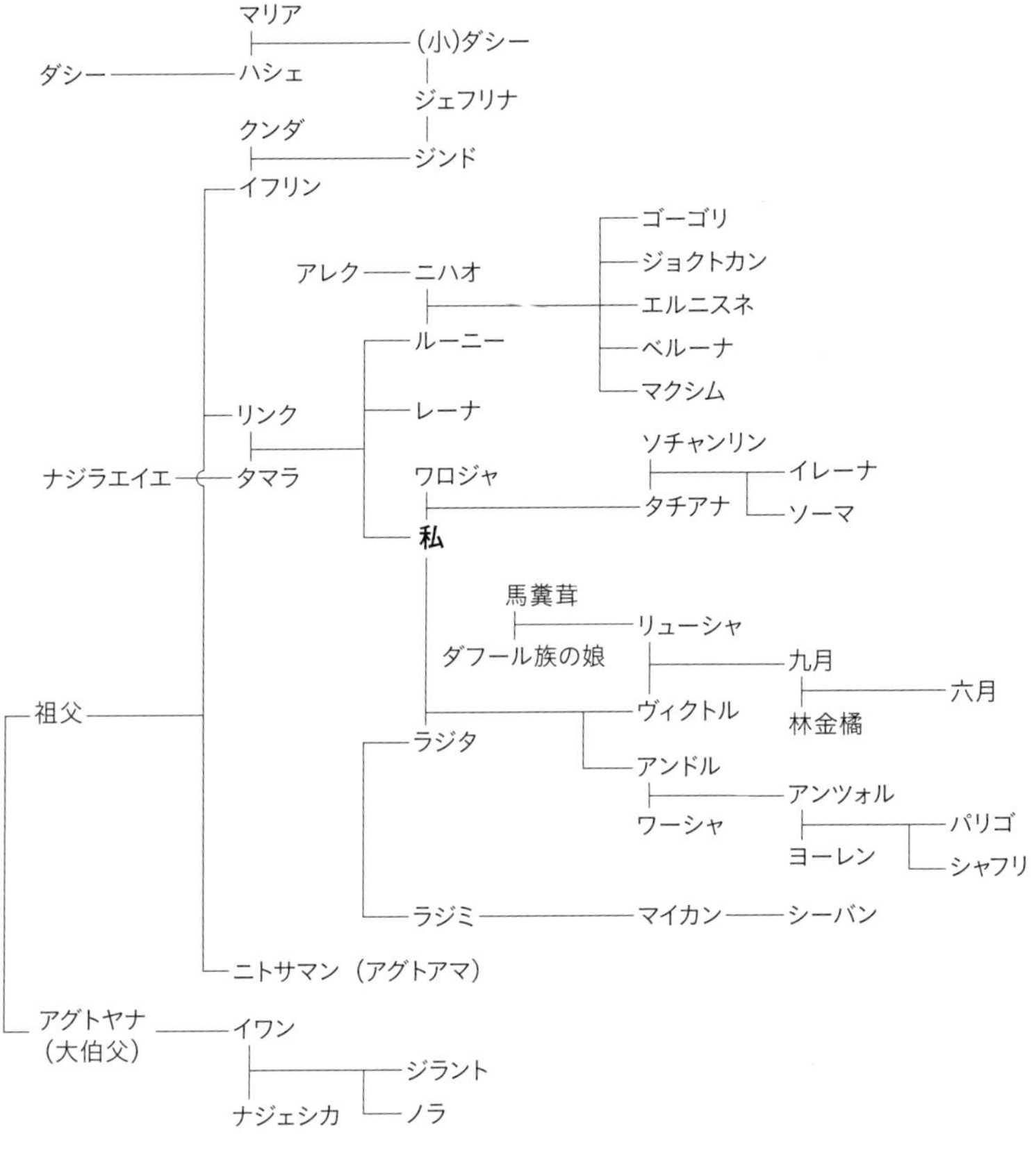
マリア
(小)ダシー
ダシー
ハシェ
ジェフリナ
クンダ
ジンド
イフリン
ゴーゴリ
アレク
ニハオ
ジョクトカン
エルニスネ
ルーニー
ベルーナ
マクシム
リンク
レーナ
ソチャンリン
ナジラエイエ
タマラ
ワロジャ
イレーナ
タチアナ
ソーマ
私
馬糞茸
リューシャ
ダフール族の娘
九月
六月
祖父
ヴィクトル
林金橘
ラジタ
アンドル
アンツォル
ワーシャ
パリゴ
ヨーレン
シャフリ
ラジミ
マイカン
シーバン
ニトサマン（アグトアマ）
アグトヤナ
（大伯父）
イワン
ジラント
ナジェシカ
ノラ

第一章

朝

私は雨や雪に慣れ親しんだ者で、もう九十歳になります。雨や雪は私をずっと見続け、私も見続けてきました。このところ、夏の雨がますます少なくなり、冬の雪も年を追って減ってきました。雨と雪は、まるで私が座っている、毛がすっかり抜けてツルツルになったノロ皮の敷物のようです。びっしり生えていた絨毛は風に吹かれて飛んでいってしまい、残っているのは歳月が刻みつけた傷痕だけです。この敷物に座っていると、まるで私はべと場（塩分のある湿地）を見張る狩人のようですが、でも私が待っているのは、美しい角を立てている鹿ではなく、砂塵を巻き上げる狂風なのです。

シーバンたちが出発したばかりだというのに、もう雨が降ってきました。これまで、半月以上も太陽は毎朝真っ赤な顔で現れ、夕方には黄色い顔をして山に沈み、一日中、一筋の雲も懸からなかったのです。灼熱の日射しが川の水を吸い取り、山の南斜面の草も陽光に晒されて萎れてしまいました。私は日照りを恐れてはいませんが、マクシムの泣き声にはお手上げです。リューシャは満月になると泣いていましたが、マクシムは大地が乾いて曲がりくねった亀裂が入るのを見ると、顔を覆って激しく泣くのです。まるで亀裂があの子の命を狙う毒蛇であるかのように思うのでしょう。でも私はこの亀裂を恐れていません。私の目に、それは大地の稲妻に見えるのです。

アンツォルは雨の中で宿営地の片付けをしています。

私はアンツォルにこう訊ねました。「ブスーは雨が少ないところかね？　だったらシーバンは山を下りるとき、雨も持っていかなければいけないんじゃないのかね？」

アンツォルは腰を伸ばし、舌を出して、雨の滴をちょっと舐めると、私に笑いかけました。あの子が笑うと目尻と頰の皺もそれにつれて笑います。目尻の皺は菊の形で、頰の皺はヒマワリの形です。雨水が降りかかり、その皺の花は、露を溜めているかのようです。

私たちのウリレン（エヴェンキ族の生活共同体）は私とアンツォルだけになりました。ほかの仲間はみんな朝、トラックに乗り、家財道具を携え、トナカイを連れて山を下りました。かつて私たちも山を下りたことがあります。昔はウチロフ、近年は激流郷へ行って、鹿茸《ろくじょう》や毛皮を、酒、塩、石けん、砂糖、茶などに換え、そのあとまた山に戻りました。でも今回の仲間の下山は完全に山から離れるのです。仲間が行くのはブスーというところです。パリゴが言うには、そこは山を背にして、麓には白壁で赤い屋根の建物がたくさんある大きな町で、そこに仲間は定住するのだそうです。山裾にはトナカイの飼育場もあるそうですが、鉄条網で囲われ、トナカイはこれからはその中で飼育されるそうです。

私は星が見えない家で寝たくありません。これまで私は星とともに暗い夜を過ごしてきました。もし夜中目覚めたときに見えるのが漆黒の天井だったら、私は目が見えなくなっていたはずです。それに、罪もない私のトナカイたちが「監獄」に入るのは見たくありません。流れる水のようなトナカイの鈴音が聞けないなら、きっと耳が聞こえなくなってしまいます。それに私の足はでこぼこの山道を歩き慣れています。もし、毎日町の平らな細い道を歩かされたら、きっと疲れて二度と私の体を支えられず、寝たきりになることでしょう。また、私はずっと山野の清新な空気を吸ってきました。もし、ブスーの車が吐き出すあの「臭いおなら」を嗅がされたら、きっと息がつけなくなるはずです。私の体は神様がくださったものです。私は山にいて、体を神様に返すべきなのです。

二年前、タチアナはウリレンの人々を集め、下山するかどうか、表決させました。タチアナは全員に四角に切ったシラカバの白い樹皮を渡し、同意する者にはそれをニハオの遺した神鼓の上に置かせました。神鼓はたちまちシラカバの皮で覆われ、まるで神様がぼたん雪を降らせたかのようになりました。私は最後に立ち上がると、ほかの人のように神鼓ではなく、囲炉裏に行って、シラカバの皮を投げ入れました。皮はパッと金色に燃え上がって灰になりました。私がシーレンジュ（エヴェンキ族のテント式の住居）を出ると、タチアナの泣き声が聞こえました。

　シーバンはシラカバの皮を食べてしまうのでは、と思っていました。あの子は幼いころから木の皮を齧るのが好きで、森から離れられないはずです。でも結局ほかの人同様、皮を神鼓の上に置きました。シーバンが神鼓の上に置いたのはあの子の食べ物なのに、と私は思いました。わずかばかりの食べ物を持っていったところで、遅かれ早かれ餓死してしまうでしょう。シーバンはきっと可哀想なラジミのために下山に同意したのです。

　アンツォルもシラカバの皮を神鼓の上に置きました。ただ、あの子の行動は自分の考えを表したものではありません。誰でも知っていますが、あの子はみんなが何をさせているのかわかっていないのです。ただ少しでも早くシラカバの皮を放り出して、自分の仕事に行きたかっただけなのです。アンツォルは仕事が好きで、あの日はトナカイの目が蜂に刺されて腫れ上がり、薬をつけてやっているときに、タチアナから投票するよう呼ばれたのです。アンツォルはシーレンジュに入ると、マクシムとソチャンリンがシラカバの皮を神鼓の上に置くのを見て、自分もそうしただけです。頭にはトナカイの目のことしかなかったのです。アンツォルはほかの人のように恭しくシラカバの皮を神鼓の上に置くのではなく、シーレンジュを出るときに、無造作に放り出しました。それはまるで飛んでいる鳥が、気づかないうちに落とした一枚の羽根のようでした。

　宿営地は私とアンツォルだけになりましたが、孤独だとは少しも思いません。私は山の中で生きるかぎり、たとえ最後のひとりになっても、孤独だとは思わないでしょう。

私はシーレンジュに戻り、ノロ皮の敷物に座って、囲炉裏の番をしながらお茶を飲みました。

これまで、私たちが居を移すときは、かならず火種を持っていきました。タチアナたちの今回の下山では、火種をここに残していきました。火のない暮らしは、寒くて暗いものなので、移る人たちの苦労を思い、本当に心配しました。でも、あの人たちはこう私に言いました。ブスーではどの家にも火があるから、火種はもういらなくなったのだと。私は思うのです。森の中で火打ち金を石にあてて熾《おこ》した火ではないのですから、ブスーの火の中には陽光も月光もなく、そんな火が、どうやって人の心や目を明るくできるのかと。

私が守っているここの火は、私と同じように歳をとりました。たとえ狂風、豪雪それに暴雨に見舞われても、守ってきました。これまで一度も消したことはありません。この火こそ私の脈打つ心臓なのです。

私は物語を語るのに長けていません。でもこの時刻、パラパラと降る雨音を聞き、揺れ動く火の光を見ていると、誰かに話しかけずにはいられません。タチアナが行き、シーバンが行き、リューシャとマクシムも行きました。私は誰に物語を聞かせるのでしょうか？　アンツォル自身は話をするのが嫌いですし、聞くのも嫌いです。それなら、雨や火に話して聞かせましょうか。私は知っています。たがいに相容れない雨と火も人と同じで、耳をそばだてているのです。


私はエヴェンキ族の女。

わが民族の最後の酋長の妻でもあった。

生まれたのは冬。母はタマラといい、父はリンクといった。母が私を産んだとき、父は黒熊を一頭仕留めた。上等の熊の胆《い》を得るため、父は熊が「穴籠り」する木の洞《うろ》を見つけると、シラカバの棒で挑発し、冬眠している熊を怒らせ、そのあと猟銃で撃ち殺した。熊は怒ると胆汁が激しく流れ、胆に満ち溢れるからだ。父はその日運が良く、二つのものを得た。一つは艶々した熊の胆、それから私だった。

私がこの世で初めて耳にした音は、カラスの鳴き声だった。でもそれは本当のカラスの鳴き声ではない。熊を仕留めると、ウリレンの全員が集まって熊の肉を食べる。われわれは熊を崇拝しているので、その肉を食べるときはカラスを真似て「クワークワー」としばらく鳴き、熊の肉を食べるのは人間ではなくカラスだと、熊の霊魂に知らせるのだ。

冬に生まれた子どもの多くは、しばしば厳しい寒さのために病気になって命を落とす。私の姉のひとりもこのせいで亡くなっている。姉が生まれたときは雪が降りしきり、父は戻ってこないトナカイを捜しに出かけた。風が激しく、お産のために組み立てたシーレンジュの一角が狂風で捲《まく》られ、寒気に当たった姉は、たった二日の命だった。もし仔鹿なら死んでも、美しい足跡を林につけられよう。でも姉は、押し入ってきた風のように、ただいっとき泣き声をあげただけで、ひっそりと逝ってしまった。姉は白い布の袋に入れられ、山の南斜面に捨てられた。母にとってはとても辛いことだった。だから私を産むとき、母はシーレンジュを毛皮の覆いで隙間のないようにした。ふたたび寒風が人食いの舌を伸ばし、わが子を連れ去らないようにしたのだ。

むろんこれらの話は私が大きくなって、母から教えてもらったものだ。私が生まれたその夜は、ウリレン中の人が雪の上でかがり火を焚き、熊の肉を食べながら踊ったそうだ。ニトサマンは火の中に飛び込み、鹿革のブーツやノロ革のオーバーは火の粉にまみれたが、意外にもどこも傷まなかったそうだ。

ニトサマンは父の兄で、わがウリレンの族長だ。私は、アグトアマと呼んだが、それは伯父という意味だ。私の記憶はこの伯父から始まった。

亡くなった姉以外に、私にはもうひとり姉がいた。名前はレーナだ。その年の秋、レーナは病気になった。姉はシーレンジュのノロ皮の敷物に横たわり、高熱を出し、飲み物も食べ物も受け付けず、昏睡し、うわごとを言っていた。父はシーレンジュの東南の隅に四脚の棚を拵え、白色のトナカイを一頭殺し、レーナのためにニトサマンに神降ろしの舞を舞ってもらった。アグトアマは男だが、サマン（北方狩猟民のシャーマン。シャーマンの語源とも言われている）なので、いつも女と同じ服装をしている。舞うときは、胸に当てものを入れて高くする。太っているし、ずっしりと重い神衣と神帽を身につけるので、身動きが簡単にはできそうもないが、神鼓を叩きながらぐるぐる回り出すと、なんとも軽やかになる。彼は舞いながら歌を歌い、レーナの「ウーマイ」つまり私たち子どもの魂を捜し続ける。黄昏から舞い始め、星が出るまで舞い続け、そのあと突然地上に倒れた。倒れたその瞬間、レーナが起き上がった。レーナは母に飲み水をねだり、「お腹がすいた」と言った。そしてニトサマンは意識が戻ると、母に告げた。

「灰色のトナカイの仔がレーナに代わって暗い世界に消えていった」

トナカイは秋のあいだキノコを貪り、宿営地に戻ろうとしない。そのため、私たちはよくトナカイの仔を繋いでおく。こうするとトナカイは心配して戻ってくるのだ。母が私の手を引いてシーレンジュを出ると、星空の下さっきまで元気よく跳び回っていた小さなトナカイが、ぴくりともせずに地面に倒れていた。私は母の手をギュッと握りしめ、激しく身震いした。私が憶えている最初の出来事は、つまりこの身震いで、そのときおそらく四、五歳だったと思う。

幼いころから見てきた家は傘のようなシーレンジュで、「仙人柱《シェンレンジュ》」とも呼んでいた。シーレンジュは簡単に建てられる。カラマツを二、三十本伐り、ノコギリで大人の背丈二人分の長さに切り揃え、樹皮を剝ぎ、一方の先を尖らせ、尖った方を空に向け、ひとつに括る。もう一方の先端は地面に突き立て、たくさんの足が輪になって踊っているように、均等に振り分け、大きな円を作る。外側には風よけ、防寒の覆いを掛ける。これでシーレンジュの出来上がりだ。かつてはシラカバの皮や毛皮で覆いを作ったが、のちには多くの人が帆布やフェルトを使うようになった。

私はシーレンジュに住むのが好きだ。その天辺には小さな穴があり、自然に囲炉裏の煙が出て行く道になる。私は夜、この小さな穴からよく星を眺めた。ここから見える星はごくわずかだが、とても明るく輝き、シーレンジュの頂きにランプをかざしているかのようだ。

父はニトサマンのところに行きたがらなかったが、私は行くのが好きだった。そのシーレンジュには人だけでなく、神も住んでいたからだ。われわれの神は総称して「マルー」といい、丸い革袋に入れられ、シーレンジュの入り口の正面に祭られている。大人は狩りに出かける前、いつも神像の前で跪いて祈った。好奇心をそそられた私は、ニトサマンに、革袋をほどいて、神がどんな姿をしているか見せてほしい、といつもねだった。

「神様には体があるの？」

「話ができるの？」

「神様は真夜中、人と同じように鼾をかくの？」

ニトサマンは私がマルー神のことを聞くたびに、神降ろしの舞に使う太鼓のバチを手にして、私を追い出した。

ニトサマンは、父の兄弟にはまるで見えなかった。二人はほとんど口を利かず、狩りのときも連れだって行かない。父はとても痩せているのに、ニトサマンは太っている。父は狩りの名手だが、ニトサマンは狩りに出ても、しばしば手ぶらで戻ってきた。父は話好きだが、ニトサマンはたとえウリレンの人が集まって相談をするときでも、話すのはほんの一言か二言だ。聞くところでは、私が生まれた日だけは、ニトサマンは前の晩に白い仔鹿が私たちの宿営地にやって来た夢を見たと言って、私の誕生にこれ以上ないといった喜びを表し、たくさんの酒を飲み、さらに舞を舞って、かがり火に飛び込んだ。

父は母に冗談を言うのが好きだった。夏によく母を指さして言った。

「タマラ、イランがおまえのスカートを咬んでるぞ！」

イランはわが家で飼っている猟犬だ。「イラン」とは、私たちの言葉で「光線」を意味する。だから、日が暮れると、私がわざわざイランが光をもたらすにちがいない、と思っていたからだ。だがイランの名を何度も叫ぶのは、走ってきたイランが光ももたらすにちがいない、と思っていたからだ。だがイランは私同様、暗闇のひとつの影にすぎなかった。母はスカートを穿くのがとても好きだった。私が見るところ、母が夏を待ち望むのは、森の花が早く咲いてほしいからではなく、スカートが穿けるようになるからだ。だからイランがスカートを咬んだと聞くと、パッと跳び上がった。このとき、父はここぞとばかりに大笑いした。母はグレーのスカートが好きで、腰の部分には緑色の糸で飾り縫いが――前の縫い目は大きく、後ろの縫い目は小さく――施されていた。

母はウリレンの中で一番仕事のできる女性だった。太い腕に、たくましい足をしている。額が広く、人に会うときはいつも笑みを浮かべ、優しさを感じさせた。仲間の女たちが一日中、頭を青い布で包んでいるのに、母は何も被らない。ふさふさした黒髪をまとめて髷を結い、乳白色の鹿の骨を磨き上げた簪《かんざし》を挿していた。

「タマラ、こっちへ来い！」

父はよくこう言って母を呼んだ。私たちを呼ぶのと同じだ。母がゆっくりと父のところへ行くと、父はただ笑いながら母の前おくみを引き寄せ、そのあとお尻をパンと叩いた。

「終わった。さあ、行け！」

母は口をとがらせるが、何も言わず、やりかけの仕事をしに戻った。

私とレーナは小さいときから母に手仕事を教わった。毛皮を鞣《なめ》し、肉を薫製にし、樺皮で籠やカヌーを作り、ノロ革のブーツや手袋を縫い、さらにゴレバ（ロシアパンの一種で、直径約二十五センチの円盤形のパン）を焼き、トナカイの乳を搾り、あぶみを作ることなどだ。私とレーナが花から離れられない蝶のように母にまとわりついているのを見て、父は羨ましげに言った。

「タマラ、俺にはウトをくれよ！」

「ウト」とは息子のことだ。私とレーナは、わが民族のほかの女の子と同じく、「ウナジ」と呼ばれた。父はレーナを「大ウナジ」と呼び、私の方は「小ウナジ」となった。

深夜、シーレンジュの外からはいつも風の音が伝わってきた。冬の風には時折、野獣の遠吠えが、夏の風にはフクロウやカエルの鳴き声が交じる。シーレンジュの中でも風の音が起き、その中には父のあえぎ声と母の密やかな声が交じる。この特別な風の音は、母のタマラと父のリンクが作り出したものだ。母は平素、父の名を呼ぶことはない。でも深夜、二人で風に似た音を作り出すときになると、母はいつも熱く、震えるような声で呼び続ける。「リンク、リンク……」父の方といえば、瀕死の怪獣のように、重苦しいあえぎ声を出し、私は二人が重い病気になったと心配した。でもつぎの朝起きると、二人は顔色もよく、忙しく仕事をしている。このような風の音の中で、母のお腹が日に日に大きくなり、まもなくして弟のルーニーが生まれた。

父は自分のウトができると、狩りから手ぶらで帰ってきても、ルーニーの笑顔を見たとたん、沈んでいた顔がにこやかになった。母のタマラもルーニーが好きで、仕事中はルーニーを樺皮の揺りかごに入れておけばいいのに、わざわざおんぶした。このときは鹿の簪が挿せなくなる。ルーニーが手を伸ばして握り、握ると口に入れて噛むからだ。簪は尖っているから、母はルーニーが口を怪我するのではないかと心配し、簪を挿せなくなったのだ。でも私は簪を挿した母が好きだった。

私もレーナもルーニーが好きだった。私たちは競ってルーニーを抱っこした。ルーニーはふっくらとしていて、まるで可愛い仔熊のようだった。バブバブと声をあげ、涎が私たちの首に垂れると、毛虫が潜り込んできたようで、とても痒くなった。冬には、キタリスの毛皮の尾でルーニーの顔をよく撫でた。撫でるたびにキャッキャッとルーニーの笑いが止まらない。夏には、ルーニーを背負って、よく川辺に出かけ、岸辺の草むらにいるトンボを捕まえ、見せてやった。あるとき、母がトナカイに塩をやりに行き、私とレーナはルーニーをシーレンジュの外にある食糧用の樺皮の大きな桶に隠した。戻ってきた母はルーニーがいないので慌て出した。あたり一帯を捜したが、見当たらない。私とレーナに訊ねるが、私たちが首を横に振って知らないと答えると、母は泣き出した。どうやらルーニーは母と一心同体らしく、最初は静かに桶の中で日向ぼっこをしていたのに、母の泣き声で、ルーニーも泣き出した。ルーニーの泣き声は母にとっては笑い声だった。声をたどって見つけ出し、ルーニーを抱き上げると、母は私とレーナを激しく叱った。母が私たちに怒りを爆発させたのはこれが初めてだった。

ルーニーが生まれたことで、私とレーナは両親の呼び方を変えることになった。それまではほかの子と同じくきちんと、母を「アニ」、父を「アマ」と呼んでいたが、ルーニーがとっても大事にされるので、私とレーナはひがんで、ひそかに母をタマラ、父をリンクと呼び捨てにした。だから、今でも両親の話をするとき、呼び捨てにしてしまうことがあるが、神様に許しを乞う次第だ。

ウリレンの大人の男にはみな妻がいる。たとえば、リンクにはタマラ、ハシェにはマリア、クンダにはイフリン、イワンには青い目に金髪のナジェシカだ。だが、ニトサマンだけは独り身だった。あのノロの革袋に納められた神様はきっと女神にちがいない。そうでなければニトサマンになぜ妻がいないのかわからない。ニトサマンの相手が女神でも別にかまわないが、ただ彼らに子どもができないのが、少し残念だ。宿営地に、もし子どもが少なかったら、樹木に雨水が欠けたように、きっと生気がなく見えるだろう。たとえばイワンとナジェシカだが、彼らはいつも息子と娘の二人——ジラントとノラをからかい、ワハハッと大声で笑い合っている。クンダとイフリンの子のジンドは、さほど活発ではないが、真夏に浮かぶ一片の雲のように、クンダとイフリンに日陰の涼しさをもたらし、心を癒している。これに対し、ハシェとマリアには子がいないので、顔にはいつも暗雲が漂っていた。ロリンスキーが私たちの宿営地にやって来て、ハシェのところに持ってくる品の中には、タバコや酒、砂糖、茶などのほかに薬があった。しかしマリアがその不妊症治療の薬を飲んでも、お腹はこれまでと変わらない。気を揉むハシェは、まるで巻き狩りにかかってしまったヘラジカのように、頭の中が真っ白になり、出口がどちらかわからない、といった表情をいつも浮かべていた。マリアはいつもスカーフで顔を隠し、うつむいてニトサマンのシーレンジュに行く。彼女が会うのは人ではなく、神様だ。神様に子どもを授けてくれるよう願うのだ。

イフリンは私の叔母で、昔話をするのがとても好きだった。わが民族の言い伝えや父とニトサマンの確執は、すべて彼女が教えてくれたものだ。むろん民族の伝説や物語は、私が幼少のころに聞いたもので、大人同士の愛情のもつれは、父の死後、母がニトサマンと前後して気がおかしくなったあとに教えてくれた。それは私がもうすぐヴィクトルの母になるときだった。

私がこの一生で見てきた川は数知れない。狭い川、広い川、曲がった川、まっすぐな川、流れの速い川、波の穏やかな川。川の名は、私たちが付けた。たとえばデルブル川、オルグヤ川、ビスチュヤ川、ベルツ川、それにイミン川、タリヤ川などだ。これらの川は、ほとんどアルグン川の支流、あるいは支流の支流だった。

私のアルグン川の最初の記憶は、冬と関わりがある。

その年、北部の宿営地は天地を覆い尽くさんばかりの豪雪に見舞われ、トナカイは食べ物がなくなり、私たちは南に移動しなければならなくなった。途中、二日続きで獲物が獲れず、トナカイに跨った足の不自由なダシーは、真っ当な足をした連中はどいつも使いものにならないと罵り、「暗闇の世界に陥ってしまい、このままむざむざ餓死してしまう」と言う始末。私たちは仕方なくアルグン川に寄り、氷用ノミで氷に穴を開け、魚を捕って食べた。

アルグン川はあのように広いので、氷に閉ざされた川はまるで誰かが切り拓いたゲレンデのようだった。魚捕りの名人のハシェは氷に穴を三つ開け、ヤスを持って傍らで待機した。氷の下で長いあいだ隠れていた大きな魚は「春がまたやって来た」と有頂天になって陽光が射し込む穴に向かってやって来る。ハシェは穴に渦巻きが起きるや、すばやくヤスを投げ込み、またたく間につぎつぎと魚を突き刺した。黒い斑点のカモグチや、細かい紋様のあるタイメンだ。ハシェが魚を一匹捕まえるごとに私は跳び上がって歓声をあげた。レーナは穴を見ようとしない。ジラントやジンドも見ようとしない。水蒸気を噴き出す氷の穴はきっと落とし穴と同じに見えたのだろう、彼らは近寄らなかった。仲良しのノラは私よりちょっと歳下の女の子だが、でも度胸は私と同じだ。ノラが腰を屈め、氷の穴を覗こうとするので、ハシェは近づかないように叱った。

「もし足を滑らせて穴に落ちたら、魚に食われちまうぞ」

ノラは被っていたノロ皮の帽子を脱ぎ捨て、きっと顔を上げると、地団駄踏んで喚いた。

「さあ、放り込んでよ。これからはずっと中で泳いでるわ。魚が欲しくなったら、氷を叩いてあたしを呼んで。そしたら、氷を突き破って、魚を届けてあげる！　もしできなかったら、魚に食べられたってかまわないわ！」

ノラの言葉にハシェは動じないが、母親のナジェシカは驚いてノラに駆け寄り、胸元でしきりに十字を切った。ナジェシカはロシア人だ。彼女はイワンと結ばれ、金髪で膚《はだ》の白い子どもを産んだだけでなく、キリスト教ももたらした。だからウリレンで、ナジェシカは私たちに従ってマルー神を信奉しているし、聖母も拝む。イフリンはそのためナジェシカを馬鹿にした。私はナジェシカがいくつ神を信じていようがそれほど反感を持たなかった。当時、神様は私には見えなかったからだ。でもナジェシカが胸の前で十字を切るのはいやだった。その様子は手に鋭いナイフを持って、自分の心臓を抉《えぐ》り出そうとするかのように見えたからだ。

黄昏時に、私たちはアルグン川の氷上で焚き火を焚き、焼き魚を食べた。カモグチは猟犬に与え、大ぶりのタイメンはぶつ切りにして、塩をまぶし、シラカバの枝に刺して、焚き火の上でぐるぐる回す。すぐに、魚の焼けるいい匂いが漂った。大人たちは魚を食べながら酒を飲み、私とノラは川岸で駆けっこをした。私たちは二羽のウサギのように、雪に隙間なく連なる足跡を留めた。今も憶えているることがある。二人が対岸まで走っていったとき、イフリンが戻ってくるよう叫んだ。

「向こう岸は勝手に行ってはだめだ。あっちはもうあたしらの土地ではないんだから」

でも彼女はノラにはこう言った。「おまえは行ってもいいよ、あっちがおまえの故郷だから。遅かれ早かれ、ナジェシカはジラントとおまえを連れて左岸へ戻るだろうよ」

私の目には、川は川、左岸だ右岸だと分けられない。川岸の上のかがり火を見てほしい。それは右岸で燃えているけれど、左岸の雪原に映えている。私とノラはイフリンの言うことなど気にせず、あいかわらず左岸と右岸のあいだを行ったり来たり駆け回った。ノラはわざわざ左岸で用を足すと、右岸へ駆け戻り、大声でイフリンに言った。

「おしっこを故郷に置いてきたわ！」

イフリンはノラを冷たい目で見たが、それはまるでトナカイが産んだ奇形の仔を見ている表情と同じだった。

その晩、イフリンは私に言った。

「川の左岸は昔、あたしらの土地だったんだ。そこはあたしらの故郷で、昔はそこの主人だったんだよ」

三百年余り前、われわれの祖先が生活していた土地にロシア軍が侵入して、戦いを仕掛け、テンの毛皮やトナカイを奪った。彼らの暴力に抵抗した男たちは刀で腰から真っ二つに切られ、彼らの暴行に抗った女たちは無体にも絞め殺された。静かな山はそれを機に騒がしくなり、獲物も連年減少し、祖先たちはヤクート州のレナ川から追われ、アルグン川を渡って、右岸の森の中で新たな生活を始めた。だから私たちを「ヤクート人」という人もいる。レナ川にいたころは十二の氏族がいたが、アルグン川の右岸に着いたころには、六氏族だけになっていた。多くの氏族は歳月という流れと風の中で離散していった。だから、今、私は自分たちの氏を名乗りたくない。私の話に出てくる人も、ただ簡単な名前だけだ。

レナ川の流れは青く、川幅はキツツキも飛び越えられないほど広かったと伝えられている。レナ川の上流には、ラム湖がある。つまりバイカル湖だ。八つの大川が湖に注ぐが、それでも湖水は紺碧色をしている。ラム湖には緑あざやかな水草が生い茂り、太陽が湖水の近くを過《よぎ》るので、湖面には一年中陽光が漂い、薄紅色や白色のハスの花も咲く。周辺は、高い山がそそり立ち、われわれの祖先――長いお下げ髪のエヴェンキ族が、そこに住んでいたのだ。

私はイフリンに訊ねた。

「ラム湖にも冬があるの？」

「祖先誕生の地に冬はないよ」

しかし私には信じられない。永遠に春、永遠に暖かい世界があるとは。なぜなら私は生まれたときから、毎年、長い冬と寒さを味わっているからだ。だからイフリンがラム湖の言い伝えを教えてくれたあと、急いでニトサマンのところへ行って、本当かどうかを訊ねようと思った。ニトサマンはラム湖の言い伝えを肯定はしなかったが、われわれが昔アルグン川の左岸でたしかに狩りをしていたことを認め、さらに言った。当時、ニブチュ（現在のネルチンスク）一帯で生活していた使鹿部（中国のエヴェンキ族の三大部族のひとつ。トナカイを使って生活している部族）は、毎年、朝廷にテンの毛皮を進貢していたが、青い目をした鼻の大きなロシア軍によって右岸へ追い出されたのだ、と。レナ川とニブチュがどこにあるか私は知らないが、これらの失った地がすべてアルグン川の左岸にあり、われわれが二度と行けないところであることはわかっていた。この話から、私は幼心に、青い目をした鼻の大きなナジェシカに敵意を抱き、彼女はトナカイの群れについてくる一匹の牝オオカミだとずっと思っていた。


イワンはアグトヤナの息子で、つまり私の大伯父の子だ。イワンは背が低く、顔は黒く、額には赤い痣があり、照り映えるコケモモのようだった。黒熊はコケモモが好きで、狩りのときに、熊の足跡を見つけると、父はいつもイワンにいっそうの注意を促した。イワンが熊に襲撃されるのを心配したからだ。父のこの話に理由がないわけではない。熊は、ほかの人よりイワンを見ると気が荒くなり、イワンは二度も熊の大きな手から命からがら逃げのびていた。イワンの歯はとても丈夫で、生肉が大好きだ。だから狩りで獲物を得られなかったときに、一番辛いのはイワンだった。彼は干し肉が嫌いで、魚なんぞは歯牙にもかけない。魚は子どもか老人などの歯が弱った者が食べるものだ、と思っている。

イワンの手は驚くほど大きく、両手を開いて膝の上に置くと、膝は太くて長い木の根に覆われ、巻きつかれたように見えた。また並はずれた力があり、川原の丸石を粉々に握り潰せるし、シーレンジュを建てるときに使う松の木も〝バキッ〟と折ってしまうので、斧で伐る手間が省けた。イフリンが言った。

「イワンはあのすごい馬鹿力の手で、ナジェシカを自分の女房にしたんだ」

百余年前、アルグン川の下流域で金鉱が発見された。ロシア人は右岸に金があると知ると、たびたび境界を越えて盗掘に来た。時の皇帝、光緒帝は、王朝の金が青い目の人間の手に渡るのをただ手を拱《こまね》いて見ているわけにはいかなかった。すぐに李鴻章《リホンチャン》に対処させ、黄金を流失させないようにした。李鴻章は漠河《モーホー》に金鉱を開こうと考えた。漠河というところは、一年の半分は雪が舞い、人も住めない荒れた地で、朝廷の重臣は誰もそこに行こうとはしなかった。最後に李鴻章は、西太后に逆らって罪に服していた吉林《ジーリン》候補知府の李金鏞《リジンヨン》を選んで金鉱を開かせた。漠河の金鉱が開かれると、商店もそれにつれてできた。あたかも花が咲けば実がなるように、妓楼もすぐに後を追って現れた。内地から来て長い間女を見ていない採金夫たちは、女を見ると、目は金を見るより輝いた。彼らはひとときの温もりと快楽のため、金を女の体にばらまき、妓楼の商売は夏季の雨のように栄えた。われわれが「アンダ」と呼ぶ行商人たちは、妓楼がいい儲けになることを知ると、ロシア商人の中からも自国の女を連れてきて、歳若い彼女たちを妓楼に売り飛ばす者が出てきた。

イフリンが言うには、あの年、自分たちはクーポ川一帯で狩りをしていた。森が秋の霜で紅葉に染まるころ、ロシアのあるアンダが女三人を連れてアルグン川を越え、馬に乗って密林を抜け、漠河の方に向かっていた。そこに狩りをしていたイワンが出くわした。彼らはキジを一羽捕まえ、火を焚いて、肉を食べ、酒を飲んでいるところだった。イワンはその大きな髭のアンダに会ったことがあり、アンダが持ってきたものは、かならず売るものだと知っていた。見たところ、金鉱には日用品と食料だけでなく、女も必要になったらしい。いつもロシア商人とやりとりするため、多くの仲間が簡単なロシア語ができたし、ロシア商人の方もエヴェンキ語が聞き取れた。三人の娘のうち二人は、大きな目、高い鼻、細い腰をしたなかなかの美人で、酒が入り、あけすけに笑う様に、早くも娼婦の商売が身についているといった感じだった。もうひとりの小さな目をした娘は見たところ二人と違い、静かに酒を飲み、ずっと自分のグレーの格子縞のスカートを見つめていた。イワンは思った。この娘はきっと無理矢理に娼婦にさせられるにちがいない。そうでなければあんなに憂鬱であるわけがない。あのグレーの格子縞のスカートが多くの男にめくられるかと思うと、歯が打ち震えるくらい心が痛んだ――これまでどの娘もこれほど彼の心を痛めることはなかった。

イワンはウリレンに戻ると、カワウソの毛皮二枚、オオヤマネコの毛皮一枚、キタリスの毛皮十数枚をひとからげにし、それらを持って、トナカイに跨るとアンダと三人の娘を追いかけた。アンダを見つけると、イワンは毛皮を降ろし、あの小さな目の娘を指さしながらアンダに、「この女を俺にくれ。毛皮はおまえのものだ」と言った。アンダは毛皮が少ないのを見て、損する商売はしない、と断った。するとイワンはアンダの目の前に行き、彼の大きな手を伸ばして、アンダの懐から徳利を探り出した。それは鉄製の徳利だったが、イワンが手の中に置き、ぐいと力を入れると、それはたちまちへしゃげてしまった。さらに力を入れて握ると、酒が飛び散るとともに、鉄製の徳利はとうとう鉄の球になってしまった。これにはアンダが驚いた。足をガクガクさせ、すぐにイワンにあの小さな目の娘を連れていくように言った。彼女がナジェシカだ。

イフリンが言った。

「おまえのアグトヤナ（大伯父、イワンの父）は怒りが収まらなかったよ。早くからイワンのために縁組みを決めていて、もともとその年の冬に結婚させるつもりだったのに、なんと秋にイワンが自分で勝手に相手を連れてくるとは思いもよらなかったんだ」

　イワンの推測は間違いなかった。ナジェシカは腹黒い継母に娼婦としてアンダへ売られたのだ。途中、ナジェシカは二度ほど逃亡を試みたが、アンダに見つかってしまった。アンダは彼女を陵辱して、娼婦から絶対逃れられないようにした。だからイワンが彼女を引き取りに来て、ナジェシカは心から喜んだが、イワンに対してはずっと申し訳なく思っていた。彼女は犯されたことをイワンに黙っていたが、イフリンには話した。イフリンに話したということは、鳴くのが好きな鳥にしゃべったことと同じで、ウリレンの仲間全員が知るところとなった。大伯父は、最初はただナジェシカの血統に反感を抱いていたが、さらに彼女が不潔な女と知ると、すぐにナジェシカを山から追い払えとイワンに命じた。イワンは命令を聞かず、彼女を娶り、翌年の春にジラントをもうけた。その子は大きな髭のアンダの子ではないかと誰もが疑った。ジラントが青い目でこの世に生まれると、アグトヤナは吐血が止まらず、三日後に亡くなった。彼が亡くなったその日、朝焼けが東の空を真っ赤に染めたという。きっと彼が吐いた鮮血を持っていったにちがいない。

　ナジェシカは山で暮らしたことがなく、来たばかりのころは、シーレンジュで寝付けず、よく林の中をぶらぶらしていたそうだ。彼女は皮も鞣せず、干し肉も作れず、筋糸も撚れず、樺皮の籠も編めなかった。イワンは、私の母がイフリンと違ってナジェシカを毛嫌いしていないので、ナジェシカに仕事を教えてくれるように頼んだ。だからウリレンの女の中で、ナジェシカはタマラと一番仲がよくなった。胸の前で十字を切るのが好きなこの女は賢く、わずか数年間で、わが民族の女が手がける仕事をこなせるようになった。彼女はイワンに心から尽くし、イワンが狩りから帰ると、いつも宿営地で出迎えた。イワンを見つけると、何カ月も会っていなかったように、飛び出してきつく彼を抱きしめた。彼女はイワンより頭ひとつ高いので、彼女がイワンを抱くと、大木が小さな木を抱え込んでいるような、また、母熊が仔熊を抱いているような感じで、とてもおかしみがあった。イフリンはナジェシカの振る舞いを軽蔑して、あれは娼婦のやり方だと言った。

アルグン川を一番見たがらないのは、ナジェシカだった。そこに着くたびに、イフリンは冷ややかな言葉でナジェシカに皮肉を言った。

「ナジェシカを風に変え、左岸に戻せないのは残念ね」

ナジェシカの方は、この川の流れを眺めながら、まるで貪欲な主人を見ているような目をした。彼女はまた何かを奪われるのではと恐れ、不安な顔つきをした。しかし私たちはこの川から離れることはできない。私たちはずっとこの川を中心にして、その多くの支流の傍らで生活をしている。もしこの川を手に喩えるなら、支流は広がる五本の指で、それぞれ違った方向へ向かい、幾筋も走る稲光のように、私たちの生活を明るく照らした。

先にも言ったが、私の記憶の始まりは、ニトサマンがレーナのために舞って「ウーマイ」を取り戻し、トナカイの仔がレーナに代わって暗い世界に行ったところからだ。だからトナカイへの一番早い記憶も、この死んだトナカイの仔からだ。私が母に手を引かれ、星の光の下で二度と動かなくなったトナカイの仔を見ていたとき、恐ろしく、悲しかったことを憶えている。母はすでに息のなくなったトナカイの仔を抱き上げると、山の南斜面に投げ捨てた。わが民族は、生きながらえなかった子どもは普通白い布の袋に入れ、山の南斜面に投げ捨てる。そこの草は春には一番早く芽が出、花も一番早く咲く。母はトナカイの仔を自分の子と見なしたのだ。さらに憶えているのは、翌日、トナカイの群れが宿営地に戻ってきたとき、あの灰色の母トナカイは自分の仔が見えないので、首を垂れ、仔が繋がれていた木の根をずっと見つめていたが、その目には悲しみが溢れていた。もともと乳が一番出ていた母トナカイだったが、それ以降すっかり涸れてしまった。やがてレーナがその仔の跡を追って、あの暗い世界へ行ってしまうと、トナカイは乳を泉のように出した。

レナ川にいた時代、私たちの祖先はトナカイを放し飼いにしたそうだ。そこは森が生い茂り、私たちが「エンク」「ラオクタ」と呼ぶ苔やハナゴケが広がっていて、トナカイに豊富な食べ物を提供した。その当時、トナカイは「ソゴジォ」と呼ばれていたが、今は「アオロン」と呼んでいる。それは馬のような頭を持ち、鹿のような角を持ち、ロバのような体をして、牛のような蹄をしている。馬に似て馬でなく、鹿に似て鹿でなく、ロバに似てロバでなく、牛に似て牛でなく、それで漢族はトナカイを「四不像《スープシャン》」と呼んだ。私が思うに、その体には馬の頭の威武があり、鹿の角の美しさがあり、ロバの壮健さと牛の蹄の強靱さがある。昔のトナカイは主に灰色と褐色をしていたが、今は様々な色――灰褐色、灰黒色、白色、まだら色などがいる。私が最も好きなのは白色で、白いトナカイは私の目には、大地の上でふわふわと漂う雲そのものに見えた。

私はこれまでトナカイほど性質が穏やかで我慢強い動物に出会ったことがない。体は大きいが、とても敏捷だ。非常に重い荷物を背負って山を行き、沼沢を越えるが、彼らにとっては朝飯前だ。体全部が宝で、毛皮は寒さに強く、鹿茸、鹿筋、鹿鞭、鹿心血、鹿胎はアンダが一番手に入れたい貴重で高価な薬材となり、私たちの生活用品と交換することができる。ミルクは早朝に私たちの体に取り入れる最も甘い清らかな泉水だ。狩りのときは、狩人のよい助っ人で、捕らえた獲物をその背に載せれば、トナカイはひとりで確実に宿営地まで運ぶ。移動のときは、私たちの日用品を背負うだけでなく、婦人、子ども、体の弱い年寄りも乗せるが、その世話に余計な人手を必要としない。食べ物もいつも自分で探す。森が彼らの穀物倉庫なのだ。苔やハナゴケを食べるほか、春には青草やツクシやオキナグサなどを食べる。夏はシラカバやヤナギの葉を食べる。秋になれば、美味しい林のキノコが一番の好物となる。彼らは食べ物を大切にし、草場を通るときは、進みながら少しだけ青草を食《は》む。だから、草場はいつも損なわれることなく、緑が必要なところには緑が残る。シラカバやヤナギの葉を食べるときも、二、三度食むと止めるので、その木は依然として葉が生い茂っている。喉が渇くと夏は川の水を飲むし、冬は雪を食べる。彼らの首に鈴をつけておけば、どこに行っても心配の必要はない。オオカミもその音に驚いて逃げていくはずだ。風に乗ってくる鈴の音で、彼らがどこにいるのかもわかる。

トナカイはきっと神様がわれわれに与えたものだ。彼らがいなければ、われわれもいないだろう。トナカイがかつて私の家族を連れ去ったこともあったが、それでも私は大好きだ。彼らの目を見ることができないと、昼の太陽、夜の星を見ることができないようなもので、心の底からため息が洩れる。

私がもっとも見たくない光景は、トナカイの角切りだ。角切りには骨製のノコギリを使う。毎年五月から七月にかけて、トナカイの袋角が出来上がる。この時期が角切りの時節でもある。角切りは狩りと違い、普通は男がするが、女でもするときがある。

トナカイは雌雄の別なく、同じように袋角が大きくなる。一般的にオスの袋角は太いが、去勢されたトナカイの袋角は細い。

角切りのとき、トナカイは木に繋がれ、両側を丸太で挟み込まれる。袋角は彼らの骨肉だから、そのときは、トナカイは痛さで四つ足をバタバタさせ、ノコギリは鮮血に染まった。切り取ったあと、切り口に焼き鏝《ごて》を当てて出血を防ぐ。しかし切り口を焼くやり方は過去のものとなり、今では切り取ったあと、白い消炎粉末をかけ、終わりだ。

角切りの時期、マリアは泣いた。彼女はノコギリの鮮血がまるで自分の体内から流れ出たものであるかのように、直視できなかった。だから角切りの時期になると、母は彼女にこう言った。

「マリア、行くのはおよし！」

しかしマリアは引き留めるのも聞かず、かならず行く。普段彼女は泣いたりしない。しかしひとたび血を見ると、まるでミツバチがブンブン飛び交うように涙が飛び散った。母が言った。

「マリアが血を見て泣くのは、子どもができないからだよ」

彼女は毎月自分の血を見るが、ひとたび血を見ると、ハシェと自分の努力が無駄だったことを知り、がっかりして泣いた。

マリアとハシェよりもっと子どもを望んだのは、ハシェの父親ダシーだった。ダシーの片足はオオカミと格闘したときに失われたため、夜、オオカミの声を聞くと、ダシーは歯をキリキリと鳴らした。彼はガリガリに痩せていて、目は光も雪も見てはならなかった。そうしないと、涙が止まらなくなるのだ。いつもはシーレンジュの中で過ごし、移動のときはトナカイに乗った。ダシーはたとえ曇りの日でも目隠しをした。ということは、彼は光だけが怖いのではなく、木、渓流、花、小鳥を見るのも怖いのだと思う。ダシーはウリレンの中で、最も顔色が悪く、だらしない服装をしていた。リンクによると、ダシーは片足を失ったあと、髪も切らず、髭も剃らなくなってしまった。薄くなった白髪交じりの髪と髭をひとつにまとめたその顔は、まるで薄い灰色の苔に覆われているかのように見え、腐った古木ではないかと疑ってしまう。口数が少なく、言うことといったら、マリアのお腹と関係することばかりだ。

「わしのアオムリエはどこにいる？　いつになったらヤイエの足を捜してきてくれるんだ！」

私たちの言葉で、「アオムリエ」は「孫」の意味で、「ヤイエ」は祖父を指す。彼は、アオムリエがいさえすれば、自分を傷つけた老オオカミをアオムリエが殺し、自分の足を持ってきて、自分が飛ぶように歩けるようになる、と信じていた。彼がこの話をするとき、目はマリアの体の上に置かれている。そんなときマリアはお腹を隠して、シーレンジュを出ると、木にもたれ、泣き続けた。だから私たちはマリアが木にもたれて涙を流しているのを見たら、ダシーが何を言ったかがわかった。

ダシーの命運は、その後、一羽のタカの登場で変わった。もともと彼はシーレンジュに独りで暮らしていたが、タカが来てから、意気消沈していた彼が活気づいた。彼はこのタカを訓練して獰猛《どうもう》な狩猟用のタカに育て、そのうえ名前も付けた。アオムリエだ。

タカはハシェが捕まえてきた。高い山の岩の上にタカ用捕獲網を設置すると、高く飛ぶのが好きなタカは岩の上の捕獲網を見つけ、足休めの場所と思い込み、急降下してくる。降りたら最後、囚われの身となり、もう逃げられない。ハシェはその灰褐色のタカを家に連れて帰ると、ダシーに訓練してもらった。自分の仕事を手伝わせるためだ。

そのタカの目の縁は黄金色で、目からは氷のような冷たい光を放っていた。尖った嘴は鉤のように下に向かって曲がり、いつも何かをくわえようとしているかのようだ。胸には黒い模様があり、美しい羽根は絹織物のような光沢を湛《たた》えていた。ハシェはそれを繋ぎ、頭に鹿革の袋を被せて目を覆ったが、嘴は外に出した。タカは非常に凶暴で、頭をもたげ、鋭利な爪で地面を引っ掻き、溝を何本も掘った。タカを見に行った私たち幼い子どものうち、臆病なレーナ、ジラント、ジンドは怖がって逃げ出し、残ったのは私とノラだけだった。ダシーはタカに出会ってから異常に気が高ぶり、口で「ウルルー」と声を出していた。彼は悪い足を引きずりながら、懸命に腰を曲げ、囲炉裏から石ころを拾うと、〝パシッ〟とタカの頭にぶつけた。タカは怒るが、何も見えず、ただ石ころが飛んできた方向から、誰が挑発したかを判断し、つむじ風のように飛び上がり、ダシーに飛びかかった。しかしタカは縄で縛られているので、遠くへ飛ぶことができない。怒って大声で鳴くが、ダシーの方は大声で笑う。ダシーの笑い声は深夜のオオカミの遠吠えより気味悪く、タカを怖がって逃げたりしなかった私とノラも、その笑い声には怖くて逃げ出した。

その日から、私とノラは毎日、ダシーの訓練を見に行った。

最初の数日、ダシーはタカを飢えさせるため、食べ物を与えず、タカは日ごとに痩せていった。痩せてもなお、タカの腹の脂の澱《おり》をそぎ取らなければならないとダシーは言った。そして新鮮なウサギの肉をぶつ切りにし、ウラ草でしっかりと包んでから、まるごとタカに食べさせた。タカは呑み込んだあと、消化ができず、そのまま吐き出すが、そのときウサギの肉を包んだウラ草に点々と澱がついた。ダシーはこのやり方でタカの腸をすっかりきれいにしてから、ようやく少量の食べ物を与えた。

このあと、ダシーは私に揺りかごを取ってくるよう言った。マリアは子どもを産んでいないので、彼らのシーレンジュには揺りかごがない。そのころ、ルーニーはもうそこら中を動き回り、必要がなくなっていたので、私はそれをダシーのところに持っていった。ハシェがダシーを手伝ってシーレンジュの中に揺りかごを吊ったとき、マリアの目に涙が光った。

私はタカが揺りかごに入れられるのをダシーのところで初めて見た。ダシーはタカの足と翼を縄で括り、身動きできないようにして、揺りかごの中に入れた。片手で松葉杖をつき、もう片手で狂ったように揺りかごを揺らすので、全身がねじ曲がったかのように見えた。私は、もしダシーが揺らしているのが子どもだったら、その子はきっと馬鹿になってしまうと思った。タカを揺らしているとき、彼はあいかわらず「ウルルー」と声を出し、まるで風が喉に吹き込んでくるかのようだった。

「なぜこんなやり方をしなければいけないの」と、ダシーに訊ねると、ダシーは、タカに過去を徹底的に忘れさせ、おとなしく人間と一緒に生活させるためだ、と答えた。

「天上の雲を忘れさせるつもりなの」とまた訊ねたら、ダシーはペッと痰を吐き、がなりたてた。

「そうだ。わしはこの天上のものを地上のものに変え、白い雲は弓矢に変え、わしの仇——あの忌々しいオオカミを滅ぼしてやる！」

腸をすっかり洗われたタカは、そのうえダシーに揺りかごで三日間苦しめられ、案の定いくらか身も心も変わったようだ。頭に被せられた鹿革を取り外すと、目に鋭い光はなくなり、ぼんやりとした柔らかい光を帯びていた。ダシーはタカに言った。

「おまえはよく言うことを聞くアオムリエだ！」

つぎにダシーはタカの足に革紐を結び、また尻尾に鈴を繫ぎ、高く飛べないようにした。こうしておいて自分は毛皮の服を着て、左腕にタカを止まれるようにすると、タカを連れてシーレンジュを出て、人がいるところに加わった。これはタカを人に慣れさせるためで、人に慣れれば、人なかにいても問題を起こさなくなる、と彼は言った。

ダシーは右腕で杖をつき、伸ばした左腕はタカの止まり木になった。彼が片足を引きずりながら歩くと、タカもそれにつれて一緒に揺れ、尻尾の鈴が鳴りやまず、その様子はとても滑稽だった。これまでダシーは光を嫌っていたが、タカを連れて出かけるときは、彼を照らす陽光に少しも怯えなかった。とはいえ、目尻から涙が溢れるように流れ出しはしたが。それからというもの、ダシーは眼帯をかけなくなった。

人々は宿営地の鈴の音を聞くと、すぐにダシーとタカが来たとわかった。

ダシーは母を見ると言った。

「タマラ、わしのアオムリエが元気かどうか見てくれないか」

タマラは急いで手の中の仕事を置くと、近寄って、タカを見ながら、何度も頷いた。するとダシーは満足げにタカを連れてイフリンのところへ行く。イフリンはタバコが好きだが、ダシーはタバコをくわえているイフリンを見るとすぐに、「タバコを消せ！」と命じた。タカが煙に燻《いぶ》されると、嗅覚がだめになってしまうのだそうだ。

イフリンはタバコを投げ捨て、タカを見ながら、ダシーに聞いた。

「あんたのアオムリエはヤイエと呼んでくれるかい？」

ダシーはムッとした。

「ヤイエとは呼べんが、イフリンとは呼べるぞ。イフリンの鼻はひん曲がっとると言っとるぞ！」

イフリンは大笑いした。彼女はたしかに鼻が曲がっている。リンクの話では、イフリンは子どものころとてもお転婆で、四歳のとき林でキタリスを見つけ、すぐに追いかけた。だがキタリスが木に登ると、イフリンはその木にぶつかり、鼻の骨を折って、曲がった鼻になったそうだ。でも私は思った。彼女の曲がった鼻は格好がいい。というのも、彼女は一方の目が大きく、もう一方の目は小さく、鼻が小さな目の方に曲がっていて、これがかえって顔の全体の調和をうまく保っていたからだ。

ダシーは日ごとタカを人なかに連れてきて、餌に肉を与え始めた。ただ毎日やるのはほんの少しで、タカはいつも半飢餓状態におかれた。狩猟用タカは満腹にすると、獲物を捕まえようとしなくなるという。彼はシーレンジュの外にタカ用の止まり木を作って立てた。この止まり木は自由に回転する。木製の横棒がタカの爪を傷つけるのを心配したダシーは、ノロ革で横棒を包んだ。タカの爪は猟師が手にする銃と同じで、しっかりと保護しなければならないという。タカとダシーはもうすっかり馴染んだとはいえ、タカが逃げ出さないように、その足には回転する輪のついた細長い紐があいかわらず結ばれていた。こうしておけば、タカが向きを変えても紐が絡まないし、逃げることもできない。ダシーは毎日タカの胸と頭を軽く撫でるが、そのときには口からいつものように「ウルルー」という声を出した。当時の私は、ダシーの手に緑の顔料がついているのではと疑った。というのも、彼が毎日タカを撫でるうちに、タカの翼が大きく膨らんだだけでなく、暗緑色に色が変わったからだ。まるで誰かが緑の苔を剥がして体に被せたかのようだった。

その後、移動のときは、トナカイに乗ったダシーの肩にタカが一羽増えた。タカを手に入れたダシーは、失った足が戻ってきたかのように意気揚々としていた。飼い慣らされたタカはもう紐で繋ぐ必要もなく、たとえ大空を見ていても、遠く飛ぼうという考えを起こさなくなった。どうやらダシーが揺りかごで揺らした甲斐があったようで、タカは滑空した大空を完全に忘れてしまったらしい。

私たちはこの移動のときだけタカが獲物を狩る場面を見られた。ハシェがタカを連れて狩りに行きたくともダシーは許さなかったからだ。このアオムリエはダシーだけの財産になった。

私が今でも憶えているのは、初めてタカが野ウサギを狩ったときの光景だ。それは冬に入ったばかりのころで、山がまだ完全には雪に覆われていない時期だった。私たちはアバ川に沿って南に向かっていた。その一帯の山々は苔が豊富で、獣も多く、梢を飛翔するエゾライチョウと地上を駆け回る野ウサギをいたるところで見かけた。それまで静かにダシーの肩に待機していたタカは落ち着きがなくなり、頭をもたげ、翼をわずかながら動かし、いつでも飛び立てる構えでいた。ダシーは松林から一羽の野ウサギが走り去るのを見つけると、タカを叩き、一声かけた。

「アオムリエ、チュエ、チュエ！」

「チュエ」とは「狩れ」の意味だ。タカは翼を広げると、ダシーの肩からさっと飛び上がり、またたく間に野ウサギに追いついた。タカはまず片方の足で野ウサギの尻を掴み、野ウサギが身を翻してもがき、逃げようとするとき、もう一方の足でウサギの頭を叩き、両足を使いながら、またたく間にウサギを窒息させた。アオムリエはその鋭利な嘴で、手ぎわよく野ウサギを解体した。野ウサギの内臓は真っ赤な花びらのように林に散らばり、ほんのりと湯気が立ちのぼった。ダシーは興奮して口からしきりに「ウルルー」という声を発した。移動中、私たちはほとんど銃の弾を使わず、このタカが捕まえてくれた五、六羽の野ウサギと三羽のキジで、夜、かがり火を焚いたときに、肉の香ばしい匂いにありつけた。しかし宿営地に着いて、私たちがシーレンジュを建てると、ダシーはアオムリエに獲物を追わせない。彼は灰色のオオカミの皮を地面に敷き、何度もタカに「チュエ、チュエ！」と叫びながら、タカをオオカミの皮にけしかけた。昔ダシーがオオカミと格闘したとき、素手で母オオカミは殺したが、仔オオカミが彼の足を嚙み切って逃げたのだ。ダシーは母オオカミの皮を剝ぎ取ると、肌身離さず身辺に置いた。彼はオオカミの皮を見るたび歯嚙みして、まるで仇に出会ったかのようだった。イフリンが言った。

「ダシーは本気で、タカに自分の仇を討たせるつもりらしいね」

アオムリエは最初、生気のないオオカミの皮を攻撃させられるので反発し、首を縮めてしまい、「チュエ、チュエ」という声を聞くと後退した。ダシーは腹を立て、タカの頭をぎゅっと摑み、オオカミの皮に押しつけた。タカが萎れて立っていると、ダシーは杖を放り投げ、ドサッと音をたててオオカミの皮の上に座り、自分の唯一の足を叩きながら泣いた。こんなことが数回続くと、タカはこのオオカミの皮が主人の仇とわかったらしく、オオカミの皮を生きた獲物と見なすようになった。それへの攻撃回数が徐々に増えるだけでなく、攻撃もしだいに激しくなった。アオムリエを始終緊張した状態にしておくため、ダシーは、アオムリエが首を曲げて頭を埋めて寝ようとするのを見ると、すぐさま翼を叩いて眠らせなかった。だから、タカを得てからダシーも睡眠不足になり、いつもウサギのように目を赤くしていた。私たちが彼のシーレンジュの前を通り過ぎると、彼はかならずアオムリエを指しながら声をかけてきた。

「見ろ、ほら、見てみろ、これがわしの弓矢、わしの銃だ！」

ダシーがこう自慢しても、ほかの人は誰も言い返さなかった。しかし私の父に話すと、父はダシーに言った。

「俺は銃でオオカミを殺せるが、アオムリエにできるか？」

父は、タマラのつぎに銃が好きだ。狩りに出るときは銃を背負い、戻ったあともそれをいじっていた。ダシーは、父がアオムリエを小馬鹿にしたので、まるでオオカミの吠え声を聞いたかのように、歯ぎしりをして怒った。

「リンク、今に見てろ。アオムリエがわしの仇討ちに助太刀するのを見るんだな！」

私たちが最初に使った銃は「ウルムクデ」という。小口径の火打ち式銃で、射程が短いため、時には弓矢や槍も使わねばならなかった。その後、ロシア人から交換して手に入れたのは、大口径の火打ち式銃、つまり「トルク」だ。続いて、ベルダン銃が入り、トルクよりずっと強力だった。しかし続いてベルダン銃よりさらに殺傷力のある銃が出た。それが連発銃だ。連続して発射することができる。ベルダン銃と連発銃を手にしてからは、火打ち式銃はキタリスを撃つときにしか使われなくなった。だから私の印象では、弓矢と槍は森の動物に喩えるならウサギとキタリスのようなもので、火打ち式銃はイノシシ、ベルダン銃はオオカミ、そして連発銃はトラと、しだいに強力になっていった。

リンクは二丁のベルダン銃と連発銃を一丁持っていた。ルーニーが三、四歳のとき、リンクはルーニーに銃の握り方を教えた。これらの銃はすべてリンクがロリンスキーから手に入れたものだ。

ロリンスキーはロシアのアンダで、毎年、少ないときは二度、多いときには三、四度、私たちのウリレンにやって来た。私たちは移動をするとき、かならず「樹号」を残しておく。それは一定の距離ごとに、大木に斧で切り口をつけて、行く先を記しておくのだ。このようにしておけば私たちがどんなに遠くまで行っても、アンダは捜し当てられた。

　ロリンスキーは背が低くて太っちょで、大きな目に赤い髭、腫れたまぶたをしていた。酒好きで、彼はいつも馬に乗って私たちのウリレンにやって来た。一緒に来る馬はたいてい三頭で、一頭は彼が乗り、ほかの二頭には荷物を載せる。彼が山に入って私たちのところへ持ってくるのは酒、小麦粉、塩、綿布、弾などで、下山するときに持っていくのは毛皮と鹿茸だ。ロリンスキーがやって来た日は、私たちウリレンの祭日になった。全員が集まり、よそのウリレンの話に耳を傾けた。どのウリレンのトナカイがオオカミに襲われたとか、どのウリレンのキタリスが多かったとか、どのウリレンに人が増えたとか、どの老人が昇天したとか、取引のある六、七のウリレンについて、彼の知らないことはなかった。彼はレーナがお気に入りで、やって来るたびに、かならず彼女だけに、模様のある銅製の腕輪や精巧な木製の櫛といったものを持ってきた。ロリンスキーはレーナの細い手を引き寄せながら、ため息交じりに言った。

「レーナはいつになったら大ウナジ（ウナジとは娘のこと）になるんだい？」

　私が言った。

「レーナはもう大ウナジだよ、私は小ウナジ！」

　ロリンスキーは私に向かってヒューと口笛を吹き、小鳥をあやすかのようだった。

　ロリンスキーはジュルガンに住んでいたが、そこはロシア商人が集まっている場所だった。彼は交易のために数多くの場所に行ったことがある。たとえばブクイ、ジャラントン、ハイラルなどだ。ブクイの裕盛公とか金銀堂などの商店、ハイラルのガンジュルの縁日のことを話し始めると、ロリンスキーの両目は輝き、まるでこの世で一番美しい光景は商店と縁日の中にあるとでも言わんばかりだった。彼は飲みすぎると、よく腕を捲りあげたが、そのとき彼の肩に入れ墨が見えた。それはとぐろを巻いた蛇で、鎌首をもたげ、青黒い色をしている。父が言った。

「ロリンスキーはきっとロシアから逃げてきた匪賊にちがいない。でなけりゃどうして入れ墨なんかするもんか」

私とノラはその青黒い蛇が好きで、本当の蛇に見立て、ちょっと触ると、すぐ手を引っ込めて、まるで蛇が私たちを咬んだかのように逃げた。ロリンスキーが言うには、自分の身の回りには女っ気がないが、この蛇こそが自分の女房で、冬の寒いときは熱を発し、夏の暑いときは冷気を出すんだ、と。彼がこんな話をしているとき、妻を持つ男たちはこぞって笑った。ただニトサマンだけは笑わず、眉をひそめ、立ち上がると騒がしい集まりから離れていった。

ロリンスキーが来れば、どんな季節であれ、宿営地にはかならずかがり火が焚かれ、人々は夜になると、手に手を取って「ウォリチェ」を踊った。まず女が手を繋いでかがり火の周りを踊り、男も手を繋いでその外側で踊る。女が右に回れば、男は左に回る。この左と右への旋回は、かがり火までもがそれにつれてぐるぐる回るかのようだった。女が「ゲイ」と声をあげると、男はこれに「グー」と応じる。「ゲイグーゲイグー」のかけ声はハクチョウが湖面を飛んでいく鳴き声に似ていた。母が言った。

「昔、私たちの祖先が辺境の守備に派遣されたときのことなの。兵数も少なく、兵糧も尽きたエヴェンキの兵士たちがある日、敵に包囲されてね、そのとき突然、空から壮大な〝ゲイグーゲイグー〟という声が聞こえてきてきたの。それはもともと一群のハクチョウが飛んでいった音だったんだけど、敵はこの音を聞いて、エヴェンキの援兵がもう来たかと思って、引き揚げることにしたの。人々は、ハクチョウが命を助けてくれた恩を忘れないために、この〝ウォリチェ〟を作ったのよ」

ニトサマンはめったに踊らなかったし、足の悪いダシーも加わらなかった。だから踊りのとき、外側の男たちは腕を目いっぱい伸ばさねばならなかった。そうしないと女たちを内側に囲うことができない。でも踊り続けていると、内側の女たちは外側にはみ出てしまい、最後にはひとつの大きな円になった。たがいに手と手を取って踊り続け、かがり火が衰え、星もかすむころ、ようやくシーレンジュに戻って寝た。母は踊りが好きで、ちょっとでも踊ると目が冴えて寝付けなくなった。踊った夜は、かならず父にささやく声が聞こえた。

「リンク、ねえリンク、頭の中に冷水を注がれたみたいで、眠れないわ」

リンクは何も言わず、タマラに私が聞き慣れた風の音を送り、風の音が止むと、タマラは寝付いた。

ロリンスキーは毎回宿営地を後にするとき、かならずレーナにキスをした。これに私とノラは焼き餅を焼いた。だから普段私はレーナと一緒に遊ぶが、ロリンスキーが来ると、ノラと一緒になった。そしてロリンスキーが帰ると、私はまたノラを捨てた。なぜならレーナはかならずロリンスキーが彼女にあげたものを私にくれるからだ。私は彼女の腕輪をなくしてしまったし、櫛も折ってしまったが、レーナは一度も私をなじったりしなかった。

何を交換し数はどのくらいにするかは、ニトサマンにまかされ、彼がアンダの持ってきた品物を見て決めた。アンダの持ってくる品物が少ないと、当然毛皮も少し劣ったものになる。ロリンスキーは、ほかのアンダが一枚一枚毛皮の毛色を調べ、あれこれ選り好みをするのと違い、無造作にそれらをひとまとめにして、馬の背に載せる。ニトサマンは、ロリンスキーが来るたびにもたらされる楽しい雰囲気にはあまり馴染まなかったが、アンダとしては彼のことをいつも称賛していた。

「ロリンスキーは以前辛い目に遭ったにちがいない。だから心根があんなに善良なのだ」

私たちは彼の過去をほとんど知らない。ただ幼いころ馬を放牧していたことがあり、飢えに苦しみ、ムチで叩かれたこともあったらしい。誰のせいで彼がひもじい思いをしたか、また誰が彼をムチで叩いたかは、彼のほかに知る者はいなかった。

毎年十月から十一月にかけては、キタリス狩りの最高の季節だ。ある場所でキタリスが少なくなったら、つぎの場所に移動する。だからこの時期は三、四日ごとに場所を移動しなければならなかった。キタリスはとても可愛く、大きな尻尾をもたげ、小さな耳の先端にはわずかに長い黒毛を生やし、機敏に、あちらの枝こちらの枝とよく跳び回る。その灰色の毛皮は非常に柔らかく、密で、衣服の襟や袖口に使うと、めったにすり切れなかった。アンダはキタリスの毛皮をとても喜んだ。キタリス狩りには女も加われる。キタリスが出没するところに「チャリク」という小型の罠を仕掛け、キタリスがそこを通るだけで、挟むことができるようになっている。私とレーナは母についていって「チャリク」を仕掛けるのがとても好きだった。秋にリスは冬のために食べ物を貯蔵する。キノコが好物で、もし秋にキノコが多いと、リスは少し集めては、木の枝に掛けておく。その乾燥したキノコはまるで霜に打たれた花のようだった。そして木の枝に掛かったキノコの位置から、冬の雪がどのくらいか判断できた。もし雪が多いと、リスはキノコを高いところに掛け、雪が少ないと低いところへ掛ける。だから、雪になる前に、私たちはリスが木に掛けたキノコから、どんな冬を迎えるかを知ることができた。キタリス狩りのとき、もし雪の上に彼らの足跡が見当たらないと、木の枝のキノコを探す。キノコも見つからないときは、松林に移動する。キタリスは松の実が好物だからだ。

キタリスの肉は柔らかく、毛皮を剝いだあと、ほんの少し塩を振り、火にかけて軽く焼けば食べられる。女でキタリスを食べるのが嫌いな者はいない。それに、キタリスの目玉を呑み込むのも好きで、老人たちは、そうすると運気がよくなると言った。

レーナが私たちから去ったのは、ちょうどキタリス狩りの季節だった。そのとき、母タマラは体調も精神もあまり調子がよくなかった。というのは、生まれたばかりの女の子が、一日も経たずに死んでしまったからだ。タマラは失血がひどく、それに悲しみも加わり、数日経ってもシーレンジュから出ず、顔は土気色だった。そのため、ニトサマンがこの一帯のキタリスが少なくなったから移動しようと言ったとき、リンクが反対した。

「タマラの体が快復してから移動すればいい。タマラに冷えは毒だ」

ニトサマンはムッとした。

「エヴェンキの女が冷えなんか恐れるものか。冷えが怖いならさっさと山を下りて漢族の嫁になり、毎日、墓場に住めばいい。そこには冷えなどないだろうよ！」

ニトサマンは常日頃、漢族の住まいを墓場と称していた。リンクは腹を立てた。

「タマラは子を失ったばかりで、とても弱ってるんだ。行くならみんな行けばいい、俺はタマラと残るぞ！」

ニトサマンは、フンと冷笑して言った。

「おまえが孕ませなきゃ、タマラは子を失うことはなかったはずだ」

彼の言葉に、イフリンが変な笑い声をたてた。そのとき私は夜中に両親がシーレンジュで風の音を作っていたことを思い浮かべた。ニトサマンはイフリンの笑い声の中、ノロ皮の敷物から立ち上がり、手を叩くと、言った。

「さあ、用意しよう。明日は夜が明けたら出発だ！」

ニトサマンは頭をもたげ、真っ先にシーレンジュを出て行った。リンクは怒りで目を真っ赤にし、ニトサマンを追いかけて出て行くと、私たちはすぐにニトサマンの悲鳴を耳にした。リンクはニトサマンを林の雪の上に殴り倒し、片足で踏みつけた。ニトサマンはリンクの足下で撃たれた獲物のようになり、心配になるほど凄まじい叫び声をあげた。母は騒ぎを聞いてフラフラしながら出てきたが、イフリンの口からいきさつを知ると、涙を流した。イワンがリンクをニトサマンから引き離すと、リンクは荒い息をしながらタマラの元に戻った。タマラが言った。

「リンク、なんでそんなことするの⁉　みんなが困るじゃない！　そんな勝手なことができると思ってるの？」

これは私が初めて父とニトサマンが正面からぶつかるのを見、また初めて母が父を責めるのを聞いた出来事だった。ニトサマンが神降ろしの舞を舞い、灰色の仔トナカイを死なせたことを思うと、その方法で、夜のうちに父を音もなく殺してしまうのではないかと私はとても心配になった。これをレーナに話したところ、レーナは言った。

「今晩は私たち二人でアグトアマのところで寝て、神降ろしの舞をさせないよう見張っていましょう」

夜、私とレーナがニトサマンのシーレンジュに入ると、ニトサマンは囲炉裏を見ながらお茶を飲んでいた。冴えない顔色とすでに白くなったもみ上げを見て、私は急に彼が気の毒に思えた。私たちが物語をせがむと、アグトアマは私たちに泊まっていってもいいよと言った。あの晩は風が強く、冷え込み、囲炉裏の炎がまるでため息のようにゆらゆら揺れ、ニトサマンの話も火と関係があった。

ニトサマンは話し始めた。

昔、ある猟師が森の中を一日中駆けずり回り、多くの動物を見かけながら、一匹も獲ることができなかった。どの動物も彼の目の前から逃げ去り、怒りで心はいっぱいになった。夜、家に戻ったときは、憂いに沈んでいた。猟師は火を点け、薪が燃えてパチパチと音をたてると、まるで誰かが自分のことを嘲笑っているように聞こえる始末。猟師はムカッとしてナイフを取り上げると、盛んに燃えている火に突き刺し、掻き消した。つぎの日の早朝、目が覚めて火を熾《おこ》すと、どうやっても火が点かない。猟師は熱いお湯も飲めず、朝食も取れず、狩りに出かけた。しかしこの日もあいかわらず一匹も獲れず、戻ってから火を熾したが、やはり火が点かない。おかしいな、と思いつつ、飢えと寒さの中で長い夜を過ごした。結局猟師は二日間何も食べず、火にもあたれなかった。三日目、彼はまた狩りをしに山に入ると、突然、悲痛な泣き声が聞こえた。声をたよりに行ってみると、ひとりの老女が枯れた真っ黒な木にもたれて、顔を覆って泣いていた。猟師がなぜ泣いているのか訊ねると、老女は答えた。「自分の顔がナイフで傷つけられ、痛くてたまらない」と。老女が手を下ろし、血だらけになったその顔を見て、猟師は自分が火の神を傷つけたことを知った。すぐさま跪き、火の神に許しを乞い、これからはずっと大切にすると誓った。深々とお辞儀をして体を起こすと、老女はすでにいなかった。そして先ほど老女がもたれていた木には、色鮮やかなキジが一羽止まっていた。猟師は弓を引いて矢を射ると、命中した。キジをぶら下げてねぐらに戻ると、三日間消えていた火が自然に燃え出した。猟師は火の傍らに跪き、泣き出した、と。

私たちは火の神を敬っている。私に物心がついたときから、宿営地の火が消えたことはない。移動のとき、先頭の白い牡トナカイに載せていくのはマルー神で、そのトナカイも「マルー王」と呼ばれ、普段は勝手に荷役とか騎乗に使えない。マルー王の後に続くトナカイに載せるのが火種だ。私たちは火種を厚く敷いた灰に埋め、樺皮の桶に入れた。歩く道がどんなに険しくても、光明と温もりは私たちとともにあった。普段私たちは動物の脂を少し火に注ぐが、それはわれわれの祖先神がいい匂いを好むからだそうだ。火の中に神がいるから、そこに唾を吐いたり、水をかけたりはできないし、不潔な物を投げ入れることも許されない。これらの決まりを私とレーナは小さいころからわかっていたので、ニトサマンが私たちに火の神の故事を語ってくれたとき、二人とも話に夢中になった。

話を聞き終え、私とレーナは一言ずつ言った。

私はニトサマンに言った。

「アグトアマ、毎晩火の神は中から飛び出てきてアグトアマにお話をするの？」

ニトサマンは私をチラッと見、また火をチラッと見て、頭を横に振った。

レーナは私に言った。

「これからはちゃんと火種を守り、雨で消したり、風で消してはだめだよ！」

あたかも谷あいに沈もうとする夕陽が谷に頷くように、私は軽く頷いた。

翌日の早朝、一晩中餌を探していたトナカイが戻ってきて、私たちも目覚めた。ニトサマンはもう起きていて、トナカイのミルク茶を沸かしていた。いい香りが私たちの頬を撫で、私とレーナはそこで朝食を食べた。レーナはさかんに欠伸をし、顔色は悪く、こっそりと私に告げた。

「一晩中眠らず、アグトアマが夜中に起きて神降ろしの舞をしないように、暗い中で目を開けて見張っていたわ」

レーナは私の鼾を聞いているとき、とっても羨ましく、何日間もお腹をすかしていた人がキタリスを焼くいい匂いを嗅いだときのようだった、と言った。レーナの話を聞いて私はとても申し訳ない気がした。レーナは父のために一晩中見張っていたのに、私の方はぐっすりと寝ていたのだから。私たちがニトサマンのところから出るとき、ニトサマンは祭っているマルー神を取り出し、三脚型の棚に掛け、「カワワ」草に火を点け、その煙でマルー神の汚れを取り払った。これは移動する前に、毎回ニトサマンがかならずすることだ。

私たちはニトサマンの望み通りに、宿営地を離れた。移動のとき、白色のマルー王が先頭を行き、その後ろは火種を載せたトナカイ、それに続くのは私たちの家産を載せたトナカイの群れだ。男と健康な女は普段トナカイの群れとともに歩み、どうしようもなくくたびれたら、トナカイに跨った。ハシェは斧を握り、しばらく歩くごとに大きな木に樹号をつける。母はその日、トナカイの背にもたれかかり、ウサギの毛皮の帽子とマフラーで顔をしっかりと覆っていた。リンクはずっと母が乗ったトナカイについていた。私、ダシー、ノラとレーナもトナカイに乗った。ジラントとルーニーはタカが気になって仕方がない。なぜならダシーの肩に乗るアオムリエは移動のときだけ腕前を披露するからだ。そのため二人は右に左にダシーが乗ったトナカイのそばをうろちょろしていた。でも気の小さなジラントは、タカが突然飛び上がって自分を襲うのではと恐れ、ついて歩くうちに、ルーニーのところに身を寄せ、ルーニーと一緒に歩いた。彼らはタカを英雄のように見なし、羨ましくて仕方なかった。そしてタカはルーニーとジラントを二羽のウサギを見るように、虎視眈々と狙っていた。

レーナはいつも白い模様のある褐色のトナカイに乗るのが好きだったが、その日、レーナが鞍橋《くらぼね》をその背に載せようとしたとき、トナカイは体を屈めて身をかわし、レーナに従おうとしなかった。このとき、乳の涸れた灰色のトナカイが自分からレーナのそばにやって来て、従順そうに身を屈めた。レーナは何も考えることなく、そのまま鞍橋をそのトナカイに載せ、跨った。レーナが乗ったトナカイは最初、私の前を行き、進むうちに、しだいに後退していった。レーナが私の前にいたとき、居眠りしているかのように、レーナの頭がずっと前後に揺れていた。

冬の陽光はどんなに明るくとも、結局のところ肌寒さを感じさせる。そのときは林の中の雪は少なく、山の南斜面の雑草や落ち葉はまだ黄色い姿を残していた。鳥たちも三々五々梢をかすめるように飛び、軽快な鳴き声を残していった。イワンはナジェシカと世間話をしながら進んだ。イワンがロリンスキーから聞いた話によると、西口仔金鉱《シーコウズ》はつぎのように発見されたという。

ある日、ダフール族の男が魚を捕って、川岸で火を熾し、鍋で魚を煮た。男は魚を食べ終わると、川辺で鍋を洗った。洗っているうちに、鍋底に数粒の金色に光る砂粒を見つけ、手に取って寄り集めると、なんと金だった、というのだ。

イワンはナジェシカに言った。

「これからは川の水で鍋を洗うときは、鍋の中の砂粒に注意しなければならんな。金色かどうかを確かめないと」

ナジェシカは胸の前で十字を切ると言った。「マリア様、どうかお守りください。決して金が見つかりませんように！　兄は仲間と一緒に金を掘ったせいで命を失ったの。金は昔からちっともいいものじゃないわ。人に災いをもたらすだけよ」

イワンは言った。

「人間は財を貪らなければ、災いに遭うこともない」

「人って金を見ていると、猟師が獣を見るように、どうしても貪ってしまうのよ」

ナジェシカはそう言って、何気なくイワンの頭を撫でた。この様子をイフリンに見られてしまった。イフリンはカッとなり、声を荒げてナジェシカをなじった。

「あたしらの民族はね、女が好き勝手に男の頭を撫でてはいけないの。男の頭上には神が宿ってるから、撫でたりしたら神の怒りに触れ、あたしらに罰がくだるんよ」

そしてイフリンは大声で叫んだ。

「ナジェシカがイワンの頭を撫でたわよ。みんな、途中、気をつけてね！」

私たちは太陽が昇るときに出発し、傾くころまで歩き、ようやく新しい宿営地に着いた。そこは鬱蒼とした松林で、林の中を走り回っているキタリスを早くも見つけ、ニトサマンの顔には笑みがこぼれた。全員、トナカイに載せていた荷を降ろし、男たちはシーレンジュを建てる準備をし、女たちは枯れ枝を掻き集めて、火を熾したとき、私はふとレーナが宿営地にいないことに気がついた。名前を叫んでみたが、返事がない。父はレーナがいないと聞くと、すぐレーナが乗っていたあの灰色のトナカイを捜しに行った。トナカイは隊列の最後尾にいた。だが、頭を垂れたままついてきて、とても哀れに見えた。リンクとハシェは、レーナに何か起きたと気づき、慌ててそれぞれトナカイに乗ると、来た道に沿ってレーナを捜しに戻った。母はレーナが乗っていたトナカイを見て、そのトナカイの仔がレーナに代わってこの世から消えたことを思い出したのだろう。今、レーナがその背からいなくなったことは、きっと何か好くない前兆にちがいない。母は思わず身震いをした。

私たちは宿営地でレーナの帰りを待ちこがれた。空が暗くなり、星と月が現れた。リンクたちはまだ戻ってこない。ダシーを除いて、誰も食事をする気が湧かなかった。ダシーはタカが途中で捕らえた野ウサギを焼き、酒を飲みながら食べるうちに、興が乗ってきて、また「ウルルー」と叫び出した。私は本当にダシーの舌を切りたくなった。このとき私は初めて人を恨んだ。ダシーの動いている口は、とても汚らしくて、まるで痰壺のように見える。あのときオオカミがダシーを食べてしまってたらよかったのに、と思った。

夜が更けてもレーナは戻らなかった。母は泣き出し、イフリンは母の手を取って慰めたが、イフリン自身の目にも涙があった。マリアも泣いていたが、レーナの心配だけでなく、ハシェのことも心配していた。ハシェは猟銃を忘れたので、万が一オオカミの群れに出くわしでもしたら、と心配していたのだ。間の悪いことにダシーはさらに火に油を注ぐようなことを言った。

「ハシェの馬鹿めが。人捜しに猟銃も持っていかないってのは、自分の腕が鉄でできてて、猟銃のように使えるとでも思っているのか？　今夜のオオカミは、食いっぱぐれがないぞ！」

ニトサマンは先ほどから沈黙したままかがり火のそばに座っていたが、ダシーの言葉で立ち上がった。

「今夜、これ以上何か言ったら、明日おまえの舌は石のように硬くなるぞ！」

ダシーはニトサマンの神通力をよくわかっていたので、もう馬鹿なことは言おうとしなかった。

ニトサマンはため息をひとつつくと、女たちに言った。

「泣くな、リンクとハシェはまもなく戻ってくる。レーナはもう天上の小鳥と一緒になっている」

ニトサマンの言葉で母は気を失ってしまい、イフリンは顔中を涙で濡らし、マリアは胸を叩いて地団駄を踏み、ナジェシカは十字を切った手を胸の前で止めた。

ニトサマンが立ち去るとすぐ、父とハシェがトナカイに乗って戻ってきた。レーナは戻ってこず、永遠に戻ってこられなかった。父とハシェはすでに冷たくなっていたレーナを捜し当て、その場で彼女を葬ったのだ。私はニトサマンの元へ走り、叫んだ。

「アグトアマ、どうかレーナを助けて。レーナの〝ウーマイ〟を見つけてきて！」

「レーナはもう戻れないんだから、呼んではだめだ！」

私は囲炉裏のそばの水差しを蹴飛ばし、それが〝カランカラン〟と鳴り響いた。そして強い口調で、ニトサマンの神衣、神帽、神鼓を焼いてやるからと呪った。

「レーナが立ち上がらないなら、私もレーナと一緒に横になって、二度と立ち上がらないわ！」

でも、私は横になることができなかったし、レーナも立ち上がることはなかった。

父が言った。

「レーナを見つけたとき、あの子は目をしっかりと閉じ、口元には笑みを浮かべ、美しい夢を見ているかのようだったよ」

レーナはきっと眠りこけて、トナカイの背から落ちてしまったにちがいない。疲れて眠たかったレーナは柔らかな雪の上に落ち、そのまま眠ってしまった。夢の中で凍死してしまったのだ。

レーナは逝き、母の笑い声も持っていってしまった。母のタマラは続けて二人の娘を失い、まるまるひと冬、ずっと暗い顔をしていた。あの長い夜の続く日々、私は、シーレンジュでタマラとリンクが作る風の音を聞くことはなかった。私はタマラが風の音の中で熱く呼びかける、「リンク、リンク」という声を聞くのがとても好きだった。

雪の少なかったその冬は、キタリスが非常に多く、狩りは大収穫をあげたが、リンクとタマラの気分はずっと晴れなかった。春、ロリンスキーが馬に乗って私たちの宿営地を訪れ、レーナがすでに亡くなったことを知ると、顔がさっと曇り、絶句してしまった。彼が、あのレーナを死の谷あいに連れていったトナカイを見たいと言うので、リンクはロリンスキーを連れていった。このとき、その灰色のトナカイはまた乳を出すようになっていた。その乳はタマラにすれば訃報と同じで、タマラは毎日、その体の下にしゃがみ、懸命に乳を搾り、すぐに搾りつくせないのを恨めしく思っていた。トナカイの方は一日中足を震わせて耐え忍んでいる。ロリンスキーは、タマラがなぜ狂ったように乳を搾るのかを知り、慈しむようにトナカイの背をぽんと叩き、タマラに言った。

「レーナはこいつが気に入っていた。もしそんなふうに扱っていると知ったら、きっと悲しむよ」

タマラはトナカイの乳をぎゅっと握っていた手を離し、泣き出した。今回ロリンスキーは酒も飲まず、また「ウォリチェ」も踊らなかった。彼が一束ずつ括ったキタリスの毛皮を持って宿営地を離れるとき、私は彼がある物を一本の小さな松の上に掛けるのを見た。ロリンスキーが馬に乗り、その松のそばから離れたあと、私はその木がピカッピカッと光っているのに気づいた。近寄って見ると、なんとそれは小さな丸い手鏡だった。きっとロリンスキーがレーナへ持ってきた贈り物だ！ 鏡には、暖かな陽光、真っ白な雲、緑の山々が映っている。春の光にはちきれんばかりの鏡は、満ち足り、しっとりと輝いていた！

レーナが消えたあの夜、私は辛すぎて泣くこともできなかった。ところが思ってもみなかったことに、この小さな丸い鏡に凝縮された春の光が、なんと私の心の底に溜まった涙を汲み出した。私は大声で泣き出し、梢の鳥も驚いて飛び去った。

私は小さな手鏡を木からはずし、大切にしまった。今も変わらずに私の手元にあるが、以前ほどの輝きはなく、曇ってしまっている。私はこれを嫁入り道具として、娘のタチアナに贈った。タチアナはイレーナを産んだあと、娘もこの鏡が好きなことがわかり、イレーナが嫁ぐとき、それをイレーナの嫁入り道具とした。絵を描くのが好きなイレーナはよくこの鏡で自分の絵を映し、鏡の中の自分の絵は、薄い靄《もや》に煙る湖水のように、朦朧として美しいわ、と言っていた。数年前、イレーナがこの世を去り、タチアナがイレーナの遺品を整理したとき、それを石に叩きつけようとしたので、私に返してもらった。この鏡は、私たちの山、樹木、白い雲、河川、一人ひとりの女の顔を映し、私たちの生活の目だった。タチアナがこれを壊すのをどうして見過ごすことができようか！

私はその目を残した。とはいえ、あまりにも多くの風景と人を見てきたため、その目は私の目と同じく、濁ってしまっているのはわかっていた。

春の光は一種の薬で、人を癒す力が一番強いことを私は発見した。

レーナがいなくなったその冬、母はずっと消沈していた。しかし、春がやって来たとき、母の顔にまた笑みが戻ってきた。そしてその春に、私は自分の体から血が流れ出たのを見て、自分はまもなく死ぬのだと思った。でも、快復して血色のいい顔になった母を見て、自分の体の血が母の体に流れたにちがいないと確信し、母に告げた。

「血が止まらないから、私は死ぬかもしれない。でも、私の血は無駄じゃなくて、アニの顔に流れたのね」

母のタマラは興奮して私を抱き寄せ、父に向かって叫んだ。

「リンク、私たちの小ウナジが大人になったわ！」

母は日干ししたヤナギの樹皮を細かくほぐした束を持ってきて私の体にあてがった。私はようやく、なぜ毎年春に母が川岸でヤナギの樹皮を採っていたかがわかった。なるほど、それは私たち青春の泉の水を吸い取っていたのだ。

川岸のヤナギが風に柔らかくそよぐころ、母はかならずヤナギの樹皮をひと籠またひと籠と剝がし、宿営地に背負って戻った。母はそれを火で軽く炙って、さらに柔らかくしたあと、糸のように細かく裂き、股《もも》の上で何度も揉み、それをほぐし、日に干して蓄えておいた。当時、私はそれが何に使われるかわからず、母に訊ねると、母はいつも微笑みながら言った。

「大きくなったらわかるよ」

私が思うに、こんなに早くヤナギの樹皮の当てものを使うことになったのは、シラカバの樹液をよく飲むのと関係があったのだろう。これもやはり母親の影響で、母はシラカバの樹液を私たちよりたくさん飲んだ。ただ私たちが飲むのは無色だが、流れ出るのは赤色だ。

シラカバは森の中で一番明るい服を着ている木だ。ビロードのような白い上着を羽織り、上着には一枚一枚黒い模様が飾りつけられている。狩猟用ナイフで木の根元のところに軽く切り口をつけ、草の茎を挿し、樺皮の桶を置いておけば、樹液が草の茎に沿って湧き水のようにその桶に流れ込む。その樹液は無色透明で、とてもあっさりした甘さがあり、一口飲むと、口の中に爽やかな香りが満ちる。かつて私はレーナと一緒に樹液を採りに行ったが、レーナが亡くなったあとは、ルーニーと行くようになった。ルーニーはいつもまず木の根元に跪くと、草の茎をくわえ、自分が十分飲んでから、ようやく樹液を集めにかかった。

私は、タマラほどシラカバが大好きな人をこれまで見たことがない。タマラはよくその柔らかな幹を撫でながら、心の底から羨望して言った。

「皮を見てよ、なんてきれいなの、雪みたい！　幹を見てよ、なんて細くてまっすぐなの！」

私とルーニーが樹液を採って戻ってくると、母はもうトナカイの乳を飲まなかった。お椀に一杯汲んで、一気に飲み干し、飲み終わるとまるで暗闇にいた人が突然陽光を見たかのように、うっとりと目を細めた。母はまたシラカバの樹皮を剝がすとき、幹の表面のべとべとした樹液をこそげてよく食用にした。そして母はシラカバの樹皮を剝がすのが男より上手だった。鋭利な狩猟用のナイフを握り、太さが均等で、表皮が滑らかなシラカバを選び、樹皮が一番分厚いところで、上から下へ一本切り口を入れてから、ナイフで上辺を横に切り、幹をぐるっと一周し、さらに下辺を横に切ると、樹皮はスムーズに剝がれた。幹の皮を剝がすので、樹皮が取られたシラカバは、その一年間は裸のままだが、つぎの年、その部分は薄黒く変わり、濃い色のズボンを穿いたようになった。しかし、また一、二年過ぎると、剝がされたところに新鮮な若い皮が出てきて、また自分のために白くまぶしい上着を着た。だからシラカバは素晴らしい仕立屋だと思う。自分で自分の着る衣装を作ることができるからだ。

剝がされた樺皮からは様々な物が作れる。もし桶と箱を作るなら、樺皮を火でほんの少し炙ると、柔らかくなって加工できるようになる。桶は水を入れられるし、様々な箱には塩、茶、砂糖それにタバコを入れられる。樺皮で作るカヌーには大きな樹皮が必要だ。このような樹皮は大きな鉄鍋に入れて煮たあと、取り出して乾せば、カヌーを作れるようになる。私たちは樺皮のカヌーを「ジャーウ」と呼ぶ。ジャーウを作るには松の木で骨組を作り、樺皮でそれを包む。朝鮮松の根のヒゲで糸を作り、継ぎ目を縫い合わせ、そのあと松の樹脂とシラカバの樹脂を混ぜ、煮詰めてできたニカワを、縫い目の隙間に詰める。ジャーウは細くて長いが、どのくらいあるかというと、まるまる四、五人の身長をひとつに繋げた長さだ。その両端は鋭く、舳先も船尾もなく、どちらかの端に立てば、そこが舳先だ。水に浮かべるととても軽快で、まるで大きな白魚のようだ。どのウリレンにも三、四艘のジャーウがある。普段はそれらを宿営地に置き、必要なとき、軽いジャーウを持っていく。もし夏の時期にひとつの宿営地に長く滞在するようなときは、川辺に置いておくので、使用するときはとても便利だ。

私のジャーウについての記憶は、ヘラジカと関係している。私たちはヘラジカを「ザーヘイ」と呼んでいた。ヘラジカは森に住む最大の動物で、牛ほどの大きさがあり、成獣は三百キロにも達する。頭は大きくて長く、首は短く、体毛は灰褐色、四肢は細長く、尾は短い。オスのヘラジカの頭には角があり、角の先はスコップ状で、まるで頭の天辺の右と左にそれぞれ四角い布を陰干ししているようだ。ヘラジカは三日月湖の底に生える針古草を好んで食べるので、ヘラジカを狩ろうとするなら、猟師たちはよく川辺で待ち受けた。ヘラジカは、昼間は林の日陰に身を隠して睡眠をとり、夜になって食べ物探しに出かけるので、ウリレンの男たちは星が出たあと、よくヘラジカ狩りに出かけた。

父はルーニーを素晴らしい猟師にしようと心に決めていた。そのためルーニーが八、九歳のころには、宿営地から近場の狩りだと、連れて出かけた。

私がまだ憶えているのは、ある満月の爽やかな夏の夜のことだ。私がちょうど母と炉端で筋糸を撚っているところに、ルーニーが駆け込んできて、浮き浮きしながら私に言うには、これからアマが自分を連れて、ヘラジカを獲りにジャーウに乗って川の淀みに行く、と。私はヘラジカにとくにこれといった興味はなかったが、樺皮のカヌーにはとても乗りたかったので、母に、私も連れていってくれるようアマに言って、と頼んだ。男たちが女の子を連れて狩りに出るのを忌み嫌っていることは私も知っていた。でも、母が父に連れていくように頼めば、父は「わかった」と言うはずだ。だから母がシーレンジュを出て父を捜しに行ったとき、私は炉端から跳び上がり、自分はきっと父たちと一緒に川の淀みに行けるとわかった。

父のリンクは猟銃を背負い、私たちを連れて松林を抜け、川岸にやって来た。途中、父は私とルーニーに言い聞かせた。

「ジャーウに乗ったら、大きな声を出してはいけない。それに川に唾も吐いてはいけないぞ」

その当時、アルグン川右岸の森は、天を覆わんばかりの大木だけでなく、いたるところで川筋が分かれていた。そのため多くの小川は名前もない。近ごろはこれらの小川も地平線を滑る流星のように、大部分は消えてしまった。私が追憶するときは、あの無名の小川をヘラジカ川と呼んでいる。なぜなら私が最初にヘラジカを見たのが、この川だったからだ。

その川はとても狭く、水深も浅い。リンクは怠けている子どもを捕まえるかのように、川辺の草むらに隠しておいた樺皮のカヌーを引っ張り出し、川の流れに押し出した。リンクはまず私とルーニーがカヌーに乗ったのを見てから、自分も飛び乗った。樺皮のカヌーは喫水が浅くてとても軽く、トンボが水面に降りるかのように、ほとんど物音がせず、ただほんのわずか揺れるだけだ。カヌーがゆったりと進み始めると、耳元をさーっと涼風がかすめ、とても気持ちがいい。水の上を進むときに岸の木々を眺めると、どれもが足を生やして、逃げていくように見えた。まるで流れは勇士、樹木は敗残兵のようだ。月の周りには一筋の雲もなく、明るく澄み渡っている。遮るものが何もなさすぎて、月が突然地上に落ちてこないか心配するほどだ。川の流れは、最初はまっすぐだが、やがて微かに曲がり出し、曲がる角度が大きくなるにつれ、水流は激しく、川幅も広がる。最後に大きな湾曲に差し掛かると、ヘラジカ川は子を産んだばかりの女のように、その傍らに楕円形の湖沼を産み落としていた。しかし主流はなおも一心不乱に先に向かって流れていく。

リンクは樺皮のカヌーを湖沼に滑り込ませ、湖の向かいにあるあまり起伏のない山に向かって漕いでいった。リンクは岸に上がると、私とルーニーにカヌーから降りないように言った。父がそばを離れると、すぐルーニーが私を怖がらせた。

「ほら、前を見ろ、オオカミがいる。奴の目がピカッと光ってるぞ！」

私が声をあげようとしたとき、ルーニーの話し声を耳にした父が振り向き、ルーニーに言った。

「俺は何て言ったっけ？　いい猟師は、狩りに出たらでたらめを言ってはいけない。それに無駄口も叩いてはいけない！」

ルーニーはすぐに静かになり、指先で何度か船縁《ふなべり》を軽く叩いた。まるで自分の頭を叩いて反省を示しているかのようだ。

リンクは急いでカヌーに戻ってくると、小声で私たちに言った。岸の草むらにヘラジカのフンと足跡を見つけた。フンは新しいから、数時間前にここに来ていたことがわかる。足跡からすると、成獣のヘラジカで、かなりの大きさだ、と。さらに言った。向かい側のヤナギの茂みで待とう、と。私たちはカヌーを湖畔のヤナギの茂みへ漕ぎ寄せ、木と木のあいだに入れ、陸地のようにカモフラージュした。私たちはカヌーの上に潜み、リンクはルーニーに猟銃の弾込《たまご》めを手伝わせてから、指を立てて唇に当て、声を出してはならないと身ぶりで示した。

声を潜め、息を凝らしながら待った。ヘラジカがすぐにやって来ると思って、最初はとてもドキドキしていた。ところが水中に映る月がひとつ分動いても、何の音も聞こえてこない。私はくたびれて眠くなり、欠伸を抑えきれなかった。ルーニーは、私が眠らないように手を伸ばし、私の髪の毛をぎゅっと摑んで引っ張った。私は痛くて、怒ってルーニーの肩を叩いた。ルーニーは首をかしげて私に笑いかけたが、今でも月光を浴びたルーニーの笑顔が忘れられない。彼のきれいに並んだ白い歯が銀と同じような輝きを発し、まるで口の中に宝の倉を隠しているかのようだった。

眠らないように私は頭を小刻みに動かした。まずは仰向いて天上の月を見たあと、俯いて水中の月を見た。水中の月を見終えると、また頭を上げて天上の月を見た。天上の月がより明るく感じたかと思うと、水中の月がそれよりさらに明るく感じたりする。天上の月が大きく感じたかと思うと、水中の月の方が大きく感じたりする。やがて、さっと風が吹くと、天上の月はこれまで通りだが、水中の月は皺だらけになり、まるで瞬時に老いたかのようだった。まさにそのとき、私は理解した。真に衰えることなく長生きできるものは天上にあり、水中に投影されたものはどんなに美しかろうと、それは短命であることを。私は、ニトサマンがレーナは天上の小鳥と一緒にいると言ったことを思い出した。レーナは素敵なところに行ったのだから、彼女を思い出すのも怖くなくなった。

私がレーナのことを思い出していたとき、父が唾を飲み込んだ。〝ザクッザクッ〟という音がする。誰かが斧で木を切っているような音だが、使っているのは切れる斧でなく、どこかなまくらで、そのため〝ザクッザクッ〟という音はくぐもっていた。しかしこの〝ザクッザクッ〟という音が〝ブスッブスッ〟という音に変わり、その音のする方を見ると、薄黒い影がちょうど湖の真向かいを移動しているのが見えた。〝ブスッブスッ〟という音は動物の蹄が沼沢に踏み込んだときに出る音のようだ。父は興奮を抑えきれずに、「おっ」と声をあげた。きっとその影がヘラジカにちがいない！　私は興奮し、心臓がドキドキして、掌に汗をかき、眠気も吹っ飛んだ。

ヘラジカは夜の帳の中で泰然と歩み、その大きな体軀はまるで動く砂丘のように見えた。ヘラジカは湖水に向かい、頭を下げ、まずしばらく水を飲み、水を掻く音が私に聞こえた。ヘラジカが頭を上げるのを待って、父は狙いを定めた。ところが、撃とうとする直前、ヘラジカは突然ザブンと水に飛び込んでしまった。ヘラジカはもともと愚鈍だと思われていたから、水に入る姿がこんなに颯爽としているとは思ってもみなかった。どうやら、ヘラジカは針古草を食べるため水中に潜ったようで、頭も水面から出たり入ったりしている。おそらく自分をこの湖水の主人と思っているのだろう、水中ではひとところにじっとすることなく、しばらく湖水の南側にいたと思うと、今度は東側に泳いでいき、自由に自分の王国を漫遊していた。私たちは水面に出てくる〝ブクブク〟という泡からヘラジカの動きがわかった。ヘラジカは徐々に湖心に近づいたが、それは私たちに近づいたことになる。湖心に近づいたとき、はじいた水で水中の月は粉々に砕かれ、黄金色の月の残片が水面に漂う様に、心が痛んだ。ヘラジカが近づいたとき、私はとても緊張した。なぜならヘラジカの姿を見ていると、きっと何もかも呑み込みそうで、万一父がし損じたら、反撃をくらい、私たちのジャーウは粉々に踏み潰され、逃げるしかなくなるからだ。そしてもし逃げ遅れて捕まったら、命の保証もない！

リンクは間違いなく優秀な猟師だ。ヘラジカが水中に潜って、湖面の月がまた丸くなり出したときも、冷静さを保ち、辛抱強く待った。そしてヘラジカが湖水から現れ、満足そうに頭を振って岸辺に向かおうとしたとき、リンクはようやく銃を撃った。銃声の響きとともに、私の心臓も跳び上がりそうだった。ヘラジカは体を傾け、水中に倒れていくかのように見えたが、すぐさま立ち直ると、銃声が響いた方へまっしぐらに突進してきた。私はリンクの言いつけも忘れて、わーっと大声を上げ、すっかり動転してしまった。リンクが続けざまに二発撃ち込むと、ヘラジカはようやく突撃を止めた。だが、すぐに水中に倒れたのではなく、酔っぱらいのようにしばらくふらつき、そして〝ザブーン〟という音とともに倒れ、巨大なしぶきが上がった。その水しぶきは銀色の月の光が射す中、青みを帯びた色を見せた。ルーニーは歓呼し、リンクも大きく息を吐くと、銃を下ろした。私たちは二、三分待って、もう息がないことを確かめると、樺皮のカヌーを棹で押し出し、ヤナギの茂みから抜け出て、急いで湖心まで漕いだ。ヘラジカの頭は水に浸かり、体の一部分だけが出ていて、まるで丸く磨かれた青黒い石のようだった。ヘラジカのそばの月がまた丸くなったが、でも銀白色ではなく、黒い月になった。ヘラジカの鮮血が湖心を闇の色に染めていたのだ。さっきまでゆったりと潜水して針古草を食べていたヘラジカが、あっさりと息絶えたと思うと、私の歯はガチガチと鳴り、足もガタガタ震え始めた。しかしルーニーはすっかり有頂天になっていた。私は永遠に腕のいい猟師にはなれないとわかった。

私たちはヘラジカを持ち帰らなかった。とても重くて、私たちの力の及ぶところではないからだ。リンクはカヌーを漕ぎながら、気持ちよさそうに口笛を吹き、私とルーニーを連れて帰った。しかし天高く聳える大木を横切ったとき、リンクは口笛を止めた。山の神「パイナチア」を驚かせるのを恐れたからだ。

言い伝えによると、昔、ある酋長が部族の者全員を連れて巻き狩りに出かけた。彼らは大きな山の中から獣の様々な鳴き声が聞こえてきたので、この山を包囲した。その時すでに空はすっかり暮れてしまい、酋長は全員その場で夜を過ごすよう命じた。翌日、人々は酋長の指揮のもと、包囲を狭め、一日がまたたく間に過ぎ、夕方の休憩時になって、酋長は部族の者に、巻き狩りで何種類の獣を捕まえられるか当ててみろ、数はどれくらいだ、と訊ねた。

酋長の問いに誰も答えようとしない。なぜなら山中で獣を何匹捕まえられるかは、川に何匹魚が泳いでいるかを当てるようなもので、どうして正確に答えられよう。誰もが押し黙っていたとき、ひとりの善良そうな白髭の老人が口を開いた。老人は、山で捕らえる獣の数ばかりでなく、種類ごとに、鹿は何頭、ノロとウサギは何匹というふうに答えた。翌日の猟が終わったとき、酋長は自ら人を率いて捕らえた獣の数をきっちり数えてみると、なんとあの老人が言ったのと同じではないか！　老人はただ者ではないと思った酋長は、訊ねてみようと老人のところに行った。老人はさっきまでたしかに木の根元に座っていたはずだが、今は影も形もない。酋長は不思議に思い、あたり一帯を捜させたが、老人を見つけることはできなかった。酋長は「老人はすべての獣を支配している山神様にちがいない」と悟った。そこで老人が座っていた大木に老人の胸像を彫った。それが山神の「パイナチア」だ。猟師は狩りに出かけるとき、パイナチア山神が彫られた木を見かけると、タバコと酒を供えるだけでなく、銃を置いて弾を抜き、跪いてお辞儀をし、山神に加護を祈る。もし狩りで獣を得たら、獣の血と脂をこの神像に塗った。当時、アルグン川右岸の森にはこのように山神を彫った大木がたくさんあった。猟師はパイナチアのそばを通るときは、大声などをたててはならなかった。

帰り道、私はすっかり悄気《しょげ》てしまい、リンクから「眠いのか？」と聞かれたが、答えなかった。私は銃で撃たれたわけではなかったが、でも父が手に入れた獲物のように、生気がなかった。宿営地に戻り、父がヘラジカを仕留めた地点をウリレンの人々に告げると、イワン、ハシェ、クンダは深夜になっていたが、ヘラジカを運びに出かけた。リンクは功臣のように、出かけずに体を休めた。その晩、リンクはきっと嬉しかったのだろう、シーレンジュの中でタマラと激しい風の音を作り出し、母が何度もリンクの名を叫ぶのが聞こえた。この風の音の中、私の目前にパッと現れたのはあの黒い月だった。それは私の夢の世界を引き裂き、そのため東の空が白むころに私はようやく深い眠りに落ちた。

私が起きたら太陽はもう高く昇っていた。母はまな板の上でヘラジカの肉を切っているところだった。まもなく母が肉を日に干せば、その暗紅色の肉は、風で散った赤ユリの花びらのようになるはずだ。

ヘラジカを一頭仕留めたので、宿営地は喜びでいっぱいだった。マリアやイフリンはタマラと同じで、浮き浮きと肉を干している。マリアの顔には笑みが浮かび、イフリンの方は鼻歌を歌っていた。イフリンは遠くにいた私が目に入ると、「こっちにおいで。シリマオイを採ったから、食べなさい」と言った。

シリマオイは川の土手に生える黒いチョークチェリー（和名エゾノウワミズザクラ。青く小さな実をつける）で、晩秋にならないとその実は甘くならない。私は、「渋い実なんて食べたくない」と大声でイフリンに言いながら、彼女のシーレンジュの前を通り過ぎた。イフリンは私を追いかけながら言った。

「おまえはリンクについて初めて狩りに行ったのに、ヘラジカを仕留めた。これからは男の子の格好をして、リンクの狩りについていくといい！」

私はイフリンに向かって口をへの字に曲げ、もう口を利かなかった。

私はニトサマンのところに向かった。熊やヘラジカを仕留めたら、ニトサマンがマルー神を祭るはずだからだ。

普通、私たちは熊やヘラジカを仕留めたとき、ニトサマンのシーレンジュの前で三脚型の棚を組み立て、動物の頭を切って、そこに掛け、顔を運んできた方向に向ける。そのあと、頭を降ろし、食道、肝臓、肺と一緒にシーレンジュのマルー神の位牌の前に持っていき、小枝を敷いた上に、右端から順に並べる。それから誰にも見せないように皮で覆う。まるでマルー神にそっとそれらを楽しんでもらいたいかのようだ。翌日、ニトサマンは獲物の心臓を取り出し、革袋に入っている諸神を出すと、心を込めて血を神々の口に塗り、それらを戻した。このあと、獲物の体から脂身を数片切り取って、火に投げ入れた。〝ジュジュー〟と音をたてて油が染み出てきたとき、すぐにカワワ草で覆うと、香ばしい煙があたりに漂う。そして神像を入れた革袋を煙の中で、まるで汚れた服をきれいな水で揉み洗いをするように揺さぶったあと、元のところに掛け、儀式は終わる。これで、その内臓を分けて食べてもよくなった。ダシーは目が不自由なので、肝臓はたいてい全部彼に渡す。ダシーはナイフでそれを切り、血が滴っているのを生のまま食べた。一度、私はダシーが生のまま肝臓を食べているのを見たが、口元は血で濡れ、顎にも点々と血がつき、吐き気を催させた。獲物の心臓の方は各シーレンジュに一切れずつ均等に分けられる。細切れになった心臓を手に入れた人は、基本的に生で食べた。私は肉は生で食べるが、内臓を生で食べるのは嫌いだ。なぜなら臓器は血を蓄えている容器なので、それを食べるということは血を吸うことに等しいからだ。

私は供養の儀式のとき、幾度となく革袋の中の神様を見たいと思っていたが、いつも機会がなかった。口に心臓の血を塗られた神は、唇も人のように動かすのだろうか、私にはわからなかった。

女たちが肉を干し始めたということは、ヘラジカが昨夜のうちに運び込まれ、供養の儀式もすでに終わってしまったようだ。でも私は幸運を当てにして、ニトサマンのところに行った。

ニトサマンのシーレンジュの外に、一頭の見たこともない薄い灰色模様のトナカイがいた。トナカイの背には鞍が置かれ、その上に尻当てが敷かれていたので、誰かが乗ってきたことがわかった。どうやら宿営地に知らない人が来たようだ。

ニトサマンに会いに来るのは、いずれも近隣のウリレンの人で、私たちとは別の氏族だ。彼らがニトサマンに会いに来る目的はひとつだけ、つまりニトサマンに神降ろしをしてもらうためだ。すべてのウリレンにサマンがいるわけでなく、そこの誰かが重い病に罹った場合、樹号をたどって、サマンのいるウリレンを探し出し、病人の病気を取り除いてくれるよう、サマンにお願いする。彼らは訪れるとき、マルー神にお供えの品としてカモかキジを用意する。人々の頼みを拒絶するサマンはめったにいない。サマンがよそのウリレンに行って神降ろしの舞を終えて帰るとき、普通トナカイを一頭連れて戻るが、それはサマンへの謝礼の品だった。

私の記憶では、ニトサマンは二度、頼まれて神降ろしに行った。一度は、突然失明した中年の人のために眼病を診たとき、二度目は、子どものために疥癬を診たときだ。彼は目の診察では三日で帰り、子どもの疥癬の方はその日のうちに戻ってきた。話では、ニトサマンはすでに暗闇で十数日過ごしたその人に、ふたたび太陽の光を見られるようにしたそうだ。また、子どもの疥癬は、彼が舞っているあいだ、またたく間にかさぶたになり、二度と膿が出なくなったという。

私がシーレンジュに入ったとき、ニトサマンはちょうど儀式用の道具を用意しているところだった。そばには腰の曲がった顔中埃だらけの大きな口をした男が待っていた。私はニトサマンに訊ねた。

「アグトアマ、病気を診に行くの?」

彼は顔を上げて私をチラッと見ると、神降ろしに行くとも言わず、かえって私にこう言った。

「昨夜仕留めたヘラジカは、大きくて、肉が美味しく、皮も上等だ。イフリンおばさんに言っといたよ、皮を鞣したら、おまえにブーツを作ってやるようにって」

イフリンのブーツ作りの腕はとても素晴らしく、作ったブーツは軽くて丈夫なうえ、ブーツの胴には様々な模様が型押しされ、とても美しい。どうやら私がリンクとヘラジカ狩りに行ったことをニトサマンも知っていて、きっと私の功績を認めて、イフリンに、私のブーツを作るよう言ったのだろう。

でも私はブーツには興味がなく、ニトサマンについて、よそのウリレンに行き、ニトサマンの神降ろしの舞を見てみたかった。

ニトサマンは神衣、神帽、神袴、神裙、肩掛けをひとつにまとめ、赤みがかった藍色の布で包んでから、神鼓とノロの足で作ったバチを革袋に収めていた。それらを持って外に出ようとしたとき、私は言った。

「私もアグトアマについていきたい」

ニトサマンは首を横に振って言った。自分は、遠出しなければならないし、私を連れていくのは危険で、足手まといだ。それに、遊びに行くわけではない、と。さらに言葉を継いだ。今度、ジュルガンに連れていってやる。そこには楽しいもの、たとえば屋台とか、馬車とか、宿屋とかがあるから、と。

私は、伯父さんが人のために神降ろしの舞を舞うのを見たいだけで、ジュルガンなんて行きたくない、と言った。

ニトサマンは、今回は人のためではなく、病気のトナカイのために舞うので、何も面白いことはないから、ここにいて、母さんが肉を干すのを手伝いなさい、と言った。

「タマラはもう肉を干しちゃったわ!」私は腹を立てて言った。

ニトサマンは驚いたように私を見た。思ってもみなかったのだ。私が母を「アニ」と呼ばず、リンクと同じように「タマラ」と呼ぶとは。ニトサマンは言った。

「まさか昨夜捕まえたヘラジカにおまえの記憶も持っていかれたのではあるまい。〝アニ〟という言葉も言えなくなったのか⁉」

ニトサマンの皮肉を含んだ物言いに、私の不満はいっそう募った。私は意固地になって言った。

「連れていってくれないなら、神降ろしの舞をしたって、絶対、絶対好くならないから‼」

私の言葉に神鼓を抱えていたニトサマンの手がブルッと震えた。

たとえば、「あなたの一生で間違ったことを言ったことがあるか」と訊ねられたなら、七十数年前のあの夏の日、病気になったトナカイたちを呪詛したのは間違いだった、と答えるだろう。もしニトサマンがあのトナカイたちを治していたら、リンク、タマラ、ニトサマンの運命はおそらく別のものになっていて、私が昔を偲ぶときもこんなに心が痛むことはなかっただろう。

ニトサマンが戻ってきたのは、三日後だった。私たち全員があのウリレンのトナカイを助けたと確信した。なぜなら、ニトサマンを送ってきた人は、二頭のトナカイを報酬として連れてきたからだ。一頭は白い模様がある褐色のトナカイで、もう一頭は灰黒色をしていた。客人は私たちに語った。春に、彼らのウリレンの周囲に黄色い埃のような雪が降り、どうやらこの雪を食べたトナカイが伝染病に罹ったようだ、と。雪は深夜に降り、彼らは眠っていた。夜に餌を探すトナカイは、彼らが知らないときに黄色い埃のような雪を食べたようだ。彼らはトナカイが病気になるのではと心配し、毎日、トナカイの守護神であるアロン神に額ずいて拝んだが、やはり病気になってしまった。でもニトサマンが来てからは、何日も地面にのびていたトナカイたちが立ち上がることができた。その人が説明しているあいだずっと、ニトサマンにはまったく喜色が見られなかった。

この時期のトナカイはまだ冬の毛が抜けきっていないので、新しく加わった、この背中に小さな傷痕のある二頭のトナカイは、みんなにこれといった警戒心を呼び起こさなかった。なぜなら、トナカイは冬の毛がすっかり抜けてからでないと、傷痕がわからなかったからだ。

トナカイは群れやすく、新しく来たトナカイも翌日には私たちのトナカイと一緒に餌を探しに出かけた。トナカイは夕方に出かけ、早朝に戻ってくる。宿営地に戻ってきたときは、爽やかな朝露の匂いを体につけているかのようだ。私たちは火を熾して煙を出し、トナカイのためにアブや蚊を追い払ってやる。トナカイは地面に横になって休むものもいれば、塩を舐めているのもいる。タマラは塩をトナカイに与えているとき、新しく来た二頭のトナカイの様子がおかしいことに気づいた。トナカイは塩を見ると、まるで長い日照りに見舞われた植物が雨水を得たかのように、貪るように食いつく。ところがこの二頭は違って、まるで塩に関心がなかった。タマラは、二頭は来たばかりで、人と同じように恥ずかしいのだと思い、塩を手に載せ、二頭の口に持っていった。タマラの好意を無にしたくないと思ってか、二頭は舌を伸ばしてちょっと舐めたが、無理に舐めている様子だ。そして舐め終わると、咳き込んだ。タマラは、この二頭のトナカイの様子が少し変だと感じ、リンクに言った。

「新しく来たトナカイはあまり元気がないわ。群れと一緒に出かけないよう、ここに繋いでおいたらどう?」

リンクはタマラにふざけて言った。

「この二頭は去勢された奴だ。俺たちのところに来て、こんなにきれいなメスに出会っても、あっちの能力がないときてる。まもなく交配の時期だから、目の前の情景に悲しくなり、それで元気がないのさ」

タマラは顔を赤らめて、リンクに言った。

「トナカイもあなたと同じように、一日中そんなことばかり考えてると思っているんでしょ?」

父は笑い、母も笑い、二人の笑いはトナカイへの心配を和らげた。

まもなく、大部分のトナカイの毛がごっそりと抜け、その体にものすごく大きな傷痕が現れた。まるで豪雨で路面が浸食されてできた穴のようだ。そのうえ、塩を舐めるのを嫌がり出した。外から戻ってくる時間が昼まで遅れ、宿営地に着くといずれもよたよたっと地面にしゃがみ込んだ。そして新しく来た白い模様のトナカイは、ある日宿営地に戻って腹這いになると、もう二度と立ち上がることはなかった。続いて、その仲間の灰黒色の方も死んだ。この外からやって来た二頭のトナカイが突然死んで、ようやく私たちも気がついた。二頭は恐ろしい疫病をもたらしたのだ。私たちのトナカイにもまもなく災いが降りかかる。ニトサマンは、あのウリレンのトナカイの病気を治せなかったばかりか、私たちの元気潑剌としたトナカイまで死の崖っぷちに追いやったのだ！

ニトサマンの頰はほとんど一夜のうちに落ち窪んでしまった。打ちひしがれた様子で、神衣、神帽、神裙、神袴を着け、トナカイを救うため、神降ろしの舞を舞い始めた。このときの舞は私に深い印象を残した。ニトサマンは日がとっぷり暮れるころから舞い始め、月が昇り、星が天に満ちるまでずっと、両足の動きを止めることはなかった。神鼓を叩き続け、時に空を仰いで大声で叫び、時に俯いて呻吟する。ニトサマンは月が西に沈み、東方が白みかけたころようやく、〝ドタン〟と音をたて、地面に倒れた。たっぷり七、八時間舞い続け、シーレンジュの一角に両足が踏んだ大きな窪みができ、その窪みにつまずいてひっくり返ったのだ。ひっくり返ったあと、ひっそりとしていたが、しばらくして、「ワーッ」と泣く声が伝わってきた。ニトサマンの泣き声から、私たちは、トナカイが災難から逃れられないことがわかった。

この疫病は二カ月近く続き、私たちの大切なトナカイは日ごとに毛が抜け、地面に倒れ、死んでいった。天候は徐々に涼しくなり、林の木々の葉も黄色に染まり、草は枯れ、キノコが出てきた。キノコを食べられるトナカイはわずか三十数頭になってしまった。この三十数頭は、リンクが病気のトナカイから注意深く選り分けたトナカイだった。リンクは急いで三方が山で囲まれた川沿いの場所に連れていき、行動範囲をそこだけに限定してほかのトナカイから切り離したことで、奇跡的に生き残ったのだ。一方、宿営地に残ったトナカイは、例外なく死んだ。その間、私たちはほとんど毎日、トナカイを埋葬し、疫病がよそのウリレンに伝染しないように、穴を深くさらに深く掘った。カラスがさかんに飛び回り、毎日のように宿営地の上空を旋回し、〝カアーカアー〟と鳴いていた。この憎むべき奴らを追い払うために、ダシーがタカを放った。しかしカラスの数が多く、何度追い払っても、また群れがやって来て、まるで黒々とした雲のように、人の気持ちを重苦しくした。ダシーは私たちがトナカイを葬っているのを見ると、「ウルルー」と叫び、涙を激しく流した。でも彼の涙を気に留める者はいなかった。どの人の心の底にも涙が溜まっていたからだ。

疫病に見舞われていたあいだ、私たちは移動しなかった。狩りも中止した。移動をしない理由は、疫病の蔓延を防ぎ、よそのウリレンに災いを及ぼしたくないからだ。

リンクが三十数頭のトナカイを連れて私たちのところに戻ってきたときは、多くの人が涙を流した。リンクが保存したのは、私たちの「火種」だった。そのトナカイたちにはすでに冬毛が生え始めていた。疫病からようやく抜け出た彼らは少し弱々しく見えたが、喜んで塩を食べ、苔を探しに自分で出かけられるようになった。全員がリンクを英雄と見なした。リンクはひところより痩せこけて見えたが、彼の目はキラキラ輝き、あたかも死んだトナカイの目の光が彼の目に集まったかのようだった。

ニトサマンはこの疫病騒ぎのあいだにすっかり老けてしまった。もともと話嫌いな彼は、いっそう無口になった。トナカイを埋葬するとき、死んだトナカイの首に懸かっていた鈴を取り外し、樺皮の桶に入れたが、二つの桶が満杯になってしまった。彼はそれらをシーレンジュの中に置き、ぼんやりと眺めていた。彼の目には力がなく、しかも鈴のひとつひとつが力を失った目のように見えた。私はこの光景を見るたび、体に一種の寒気を感じた。誰も彼を責めなかったが、ダシーだけは別だった。ダシーが彼を責めると、全員がダシーをなじった。あるとき、ダシーがニトサマンにこう言った。

「おまえの体の神通力がなぜ役立たなかったか知っているか？　教えてやろう。それはな、おまえの身の回りに女がいないからだ。女がいないから、どうやっても力が出ないんだ！」

ニトサマンの唇が少し震えたが、何も言い返さなかった。片側に座っていたイワンは、ダシーの傍若無人さを見て、激しく腹を立て、ダシーに言った。

「おまえだって女房はいないじゃないか。ということは、おまえも力が欠けているということか？」

ダシーは大声で叫んだ。

「わしは力があるに決まっているだろう。わしにはアオムリエがいる！」

彼は、タカが彼に力を与えている、と言うのだ。イワンは、つぎつぎとあのタカの欠点をあげつらった。

「役立たずで、他人の狩りに頼って生き、知ってるのは肉を食うことだけ。クズだ！」

ダシーは怒りで目の玉が飛び出しそうだった。「わしのアオムリエは神のタカだ。復讐のためのタカだから、英気を養っておく必要があるんだ。普通のタカと同じと思うなよ」

その日からダシーは食べ物を食べなくなった。食事時になると、肩にタカを乗せてイワンのところにやって来て、しわがれた声で喚いた。

「イワンよ、見ろ！　わしは何も食わんぞ。わしの分をアオムリエにやるんだからな！」

イワンは知らん顔をしていたが、ナジェシカがやって来て、ダシーの充血した目、跳ね上がった髭、何かに憑かれた様子を見るや、びっくりして青ざめ、思わず胸の前で何度となく十字を切った。

ダシーの絶食は三日になった。四日目、突然タカが飛んでいってしまった。ハシェはダシーに言った。

「あんなに大事にしたのに無駄だったんじゃないか？　結局のところ畜生だ。言うことなんか聞きやしないだろ⁉」

ダシーは落ち着いていた。

「待っていろ、あいつはきっと帰ってくる！」

夕方、タカは果たして羽根音を響かせて戻ってきた。自分だけでなく、キジをくわえて戻ってきたのだ。それは羽毛は深緑色、尾は長く、とてもきれいなオスのキジだった。タカはキジをダシーの目の前に置いた。またたく間にダシーの目から涙が流れた。アオムリエが、何も食べないダシーを見て、彼のために食べ物を探してきたと知ったからだ。以前からダシーが復讐の望みをタカに託したのは馬鹿げたことだと思っていたウリレンの人も、今回タカが突然去りまた戻ってきたことで、これは本当の神のタカだと信じた。そして二度とダシーを嘲笑わなくなった。

その夕方、ダシーは世界で一番幸せな人間になった。彼は囲炉裏の傍らでキジの羽根を抜き、そのあとナイフで頭、翼、尾を切り、取り出された内臓と一緒に、柔らかな枝で括って、一歩一歩足を引きずりながら、それをシーレンジュの外の松の木に掛け、キジのために風葬の儀式を行った。これまでダシーはそんなやり方を馬鹿にしていた。仲間がキジを食べるときには、頭と翼と尾の羽根は抜かず、この三カ所の羽根を付けたままで切り落とし、木に掛けていた。ダシーはこんな作法にこだわる仲間を蔑み、熊とヘラジカだけが風葬の儀式を受ける資格があると言っていた。彼がキジを食べるときは、羽根を抜かずに内蔵を取り出すと、火にかざし、まるごと焼いて食べた。だから、ダシーがキジを食べるときはいつも、自分ひとりで食べ、仲間はそんな肉——儀式を経ていない肉は不浄だからと言って、手を出さなかった。

ダシーはキジのための儀式を終えたあと、肉をじっくり焼き、まず肉切れを数片タカに与え、それからようやく自分も食べた。三日間絶食を続けたせいか少し食べづらそうで、ゆっくりと時間をかけて食べた。食事は月が東から昇って西に沈むまでかかり、食べ終えると、彼は杖をつきながら肩にアオムリエを乗せ、宿営地をぶらぶら歩いた。そして最後にイワンのシーレンジュの前で足を止め、「ウルルー」と叫び、イワンを呼び出した。イワンが出て行くと、ダシーが彼に向かって笑っているのが見えた。イワンは仲間に語った。これまで経験した中であんなにぞっとする笑顔は見たことがない、と。

それは私たちが頻繁に移動を繰り返した冬のことだった。キタリスのほかには、ほとんど獣がいなかった。私たちは山の谷あいで多くの死んだノロを見かけた。リンクは、疫病がきっとノロにも移ったのだろう、と言った。

獲物が少ないのに、オオカミは多かった。彼らもおそらく食べ物が見つけられなくなり、いつも数匹で群れを成して私たちの後ろをついてきた。私たちとわずかに残った三十数頭のトナカイは彼らにとって夢のようなご馳走だったのだろう。夜になると、宿営地周辺ではオオカミの遠吠えがさかんで、私たちはシーレンジュの外のかがり火を一晩中絶やさないようにしなければならなかった。オオカミの目がどんなに怖くとも、火を恐れる目だ。ダシーはオオカミの遠吠えを聞くや、拳をギュッと握りしめ、歯を〝ガチガチ〟と鳴らした。彼は例のオオカミの皮を使ったタカの訓練をさらに増やし、タカも見るからに以前よりずっと機敏になり、闘志を募らせ、いつでもダシーのために復讐する用意をしていた。そしてダシーはこの年の最も寒い時期に、彼が大事にしていたアオムリエとともに、私たちの元から永遠に去っていった。

ダシーはオオカミの鳴き声にはきまって怒りを表したが、タカはこれと違い、頭をもたげはするが、とても沈着だった。ハシェは言った。

「親父の事故が起きたあの晩は、オオカミの遠吠えにタカが落ち着かなくなり、タカはシーレンジュの中をバタバタと飛び回り、何かに驚いていているようだったな。親父はこの様子を見て、普段とはうって変わってワッハッハと大笑いし、何度も、復讐のときは来た！　と言ってたよ」

マリアとハシェはダシーの奇っ怪な挙動にすっかり慣れていたので、ことさら気遣うわけでもなく、寝てしまった。

その晩、ダシーはタカを連れて出かけ、二度と戻ってこなかった。朝、ハシェが起きると、ダシーとタカの姿が見えないので、イワンのところに行ったとばかり思っていた。イワンがニトサマンの件でダシーに楯突いてからは、ダシーはわざわざイワンを見つけては力を誇示した。しかしイワンのところにもいなかった。そこでハシェはほかのシーレンジュを回って捜してみたが、ダシーの姿は見えない。どうやら彼は宿営地にいないようだ。ダシーは足が悪くて遠くへは行けないから、おそらく近くの森でアオムリエを連れて獲物でも探しているのだろうと思い、ハシェは心配しなかった。

神像を運ぶマルー王と火種を運ぶトナカイも疫病を脱した。二頭を見ると、私たちは暗闇の中で二つの火の光を見た思いがした。疫病後、二頭は餌探しから戻ってくるとき、いつも隊伍の前後を歩み、白いマルー王が先頭を、火種を運ぶ灰色のトナカイがしんがりを務める。二頭はまるで大家族の家長のように、残り少なくなったトナカイを忠実に守っていた。

この日の朝、宿営地に戻ったトナカイはいつもの通りマルー王が先頭だったが、その口に余計なもの、つまり翼を一片くわえていた。トナカイを迎えたリンクはその翼に気づき、奇妙に思い、それを手に取り、子細に見て驚いた。褐色の中に白い斑点と深緑色の縞が見え隠れしている。これは、ダシーのアオムリエの翼ではないか。リンクは慌ててその翼を持ってハシェを捜した。ハシェはそれを見るなり、大変なことが起きたと悟り、このことを伝えようとすぐにニトサマンのところへ行った。ところがニトサマンは宿営地にいない。ハシェとリンクが捜しに出ると、ほど遠くないところで、ニトサマンがまっすぐに立った四本の松の木のあいだで、太い木の棒を組み立てているのを見つけた。ハシェは地面に倒れ込んだ。ニトサマンがダシーのために墓を作っているのがわかったからだ。

当時、亡くなった人はすべて風葬だった。向かい合った四本のまっすぐな大木を選び、太い木の棒を架け渡して、四角形の平台を作る。そのあと、遺体の頭を北に、足を南に向けて平台の上に置き、枝で覆った。ニトサマンは夜の星からダシーが私たちから離れようとしていることを見て取った。深夜、流れ星が私たちの宿営地を過《よぎ》るのを見た彼は、あのオオカミの遠吠えの中、亡くなるのはきっとダシーだと悟り、そこで朝起きると、ダシーのために風葬の地を選んだのだ。

私たちはトナカイの足跡をたどって、宿営地付近のシラカバ林で、ダシーを見つけた。正確に言えばひとつの戦場を見つけたのだ。多くのシラカバの若木は無惨にへし折られ、枝には血の痕が点々とついていた。地面の雪のあいだのヨモギはぺしゃんこに踏み潰され、そのときの戦いがいかに激しかったかを物語っていた。その戦場には不完全な屍が四つ横たわっていた。二つはオオカミ、ひとつは人間、もうひとつはタカだ。リンクが言った。

「オオカミのうちの一匹は、きっとあのときダシーの手を逃れたオオカミの仔だ。大きくなって仔を産み、最近、ダシーの臭いを追って、自分の仔を連れて殺された母オオカミの復讐に来たんだ」

私はイフリンと風葬の地でダシーを見た。あるいは骨のひと塊を見たと言ってもいい。もっとも大きいのは頭蓋骨、そのつぎは、桃色の肉が付着した大小様々な骨の塊で、ひと山になった柴のようだった。リンクとイワンが現場の状況から判断するに、タカはダシーの復讐をたしかに手助けしたが、彼らもオオカミと格闘中に重傷を負い、動けなくなったようだ。オオカミは死んだが、彼らも帰れなくなった。血の匂いがほかの凶暴なオオカミを引き寄せ、すぐさま集まってくると、ダシーとタカを食べたのだ。オオカミは同類を食べはしないが、しかしあの死んだ二匹も食べられる運命を逃れられなかった。早朝、カラスの群れや猛禽たちが二匹を豊かな朝食にした。トナカイは宿営地に戻る途中、白骨を見つけ、残されたタカの翼からダシーが死んだことを察知し、主人にことを知らせるため、マルー王がアオムリエの翼をくわえて戻ってきたのだ。

ダシーとタカがおそらくまだ息をしているときにオオカミに食べられたと考えただけで、私はどうしても身震いが止まらなかった。私たちの生活の中で、オオカミは私たちにつぎつぎと襲ってくる寒気流だ。しかし彼らを消滅させることはできない。それは私たちに冬を来ないようにするすべがないのと同じだからだ。

ニトサマンはタカの骨を拾うと、それをダシーと一緒に葬った。ダシーは本当に幸せだ。彼はとうとう宿敵の最期を見届け、そのうえ心から愛したアオムリエと一緒に葬られたのだから。

イフリンはダシーの骨の前で私に「ダシーは昔、トナカイを守ろうとして片足を失ってしまったんだよ」と話してくれた。

ある夏、オオカミがトナカイの群れに遅れた仔トナカイをたびたび襲撃した。あるとき、三頭の仔トナカイがいなくなり、ダシーが捜しに行ったところ、その三頭は大小二匹のオオカミに山の崖っぷちに追い込まれ、ブルブル震えていた。ダシーは銃を持たず、狩猟用のナイフを一本しか持っていなかった。そこで石を拾い上げ、親オオカミに向かって投げつけると、頭にうまく当たった。親オオカミは怒って、血で真っ赤になった顔をダシーに向け、反撃してきた。ダシーは武器なしで親オオカミと格闘し、戦っている最中、仔オオカミが必死にダシーの片足に噛みついて放さなかった。ダシーはついに親オオカミを殺したが、仔の方は彼の目をかすめて逃げてしまい、ダシーの片足を噛み切っていった。三頭の仔トナカイは救われ、ダシーについて宿営地に戻ってきた。仔トナカイは歩いて戻ってきたが、ダシーの方は這いながら戻ってきた。しかも彼の手には血の滴っているオオカミの皮が握られていた、と。

タカとダシーはいなくなってしまった。タカの家は天にある。ダシーはそれについていったから、住むところの心配はもうない。

ダシーが亡くなったあと、マリアが突然病気になってしまった。彼女は食べ物をすべて吐いてしまい、衰弱して起き上がれなくなった。マリアは長くないと誰しも思ったが、イフリンだけは違った。

「マリアはもうトナカイの角切りのときに鮮血を見ても涙を流さなくなるよ」

イフリンはマリアが妊娠したと思っていた。しかし、タマラやナジェシカはマリアの様子から、妊娠ではなく、重病だと判断した。

「ありえないでしょ、妊娠した人間が水さえも吐くなんて」

傍目にも、マリアは日一日と痩せ細っていき、本人ですら長くないと感じ、ハシェに勧めた。

「あたしが死んだら、再婚するのよ。健康で、子どもの産める娘とね！」

ハシェは泣き、マリアに言った。

「もしおまえが死んだら、俺はすぐにカリになって、天国へ追いかけていくよ」

ハシェがカリに変わることはなかった。マリアはある日、突然起き上がり、飲み食いするようになった。春がまもなくやって来るころ、彼女のお腹が大きくなり、顔もふっくらしてきて、イフリンの判断が正しかったことがわかり、このときから彼女とハシェの顔にはいつも笑みが浮かぶようになった。イフリンは言った。

「マリアが何年も子どもに恵まれなかったのは、ダシーが剝いだあの母オオカミの皮のせいだ。あの皮は縁起が悪かったよ。今やダシーが亡くなり、皮もなくなった。シーレンジュに陰気臭さがなくなって、マリアもようやく子を授かったんだよ」

ただしハシェとマリアはそういうふうには考えなかった。彼らはまさしく、ダシーの魂が二人に子どもができるのを手助けしたと思ったのだ。なぜならダシーはずっと自分のアオムリエを欲しがっていたからだ。彼らはこれから生まれる子にもう名前を考えていた。「ダシー」という名だ。イフリンは口をへの字に曲げて言った。

「ダシーという名前は運が良くないよ。ウリレンに片足のダシーがひとりいたんだから、それで十分じゃないかね⁉」

春になり、トナカイが仔を産んだ。でも生まれた八、九割は死んでしまった。リンクは言った。

「疫病でトナカイの体力が落ちたから、生まれた仔は先天的に虚弱で、つぎつぎと死んでいる。晩秋の交配時期が来る前に、急いでよそのウリレンから健康な牡トナカイを連れてきて換えないと、来年の春も、がっかりする仔が生まれることになるぞ」

リンクは、アバ川の畔《ほとり》で行われるストロイチャ祭にトナカイを交換に行くことを決めた。

ストロイチャ祭はわれわれが豊年を祝う伝統的な祭りだ。その祭りが来ると、雨季もやって来る。私が生まれる前、この祭りが来るたび、人々はアルグン川を渡り、プクロフクへ行って祝った。人々は一堂に会して歌を歌って踊りを踊り、獲物を交換し、氏族間で婚姻が結ばれたりする。たとえば、ハシェとマリアはそこで出会い、そして婚約をした。しかしその後、祝いを過ごす場所がジュルガンのアバ川の畔に変わった。多くのアンダはこの時期にアバ川の畔に集まってくる。馬に猟銃、弾、さらに各種の生活用品を積んできて、狩猟民と交換した。時には、ウリレンとウリレンのあいだで、獲物の交換を行う。たとえば、トナカイの少ない部族は、自分たちの獲物で、トナカイの多い部族のトナカイと交換した。

ロリンスキーは私たちが信頼しているアンダなので、すべての獲物は彼の手を経て交換されたし、足りない物もめったになかった。そのため、われわれの氏族は毎年、アバ川の畔のストロイチャ祭に喜んで集まったが、私たちのウリレンはほとんど出かけなかった。私の記憶では、何年かのあいだにニトサマンとクンダがそれぞれ一度出かけたきりだ。ニトサマンは昇天したサマンのために神降ろしの舞を舞いに行ったが、それはアバ川の畔のサマンがちょうどこの祭りの前に亡くなったからだ。そしてクンダがそこに行ったのは、樺皮の桶で数頭の馬と交換しようとしたからだ。大小数十の樺皮の桶をトナカイの背に載せていったが、結果はたった一頭の痩馬と交換して戻ってきた。イフリンがクンダを嘲ると、クンダは怒って頰の肉を風にひらめくスカートの裾のように震わせて言った。

「アバ川の河畔にあのアンダたちがいたからまずかったんだ。モンゴル人のところで直接馬と交換すれば、最低でも三頭は手に入れられたのに！　アンダになる奴はどいつもオオカミさ！」

その痩馬は私たちのところに来て一年足らずで死んでしまった。

リンクが獲物と余った銃弾を持って、トナカイの交換にアバ川の畔に向かった日は、どんよりとした天候だった。母は何かを予感したのか、父が出かける間際に、父についていく猟犬に何度も言い聞かせた。

「イラン、おまえはリンクをしっかり守って、トナカイを連れてちゃんと帰ってくるんだよ！」

イランは父に懐いていて、人の考えもよくわかる。タマラが言い終えると、イランは前足を母の足に載せ、頷いた。タマラはイランがわかったので、顔色が穏やかになり、身を屈め、頭を撫でてやった。優しくしてもらったイランは気持ちよさそうに、「クーン」と鳴いて、私とルーニーを笑わせた。

父が母に言った。

「安心しろ、おまえがいれば、俺の体が戻りたくないと言っても、心が許さないさ！」

タマラが大声で言った。

「リンク、私は心だけじゃだめ、体も欲しいのよ！」

父は答えた。「体も心も戻ってくるよ！」

雨季に入ると、森ではさかんに稲妻が光り雷鳴が響いた。ニトサマンが言うには、雷神は二人いて、男神と女神が人間世界の天気を掌轄しているのだそうだ。サマンの神衣には、丸い形をした金属片の太陽神と三日月形の月神がついているうえに、木の枝に似た雷神もついていた。彼が神降ろしの舞を舞うとき、様々な形をした金属片がぶつかり合い、〝チャランチャラン〟と音がして、私には雷神が話をしているように思えた。なぜなら太陽と月は音がしないからだ。雷鳴が響くと、私は天が咳をしたのだと思った。軽い咳のとき、降るのは小雨、激しい咳のときは、大雨になる。小雨のとき、きっと出てきているのは女雷神で、大雨のときは、男雷神が出てきているにちがいない。男雷神の威力は凄まじく、時に火の玉をつぎつぎと放り投げ、林の中の大木を叩き割り、まるごと真っ黒にしてしまう。それゆえ雷が鳴ると、私たちはシーレンジュの中に入った。もし外にいるときは、川の近くの平坦な一帯をかならず選び、大木のそばは避けねばならない。

父が宿営地を出かけてからまもなく、空がさらに暗くなり、黒い雲が広がり、空気も重苦しくなった。林の中の鳥は低く飛び、そよ風も狂ったような風に変わり、樹木も〝ザワザワ〟と音をたてた。母は、さっと空を見上げて私に訊ねた。

「雨になるかしら？」

母が出かけている父を心配し、雨が降らないよう願っているのが私にはわかったので、母に合わせて言った。

「この風は雲を連れていくから、きっと降らないよ」

タマラは安心した様子で、にこやかな顔でシーレンジュの外に陰干しをしていた柳蒿菜（マンシュウヒトツバヨモギ）をしまいに行った。柳蒿菜が育つ季節に、私たちはいつもたくさん摘んで、干しておき、冬にそれを肉と煮込んで食べる。ちょうど母が柳蒿菜をシーレンジュに取り込もうとしたとき、突然、空に雷鳴が〝ドドーン〟と轟き、森がブルブルと揺れ、ピカッと光ると、雨粒がバラバラと降ってきた。雨は東南から降り始めたが、たいていこの方角からの雨はいつも激しい雨になる。ほどなく、森は雨に煙り、あたり一帯が霞んできた。男雷神はおそらくこの雨だけでは足りないと思ったのだろう。さらに激しい咳をして、上空に金の蛇のような稲妻を舞い踊らせた。それが消えると、木々のあいだに〝ゴーゴーゴー〟という音がこだまして、雨は肝を潰すほどの激しい飛沫を上げた。空中に現れたのはしとしとと降る雨のカーテンではなく、ごうごうと流れ落ちる川だった。母は激しい雨音にびっくりして、大きく口が開いたままだ。もし母がナジェシカのように聖母マリアを信仰していたなら、きっと胸の前で何度も十字を切ったにちがいない。稲妻が光って顔を照らしたとき、私は真っ青になった母の顔だけでなく、目の中に照らし出された恐怖をも見た。それはこれ以上ないといった恐怖で、私は一生あの目を忘れないだろう。

雨が止むと、母は大きく開けていた口を閉じた。とても疲れた様子で、まるで激しい雨のときに女雷神になって、風を起こし雨を降らせでもしたかのようだ。

「ねえ、おまえのアマに何か起きたりしないわよね?」母は力なく私に訊ねた。

「なんで何か起きるの? 激しい雨だっただけじゃない。いつものことでしょ」

母はほっとした様子で、ちょっと微笑むと、自分を慰めるように言った。

「そうよね、リンクは何でも経験しているものね」

雨上がりの空に虹が出た。まず一本、ぼんやりとした虹で、それに続いてさらに一本、はっきりとして、色も濃い虹だ。二本目の虹が現れると、最初の虹の形も色もそれにつれてくっきりと濃くなってきた。二本の虹は大きな弧を描き、とても鮮やかで、まるでキジが五色の翼を羽ばたいているようだ。赤もあれば、黄もあれば、緑もあれば、紫もある。ウリレンの全員が虹を見に出てきて、その美しさに見とれてしまった。しかし見ていると、片方の虹があっという間に色褪せ、またたく間に消えてしまった。もうひとつの虹は形がまだしっかりしていたが、しばらくするとくすんできた。鮮やかな色彩が消え、塵が虹に混じったかのように、黒っぽくなっていった。虹が色褪せていくにつれ、全員の顔色も変わった。それが不吉な予兆だと誰しもが知っていたからだ。母は早々とシーレンジュに戻っていた。黒くくすんだ虹が消えたころ、ようやく彼女が出てきた。顔には涙の痕があり、すでに父のことで泣いていたのだ。

夕方、イランが戻ってきた。母を見ると、前足を膝の上に載せ、目には涙が溢れていた。その悲しみの表情から母は父が亡くなったことを知った。母はイランの頭を思い切り叩きながら、何度も言った。

「イラン、おまえに何と言った？　どうしてリンクを連れ帰ってきてくれなかったのよ！　イラン!!」

父はこんもり茂った松林を通っていたとき、雷に打たれてしまった。父とともに太い二本の大木にも雷が落ちた。大木は真っ二つに折れ、折れたところには焼け焦げた痕が残っていた。イランが全員を現場に連れていったときには、もう深夜になっていた。父は身を屈め、折れた木の根に覆い被さり、頭と腕を垂らした姿はまるで歩き疲れて休んでいるかのようだった。激しい雨のあとの夜空はひときわ澄み渡り、月の光は木々の一本一本に降り注ぎ、父をも照らしていた。私は泣いた。母も泣いた。私は泣きながら何度もアマと叫び、母の方も「リンク、私のリンク！」と泣き叫んだ。

ニトサマンはその夜のうちに、松林で直角に向き合った四本の大木を選ぶと、何本か丸太を伐り、大木の枝に担ぎ上げ、父のために最後の寝台を組み立てた。その寝台は高く、ニトサマンは言った。

「リンクは雷神に連れ去られた。雷は天から来るので、雷を天に返さねばならない。だからリンクの墓は天に少しでも近くなければならないんだ」

私たちは早朝、父を白布で包み、最後の寝台に担ぎ上げた。ニトサマンは樺皮で二つのものを切り抜いた。太陽をかたどったものと月をかたどったもの。それを父の頭部に載せた。きっとニトサマンは父があの世でも光明を持つようにと願ったのだと思う。当時、私たちのトナカイは数が少なかったにもかかわらず、ニトサマンはハシェにトナカイを一頭連れてこさせ、それを殺した。彼は父があの世でもトナカイに乗れるようにしてやりたかったのだと思う。父と一緒に風葬されたのは、父の狩猟用ナイフ、タバコ入れ、服、吊し鍋と水筒だった。でもこれらの品は葬る前に、すべてニトサマンの言いつけに従って、ルーニーの手で壊された。狩猟用ナイフは石に滅茶苦茶に斬りつけて毀《こぼ》れ刃にした。樺皮のタバコ入れは鞣し革用のナイフで突き刺して穴を開けた。服は襟と袖をハサミで切り取り、鍋と水筒はその角を石ででこぼこにした。もしこうしないと、生きている人に難が及ぶのだそうだ。これらの無残な遺品に私はこのうえない辛さを感じた。襟と袖がなくなった父の服では、腕や首が凍えてしまうのではないか？　刃が捲れ、毀れてしまった狩猟用ナイフでは、獲物を捕まえてもどうやって皮を剝ぐのか？　穴の開いた鍋と水筒では水が漏れ、肉を煮ても肉汁が火を消してしまうではないか？　父の日常品がどれも使いものにならなくなったと思うと、本当に泣きたくなった。しかし私は我慢した。自分が泣いたら、母もつられて泣き、抑えきれなくなるのを恐れたからだ。

父が一番愛した猟犬のイランは、父についていきたいのか、爪で林の土をさかんに掘り返し、自分の墓穴を掘っているかのようだった。ニトサマンがイランを押さえ、ナイフを体に振り下ろそうとしたとき、母が止めた。

「イランを私に残しておいて」

ニトサマンはナイフをしまった。母はイランを連れ、最初に父の元から立ち去ったが、風葬の儀式はまだ始まっていなかった。ニトサマンは母が自殺するのを恐れ、イフリンについていくように言いつけた。葬儀後イフリンは仲間に語った。

「タマラは宿営地に戻る途中、歩いたり遊んだりして、まるで子どものようだったよ。蝶を見かければ蝶を捕まえ、小鳥に出会えば小鳥の鳴き声を真似し、野の花を見つければすぐ摘んで、頭に挿してね。だから宿営地に着いたときには、頭は花だらけで、まるで花籠を頭に載せているみたいだった。ただ宿営地に着いても、シーレンジュに入ろうとせず、地面に座って泣き出してねぇ。リンクの名前を口にしながら、いなくなっちゃったのね。入りたくないわ。中は寂しくていやだわ……と、言ってたよ」

父は亡くなり、雷に連れていかれた。このときから、私は雨曇りの日にあの〝ゴロゴロ〟という雷鳴を聞くのが好きになった。それは父が私たちに語りかけていると思うからだ。父の魂はきっと雷の中に隠れていて、天地を揺るがすような稲妻を放っている。父は思い描いたトナカイを連れ帰ってくることができないまま、母の笑い声とスカートを持っていってしまった。タマラは以前はよく笑い、スカートを穿くのが好きだったが、父が亡くなってからは、笑い声とスカートは母の体から消えてしまった。トナカイの乳搾りはこれまでと同じように好きだが、搾っていると、手が突然止まり、ぼんやりと何かを考えていた。ゴレバを焼くときは、涙がよくパンを焼く熱い石の上に落ち、〝ジュジュッ〟と音をたてた。母は鹿の骨の簪を挿したがらなくなり、髪はボサボサのままだった。冬がまたやって来たとき、髪の毛も厳冬の様相を呈し、パサパサになっただけでなく、白髪もずいぶん増えてしまった。

母は老い、私とルーニーは大きくなった。ルーニーは父が残した連発銃とベルダン銃を背負い、イワンとハシェについて狩りに行くようになった。彼はリンクの息子というのにふさわしく、撃てばほぼ百発百中、弾を無駄にしたことがなかった。私たちのウリレンはその年の冬、二つの大きな収穫があった。ひとつは狩りで多くの獲物を仕留め、私たちはその大量の毛皮を小麦粉、塩、弾に換えただけでなく、ほかのウリレンの二十頭のトナカイと交換した。私たちのトナカイの隊伍は日ごとに大きくなり、かつての疫病のあとで使われなくなっていた鈴がまた取り出された。鈴はトナカイに従って山あいの谷で歌を歌うことができるようになった。もうひとつは、マリアが冬に男の子を産んだことだ。とても元気な赤ん坊で、ハシェとマリアは思った通りその子に「ダシー」と名付けた。愛くるしい小ダシーは私たちに多くの楽しさをもたらした。

父が亡くなったあと、ニトサマンは人が変わったようになった。以前は髭もじゃだったが、今は顔をきれいに剃るようになった。以前はいつも女装していたが、今は男性の格好に戻った。イフリンは皮肉っぽく私とルーニーに言った。

「おまえたちのアグトアマはサマンになりたくないようだね」

容貌に変化が現れたほかに、人付き合いの悪かったニトサマンが、自分のシーレンジュに人を招くようになり、些細なことでも人と相談して、これまでひとりで勝手に決めていたやり方を改めた。母は彼のところに行きたがらず、用事があるときは、いつも私が行った。そんなときニトサマンは私にこう訊ねた。

「タマラはどうして来ないんだ?」

「どうしてアニじゃないとだめなの?」私は聞き返した。

リンクが亡くなってから、私はニトサマンに対して言うに言えない反感を持つようになった。もし彼が疫病を持ってこなければ、リンクはトナカイの交換に行かなかったし、雷に出くわすこともなかったはずだ。ニトサマンに仔トナカイを殺せる力があることを思うと、あの日の雷は彼が導いたのではないかとさえ疑ってしまった。ずっと父に嫉妬していた彼は、神の力を用いて、雷鳴や稲妻を凶器にし、父を取り除いたのだ、と。

宿営地の移動のとき、ニトサマンはよく母の後ろについていった。思うにそれは、母の後ろ姿をそっと見たいからだ。母の後ろ姿は彼にとっては太陽か月なのかもしれない。そうでなければどうしていつも母を追うのだろうか？　トナカイを進ませるとき、いつも同じ歩みではないので、彼の乗ったトナカイと母タマラの乗ったトナカイとがよく並んで進むことがあった。ニトサマンは母と並ぶとすぐに咳をしたが、赤くなった顔を咳のせいにしたかったからだ。あるときイフリンがニトサマンを皮肉った。

「後ろ向きで乗ったらどうだい。後ろ向きなら風当たりも弱いから、咳は出ないよ。ただし、後ろ向きで乗ったら目に入るのはこのあたしで、タマラじゃなくなるがね」

ニトサマンとタマラはこのとき明らかに慌てた様子で、タマラは足でトナカイの体を蹴ると、先に進み、ニトサマンの方はおもむろに止まると、キセルにタバコを詰めて吸い出した。そのとき私は、母とニトサマンとのあいだに何かが起こるかもしれない、と薄々感じ取った。母がかつて父とシーレンジュの中で何度も風の音をたてていたことを思い出すと、ニトサマンに対して警戒心が強まり、何があろうと彼と母にあの風の音をたてさせたくないと思った。

あの二年、私たちはとても頻繁に移動した。これはニトサマンがタマラの後ろ姿を見たがったことと関係していると疑っている。徐々に私は、タマラがニトサマンにとって大切な存在だったことがわかってきた。あるとき、私たちは移動の準備を始め、シーレンジュもたたんでしまったのに、母が周りの景色に後ろ髪を引かれ、つぶやいた。

「ここの花は本当にきれいね。もったいなくて離れたくないわ！」

ニトサマンはすぐそのまま留まることに決め、移動はあの色とりどりの花が散ってからにした。

さらに、私が母とトナカイの乳を搾っているとき、母が私に、「夢に銀の簪が出てきて、その簪にはたくさん花が彫ってあって、とってもきれいだった」と言った。私が、「持っている鹿の骨の簪もきれいじゃない？」と聞くと、母は、「それより何倍もきれいだったかしれないわ！」と答えた。

そばでトナカイから面繋《おもがい》をはずしていたニトサマンは、私たちの話を耳にし、タマラに言った。

「夢で見た物は、何だってきれいなもんさ」

ニトサマンは口ではこう言っていたが、ロリンスキーが私たちの宿営地にまた来たとき、彼に銀の簪と交換してもらおうとした。タマラのためにしたのだと私は気づいた。しかしレーナが亡くなってから、ロリンスキーはもう、女性用の品を私たちに持ってこなかったし、そのうえ彼はいつもそそくさと帰ってしまった。ロリンスキーは穏やかにニトサマンに言った。

「もし銀の簪に交換したいなら、ほかのアンダを探してくれ。もう女物は扱っていないんだ」

この言葉にニトサマンは怒りを覚え、ロリンスキーに乱暴に言った。

「それじゃ、もうわれわれのウリレンに来なくていい！」

ロリンスキーはまったく腹を立てず、大きなため息をつくと、言った。

「それがいい。今は君たちのウリレンに来るのが辛いんだ。来たくはないんだが、でも君たちは交換品を必要としているし、われわれは古くからの知り合いだから、足が向いてしまうんだ。でももう来なくていいなら、わしの胸の痛みもなくなるだろう」

彼が心を痛めているのはレーナのことだ、と全員がわかっていた。こうして、手に取ったことのない銀の簪で、私たちがもっとも信頼を寄せていたアンダを身辺から追いやってしまった。それからは、トルカフが私たちの生活に入ってきた。彼もロシア人アンダだが、私たちは陰で彼を「ダーヘイ」と呼んだ。ナマズと言う意味だ。なぜなら彼は口がナマズのように大きいだけでなく、性格もナマズに似て非常に狭く、全身に粘液が塗られているような感じなのだ。

ニトサマンは情熱をタマラに傾けたが、最初の二年間は何の反応もなかった。しかし一枚の羽根のスカートの出現で、タマラの態度が変わってしまった。女は自分が大好きな物を前にすると、欲望を抑えられなくなるものだということを知らされた。そのスカートを受け取ることは、彼女がニトサマンの情熱を受け取るのと同じで、しかもその情熱は氏族にとっては許されるものではなく、必然的に二人は大変な苦しみを味わうことになった。

私たちは誰も気づかなかったが、あの二年間ニトサマンは、キジを食べるときに抜いた羽根を丁寧に選りすぐり、それを集めておいて、ひそかにタマラのためにスカートを一枚縫ったのだ。ニトサマンの腕はとても素晴らしかった。スカートは、数枚の青みがかった色をした粗い綿布を接《は》いで作ってあり、腰回りが締まって裾の広がった、ユリの花の形をしていた。羽根の大きさや色は不揃いだが、すべて根元を上、先は下にして、きれいに揃えて縫いつけてあった。羽根を固定している糸はヘラジカの細い筋だ。まず草の茎のような羽根の軸に筋を数回巻きつけ、そのあと布に縫いつける。そのため羽根そのものにまったく傷がつかず、きれいに整い、見た目にもふんわりしている。ニトサマンは羽根を配置するのがうまい。腰の周りには、微かに灰色がかった小さくてふわふわした羽根が配置されていた。その下の部分に使われているのは、緑を基調とし、褐色の点が少し見られる、ほどよい大きさの羽根だ。そしてスカートの裾とその縁に彼が用いたのは、青い光沢が微かに浮かび上がる羽根で、青のなかに少し黄が交じり、まるで湖水をたゆたう波のようだった。このスカートを上から下へ見てみると、三つの部分からできているようだ。上部は灰色の川、中部は緑色の森、下部は青色の空だ。リンクが亡くなってから三年目の春に、ニトサマンがこの羽根のスカートを母に贈ったとき、果たせるかな、彼女はそれを見て、驚き、喜び、そして感激した。彼女はスカートを捧げ持って、「これまでこの世で見た、一番きれいなスカートだわ」と言った。

彼女はまずシーレンジュでそれをノロ皮の敷物の上に広げ、手で軽く撫でながら、何度も眺めた。そのあと、それを抱えて外に出て、シラカバの枝に掛け、離れて眺めたり、近くに寄って見たりした。春の日の暖かな日射しが羽根のスカートをこのうえなく美しく照らし、その美しさはひとりの女性が心を踊らせるのに十分だった。タマラは頬を染め、私に何度も言った。

「おまえのアグトアマはきっと神の手を持っているのね。どうしてこんなにきれいなスカートが作れるのかしら」

私には、母がそのとき走り回りながら大きな尾をもたげているキタリスで、ニトサマンが腕のいい猟師、あの羽根のスカートが、彼が母に仕掛けた罠の「チャリク」のように思えた。そのためタマラがそれを着て、私にきれいかどうかを訊ねたとき、私は心の底ではそのスカートが彼女のために作られたことに賛嘆し、それを穿いた彼女に、久しぶりの青春と溌剌とした気概が生まれ、このうえなく端正で高貴に見えたにもかかわらず、私はやはり冷たく言い放った。

「それを穿いていると、大きなキジみたい！」

母の顔は青ざめ、力なく私に訊ねた。

「本当にそんなにみっともない？」

私は歯を噛みしめながら、母に向かって頷いた。タマラは泣いた。昼過ぎから夕方までずっと泣き続け、とうとうこの羽根のスカートをしまうと、私に言った。

「とっておいておまえが嫁に行くときに穿きなさい。二年もしたら、穿くことがあるかもしれないから」

タマラはそれを人前で穿くことはなかったが、しばらく経つと、その羽根のスカートを取り出しては、しばしうっとりと見つめた。そのときの彼女の眼差しは実に優しげだった。彼女は故意か知らずか、よくニトサマンのシーレンジュの外をぶらぶらして、突然彼が出てきたりすると、びっくりして「キャー」と叫び、身を翻して逃げ出した。心を男に征服された女だけが、その男の姿を見て驚くのだ。タマラはニトサマンのために心を込めて二つの物を作った。ノロ皮の「ボーリ」と「ハダオク」だ。

ボーリとは手袋のことだ。私たちが普通使うのは二本指の手袋で、わりと簡単に作れる。ところがタマラがニトサマンに作ったのは、短毛のノロ皮で作った五本指の手袋で、この形の手袋を作るにはかなりの時間がかかる。タマラは針を運ぶことたっぷり半月、手袋の口には文様がぐるりと三列あり、一列は火の文様、もう一列は水の文様、さらにもう一列は雲の文様だった。真ん中が火の文様で、上と下に水と雲の文様があったことを今も憶えている。母は作り終えたあと、私にこの文様はどうかと訊ねた。私はニトサマンのために作ったのを知っていたので、当てこすって言った。

「雲と水が一緒でもいいけど、どうして火と水が一緒なの？」

私のこの言葉にタマラは青ざめて、「あっ」と針に刺されたかのような叫び声をあげた。そのためか続いてハダオク——タバコ入れを作ったときは、まったく文様を入れなかった。そのタバコ入れは二枚のノロの足の皮で作られ、ヒョウタン型で、口と両側の縫い目に縁取りが施されていた。口を閉じる紐が縫いつけてあり、その紐の先に火打ち石を入れる袋が結びつけてあった。タマラは最初、父が使った火打ち石をタバコ入れに結びつけたが、私とルーニーが気づき、その石を取ってしまったので、タマラがニトサマンに贈ったタバコ入れには結局火打ち石がついていなかった。不思議なことに、その年の冬、ニトサマンはあの五本指のノロ皮の手袋をはめたあと、指の動きがすばやくなって、獲るのが難しいキツネやオオヤマネコを捕まえた。その毛皮にはとても値打ちがあったので、彼はこのうえない喜びと満足を味わった。そしてあのタバコ入れを彼の大切なお守りとして、腰の右側にいつもぶら下げていた。

私は何度となくイフリンのところに行って、言った。

「タマラとニトサマンがそのうち同じシーレンジュに住む姿なんて、見たくもないわ」

そう言うと、イフリンはいつもこう答えた。

「そんなことは起きないよ。だって二人は一緒に住めないからね」

イフリンが言うには、ニトサマンはリンクの兄で、わが氏族の慣習からいえば、弟が亡くなったあと、兄は弟の妻を娶ることはできないが、逆にもし兄が亡くなったら、弟は兄嫁を娶ることはできる、と。イフリンは例えを挙げて言った。

「もしニトサマンが亡くなり、リンクがまだ生きていて、彼にタマラがいなかったとしたら、アグトアマが残した妻を娶ることができるのさ」

私はイフリンに言った。

「アグトアマには妻なんていないよ。アマがもしアグトアマの残した妻を娶るとしたら、きっとあのノロの革袋にいる神様だわ！　神様と一緒じゃ、子どもができないじゃない！」

イフリンはもともと私と同じくタマラとニトサマンのことを心配していたが、私の言葉に大声で笑い出した。曲がった鼻をこすって、「おやおや」と言いながら、魂を呼び寄せるときのように何度も私の名前を呼んで、言った。

「おまえも嫁ぐ歳になったんだね。子どもの話が口から出るとはね！」

イフリンはこれまで亡くなったリンクのことを話すのを避けていたが、母がニトサマンを意識し始めると、彼女は全員で相談をしているようなときに、よくわざと父のことを持ち出した。リンクは五歳のときに矢を射ることができたとか、九歳のときスキーが滑れるようになったとか、ウサギより上手に走れるようになり、十歳のときにウサギに追いついたなどと語った。そして言い終えるたびに、母の方を向いて、言った。

「タマラ、おまえが幼いころのリンクに会ってたら、一日も早く大きくなって少しでも早くリンクに嫁ぎたい、と思ったはずだよ！」

このとき母は悲しそうにニトサマンをチラッと見、ニトサマンは何か間違ったことをしたかのように、うなだれた。そのうち、タマラとニトサマンは一緒にいることを避け、二人は全員が自分たちに対して敵意を抱いているのをはっきり感じ取るようになった。そのころからタマラは羽根のスカートを広げ、スカートに向かって何度も笑いかけるようになった。その笑い声を聞いて、私はダシーがオオカミの皮を広げてタカをそれに飛びかからせているときに浮かべた薄気味悪い表情を思い出し、身の毛がよだった。彼女が笑うと、すぐに私とルーニーはシーレンジュの外に出た。二人でぼんやりと空を眺め、風が起きてあの笑い声を巻き上げていってくれないかと願った。

私は年頃の娘になった。ルーニーも成長し、髭を伸ばすようになった。私たちの目にもタマラは日ごとに萎れてきたのがわかった。彼女の背は丸くなり、あるとき、ようやく言葉が話せるようになった小ダシーが私たちのシーレンジュにやって来て、母を見て突然こう言った。

「頭の上に雪が積もっていて、寒くないの？」

タマラは、ますます多くなった白髪のことを言ったのだとわかり、物悲しそうに言った。

「寒いよ！　寒いから何か方法があるかい？　雷が私を可哀想に思って、稲光で私を連れ去り、二度と辛くないようにしてくれるかもしれないね」

それ以降、雷雨のたびに、母は決まって林に駆けていったが、私は母が何を求めているかがわかった。しかし、雷は彼女の首を絞める縄を綯《な》おうとはせず、ただ成長を促す雨滴で彼女を叩くだけだった。だからいつも無事に戻ってきた。髪の毛を振り乱し、全身ずぶ濡れで、震えながら宿営地に戻ってくると、ニトサマンは歌を歌い出した。ニトサマンが歌うと、小ダシーはマリアの胸に潜り込んで「わぁーん」と大声で泣き出した。その歌声は実に哀愁を帯びていた。

日本人がやって来た。彼らが来たその年、私たちのウリレンに二つの大きな事件が起きた。ひとつはナジェシカがジラントとノラを連れてアルグン川左岸に逃げ、取り残されたイワンを深い淵に押しやったこと。もうひとつは、私が嫁いだことだ。仲人は飢えだった。

第二章　正午

囲炉裏の火がいったん仄暗くなろうものなら、炭の顔色は赤ではなく、灰色になってしまいます。二本の炭がまっすぐに立っているのが見えます。まるで腹にしまい込んだ話を口にせず、私がそれを当てるのを待っているかのようです。

私たちの慣習では、もし早朝にこんな炭を見たら、今日は誰かがやって来る予兆で、急いで炭に向かって腰を屈め、挨拶します。そうしないと、お客さんに対して礼を欠くことになるからです。もし夜にまっすぐ立った炭が見えたら、それは倒さなければなりません。なぜならそれは悪霊が来る前触れですから。今はもう早朝でもないし夜中でもありません。来るのは人間それとも悪霊でしょうか？

お昼になりましたが、まだ雨が降っています。アンツォルが入ってきました。

アンツォルは悪霊ではありませんが、人にも見えません。私は、最後まで私と一緒に残るのはきっと神様だと思っています。アンツォルがシーレンジュに入ってきたとき、炭が倒れました。どうやらそれは本当にアンツォルのために生まれ、アンツォルのために死んだようです。

アンツォルは樺皮の籠を私の前に置きました。その中には物がいくつか入っていて、アンツォルが宿営地を片付けたときに拾ったものです。ノロ革の靴下の片方、ブリキの小さな徳利ひとつ、柄物のハンカチ一枚、鹿骨の首飾りひとつと白い鹿鈴数個です。言うまでもないですが、これは早朝タチアナたちが引っ越していったときの落とし物です。これまで私たちの移動では、囲炉裏を掘ったり、シーレンジュを建てたときに掘った穴を埋め戻し、ゴミも一緒に深く埋めて片付けます。こうすれば、私たちが住んだ痕跡がこの場所に残らないし、またゴミの臭気が出ません。今回あの人たちは移るために、数日前から整頓を始めましたが、早朝の出発時には、やはり少なからず慌てたようです。トナカイはたがいに押し合いへし合いし、鈴を宿営地に落としていきました。でもトナカイたちが落とすのも仕方がありません。落とし物から判断すると、人だけでなく、トナカイも慌てたようです。パリゴが私に言いました。「トナカイは鉄条網の囲いに入れられて、よく知った山々をもう好きなように動き回れないんだ。そんなトナカイにとって鈴が何の役に立つ？　鈴をつけていったトナカイだって、実際は音の出ない鈴を吊しているのと同じさ」

ノロ革の靴下はマクシムのだとすぐわかりました。とっても大きくて、マクシムの大足にしか合いません。ブリキの小さな徳利はラジミの物で、朝早くラジミがあいかわらず口からじかに飲んでいるのを見ました。上機嫌なのか、それとも辛いのか、ともかく彼は飲みながら「ウルルー」と喉を鳴らし、老ダシーの叫び声が思い出されました。ラジミは徳利をなくして、ブスーに着いたらきっと苛立つはずです。ラジミが苛立つと、あおりを食うのはシーバンで、きっとシーバンに八つ当たりすることでしょう。いわれなく罵るか、シーバンの体に石ころを投げつけて、「おまえを叩き殺してやる」と悪態をつきます。ただブスーは大きな町なので、もしかしたら石ころはなかなか見つけられず、そうなるとラジミはシーバンに投げつけられないので、罵るだけかもしれません。罵られるだけで、体が傷つかなければ、シーバンはそれほど辛い思いをしないはずです。柄物のハンカチはパリゴのものです。あの子は女の子が使う小物が好きで、私は、以前彼がこのハンカチを頭に結び、頭を前後に動かし、「ヘイヘイ」と大声で叫びながら踊り、まるでキツツキが〝トントン〟と木を突いているような姿を見たことがあります。パリゴは小さいときから踊りが好きで、その踊りはなかなか様になっていて、腰や首をそんなに振りませんでした。しかし町で一年間ぶらぶらして山に戻ってくると、踊りは見られたものではなくなりました。腰はグニャグニャとねじれ、首は前後左右に振り回し、私にはその首がわずか一本の筋だけで繋がっているように見えたものです。一番耐え難かったのは、踊っているときにわざとしわがれ声で、「ヘイヘイ」と叫ぶことです。よく通る、透き通った声をしているのに、わざわざ喉を嗄《か》らして叫ぶのです。鹿骨の首飾りはリューシャのもので、リューシャが数十年ものあいだ身につけていたものです。私の一番上の息子ヴィクトルが手ずから磨き、リューシャのために作った首飾りです。ヴィクトルが生きていたとき、リューシャは毎日それを懸けていました。ヴィクトルが亡くなると、満月のときだけそれをつけ、つけながら月の光の下で泣いていました。朝、出発するとき、この首飾りはリューシャの手に握られていました。リューシャはきっとよそに置いておくのが心配で、自分の手で持っていたのでしょう。でも移動のとき、数頭のトナカイがトラックに乗るのを嫌がりました。そこで慌てて散らばったトナカイを総出で捕まえに行き、リューシャも一緒に手伝っているうちに、首飾りを落としてしまったのでしょう。一番失いたくない物というのは、一番簡単に自分の手から離れていってしまうものです。

アンツォルが囲炉裏に薪《たきぎ》を数本くべましたが、それは「風で倒れた木」を切った薪です。私たちは薪にするのに生きた木は伐りません。森には焼くことのできる物がたくさんあり、たとえば自然に落ちた枯れ枝や、雷に打たれて枯れた木や、さらに狂風で倒された木があります。のちに山に入ってきた漢族とは違います。あの人たちはしっかりと育っている木を伐るのが好きです。それを小さな薪に割り、家の周りに積み上げていますが、心が痛む光景です。ずいぶん昔にワロジャが初めて漢族の村を通りかかったときの話を私は今でも憶えています。どの家の入り口の前にも薪が積み上げられていて、あの人は戻ってくると心配そうに言いました。

「彼らは木を伐って外に運び出すだけでなく、毎日生木を燃やしているんだ。森はいずれ彼らにすっかり伐られ、燃やされてしまう。そうなったら俺たちとトナカイはどうやって生きていけばいいんだ？」

ワロジャは私の二番目の夫で、わが民族の最後の酋長でもあり、将来の見通しをもって物事を考える人でした。あの日、タチアナがウリレンの人間を集めて、全員に山を出るかどうかを表決させたとき、私はワロジャのこの言葉を思い出しました。私がシラカバの樹皮を、ニハオが遺した神鼓か、それとも囲炉裏に投じるそのとき、私はワロジャの笑顔を見たのです。あの人の笑顔は火の光の中でした。

アンツォルが私のカップに水をつぎ足してから、言いました。

「アティエ、昼に肉を食べるかい？」

私は軽く頷きました。パリゴがアンツォルに漢族と同じように私を「お祖母さん」と呼び、「アティエ」と呼ばないように命じてから、アンツォルは私と会っても何とも呼びかけないようになりました。今、アンツォルはおそらく私をアニとかおばさんとかボリゲン（兄嫁の呼称）と呼んだ人が全部いなくなったことに気づき、またお祖母さんと呼ぶよう命じる人もいなくなったので、ようやく私をアティエと呼んだのでしょう。

もし私が風雨に晒されても依然として倒れない老木なら、私の膝下の子どもや孫は、つまりその木の枝です。私がどんなに老いるとも、その枝は依然としてよく茂っています。アンツォルはこの枝の中で私が一番好きな一枝なのです。

アンツォルの言葉はとても簡潔です。私に昼に肉を食べるかいと言ったあと、肉を取りに行きました。それは昨日食べ残した半羽のキジです。下山した者たちはここと完全に離れたことをまもなく自覚し、去る前に私たちと楽しく団らんしたかったと思うでしょう。あの数日、マクシム、ソチャンリン、シーバンは毎日狩りに出かけましたが、いつも手ぶらで戻ってきました。ここ数年、山の動物は木と同じく、ますます少なくなりました。幸いなことに、昨日シーバンがキジを二羽仕留め、ソチャンリンも川の分流口で、「リャンズ（なや）」で魚を数匹得て、昨晩はようやく宿営地のかがり火から、いい匂いが漂いました。マクシムが私に言うには、ある日、獲物を探していて、林の窪地を低く飛んでいた二羽のクロヅルを見つけ、マクシムが二羽に向けて猟銃を撃とうとしたら、シーバンに止められた。シーバンが言うには、まもなく山を下りるのだから、あのクロヅルを私とアンツォルに残しておいてやれ。そうじゃないと、私たちの視界から一番美しい鳥がいなくなって、目が辛くなるよ、って。私のシーバンだけが、人の心に染みる言葉を言えるのです！

私はキジの肉を少し切り取って、火に投じ、火の神に捧げました。そのあと、塩を振りかけ、ヤナギの串に刺し、火にかざして炙りました。アンツォルは私とキジを食べていたとき、突然訊ねました。

「アティエ、雨が降ってきた。ロリンスキー川は水が溜まるかな？」

ロリンスキー川はかつて水流の豊かな谷川で、子どもたちはそこの水を飲むのが好きでしたが、今はもう涸れて六、七年になります。

私は首を振りました。一度の雨で山の川を救うことはできません。アンツォルはがっかりしたようで、食べ物を置くと、立ち上がって出て行きました。

私も食べ物を置き、お茶を飲みました。元気よく燃え盛る炎を見ながら、私は私たちの話を続けようと思います。もしこの雨と火という仇同士が、午前中に長々と語った私の話を聞き飽きてしまったなら、アンツォルがシーレンジュに持ってきた樺皮の籠に入っている物に代わりに聞いてもらいましょう。それらは落とし物になってしまいましたが、きっと何か事情があったのでしょう。それでは、ノロ革の靴下、柄物のハンカチ、小さな徳利、鹿骨の首飾り、そして鹿鈴よ、続けてこの話をお聞きなさい！

七十年前にもしアルグン川右岸の森にやって来たら、きっと木々のあいだに架かっていた二つの物をよく目にしたにちがいない。風葬の木棺と物を貯蔵する「カオラオポ」だ。

私がラジタと初めて出会ったのが、この「カオラオポ」の下だった。それまで「カオラオポ」は私の頭の中では生活用品を入れておく林の中の倉庫にすぎなかった。ところがその下でラジタと婚約してからは、私にとって「カオラオポ」は四角い月となった。というのも、それが当時、暗く冷えきった私の心を照らして暖かくしてくれたからだ。

トルカフは民国二十一年（一九三二年）の秋に、日本人がやって来たというニュースを私たちのウリレンにもたらした。彼は馬に乗り、わずかな弾、小麦粉、塩それに酒だけを携えてきて、言った。

「今や日本人の天下だ。奴らは〝満洲国〟を作り、大方の予想では、まもなくソ連に侵攻するって話だ。だからジュルガンの多くのロシア人アンダは日本人の迫害を恐れ、アルグン川の左岸に戻ってしまったのさ。品物が不足し、商売あがったりだ」

私たちの上質な鹿茸や百枚にものぼるキタリスの皮が、このわずかな物としか交換できなかったので、ハシェは怒り、トルカフに向かって言った。

「おまえは日本人のせいにして、わしらからピンハネするんだろ！　ロリンスキーはわしらにこれまでそんなことはしなかったぞ！」

トルカフは気色ばんで言った。

「俺は首がぶっ飛ぶ危険を冒してあんた方のところに品物を持ってきたんだぞ！　よく考えてみろ、何人の青い目をしたアンダがわざわざ日本人の目の届くところで仕事をすると思う？　あんた方がもし割に合わないと思うなら、俺は品物を持ち帰るから、ほかの奴を見つけて交換すればいい！」

そのとき、私たちが持っている弾は夜明け前の星と同じで、何発も残っていなかった。小麦粉の入った袋もすっかりへこんでいた。トナカイの好きな塩も春風に遭遇した根雪のように、日ごとに消えていった。トルカフが持ってきた品物は、私たちからすれば溺れる者の藁で、値段が高かろうが、しっかりとそれを摑まなければならなかった。狡賢いダーヘイめ、と心の底で彼を罵っても、やはり彼と品物を交換した。

トルカフは満足した様子で、帰り際にジラントに言った。

「日本人が山に入ってきたら、青い目をした人間を片付けるとみんなが言っているぞ。逃げるんだな、ここで殺されるのを待つつもりか！」

もともと臆病なジラントは、トルカフの話に青ざめ、歯をカタカタ震わせ、泣き声交じりに言った。

「俺は子どものときからこの林の中で暮らしてきたのに、日本人はどうして俺を殺そうとするんだ？」

「どうしてだって？　それはおまえの目の色のせいだ！　目がここの土地と同じ黒色だったら問題ない、根を下ろせるさ。だが、目の色は空と同じ青色だ。この色が危険なんだ。今にわかるさ！」

トルカフはさらにノラの方に向きを変え、彼女に言った。

「もし逃げないとジラントよりも大変だぞ。娘だからな。日本人は青い目の女郎と寝たがるんだ！」

ナジェシカの髪はもうほとんど白くなっていたが、あいかわらず元気だ。彼女は胸の前で十字を切りながら、イワンに言った。

「じゃあ、どうすればいいの。この目をどうやったら黒色に変えられるの？　ニトサマンに頼んでみましょう。この目と髪を黒くしてって！」

大事なときに、彼女が救いを求めたのはわれわれの神だった。おそらくニトサマンの方が彼女に身近な存在で、聖母の方はかなり疎遠になってしまったのだろう。

イワンが言った。

「青い目がなんだ？　目が青かろうと俺の女房と子どもたちさ！　日本人がもしおまえたちに悪さをするつもりなら、俺は奴らの股間にぶら下がってるものを先に片付けてくれるわ！」

イワンの言葉に全員が笑い出したが、ナジェシカは笑うことができなかった。彼女は口を開けたまま、心配そうにジラントとノラを見ていた。まるで飢えた人間が美しいキノコを二つ摘んだものの、それに毒があるかどうかを疑い、ただ見ているしかないといった様子だった。ジラントはまるで霜に打たれた草のように元気がない。ノラはどうかというと、彼女は自分の両手をぼんやりと見ていた。様々な色を染めたせいで、彼女の指の爪はピンク色ではなく、紫や青だったり、黄色や緑に染まっている。彼女は考えていたのだ。こんなふうに染められるはずなのに、なぜ目は黒く染められないのか、と。

ジラントは父イワンのように勇猛ではない。ひ弱な彼は狩りにまったく興味を持たず、かえって女の手仕事、つまり皮を鞣したり、樺皮の箱を作ったり、皮の手袋を作ったり、野草を摘んだりするのが好きだった。ウリレンの女は全員彼を気に入っていたが、イワンは「狩りのできない男に将来誰が嫁に来るんだ？」と言って、男っぽくない息子に不満だった。ノラはというと、彼女は染め物が一番好きな仕事だった。染め物に使うのは果実や花びらの汁だ。ブルーベリーの実で白い布を青色に染め、コケモモで白い布をトキ色に染める。彼女はユリの花の汁で染めた布を持っていた。薄紅色の夏ユリを摘み、花びらを搗《つ》いて泥状にしてから、汁を搾り出し、水と塩を足して、午後いっぱいかけて鍋で煮る。夕方、染め上がった布を川の水に晒してから、緑色のハコヤナギの樹に掛けた。最初にこの布を見たマリアは、夕焼けが私たちの宿営地に降り立ったと勘違いして、「みんな、見においでよ」と大声で叫んだ。それは間違いなく夕焼けで、しかも雨上がりの夕焼けだった。瑞々しく色鮮やかで、私たちは神霊が現れたかと思った。もしナジェシカがノラに恨み言を言う声が聞こえてこなかったら、誰もそれが一枚の布だとは思わなかっただろう。ナジェシカは、ノラが布を染めた鍋を洗わないので、晩御飯が作れない、と文句を言ったのだ。遠くからその布を見た人はそれがただの布だとわかると、ため息をつきながらつぎつぎと戻っていった。私はそこから離れなかった。そうであっても夕焼けだと思った。それはまごうことなき夕焼けで、しっとりした薄紅色には濃淡があり、細やかな小雨やほっそりした雲がなかに混じり合っているかのようだった。まさにこの布で、私は自分の花嫁衣装の縁飾りを作ったのだ。

　ノラは布を染めると、よくそれを持って私たちのシーレンジュに来て、ルーニーに見せたがった。ルーニーはリンクと同じように好きなものが猟銃だから、ノラに言った。

「人間は獲物がなかったら、すぐに餓死するだろう。それに人間は厚手と薄手の革服を一着ずつ持っていれば、それで一生十分だ。布なんかあってもなくてもいいものさ」

　ノラはルーニーが言うのを聞くや、ぷんぷんに怒って、そばでぼんやりしていたタマラに向かって言った。

「どうしてこんな馬鹿なルーニーを産んだの！」

　非難されたタマラは腹も立てず、ノラにチラッと目をやり、さらに彼女の手の中の布を見て、ため息をついて言った。

「たとえおまえがこれからも布を染めたって、私の羽根のスカートの美しさは出せまいに！　あの羽根の色は誰が染めたと思う？　天だよ！　天の染めた物におまえは勝てるかい？」

ノラは怒って行ってしまい、二度と私たちに染め物を見せないと誓ったが、つぎに布を染めると、また意気揚々とそれを持ってきた。

トルカフが帰っていったあと、ナジェシカは仕事に身が入らなくなった。彼女は肉を切るときにうっかり指まで切ってしまうことが度重なった。私は、彼女とノラが何か話し込んで、ノラが涙を流している姿をよく見かけるようになった。ある日、私がイフリンと仔トナカイに鈴をつけていると、ノラが突然走ってきてイフリンに訊ねた。

「日本人はどこから来るの？　アルグン川の左岸にいるの、それとも右岸？」

イフリンはぷりぷりしながら言った。

「アルグン川が日本人と何の関係があるのさ？　左岸も右岸も奴らの土地じゃないさ！　奴らが住んでいるところは、海を越えなきゃいけない。昔、筏に乗って日本へ行った奴がいたけど、そこに着いた奴は二度と戻ってこなかったよ！」

「アルグン川と関係ないのなら、どうしてここに来るの？」

イフリンが答えた。

「もし腕のいい狩人がいなければ、肉のあるところにはオオカミがやって来るのさ！」

ナジェシカに逃亡の考えを植えつけたのはトルカフの話だと思う。しかし最終的に彼女の背を押したのは、ハシェが遭遇した出来事にちがいない。

ハシェはある日、戻ってこない二頭のトナカイを捜していたとき、樺皮の籠を背負った漢族の老人に出会った。老人はキバナオウギを摘みに来たのだ。ハシェが訊ねた。

「キバナオウギを採るのは鹿胎膏（強壮強精薬）を練るからですか？　わしらは鉄鍋で鹿胎膏を練るとき、いつもなかに手掌参とキバナオウギなどの薬材を少し加えるもんでね」

老人は答えた。

「このわしがどうやって鹿胎を手に入れられるんじゃ。キバナオウギを摘むのは、薬屋に売って、飯の種にしているにすぎん。このごろ日本人が入ってきて、食ってくのも大変になったよ」

ハシェはそこで訊ねた。

「日本人は本当に青い目のロシア人を片付けようとしているのかね？」

「そんなこと知るもんか！　でもな、日本人が来たら、青い目の奴らは逃げ出していったよ！」

ハシェは宿営地に戻ると、晩飯のときに老人と出会ったことを全員に話した。ナジェシカの目には恐怖が充ちた。彼女はゲップが出るほどガツガツと肉を食べたが、それでも無理矢理口に肉を詰め込んだ。ジラントは食事の途中で、心配事を抱えているかのように座を立った。イワンはジラントの後ろ姿を見送りながらため息をついた。

「まったくあいつはこの俺の息子とは思えんな。まったく骨がない！」

イフリンはジラントの出生をずっと疑っていたので、「フン！」と鼻を鳴らすと、言った。

「ジラントの目はあんなに青いんだよ。当然あんたの息子じゃないよ！」

ノラは、ジラントのことをこのように言うイフリンにムッとして、立ち上がると、イフリンに言った。

「ねえ、〝フン〟と言うのをよしてよ。そんなに鼻が曲がっているのに、これ以上ほかの人に〝フン〟と言うと、鼻がアルグン川の左岸まで曲がっちゃうわよ！」

その場にいた人は彼女の言葉に大笑いした。イフリンは跳び上がって怒り、言った。

「あたしの鼻がどんなに曲がろうとも、アルグン川左岸までは曲がれないよ。そこはおまえたちの小便の臭いが残ってるからね。あたしの鼻を汚したくないさ！　いっそ右に曲がって、日本海まで曲がった方がまだましさ！」

あのころ、「日本」という二字を誰が口にしても、ナジェシカには雷鳴のように響き、不安に襲われた。イフリンの言葉でノラは怒って座を立ち、ナジェシカの方は元の場所にじっと座ったまま、ガツガツと大口を開けて肉を呑み込んでいた。彼女のこんな食べ方にイワンは驚いて、言った。

「ナジェシカ、腹はひとつしかないんだぞ！」

ナジェシカは応えず、なおも肉を食べていた。イフリンは自分がさっき口にした言葉の重さに気づいたのだろう、ため息をひとつつくと、立ち上がって出て行った。その夜、二つの音がこもごも宿営地で響いた。ひとつはナジェシカの嘔吐の音、ひとつはノラの「クワークワー」と叫ぶ声だ。ナジェシカは肉を食べすぎたためで、ノラの方はカラスの鳴き声を真似していた。それは彼女たちがこの宿営地に残した最後の音だった。

翌日、イワンはいつも通り、早朝に朝食を食べると、ハシェとルーニーを連れて狩りに出かけた。そしてその晩宿営地に戻ってくると、自分のシーレンジュには誰もいないことに気づいた。普段、気ままに置かれているノロ皮の敷き物と寝袋が、丁寧にたたまれ、タバコ入れには刻みタバコが詰められて、囲炉裏のそばに置かれていた。琺瑯引きの湯飲みは、ピカピカになって台に置かれ、分厚い茶渋が取り除かれている。この普段と異なった清潔さにイワンはびっくりし、まさかと思って衣類をしまっておく革袋を覗き込むと、衣類が半分なくなり、ノラが染めた薄紅色の布だけが一枚残っていた。そして桶のなかの干し肉もほとんどなくなっていた。どうやら彼らは食べ物と衣類を持って逃げ出したようだ。

今朝早く、川辺で顔を洗っていたときに私はノラと顔を会わせていた。ノラは青草を丸くまとめてタワシにし、川底の細かな砂で湯飲みの茶渋をこすり取っていた。彼女に訊ねた。

「なんでそんなことをしているの？」

「茶渋が多くて、お茶がはっきり見えなくなっちゃったのよ」

私が顔を洗い終えて川辺から立ち去ろうとしたとき、ノラが突然言った。

「わたしが染めた布はきれいでしょ。なのにルーニーはどうしてどれもこれも気に入ってくれないの！」

「ルーニーは馬鹿だって言わなかった？　馬鹿なんだから美しさなんてわからないわよ！」

ノラは口をとがらせると、言った。

「どうしてルーニーを馬鹿だなんて言うの？　ウリレンのみんなは一番賢いって！」

ノラは、自分が染めた布でどれが一番好きか、と訊ねた。私は、「薄紅色のだわ。あの布を見たときは、宿営地に夕焼けがかかったとみんな思ったわ」と答えた。

ノラはあの薄紅色の布を残していったが、あれはきっと私に置いていったにちがいない。私は川辺を離れてから、聞きそびれたことを思い出した。「昨日の晩、熊の肉は食べなかったのに、どうしてカラスの真似をしていたの？」

その晩、かがり火のそばに集まって食事をしたとき、イワンはうなだれながらひとりでやって来た。足取りがひどく重い。マリアが訊ねた。

「ナジェシカと子どもたちは？」

イワンはゆっくりと座ると、彼の大きな手で顔をこすったあと、手を下ろし、ほんの少し顔を上げ、寂しそうに言った。

「みんな逃げてしまった――捜しに行かんでくれ。行きたい者は留められないから」

この知らせを聞いた者はみな黙ってしまった。ひとりイフリンだけが「まあ」と大声をあげ、言った。

「言ったでしょ、ナジェシカは遅かれ早かれ、子どもを連れて故郷に戻っていっちゃう、って！ナジェシカの奴は本当にあくどいよ。二人とも連れていくんだから。ひとりはイワンに残すべきだろうに！　ジラントは連れていって当然、だってあの子はおそらくイワンの子じゃないんだから！　でもノラはね、間違いなくイワンの娘だよ。なのにその子も無慈悲にも連れていくとはね。娼婦だったからそんなむごいことができるんだよ！」

イワンはイフリンに怒鳴った。

「ナジェシカを娼婦だなんて言う奴がいたら、その口を引き裂いてやる！」

イフリンははっと気づいて、舌を引っ込め、口を閉ざした。

私はシーレンジュに戻り、ナジェシカが逃げたことをタマラに伝えた。予想もしなかったことに、タマラは突然笑い出した。

「逃げるのはいいことだ、いいことだ。このウリレンの連中が全部逃げ出したらもっといい！」

私は腹を立てて言った。

「それじゃ、逃げなさいよ！」

「逃げるなら、ラム湖がいいわね！　冬は来ないし、湖には一年中ハスの花が咲いて、うんとのんびりできるわ」

言い終えると、自分の白髪を一筋引き抜き、それを囲炉裏に投げ入れた。彼女の正気でない様子を見て私はやるせなかった。私はニトサマンのところに行って、訴えた。

「ナジェシカがジラントとノラを連れて逃げたわ。あなたは族長でしょう、追いかけないの？」

「逃げたものを追いかけたところで、月の光を掴むようなものだ。手を伸ばしてしっかり捉えたと思っても、よくよく見れば、手の中は空っぽなのさ！」

私は族長としての彼を蔑んだ。なぜなら己の感情を抑えつけられたために、思いやりすら失ってしまったからだ。

「追いかければ、連れ戻すことができるわ！」

「連れ戻せんよ！」ニトサマンは言った。

イワンはナジェシカを捜しに行こうとしなかったので、捜しに出たのはハシェ、ルーニー、クンダと私だった。私たちはまず木の棒で大木を叩いた。近辺にいたトナカイが誰かが自分たちを呼んでいると気づいて、ほどなく六、七頭が宿営地に戻ってきた。私たちは屈強な四頭を選んで、それぞれ騎乗した。

ナジェシカはアルグン川に向かって逃げているはずだから、追いかける方向は決まっている。秋の晴れた夜空の下、山並みは青い静かな光を浮き上がらせ、川の流れは乳白色の静かな光を漂わせていた。見つけたい一心で、出発するや私はすぐ、左に向かって「ノラ」、右に向かって「ノラ」と叫んでいると、私の声に樹上のフクロウが驚いて飛び立った。フクロウは私たちの目の前をかすめていったが、目から流星のような二筋の光を発し、この不吉な光が針のように私の心に突き刺さった。クンダは言った。

「夜道を歩くときに大声を出しちゃだめだ。山の神を驚かせてしまうぞ。それにナジェシカは逃げようとしているんだ。おまえが叫んでいるのを聞かれたら、もっと遠くへ逃げていってしまうだろ」

ハシェは言った。

「向こうはトナカイに乗っていないから、アルグン川にたどり着くまで最低二日はかかる。たとえそこに着いても、渡し船を探せるとはかぎらんから、岸辺でただ待っているかもしれんな」

初め私たちは四人一緒に捜していたが、山をひとつ越えると、ハシェが言った。

「アルグン川へ通じているもっと近い道があるんだ。道は険しいけど、トナカイが拓いたから、大丈夫だ」

私たちは相談し、二手に分かれた。ハシェはルーニーと行き、私はクンダについていくことにした。そして、もし私とクンダがその夜のうちに捜し出せなかったら、朝には宿営地に戻ること、一方、ハシェとルーニーはアルグン川へまっすぐ進むことを決めた。

ハシェたちと別れ、私たちがようやく山をひとつ巡ると、クンダがこう言った。

「ナジェシカたちは朝から逃げているんだから、追いつくのは難しい。戻った方がいいな。どっちみちハシェとルーニーが捜索を続けるさ」

「もしかしたらナジェシカたちは遠くまで行ってないかもしれない。逃げ出したものの、ナジェシカが後悔して、どこかに隠れているかもしれないわ！」

「弾をそんなに持ってこなかったから、やはり戻ろう。もしおまえに何かあったら、俺はイフリンに会わせる顔がない！」

「わざわざ捜しに来たんだから、もう少し捜さないと帰れないわよ」

クンダは黙ってしまった。彼はすっかりやる気をなくし、トナカイをゆっくりと進めた。

実際、森の中で誰かを捜すのは、大海で針をすくい上げるのと同じで、とても難しい。真夜中になり、私たちはくたびれてしまった。クンダはトナカイを止めると、タバコを吸って眠気を覚ます、と言った。私の方も手洗いに行きたくなった。

「ちょっと用を済ませたいの。すぐ戻ってくるわ」

クンダは私が何をしに行きたいかわかって、「遠くへ行くなよ。俺はトナカイとここで待っているからな」と私に言い含めた。私はトナカイから降りると、両足はだるく、力が入らず、背後でクンダがぶつぶつ言っているのだけが聞こえた。

「タバコがこんなに湿気ってら。明日はきっと雨だな。まったくナジェシカは手を焼かせるぜ」

静寂な夜は、ごくわずかな音も昼間と比べるとよく響く。私の用を足す音がクンダに聞こえはしないかと心配で、茂みの奥に入っていった。そこは高い松林で、そよ風が梢を〝サワサワ〟と鳴らし、まるで風も用を足しているかのようだ。私はかなり遠くまで進み、ここならどんな音もクンダには聞こえないと思い、ようやくそこにしゃがみ込んだ。

私が道に迷ったのは、しゃがんで立ち上がったときからだ。立ちくらみで、立ち上がったときに、天と地がぐるぐる回り、目がかすみ、もんどり打って地面に倒れてしまった。ふたたび立ち上がったときは、両足がすでにもと来た道とはそれて踏み出ていた。私はしばらくぼうっとしたまま歩いたが、トナカイの姿が見えない。おかしいと思って頭をもたげて月を仰ぎ見た。当然、私は月が進む方向に向かって行けばいいと思っていた。なぜなら捜しに来たとき、宿営地は私たちの後方、つまり西の方向だったからだ。結局のところ、これがまた誤った判断だったわけで、先ほどは目的地からそれただけだったが、今回はもと来た道とまったく反対の方向へ向かってしまったのだ。私は長いこと歩いたが、いっこうにクンダに会えないので、大声で彼の名を叫んだ。あとになってわかったが、私が出かけたあと、クンダはタバコを吸い、そのあとトナカイに跨ったまま寝てしまったのだ。そうでなかったら、いつまでも戻ってこないのに気づき、私を捜したはずだ。でも彼がもし私を見つけていたら、私はラジタに出会わなかったろう。

さっと吹いた涼風がクンダを起こさなかったら、おそらくまだ寝ていたはずだ。目が覚めたとき、空はすでに明るくなっていた。彼は私がいないのに気づき、何か起きたと察し、鉄砲を撃ったり、大声で叫んだりしたが、そのときはもう私はずいぶん遠くへ来てしまい、何も聞こえなかったのだ。

肝を冷やすような一晩が過ぎたあと、迎えたのは日の出のない夜明けだった。鉛色をした厚い雲が空を覆っている。太陽が出ていないため、私はどの方向へ行くべきか判断する手がかりがなかった。そこで、小道を探すことにした。森には私たちやトナカイが踏み固めてできたくねくねした小道がある。このような小道に沿って行けば、きっと人煙を見つけられるはずだ。何も食べていなかったので、キノコを摘んで飢えをしのいだ。道に迷って一番心配なのは、獣に出くわすことだ。リンクが私とルーニーを連れてヘラジカを捕まえたときを除いて、私は獣に出くわした経験がない。歩いてほどなく、雨が降ってきた。雨宿りをしようと岩の下に駆け込んだ。その岩は黄褐色で、表面に緑色の苔が生えていた。緑色の苔はとても美しい形をしていて、あるものは雲、あるものは木、さらに川の流れや花びらのようなものもあり、見たところ一枚の絵のようだった。

雨は止みそうもなく、岩の下で雨宿りしていても、自分の置かれた状況はますます悪くなるばかりだと思い、そこで私は先ほどの小道を探し始めた。そしてついに、灌木の林の中に曲がりくねった小道を見つけた。それを目にしたとき、私は日の出を見たように、驚喜した。しかし喜ぶのは早かった。とある山の前まで来ると、この小道は消えてしまった。望みがなくなった私は山の麓に座り込み、泣こうと思ったが、泣くこともできず、自分の足を叩いて、山林に向かいナジェシカを罵り、クンダを罵り、タマラとニトサマンを罵った。彼らが私を絶望的な状況に陥れたからだ。不思議なことに、彼らを罵ったあと、心の中の恐怖が弱まった。私は立ち上がると、川を探そうと思った。川を見つけ、岸伝いに行けば、苦境から逃れられるはずだ。私はまず小川を探し当て、水を少し飲み終えると、流れに沿って進んだ。かならず川を見つけられるはずだ。小川は最後には川に集まるわけだから。私は自信を持って空が薄暗くなるまでずっと歩いた。そして突然、この小川が流れ込んだ先は川でなく、湖だったことがわかった。雨に打たれた湖は鍋の水が沸騰しているように見える。私は湖に飛び込みたくなった。

何年もののちのある日、本好きなワロジャがページのひとつの符号を指差して私に説明した。これは句点といって、もし本の中の人がひとつ話をし終えたら、この符号を書くんだよ、と言ったとき、私は彼に言った。

「山で迷ったとき、そんな符号に出会ったわ。それは森の中に書かれていて、私が見たあの湖がそうだわ」

でもその句点に似た湖が私の人生に書いたのは句点ではなかった。

夜にオオカミや熊に出くわすのを怖れた私は、湖畔で一夜を過ごした。もし現れたら、湖に飛び込むつもりだった。たとえ湖水に呑み込まれても、獣には私の血の一滴も渡したくなかった。雨が止み、星が出てきた。全身ずぶ濡れで、寒くて腹ぺこだった。この夜、私は水を飲みにきた鹿に出会った。大小二頭で、湖の対岸に現れた。仔鹿はピョンピョンと跳ねながら前を歩き、母鹿はゆったりとその後をついていく。仔鹿は水を飲んでも悪戯好きで、飲みながら口で母鹿の足を押し、母鹿の方はそれをいなして仔鹿の顔を舐めた。その瞬間、私の心の底に突然温かなものが湧き上がってきた。あのように誰かが温かく私の顔を舐めてくれるのを強く願ったのだ。呼吸が激しくなり、頰が熱くなり、眼前の暗い世界があっという間に明るくなった。二頭の鹿が前後して湖を離れていったとき、私の心は喜びと幸福感で満ち、ひとりごちた。

「私はまだ好きな人から舐めてもらう心地を味わっていない。この世に別れを告げることなんかできない。何が何でも生き抜くわ！」

空が明るくなり、太陽が昇ってきた。私は白いキノコとコケモモを摘んで朝食とし、高い山に登り、近くに川があるかどうかを眺めようと思ったが、その結果にはがっかりしてしまった。目の前は土饅頭のような山また山で、私は悲嘆な気持ちに襲われた。川のあの白く輝く姿をどんなに見たかったことか！　山を下ったとき、足にはもう力が入らなかった。小道もなく、川もなく、私はどこへ向かっていけばいいのだろう？　私は救いを求めるように太陽を見て、日の出の方向に行くべきと考えたり、日没の方向へ行くべきと考えたりした。頭の中はウォーンウォーンと鳴り、まるで蜘蛛の巣に引っかかったミツバチのようで、要領を得ずにぐるぐる回っていた。突然、前方から〝ボキッ、ボキッ〟という音が聞こえた。誰かが木を叩き折っているようだ。私は幻聴かと疑い、歩みを止め、耳を傾けた。たしかに〝ボキッ、ボキッ〟という音がする。興奮で目がくらみそうになり、夢中で音のする方へ駆けていった。

前方には果たして空き地があり、お椀ほどの太さの松の木が積み上げられていた。その空き地に来てみると、前方にひとつの黒影が見え、ちょうど木を引き抜いていた。その毛むくじゃらの体に私は恐怖の叫び声をあげた。どこが人間だ、黒熊じゃないか！　物音を聞いた黒熊が向きを変え、両手を上げ、直立して私の方に向かってきた。まるで人間のようだ。その歩く姿から、父がかつて私に話してくれたことが信じられた。

「黒熊は前世は人間だったが、罪を犯したため、天の神は獣に変え、四つ足で歩くようにしたんだ。でも時には、人間の振りができ、立って歩くんだ」

黒熊はまるで悠々と風景を愛でながら歩く人のように、満足げに首を揺らしながら一歩一歩私に近づいてきた。突然私はイフリンの言葉を思い出した。

「熊は目の前で乳房を出してる女は襲わないんだ」

私は急いで上着を放り投げた。自分は一本の木で、二つの露出した乳房は雨で潤ったあとに出てきた新鮮なヤマブシタケだ。もし熊がこのキノコを食べたいと思ったら、ただ差し出すしかない。だから、この世で最初に私の乳房を見たのは、ラジタではなく、黒熊だった。

私が乳房を出した瞬間、黒熊はちょっと止まって、たじろぎ、何か考えているかのようだった。すぐに、前足を下ろし、地面を数歩歩むと、向きを変え、また木を引き抜きに行った。

私はわかった。黒熊が私を見逃してくれたのだ。あるいは私の乳房を見逃してくれたとも言える。私は急いで逃げようと思った。ところが一歩も動けず、茫然と黒熊が木を引き抜くのを見ていた。三本目の木を抜いているとき、ようやく足に力が入ったのに気づいた。私は空き地を離れた。最初はゆっくりと歩いたが、そのあとふたたび恐怖感に襲われ、黒熊が追ってくるのではと恐れ、走り出した。しばらく走り、父が言ったことを思い出した。

「熊に出くわしたら、絶対風上に逃げてはいかん。さもないと、風が熊のまぶたの毛を吹いて、はっきり人間だと見えるようにするからな」

私は立ち止まり、風の向きを調べ、風下に向かってまた走り始めた。私がもう走れなくなったとき、太陽はすでに中天にかかっていた。灌木の中に倒れ込むようにして座り、ようやく自分が乳房を出していたことに気づいた。脱ぎ捨てた服を手に持っていることも忘れていた。だが、たとえ服があっても着るつもりはなかった。二度と熊に会わない保証はないのだから。

のちにラジタが教えてくれたが、黒熊には「遊び場作り」の習慣があって、彼らはある場所を片付けて遊ぶのが好きなのだそうだ。彼らが「遊び場作り」に興じるというのは、全身の力を使う場所がないからだと私は思った。

黒熊の出現で、私の前進する方向が決まった。それはずっと風下に向かっていくことで、こうすれば少なくとも簡単には黒熊の餌食にならないはずだ。この時節は西南の風だから、私は東北に向かって進んだ。太陽がまもなく山に隠れるころまで歩き続け、疲れて空腹になった私は、ついに一本の小道を見つけた。小道に沿ってあまり行かないうちに、目の前に「カオラオポ」が現れた。

ほとんどのウリレンは山の中に「カオラオポ」を建て、少ないところは二、三棟、多いところで四、五棟持っている。「カオラオポ」を建てるには、林の中の太さが同じで、間隔が適切な四本の松の木を探し出し、幹の小枝を払い、さらに樹冠を切り落とし、四本の立木を柱にする。この柱の上に細めの松で台座を作り、長方形の囲いを組み立てる。囲いの上を樺皮で覆い、底に入り口を作っておき、物資の出入り口とするのだ。移動のとき、私たちは普段使わない物や余った物を中に入れておく。たとえば、衣類、毛皮類、食品などで、必要なときに取りに来る。「カオラオポ」はかなり高いところにあり、獣には壊すことができない。「カオラオポ」にはかならずはしごが作られている。なぜならその倉庫は背丈二人分の高さのところにあり、はしごがなければ登ることができないからだ。はしごは普通「カオラオポ」の下の林に寝かせておき、必要なときに立てる。初期のころ、われわれの「カオラオポ」はしばしばマンシュウイタチやヤマネコに襲われた。彼らは柱を登って「カオラオポ」に入り、食物を盗んだのだ。それを防ぐため、以後「カオラオポ」を作るときは、四本の柱の樹皮を剝がしてツルツルにし、簡単には登れないようにした。さらに、ブリキ板で柱を包み、ノコギリの歯のようなギザギザを入れた。こうすると、どんな敏捷な動物も爪を傷つけてまで登ろうとしなくなった。黒熊が自分ではしごを持ち上げて「カオラオポ」に登る以外、ほかの動物はただこの豊かな空中の倉庫を眺めるしかなく、むなしく舌なめずりするだけだった。

私は「カオラオポ」の近くにあるカエデの木の下からはしごを探し出し、それを立て掛け、上に登った。私が物心ついたときから、大人たちはよく二つのことを私たちに伝えた。ひとつは、「外出には自分の家の物を持っていくことはなく、外から来る者も自分の鍋を背負ってくることもない」と。もうひとつは、「煙がのぼる家には誰かが来るし、枝のある木には鳥が降りる」と。だから私たちの「カオラオポ」には鍵がかかっていないし、たとえ通りがかったのが自分の氏族の「カオラオポ」ではなくとも、急を要すれば、使ってもまったく問題なかった。使ったあと、いつか戻しておけばそれでいいのだ。たとえ返さなくとも、中の物を取った通りすがりの者を誰も恨まない。

この「カオラオポ」にはあまり多くの物はなかった。ただ炊事道具と寝具が少々あるだけで、貴重な毛皮類はなかったが、私が差し迫って必要な樺皮の籠に入ったノロの干し肉、それと真っ白な熊油が二缶あった。先ほど熊が私を見逃してくれたことを思い出し、畏敬の念が溢れ、熊油は飲まなかった。ノロの干し肉を噛むと、雨のせいか、干し肉は歯切れが悪く、噛み切るのに苦労した。最初はゆっくり食べたが、しだいに飢えの感覚が強まり、呑み込むように大きな口に詰め込んだ。私は助かったのだとわかった。食べ物だけでなく、しばらく体を休めて雨風をしのぐこともできるのだ。蹲《うずくま》るように座って干し肉を噛んでいると、私はこの世で一番幸運な女だと感じた。食べ終わったらまず少し寝て、そのあとまた宿営地に戻る道を探そうと思った。私の判断では、「カオラオポ」のそばにはかならず誰かがいるのだ。

太陽はすでに傾き始めていたが、「カオラオポ」の松の木の隙間を通して、まだ暖かな陽光が感じられる。お腹に食べ物が入ったので、よりいっそう眠たくなった。体を横たえ、足を曲げ、少し眠ろうとしたとき、突然、下の方で〝ザクッザクッ〟という足音が聞こえてきた。足音がすぐに真下まで来ると、〝バターン〟という音が聞こえ、はしごが倒れた。何者かがはしごを取りのけたのだ。私は賢い黒熊が後をついてきたんだと思い、永遠に「カオラオポ」に閉じ込められると危ぶんだ。

私は恐る恐る頭を出して見ると、どこが黒熊だ、なんとそれは溌剌とした人間の男で、猟銃を構えて油断なくこちらをうかがっていたのだ！

この男がラジタだった。この「カオラオポ」は彼らウリレンのもので、彼はその日ここを通りかかり、はしごが掛かっていて、中で物音がするので、黒熊が荒らしていると察した。そこではしごをはずして退路を断ち、一発で仕留めようとしていたまさにそのとき、思いがけず私が頭を出したのだ。しかも乳房も一緒に顔を出した。のちにラジタは、目に飛び込んきたのがおまえでびっくりした、と言っていた。私は髪の毛はボサボサで、頬や体には木の枝でつけたすり傷だけでなく、蚊に喰われた腫れ痕もあった。だが彼は、私の目に魅了され、また澄みきって潤んでいる目を一目見て、胸が高鳴ったそうだ。

ラジタは、私が道に迷ったために、哀れな格好をしていると察して、何も質問せず、はしごを掛けてくれて、下りてくるように言った。地面に下りると、私はへたへたと彼の懐に倒れ込んだ。このとき私は自分が裸だったことをすっかり忘れていた。ラジタは、「おまえの柔らかくて、温かな乳房が俺の懐に飛び込んだとき、俺の全身はカッと熱くなったんだ」と言った。彼は、この女の乳房が俺の懐に入ってきたからには、ほかの男の懐には絶対入れさせない、と思ったそうだ。私を妻にする考えが生まれたのは、まさにこのときだった。それは日の入りのときで、一日で一番美しい時刻だった。

ルーニーとハシェはアルグン川へまっすぐ追っていったが、ナジェシカ、ジラント、ノラを見つけることはできなかった。彼らは跡形もなく消えていた。果たして樺皮のカヌーを見つけ、無事に川を渡って左岸に行ったのだろうか、それとも泳いで渡っているときに水に巻き込まれてしまったのか？彼らが私たちの元を去ったあと、私たちがふたたびアルグン川に行ったとき、失った身内を心の中で哀悼するかのように、誰もが押し黙っていた。

ルーニーとハシェは戻る途中、私を捜すクンダとイフリンにばったり出会った。彼らは私がいなくなってから三日も経っているので、きっと死んだにちがいないと思った。ところが四日目に、私が無事戻っただけでなく、さらに男をひとり連れてくるとは思いもしなかった。

ラジタが所属するウリレンは彼らの氏族で一番大きく、三十数人いて、彼の家族だけでも十六人いた。彼には父、三人の兄、二人の妹、ひとりの弟がいた。兄たちはすでに結婚し、それぞれ子どもをもうけ、彼らの家族の人数を増やしていた。私たちが結婚したその年、彼の末の弟ラジミはわずか三歳だった。ラジタが言うには、母親は子どもが大好きな女性で、六十歳のときに難産でラジミを産んだあと亡くなったのだそうだ。彼女はオギャーと泣いているラジミを一目見たあと、微笑みながら息を引き取ったという。私がラジタに出会ったとき、彼はちょうど母親の三年の喪が明けたばかりで、そうでなければ私たちの結婚はしばらく延ばす必要があった。

私はラジタに言った。

「私は自分のウリレンを離れられないわ。母が少しおかしくなっているから、身の回りの世話をする人が必要なの」

「それじゃ、俺がおまえのところに行くよ。どっちみち父さんのそばには兄貴や弟がたくさん残っているから」

ラジタの父は気のいい老人で、息子が私たちのウリレンに「入り婿」になるのを反対しなかった。それればかりでなく、私たちの結婚式の当日、自ら一行を引き連れ、ラジタを送ってきた。ラジタを送ってきたときに、二十頭のトナカイも婚礼の祝いとして連れてきた。

私の花嫁衣装はイフリンが私のために急いで仕立ててくれた。イワンが、ノラが染めた薄紅色の布を私にくれたので、私はイフリンにそれで花嫁衣装の飾りをつけてくれるように頼んだ。青色の袷《あわせ》の丸い襟ぐりや、馬蹄形の折り返しのついた袖口や腰回りに縫いつけた縁飾りはすべて薄紅色の布だ。私はそれを着て二度花嫁となった。今でもこの服は私の手元にあるが、もう着られない。歳をとり、瘦せ細った私には、この服はぶかぶかになってしまった。色も褪せ、とりわけ薄紅色は青色に比べてくすみ、ぼやけてしまい、元の色の瑞々しく美しかった様をうかがい知ることはできない。

私の婚礼は簡素だった。二つのウリレンの人々が一堂に会し、かがり火を囲んで食事をした。この集まりには喜ばしい雰囲気はなく、イワンは酔って、酒や肉をかがり火の上に吐いた。イフリンはずっと眉をひそめていた。これを彼女が不吉な前兆だと思っているのがわかった。タマラとニトサマンの表情も冷ややかで、私に祝いの言葉すらかけてはくれなかったが、私の方はこのうえない幸せを感じていた。その晩、私とラジタはぴったりと抱き合い、新しく作られたウリレンで私たち自身の強い風の音を作ったとき、私は自分がこの世で一番幸せな女だと思った。その夜は満月で、シーレンジュの天辺から白銀色の月が見えていたのを憶えている。私は顔をラジタの胸に埋め、こんなに温りを感じたことはこれまでなかった、とラジタに告げた。するとラジタは、「永遠にこの温もりをおまえに捧げよう」と言い、私の乳房に口づけながら、「ひとつは俺の太陽、もうひとつは俺の月だ。永遠に俺に光明をもたらすだろう」とささやいた。ラジタはその晩、何度も「永遠」という言葉を口ずさみ、まるで誓いのようだったが、しかし誓いが永遠であることはめったにないものだ。

ラジタは狩りが好きで、彼とずっと一緒にいたい私は、いつも狩りについていった。普通、狩人は女を連れていくのを嫌う。とりわけ女が月のもののときは、災難をもたらすと思われている。でもラジタは嫌がることなく、宿営地付近の狩りであれば、仲間とは別行動をとり、かならず私を連れていってくれた。私は彼と一緒にべと場に蹲り、鹿を撃ったり、灌木の茂みにある穴でカワウソを捕まえたり、松林の中でヤマネコを撃ったこともあった。でももし「穴籠り」の黒熊を見つけたら、私はきっとラジタにそのままにしておいてと頼んだだろう。

多くの人は一番狡賢い動物はキツネだと言う。でも私はヤマネコだと思う。つまりオオヤマネコだ。オオヤマネコの外形はネコそっくりだが、ネコよりずっと大きく、全身が黄褐色で、灰色の斑点がついている。短い体に、短い尻尾と細長い四肢を持ち、耳の先に長い毛が立っている。ヤマネコの木登りは並はずれていて、あっという間に大木の梢まで登ってしまう。野ウサギ、キタリス、キジ、ノロを餌にして、これらの動物に攻撃を仕掛けるとき、通常、木を拠点にする。木の上に隠れ、木の下を通る彼らを見つけると、パッと跳びかかり、喉笛に嚙みつき、まず血を吸ってから、爪で皮を剝ぎ、ゆっくりと肉を楽しむ。私はヤマネコが血を吸う様子が残忍に思え、大嫌いだ。残忍なだけでなく、狡賢くて、突然黒熊やイノシシの威嚇に出くわすと、パッと木の上に登ってしまう。黒熊やイノシシが木の下まで追ってくると、ふいに尿を相手の体に浴びせかけ、屈辱を味わわせる。こうして相手はヤマネコと戦う気が失せ、興ざめしていなくなる。だから私から見れば、ヤマネコは猟師のように銃弾を持っているようなものだ。銃弾とはつまり自分の尿だ。またヤマネコは冬のあいだ、食べきれなかった獲物を蓄えておく。獲物を捕らえられないときの飢餓に備え、いざというときの準備をしておくのだ。

ラジタはヤマネコを捕らえるのに、銃と弾は使わない。使うのは原始的な弓矢だった。ヤマネコが木に登るその瞬間、林に身を潜めていたラジタは矢を放つ。矢はほとんどヤマネコの喉に突き刺さり、ヤマネコはもんどり打って転げ落ちた。あるとき、私たちは一匹のヤマネコがキジを追って木に登るのを見つけた。ラジタは目ざとくさっと弓を引いて矢を射ると、まさに一石二鳥とはこのこと、ヤマネコとキジを同時に射止めたのだ！

やがて私は身籠り、最初の子ヴィクトルを産んだが、カワウソと関係があると思い、それからはカワウソを捕まえないことにした。

カワウソは水中の魚を食するのが好きなので、その巣穴と水源は通じている。川のそばで穴を見つけたら、そして穴のそばに魚の骨が散乱していたら、十中八九カワウソを見つけられる。カワウソはのんびりしていて、昼間は川で泳いで小魚を食べ、夜は穴に戻って休む。いつも私がカワウソのいる穴を見つけ、そのあとラジタが捕まえた。あれは私がラジタと一緒になって三年目の春のことだった。私たちはまだ目が開かない四匹のカワウソの赤ちゃんを見つけた。ラジタが、「カワウソの赤ちゃんは目が開くのが遅く、だいたい生まれて一カ月経ってようやく開くんだ」と言った。私たちは母親も近くにいるはずだと、小さなカワウソをそのままにした。夕方、大きなカワウソが川から穴に戻ってきた。光っている頭を出したので、ラジタがそれに手を下そうとしたとき、私は止めた。私は思った。この四匹のカワウソの赤ちゃんはまだ母親を見ていない。もし四匹が目を開け、目にするのが連なる山と川と自分たちを追いかける猟師だけだったら、きっと傷つくにちがいない、と。

私たちはカワウソ親子を見逃してやった。それからまもなくして、三年間身籠ることのなかった私のお腹に、新しい命の動きが現れた。するとイフリンの私とラジタを見る目が変わった。最初の二年間、彼女は私のお腹が脹らんでいないのを見るたび、私たちを冷たく皮肉った。

「ラジタの見かけがどんなにトラのようでも、骨はネズミのようにやわだね。だってあいつと一緒にいる女の腹は大きくならないじゃないか」

彼女はさらに私に愚痴った。

「ラジタについていっちゃいけないよ。狩りをする女にどうして子ができる?」

ある晩、彼女は寝付けず、宿営地をぶらついているとき、ふと私たちのシーレンジュから私のあえぎ声とラジタのおめき声を耳にした。翌日、彼女は口をへの字に曲げ、鼻を歪めて私に言った。

「おまえたちはあれにあんなに力を使っているのに、どうして子どもができないんだ?」

私は思わず頬が囲炉裏の炭のように真っ赤になり、かっかと火照った。

私は妊娠してから、ラジタの狩りについていかなくなった。

ラジタは容貌も性格も私の父にとても似ていた。彼は痩せてはいたが、肩幅が広くて腕が長く、頑強な骨格をしていた。眉毛はほかの男性のようにまばらではなく濃いので、彼の目を鬱蒼とした樹林が覆っているかのようで、とても落ち着いた雰囲気を醸し出していた。彼はリンクと同じで悪戯が大好きだ。夏にはテントウ虫を捕まえて私のズボンに入れたり、冬の雪の日にはそっと手に雪を握って、私の首筋に入れ、私を驚かせた。私が〝キャッ〟と声をあげると、朗らかに笑う。テントウ虫には耐えられるが、雪は違う。だから雪が降って、彼が拳を握ってシーレンジュの中に入ってくるのを見ると、私はクックックッと笑いながら身をかわした。ラジタは言った。

「おまえがいいことを言ってくれるなら、許してやるよ」

私は冷たいのが苦手なので、優しい言葉を繰り返して許しを求め、そのむず痒い言葉でラジタの手の雪を溶かした。

母が私の結婚に贈ってくれたのは火だった。つまり、私が目の前で見守っている火だ。この火は母と父が一緒になったときに、母の父——私のナジラエイエ(外祖父)が母に贈ったものだ。母はこれまで消したことはないし、おかしくなったあとも、移動するときには、火種を持っていくことを決して忘れなかった。母は私がイフリンの縫った花嫁衣装を着たのを見て、私が花嫁になることがわかり、手で私の頬を撫で、ため息をついた。

「嫁ぐんだね、アニがおまえに火を贈るよ」

母はナジラエイエから贈られた火を私に分けてくれたが、その瞬間、私は母を抱いて泣いた。彼女がなんとも哀れで、独りぼっちだったと突然気づいたからだ。私たちは母とニトサマンとの交情を阻んだが、それは過ちだったようだ。なぜなら私たちが守ろうとしたのは氏族の掟だったが、実際に行ったことは、彼女の心の炎を消すことではなかったのか⁉ 私たちが彼女の心をすっかり冷やしてしまったので、彼女は火を守っていても、氷のように冷たい日々を送っていたにちがいない。

私よりずっと年老いている目の前のこの火を見つめていると、あたかも母の姿を見ているようだった。

ラジタがとても父に似ていたからか、母はラジタを見るのが好きだった。彼が食事をするのを見つめ、お茶を飲むのを見つめ、銃を磨くのを見つめ、私をからかっているのを見つめていた。彼女はいつもぼんやりと見つめ、それで満足している様子だった。しかし、私のお腹が大きくなり始めると、彼女はラジタを見なくなり、さらに彼を毛嫌いするようになった。イフリンは言った。

「タマラはラジタにリンクの幻を見ていたけど、ラジタがおまえを孕ませたから、リンクは不実だと思い、だからラジタを恨むのさ」

私が父とニトサマンとのあいだの確執を知ったのは、お産のときだった。ラジタは私のために産室を作ってくれた。私たちはそれを「ヤタジュ」と呼び、男は絶対ヤタジュの中に入れなかった。女の方は、やはり他人のお産の手助けをするのを嫌った。手伝ったりしたら自分の夫が早死にすると言われているからだ。陣痛で混乱した私が獣のような叫び声をあげたとき、イフリンが入ってきた。イフリンは私を慰めるため、神話を二つ話してくれた。彼女は麗しい話で私の苦痛を和らげられると思ったのだが、なんとそれは反対の効果を及ぼした。私は大声で叫んだ。

「そんなのみんな嘘っぱちだわ！」

私はあまりの痛さに理性を失っていた。その様子を見たイフリンは、不機嫌になって私に言った。

「それじゃひとつ本当の話をしてやるよ。これは作り話じゃないよ。これを聞いたら、もう叫ぶんじゃないよ！」

イフリンが話し始めると、私は叫ぶのを止めた。なぜならそれは二人の男とひとりの女の話で、しかも話の主人公はリンク、タマラ、ニトサマン。私はすっかりその話に引き込まれた。

それはやはり痛ましい話で、自分の痛みを忘れさせた。聞き終えたときに、ヴィクトルが無事に産まれ、この子の泣き声が話の句点となった。

私の祖父がまだ生きていたころのある夏のこと、祖父は氏族を連れて移動し、ヨーグスケン川の畔まで来たとき、ほかの氏族と遭遇した。彼らも移動中だった。そこでこの二つの氏族は移動を中止し、三日三晩、一緒になってどんちゃん騒ぎを始めた。獣を捕らえ、かがり火を囲んで酒を飲み肉を食べ、歌って踊った。リンクとニトサマンはここでタマラと知り合った。イフリンは語った。タマラはその氏族の中で踊りが一番好きな娘で、グレーのロングスカートを穿き、夕方から深夜まで、深夜から夜明けまで踊っていた。その娘の舞い踊る姿に一同は目を細め、リンクとニトサマンの両方がその娘を好きになった。二人はほとんど同時に祖父に言った。あのタマラという娘が気に入ったから、女房にしたいと。祖父は困った。二人の息子が同じ娘を好きになるとは思わなかったのだ。祖父はこのことをそっとタマラの父親に言った。あなたのお嬢さんに、どちらがいいか聞いてもらえまいか。どちらもいやなら、それでかまわないから、と。ところが踊り好きのその娘は父親にこう言ったそうだ。あの二人はどちらも素敵。太っている方は温和で誠実そう。痩せている方は利口で、明るそう。どちらでもいいわ、と。これにはタマラの父親も祖父も困ったが、当の本人は困るふうでもなく、リンクとニトサマンの心を引きつけていた。落ち着いた様子で踊り続け、一曲踊り終わるたび、ほかの人に向かって甘ったるい笑みを浮かべていた。

　そこで祖父はついにある方法を考え出した。彼はリンクとニトサマンの二人を呼び、まずこう言った。

「おまえたちはわしの可愛い息子だ。そのおまえたちが好きになったのは同じ娘だ。その娘はどちらが自分の花婿になってもいいと言っている。だからどちらかが譲らなければならん」

　そしてまずニトサマンに訊ねた。

「おまえはタマラとリンクを一緒にさせる気があるか？」

　ニトサマンは首を振って言った。

「稲妻が縄に変わり、タマラを縛ってリンクの前に連れ出さないかぎり、俺は認めない」

　祖父は同じようにリンクに訊ねた。

「おまえはタマラが兄貴に嫁いでもかまわんか？」

「この世界が洪水に見舞われ、巨大な流れが俺を押し流し、タマラと兄貴が島に流れつくのでなければ、俺は認めない」

　祖父はそこで言った。

「いいだろう。天にお願いしたら、おまえたちは自分の矢で決着をつけろとの仰せだ」

　時節はまさに雨季だった。この時期、森では白いキノコが木に生えるが、私たちはそれを「猿の頭」（ヤマブシタケのこと）と呼んでいる。それは拳ほどの大きさで、ふかふかしている。この猿の頭をキジと一緒にことこと煮ると、味にうるさい人もその旨さに舌鼓を打つ。猿の頭はコナラの木に生える。変わったキノコで、普通双子で生え、もしひとつを見つけると、たいていその木のそばにそれと対のもうひとつが生えている。

祖父はヨーグスケン川の畔の森に対になった猿の頭を探し、リンクとニトサマンに弓の試合をさせた。つまり、猿の頭に当てた方が、タマラを嫁にできるのだ。もし二人とも当てたら、もう一度猿の頭を探して的にし、どうあっても勝負をつけるつもりだった。イフリンは言った。「猿の頭が生えている二本のコナラは同じ距離の線上に立っていて、二本のあいだもシーレンジュ一個分しか離れていなかったから、まるで兄弟みたいに見えたよ」

リンクとニトサマンが弓矢を携え、その二本の木の前に着いたとき、二つのウリレンの全員が見に走ってきた。でもタマラだけは来ない。彼女はスカート姿で、ひとり川の畔で踊っていた。リンクとニトサマンは若いころ、二人とも優れた射手だった。二つの猿の頭は陽光に照らされ、白く艶やかで、透き通り、まるで木に生えた耳のようだった。リンクとニトサマンは祖父の号令のもと、同時に矢を放った。イフリンは、「あたしは目を覆ったよ」と言った。聞こえたのはただ〝シュー〟という音だけで、二つの風が吹いたかのようだった。それは弦から二本の矢が放たれたときの音だったが、その音はたちまち変化して、〝シュー〟から〝サー〟と〝ドスッ〟という二つの音に分かれて、消えた。周囲は静まり返った。イフリンが言うには、「目を開いたら、リンクの前の猿の頭には矢が突き刺さっていたけど、ニトサマンの方は矢がそれて、木に刺さり、猿の頭は無傷だったんだ」と。こうして、衆目のもと、リンクはタマラを獲得した。このときから、ニトサマンは矢を射っても銃を撃っても、当たらなくなった。それ以前は、彼は優れた射手だったのだが。

イフリンは、「あたしはニトサマンがわざとリンクに譲ったんじゃないかって思っているのさ。だってニトサマンがあの失敗した矢を見つめていたときの目は、落ち着いていたからね」と言った。でも私はそうは思わない。ニトサマンが祖父にタマラを諦めないと言って、リンクと弓で勝負しようとしたからには、きっと全力を振り絞ったはずだ。でももし考えを変えたというなら、それはきっと最後の最後で、リンクの失望した目を見るのが忍びなかったからかもしれない。

リンクがタマラを勝ち取ったと人々がタマラ本人に知らせたとき、タマラは川岸に座っていて、掌に二匹の蟻を載せ、二匹の戦いを見ていた。彼女は自分がまもなくリンクの花嫁になると知ると、立ち上がり、蟻を捨てて、スカートを叩くと、笑った。彼女の笑みで、タマラは心の底ではリンクの花嫁になりたかったのだと一同は確信した。

翌年、トナカイの角を切る季節に、リンクはタマラを娶り、私たちのウリレンに連れてきた。タマラはひとつの火と十五頭のトナカイを連れてきた。彼らが結婚式を挙げた時刻、ニトサマンはナイフで指に傷をつけた。鮮血が一滴一滴流れ落ちるのを目の当たりにして、イフリンは鹿食草で止血してあげようとしたが、ニトサマンに断られた。彼が血にまみれた指を立て、口の前に持ってきてちょっと息をかけると、なんとその血が奇跡のように止まるのが見えた。

昔、ある狩人が森で一頭の鹿と出会い、矢を二本射たが、いずれも急所をはずしてしまった。鹿は血を流しながら、逃げていった。狩人は血の跡を追いかけた。重い傷を負ったはずだから、血が尽き、当然動けなくなると思っていた。ところが追いかけていくうちに、血の跡が消え、狩人は鹿がまんまと逃げおおせたことに気づいた。実はこの鹿は神の使いで、逃げながら足下の草で傷口の手当をしていたのだ。狩人は血を止められるその草を摘んだが、それがつまり鹿食草だ。

「ニトサマンが鹿食草を使わずに、自分の息で血を止めたのを見たときは、みんな血そのものを見るよりも震え上がったよ」

イフリンは続けて言った。

「それからのニトサマンの行動はますます普通の人とは違っていったよ。何日も飲まず食わずで、それでも精力が満ち溢れんばかりに一日中歩き通せるのさ。裸足で荊の茂みを踏んだときも、足にはかすり傷ひとつなく、棘一本刺さっていなかったんだ。ある日、川岸で石につまずいた彼は、怒ってそれを蹴飛ばすと、なんとまあ、とても大きな石が突然鳥のように飛び上がって、そのまま川に〝ドボーン〟と音をたてて落ち、水底に沈んでいったのさ。みんなはこの異常な力を目にして、彼がサマンになると悟ったんだ」

それはわが氏族のサマンが世を去ってすでに三年が過ぎたころで、新サマンはまだ現れていなかった。普通新サマンはサマンが亡くなってから三年目に現れる。その人間はかならずわが氏族の中から出るのだが、どこのウリレンに現れるかは、決まっていない。思いもよらぬことに、私のアグトアマがサマンとなった。イフリンは言った。

「人々が買い入れた神衣、神帽、神鼓、神裙など神降ろしの舞に使う神具をアグトアマに捧げると、彼はまる一日泣き明かし、宿営地の周りの鳥たちはみな逃げていってしまったよ」

その後、別の氏族のサマンが私たちのウリレンに来て、ニトサマンのためにサマンに任ずる儀式を執り行い、彼らは三日間舞い続けた。祖父が亡くなったのはちょうどこのときだった。

ヴィクトルが生まれ、ニトサマンに対する新たなイメージが私の心の中に生まれた。私は彼とタマラに同情し始めた。運命がかつてそらした矢をもう一度彼に戻し、幸せの矢にする権利を与えたと思った。私はタマラがあの羽根のスカートを広げたとしても、ニトサマンが移動の途中で母の後ろを行ったとしても、もはや反感は抱かなかった。しかし彼が得たのは、彼女の後ろ姿だけだった。稲妻が鋭い矢に変わり、リンクを連れ去っていったともし言うなら、ニトサマンが得たその矢には、氏族の古い掟がへばりついていたせいで、すでにあちこちに錆が浮いていたことだろう。このような矢を前にして、タマラとニトサマンが生きていく気力を失い、狂ったのも当然のことだった。

ヴィクトルが三歳のとき、弟のルーニーがニハオを娶ったが、その年はおそらく康徳五年（康徳は満州国の年号。一九三八年）

だったはずだ。婚礼を祝うかがり火の燃えさしの傍らで、明け方、タマラが永遠の旅立ちをした。彼女はニトサマンが彼女のために縫ったあの羽根のスカートを穿いて、踊りながら旅立ったのだ。

ルーニーがニハオと知り合ったのは、イワンと関係がある。

ナジェシカがいなくなり、イワンはすっかり口数が少なくなった。わずか数年で、頭が禿げ上がってしまった。イフリンはイワンに再婚相手を世話してやろうと考え、一度、仲人に頼んだが、イワンに知られてしまい、イワンの激しい怒りを買った。「俺には妻はひとりしかいない。ナジェシカだ。俺の子どもは二人だけ、ジラントとノラだ。決して変わらん」と。イフリンはよく他人を泣かせているが、今回はイワンに泣かされた。

イワンは私たちウリレンの鍛冶職人だ。春にいつも宿営地で火を熾し、仲間のために工具を打った。鉄を打つには普通四、五日かかる。この間、鉄を打つ火は決して消してはならない。彼が鉄を打つとき、ジラント、ノラ、ルーニーと私は喜び勇んで見に行った。あるとき、腕白なルーニーがノロ革製のふいごに小便をかけた。イワンは禁忌を気にして言った。

「そんなことして、できた道具にはきっと呪いがかかって、使い物にならんぞ」

結局できた道具には、案の定どれも欠陥があった。鉈の柄はハンマーで叩いたら折れてしまうし、ヤスの先端は鈍く、槍の刃先は丹頂鶴の頭のように曲がっていた。それからというもの、イワンは鉄を打つとき、私たちの姿を見ると、離れているように命じ、そばに近寄るのを禁じた。さらにハンマー、ふいご、ペンチ、鉄床、炉などの鍛冶に使う道具に触るのも禁じた。鉄を打つときは、私たちを近寄らせないばかりか、女はさらに遠ざけられた。女は水で、ちょっとでも近づいたら、炉の火が消えてしまうと言わんばかりだった。

よそのウリレンの者はイワンの鍛冶の腕前が素晴らしいことを知っていて、春になるとしばしば樹号を頼りに私たちの宿営地にやって来ては、イワンに鍛冶を頼んだ。彼らは酒や肉を持ってきて謝礼に充てた。イワンもこれまで彼らを失望させることはなかった。彼の石をも砕く手は、あたかも鉄を打つために生えてきたようなものだ。だから来た人はかならず満足して出来上がった道具を携え、私たちの宿営地から帰ることができた。

ナジェシカがいなくなってから、イワンは鉄を打つ時期を秋に変えた。林に舞う落ち葉は黄色の蝶のように、ノロ革製のふいごに降りかかり、イワンの体にも降りかかった。彼が鉄を打つときはこれまでと同じように力強く、鍛えられた器具もこれまでと同じく精緻で、頼みに来る人が多いのも変わらなかった。ちょうどこの年の秋、アレクという狩人がトナカイに跨り、娘を連れてイワンに鉈を二丁作ってもらいに私たちの宿営地にやって来た。アレクの娘は十三、四歳ぐらいで、彼女はわが民族の女の特徴である扁平な顔をしていたが、顎が少し尖っていて、垢抜けて見えた。彼女の高い頬骨は二房の前髪に覆われ、細長い目は黒く輝いていた。お下げには、紫の野菊の花を数輪挿していて、笑うととても可愛らしく見える。彼女がニハオだった。イフリンはこの娘を一目見て気に入り、「いつかかならず、あの娘をジンドの嫁として、あたしたちのウリレンに迎えるわ」と言った。そのときもう独立する年齢になっていたルーニーは、イフリン同様、一目でニハオが気に入った。彼はイフリンに口を利いてもらおうと思ったが、イフリンがニハオをジンドに嫁がせようとしているのを聞いて、すぐに思い切った行動に出た。ニハオが出発しようとしたとき、ルーニーは全ウリレンの人を前にしてニハオに求婚したのだ。

「俺はおまえの笑顔が好きだ。俺はおまえを胸の中にしまい、俺の心と同じように大切にするから、俺の嫁になれ！」

アレクは、イワンのところで鉈を手に入れようとして、娘の婿を手に入れようとは思ってもみなかった。リンクを知っていた彼は、ルーニーにリンクの凛々しさと勇敢さを見て取り、喜んでニハオをルーニーの嫁にすることにした。ただ彼は、「ニハオはまだ幼いから、二年後に嫁がせよう」と言った。

イフリンはニハオを嫁に迎えるつもりだとジンドに内々に話していた。そしてジンドもニハオに思いを寄せていた。だから、ルーニーがみんなの前で求婚したことで、ジンドはがっかりして涙を流した。しかしイフリンは気持ちをぐっとこらえて、アレクに同調して言った。

「ニハオはまだ小さいから、そんなに結婚を急ぐことはないよ。どうしても婚約するっていうなら、仲人をたてて正式に話し合わなきゃいけない。こんなにいい娘なんだから、結婚のことはくれぐれも慎重に進めないとね」

ニハオが私たちの宿営地を離れたその晩、イフリンはジンドを木に縛りつけ、枝でムチ打った。彼女は不満たらたらで、「おまえは不甲斐ない奴だね。どうしてみんなの前で涙を流すの、それじゃルーニーに負けたことを認めるようなものじゃないか？　女のことで泣く男なんて、先が思いやられるよ」と言った。ジンドはたしかに意気地なしで、イフリンが彼を一度叩くたびに、「痛いよ、痛いよ」と叫んだので、さらにイフリンの怒りを掻き立てた。彼女はいっそう激しくムチ打ち、そのうえ罵った。

「おまえはクンダと同じだ。どっちも女の足元にいる蟻で、腰を屈めて生きるだけの、卑しい意気地なしだ。この腰抜けめ。女に足蹴にされるのも当たり前だ」

彼女は枝が折れるまでムチを打ち続けた。イフリンがジンドをムチ打つ音は宿営地に響き渡ったが、誰も止めに行こうとはしなかった。止めようものなら、イフリンの気性から、さらに激しくジンドを折檻することを誰もが知っていたからだ。

イフリンの行動は、ルーニーに、自分を狙うオオカミが目の前に現れ、断崖絶壁に立たされたように感じさせ、さらに大胆な行動に走らせた。彼はイフリンがジンドをムチ打った翌日、「狩りに行ってくるけど、三日したら帰ってくる」と言って、宿営地を出て行った。

三日後、言葉通りルーニーは戻ってきた。彼が持ち帰ってきた獲物はニハオだった。その獲物にはアレクが付き添い、アレクは嫁入りの行列とともにやって来た。一行はとても嬉しそうに私たちのウリレンに到着した。ルーニーがどうやってアレクを説得し、婚期にはまだ早いニハオを喜んで嫁がせる気にさせたのか、私たちにはまったくわからなかった。私たちが見たのは、あでやかに着飾った若いニハオの、内心から溢れ出る喜びを感じさせる、はにかんだ笑顔だった。彼女はルーニーと一緒にいるのが嬉しくて仕方がないのだ。

ニトサマンがルーニーとニハオの結婚式を執り行った。彼は、かがり火のそばであいかわらず震えているタマラをチラッと見ると、意味ありげにルーニーに言った。

「今日から、ニハオはおまえの妻だ。男の愛とは炎だから、永遠におまえが愛する娘に寒さを感じさせてはいけない。おまえの暖かな胸の中で彼女を心地よく過ごさせるんだぞ!」

ニトサマンは今度はニハオの方に向いて言った。

「今日から、ルーニーがおまえの夫だ。おまえがあいつをしっかりと愛すれば、おまえの愛であいつは永遠に健やかだ。神はおまえたちにこの世で一番の子どもたちを授けるだろう!」

ニトサマンの言葉で、何人かの女の表情が変わった。ニハオは笑い、イフリンは口をへの字に曲げ、マリアは感心して頷いた。タマラは震えが止み、潤んだ目でニトサマンを眺め、夕陽が照り映えているかのような顔には、久しぶりに柔和な表情が現れた。

太陽が山に沈んだ。人々が手と手を繋ぎ、かがり火を囲んで踊っているとき、突然タマラが、目が悪くなった犬のイランを連れて現れた。イランは元気がなく、タマラは溌剌としていた。これは実に予想外のことだった。

母のその日の服装を私は永遠に忘れないだろう。彼女はベージュの鹿革の上着の下に、ニトサマンが彼女に贈った羽根のスカートを穿き、足にはノロ革のブーツを履いていた。白髪交じりの前髪と鬢《びん》を長い髪と一緒に後ろに梳いて、高々と頭の後ろで束ね、非常にすっきりとした顔立ちになっていた。彼女が現れると、一同は期せずして驚きの声をあげた。タマラのことを知らない、ニハオを送ってきた人たちはその美しさに驚き、私たちの方は彼女の気概に驚いた。これまで彼女は腰を屈め、首を垂れ、まるで罪人のように頭を深々と胸の中に埋めていた。しかしこの瞬間のタマラは胸を張り、腰をぴんと伸ばし、目はキラキラ光っていて、私たちには別人のように思えた。羽根のスカートを穿いていると言ったが、それよりは彼女は秋の空を身にまとっていると言った方がよかった。その色はあたかも風霜の洗礼を経たように、色とりどりで美しかった。

タマラが踊り始めた。あいかわらず踊りはしなやかだ。踊りながら笑みを浮かべ、私はこれまで彼女がこんなに屈託なく笑っているのを見たことがなかった。すっかり年老いたイランは、かがり火の傍らで腹這いになり、頭を傾け、限りなく慈しむように主人を見ていた。悪戯好きの幼いヴィクトルはイランがおとなしいのを見て、イランを皮の敷物に見立て、その上に座った。彼は座るやいなやラジタに向かって騒ぎ立てた。

「アマ、アマ、この敷物は熱いよ！」

ヴィクトルは草の茎を一本拾うと、それでイランの目をつつきながら言った。

「あした、おまえの目ははっきり見えるようになるよ。今度肉をあげたら、ちゃんと見えるからね！」

それというのも、あるとき、ヴィクトルがイランに肉を一切れ投げてやったところ、どうしたことかイランは見向きもせず、首をすくめて逃げていった。私には、イランが食べなくなったのは、体の熱量をできるだけ早く使い切りたがっているからだ、とわかった。しかし幼いヴィクトルにはイランの目が悪くなっているとしかわからなかった。

ニハオはタマラのスカートがすっかり気に入った様子で、花の周りを飛ぶ蝶のように、タマラの周りを一回り、また一回りし、羨ましそうにスカートを見ていた。ルーニーは、母が羽根のスカートを穿いて人前で踊ることは少しやりすぎだと思ったのだろう、私になんとか母を引っ込めるように言った。でも私にそんなことはできない。母は見るからに生気に満ち溢れているのに、その生気を追い払うようなことはしたくはない。ましてイフリンとジンド以外、一同はルーニーとニハオの結婚を祝して楽しんでいるのだ。楽しんでいるときは気分のままに従ってもいいだろう。

かがり火がしだいに衰え、踊る人も徐々に少なくなり、送ってきた人たちはイワンのところに行って休んだ。ただタマラだけは、あいかわらずかがり火のそばで回っている。最初は私も母に付き添っていたが、やがてどうにもくたびれて眠くなり、シーレンジュに戻った。私が戻るとき、母に付き添っていたのは、眠っているイランと、消えかかったかがり火と、地平線の残月だけだった。

私はルーニーのことが少しばかり不安だった。弟はとてもがさつで、ニハオが耐えられなくなり、彼女を傷つけてしまうのではないかと心配だった。というのも彼女があまりにも若いからだ。私は自分のシーレンジュに戻らず、ルーニーのところに行って、様子をうかがおうと思った。案の定、まだそこに着かないうちに、ニハオが飛び出してくるのが見えた。彼女は泣きながら、私を見つけると、胸に飛び込んできて、「ルーニーは悪い奴で、矢を持って、私をひそかに刺そうとするの」と訴えた。私は聞いて笑い出してしまった。私はニハオを慰める一方、ルーニーを叱り、ニハオには、「もしルーニーがまた矢で傷つけようとしたら、ルーニーに罰を与えるからね」と安心させた。ニハオはそこでようやく戻っていった。彼女は歩きながら、結婚って辛い思いをするのね、とぶつぶつ言っている。ルーニーはちょっとばかりばつが悪そうに私を見ていた。私はルーニーに言った。

「おまえは焦ってあの子を連れてきてしまったんだ。おまえの嫁であることは違いないけど、でもまだ小っちゃいのよ。まずは二年、あの娘と遊んであげなさい。新郎になるのはそれからだよ」

ルーニーはため息をふっとつくと、頷いた。だから、最初の二年間は、ルーニーとニハオは寝起きをともにしたが、彼らの関係は兄妹のように清らかだった。

私はシーレンジュに戻り、たったひとりで踊る母のことを思うと、全身に寒気を覚えた。歯をガチガチ鳴らす私をラジタが暗闇の中で暖かな胸に抱き寄せた。しかし私はそれでも寒さを感じた。彼がどんなに強く抱いても、震えが止まらない。私は寝付けず、目の前には母が踊る姿がずっと浮かんでいた。

空が明るくなったとき、私は服を羽織ると、昨晩、みんなが楽しんだところへ行った。そして、私は三つの燃え殻を見つけた。ひとつ目はかがり火で、すでに消えていた。二つ目は猟犬で、イランはもう動かなくなっていた。三つ目は人間で、母が地面に仰向けに倒れていた。目は開いていたが、その目はすでに動かなかった。身につけた羽根のスカートと白髪交じりの髪だけが、朝の風に微かに震えていた。一度に現れたこの三つの燃え殻は、私の心に深く刻まれた。

リンクが逝き、母も逝った。両親のひとりは雷に帰し、ひとりは舞踏に帰した。私たちは母を木の上に葬ったが、父との違いは、風葬に選んだ木が松ではなく、シラカバだった。母の死装束に使ったのは、あの羽根のスカートだ。ニトサマンが葬儀を執り行ったが、そのとき、南へ帰るカリが大空を過り、二股の木のような隊列で飛ぶ姿は、稲妻の形にそっくりだった。違いは、稲妻は黒雲のなかで光となって現れるが、カリは晴れ渡った空に黒い線を描くことだ。ニトサマンはタマラのために葬送の歌を一曲歌った。この歌は「血の川」と関係があり、私にニトサマンの母に対する深い愛情を感じさせた。

われわれの祖先は、人はこの世を離れると別の世界に行く、と考えている。その世界は私たちがかつて生活した世界より幸せなところだ。ただ幸せな世界へ行く途中で、一本のとても深い血の川を越えなければならない。この血の川は、死者の生前の行いや品性が試されるところだ。もし善良な人がここに来ると、血の川には自然に橋が浮かんできて、安心して渡ることができる。もし様々な悪事を働いた人がここに来ると、血の川に橋は現れず、石がひとつ川面に現れる。もし生前の良くない行いに改悛の情を抱けば、この石をたよりに飛び越えられる。そうでないと、血の川で溺れ、魂は完全に消滅する。

ニトサマンは母がこの血の川を渡れないことを心配したのだろうか？　彼女のためにつぎのような歌を歌った。

滔々と流れる血の川よ、
どうか橋を架けてほしい、
あなたの前に来《きた》りし者は、
ひとりの善良な女！
もしその足についているのが鮮血なら、
それは女が踏んだ、
己の鮮血。

もし女の心の底にあるのが涙なら、
それは女が留めおいた、
やはり己の涙！
もしあなた方が
足についている鮮血と
心の底に涙を溜めたその女を嫌っても、
女に石を立ててくれるなら、
どうかお願いだ、
無事に女を渡らせてほしい。
もしあなた方が咎めたいなら、
どうか私を咎めてくれ！
女が幸せな彼岸にたどり着けるなら、
たとえ将来、私を血の川に溶かそうとも、
私は泣き声をたてぬだろう！

ニトサマンが歌を歌っていたとき、ニハオはずっと震えていた。まるで歌詞の一字一字が蜂となって、つぎつぎと彼女を刺しているかのようだった。このとき私たちは少しも知らなかったが、彼女の前世はこのような神歌と縁があったのだ。実際彼女は、あたかも魚のように、私たちには見えない川の中でずっと生きてきたが、ニトサマンの神歌が撒き餌となって、捕まってしまったのだ。しかしこのとき私たちは彼女が死に怯えているだけだと思った。ルーニーは彼女をいたわって、ずっとその手を握っていた。ニハオは母の風葬の地を離れるときに言った。

「お義母さんの骨はいつかきっと木から落ちるでしょう。土に落ちた骨からは芽が出るはずだわ」

タマラが亡くなってから、ニトサマンはいっそう日常の暮らしに無頓着になった。いつ狩りをするか、いつトナカイの袋角を切るか、いつ移動するか、まったく関心を示さなくなり、どんどん痩せていった。もう族長にはふさわしくないと全員が感じ、そこでラジタを新たな族長に選んだ。

ラジタが族長になって最初にしたことは、ウリレンという大家族をいくつかの小さな家族に分けることだった。狩りはこれまで通り一緒に出かけるが、獲物を宿営地に運んできたあと、まず、毛皮、鹿茸、熊の胆《い》などを取り除く。それらは私たちの日常の生活必需品との交換に充てるためにウリレン全体の所有とした。そして、肉は各家族の人数に合わせ、平等に分配する。この意味するところは、祝日以外は、全員が集まって食事をすることがなくなり、それぞれで食事をするということだ。この決定を一番支持したのがルーニーだった。私にはわかった。イフリンが全員の前で、三日にあげず天真爛漫なニハオに嫌みを言うのをもう聞きたくなかったからだし、それ以上にジンドがニハオを見る食いつきそうな恨みのこもった目を見たくなかったからだ。イフリンはこれに対して断固として反対した。

「ラジタのこんなやり方は、情に欠けてるし、みんながばらばらになってしまうじゃないか。そんなことをしたらイワンやニトサマンはこの世で最も孤独な人になってしまう。もし二人がみんなと一緒に食事をする機会すらなくなったら、二人は誰と話をすればいいんだ？　まさかニトサマンに毎日マルー神とだけ話をしろと言うのかい？　イワンに毎日トナカイとだけ話をしろと言うのかい？」

私にははっきり感じ取れた。イフリンはニトサマンとイワンの孤独を借りて彼女自身の孤独を訴えているのだ、と。彼女はクンダ、ジンドの二人だけと一緒に食事をしたくないのだ。彼女は常々彼ら父子に対して嫌悪感を表していた。しかし私はこの嫌悪感のそもそもの原因がよくわからなかった。マリアに訊ねたところ、彼女はこの謎を解いてくれた。

クンダはもともと英気に溢れた男だった。ある年、狩猟品を交換に行ったアバ川の市で、モンゴル族の娘を好きになった。でも彼の父親は反対した。父親と私の祖父とで、クンダとイフリンの結婚を決めていたからだ。クンダは仕方なくイフリンと結婚したが、気落ちしてそれからはやる気をなくしてしまった。イフリンは覇気のない男を一番馬鹿にしていたから、よくクンダに小言を並べ、彼をぼろくそに貶めた。クンダの父親はこれにはカチンときて、あるときイフリンに言った。

「おまえがクンダにこんな態度をとると知っていたら、婚約を解消して、モンゴル族の娘を嫁にしていればよかった！」

イフリンはこのとき初めてなぜクンダが自分の前でいつもくよくよしているのか、その理由を知った。強情なイフリンはカッとなって、怒りにまかせて私たちのウリレンに戻ってくると、二度とクンダの元へは戻らないと誓ったが、このときにはもう妊娠していた。クンダは父親に言われて、何度か連れ戻しに来たが、いつも罵られて帰っていった。イフリンはジンドを産むと、子どもに父親がいないのはよくないと思って、ようやくクンダを受け入れたが、クンダにこっちのウリレンに来なければだめだと言った。私たちのウリレンに来たクンダはそれからは平身低頭の日々を送り、イフリンはちょっと不愉快なことがあると、クンダに当たり散らした。クンダはジンドのため、怒りをこらえて我慢している。しかし、まさかイフリンがクンダへの仕返しに、それ以来一緒に寝ていないとは、思ってもみなかった。マリアは続けた。

「クンダがハシェと狩りに出かけて、酒をしこたま飲んだとき、涙ながらにハシェに打ち明けたのよ。自分は男としての生活をまったくしていない。ここのウリレンに来てからは、イフリンは一度も俺の求めに応じてくれないと。息子を産んでやったんだから十分だって言うんですって」

マリアはイフリンがあまりにもやりすぎだと思ったので、ひそかに彼女に忠告した。ところがイフリンは激怒して言った。「自分を好きじゃない男とは死んでも寝ないし、暗闇の中でクンダが自分を別の女として抱いていたと考えたら、吐き気がする」と。マリアは私に言った。

「若いころのクンダは、まるで濃厚な汁を出す青々とした草のようだったけど、イフリンの手の中に入ってからは、長いあいだこねくり回され、すっかり枯れ草になってしまったわ」

私はようやくわかった。イフリンがなぜ他人の幸福や真心に対していつも嫉妬したり馬鹿にしたりするのかを。私はクンダに同情した。しかしイフリンにも同情した。なぜなら彼らはニトサマンとタマラと同様、すべて愛のために苦しんでいるからだ。

私はラジタに言った。

「イフリンには口に出せない苦しみがあるし、ニトサマンとイワンはたしかにひとりぼっちなんだから、これまでと同じく、みんな一緒に食事をしましょうよ」

「おまえは孤独な者と生活を楽しんでいる連中とを一緒にさせようとするが、そうすると、孤独な者はいっそう孤独を感じてしまう。だから、ひとりにしておいた方がよっぽどいい。美しい思い出に浸っていられるからな」

この世には、もはやナジェシカやタマラのように、イワンやニトサマンの心をしっかりと摑んでいるような女はもういないだろう。イフリンについては、クンダをいくら嫌っていても、一緒に生活していかなければならないとなれば、彼らの溝を取り除く唯一の方法は、彼らをより長く一緒にいさせることだ。ラジタは言った。

「二人が長いあいだずっと一緒にいて、だんだん歳をとっていく。そしてたがいに年老いた顔を見れば、気持ちも丸くなるだろうよ」

そのため、新族長の決定はイフリンの罵りと抗議の声の中で行われた。イフリンは晩飯のとき、いつものように宿営地でかがり火を熾し、ひとりでそこに座って食事をした。時には、手の中の食べ物を狙って旋回するカラスを大声で罵倒した。でもみんなは、カラスを罵ってはいるが、実はラジタを罵っていることを知っていた。ラジタは気にもしないで言った。

「時間が経ったら、イフリンもこんなことをしたって、みっともないと気づき、クンダやジンドと一緒に過ごすようになるだろうよ」

果たして雪が降る季節になると、イフリンはもう宿営地でかがり火を熾さなくなり、自分のシーレンジュの囲炉裏を囲んで食事をし始めた。しかし彼女はラジタに対してはあいかわらず不満を抱き、何かと言えば彼に難癖をつけた。自分の家への肉の分配が少ないとか、肉の中の骨が多すぎると文句を言ったのだ。ラジタは何も弁解せず、つぎの獲物の分配にイフリンを呼んで、先に選ばせた。最初のころ、イフリンは意気揚々と最良の部位を持っていったが、何度かののち、彼女はラジタがいつも一番悪い肉を自分用にしているのに気づき、申し訳なく思い、それからは二度と良し悪しを云々しなくなった。

その年の夏から冬にかけて、トルカフはまったく私たちの宿営地に姿を現さなかった。小麦粉がすでに不足していた。ラジタがハシェとジュルガンへ食糧の調達に行こうとしていたとき、宿営地に三河馬（モンゴル馬の改良種。三河とはハイラル川、クルルン川、ハラハ川を指す）に跨ったずんぐりむっくりの漢族の男がひとりやって来た。名前は許財発《シューツァイファ》といい、山東の人間で、ジュルガンで商店を二軒営んでいて、見たところ人の良さそうな顔をしていた。彼はラジタの長兄の顔見知りで、長兄に品物を届けるためにわざわざ山に入ってきた。長兄は弟のことを気にかけて、小麦粉、塩、酒の一部を私たちのウリレンに持っていってくれるよう、許財発に頼んだのだ。彼は私たちに告げた。元のジュルガン、つまり今のウチロフに、日本人が「満州畜産株式会社」を作り、以後、獲物を交換するには、かならずそこに行かなければいけなくなった、と。日本人は上前をはねるのが上手で、キタリスを例にとると、一枚のキタリスの毛皮でマッチ一箱にしか換えられず、三枚だと銃弾一発、六枚だと酒一瓶、七枚だと小箱に入った茶の葉だ。多くのアンダは商売ができないと見て、逃げる者はすでに逃げ出した。

イフリンは訊ねた。

「その日本人はトルカフより腹黒いのかい？」

許財発はトルカフを知っていて、答えた。

「トルカフはもうソ連へ戻ったよ。腹黒い奴が腹黒い奴と出会えば、残るのはより腹黒い方さ！」

私はロリンスキーのことが気になっていたので、許財発に彼のことを訊ねた。

「ロリンスキーはいい奴だったが、運が悪かった！　奴はここ数年酒に溺れ、去年の冬、ジャラントンからウチロフへ荷物を運んでいたとき、オオカミに出くわし、驚いた馬が狂ったように走ったもんだから、荷物は問題なかったけど、奴の方は馬に引きずられて死んじまったよ」

イフリンは、フンと鼻を鳴らすと言った。

「荷物は当然なんともないさ。もともと生きちゃいないからね！」

許財発は言った。

「そんなわけで、誰もやみくもに山に品物を持っていこうとしなくなったのさ。もし日本人に知られたら、面倒なことになるかもしれないからね」

許財発は荷物を降ろすと、酒を数杯だけ飲み、二切れの肉を食べ、山を下りていった。ラジタは彼にキタリスとノロの毛皮を数枚贈った。

許財発が訪れてからまもなくして、ある雪の日、馬に乗った三人の男がやって来た。ひとりは日本人で、吉田という大尉だ。もうひとりは日本語の通訳で、漢族の王録《ワンルー》という男だった。さらにもうひとりは、ルダというエヴェンキ族の狩人で、彼らの道案内だった。それは私が初めて聞く日本語だった。クチャクチャとした声は、舌の短い人が話をしているようで、どうしても笑ってしまい、小ダシーやヴィクトルもつられて笑ってしまった。吉田は私たちが笑うのを見て、眉をひそめ、面白くない様子だ。王録は思いやりのある人間で、吉田が私たちの嘲笑に敵意を表したのを見て、彼に作り話をした。

「エヴェンキの狩人は気に入った話のとき、その人に向かって笑い声をたてるのですよ」

吉田の眉はそこで元に戻った。彼が言った。

「一昨年、多くの狩猟民が麓に集められ、会議を開いて、自分たちの部族長を新たに選んだ。そのときおまえたちは漏れてしまったが、われわれはおまえたちを忘れたわけではない。われわれが来たからには、おまえたちは幸せな生活ができるだろう。ソ連の人間は悪い奴らばかりだから、これからは奴らと往き来してはならぬ。日本人こそおまえたちが最も信頼できる友人だ」

彼が私たちの言葉をわからないと知り、王録が吉田の言葉を通訳し終えるなり、イフリンが言った。

「オオカミがウサギを食べようとするときは、かならずウサギは美しいと言うもんさ！」

ハシェも言った。

「わしらの友人と言うなら、どうしてキタリスの皮一枚でマッチ箱一個にしか換えてくれないんだ？ロリンスキーは少なくとも五箱には換えてくれたぜ！」

ラジタが言った。

「この日本人たちはどうやら持ってきたのは鍋だけで、俺たちの肉が鍋に入るのを待っているのさ！」

ルーニーも言った。

「奴らの舌はあんなに短くて、肉を食うのも大変そうだな！」

ルーニーの言葉でみんなは笑い出した。ただずっとうなだれていたイワンは笑いもせず、うわの空で自分の大きな両手を見ていた。まるで錆が出た鉄製の二つの道具でも見ているように、ぼんやりしていた。吉田は通訳と道案内人がつられて笑うのを見て、自分の話に同意したのかと思い、一緒に笑って、一同に向かって親指を立てた。

私たちが呼び集められて吉田の話を聞いていたとき、ニトサマンは来ていなかった。吉田が王録に、このウリレンの全員が来ているのか、と訊ねたとき、ニトサマンがやって来た。彼は手に神鼓を持ち、神衣を羽織り、神裙を穿き、神帽は被らず、白髪交じりのまばらな頭髪を振り乱したままだった。彼の異様な姿に吉田はぎょっとした。一歩後退すると、言葉を詰まらせながらニトサマンを指さして王録に訊ねた。

「あいつは何者なんだ？」

「あの人はサマンで、つまり神です！」

「神は何をするんだ？」

私は彼に説明した。

「神は川を干すこともできるし、涸れた川に水を流すこともできます。山に多くのキバノロやノロを走り回らせたり、獣を根絶やしにすることもできます」

しかし王録が通訳したのは、神は人のために病を治す、ということだった。吉田の目が輝いた。

「それじゃ、この者は医者か？」

「そうです」

すると吉田はズボンの裾を捲り、さっき枝で引っ掻いて血が出た傷を指さしてニトサマンに訊ねた。

「おまえはこの傷痕をすぐに消すことができるのか？」

王録の顔には狼狽の色が見えた。しかしニトサマンは平然として、王録に吉田へ伝えるよう言った。もし傷痕を消したいなら、吉田の乗っているその馬を犠牲にしなければならない、と。彼がこのことを言ったとき、普段の気がふれた様子も消沈した様子もすっかり改まり、泰然自若としていた。吉田はニトサマンが自分の馬を殺したいのだと思い、憤慨した。あの馬は軍馬で、百にのぼる馬のなかから選ばれた。自分の仲間であり、絶対殺させない、と。ニトサマンは言った。

「もしおまえが軍馬を生かしておきたいなら、傷口がかさぶたになるのを見られないだろう」さらにニトサマンは付け加えた。「自分は軍馬を殺すのに、ナイフは使わない。舞でその命を終わらせる」

吉田は笑った。彼はニトサマンがそのような神通力を持っているとはまったく信じられず、気前よく言った。もしニトサマンが言うように舞で傷口を跡形もなく消せるなら、自分の馬を献上しよう。だがもしできなければ、ニトサマンはみんなの前で法器、法衣を焼き、自分の前に跪いて、許しを乞え、と。

王録がこの言葉を通訳し終えたとき、シーレンジュはシーンと静まり返った。このときはちょうど黄昏時で、太陽は沈む寸前だった。

「まもなく夜の帳が降りる。そうしたら、神降ろしの舞を始めよう」

吉田は意味深長に言った。

「おまえが待っているのは、きっとおまえの夜さ」

王録は通訳したあと、ニトサマンに言った。

「舞いたくないなら、今日は体力がないから、日を改めて舞うと言えばいい」

ニトサマンはため息をつくと、王録に言った。

「奴に教えてやる。わしは夜を持ってくるが、その夜はわしのじゃない、奴のだと！」

夜の帳が降りた。ニトサマンは神鼓を叩き出し、舞が始まった。私たちはシーレンジュの隅に丸く縮こまり、彼のことを心配した。トナカイの疫病事件以降、私たちは彼の神通力に対して疑いを持ち始めていた。彼は時に天を仰いで大笑いし、時に俯いて低くつぶやいた。囲炉裏に近づいたときに、私は彼の腰にタバコ入れがぶら下がっているのを見つけた。それは母が彼のために縫ったものだ。普段の耄碌ぶりとは打って変わり、彼の腰は信じられないほどまっすぐに伸び、神鼓からは激しいリズムが打ち出され、両足は軽快に動いている。舞ううちに同じ人がまったく違った姿になるとは、私には信じられなかった。あんなに活力が溢れているのを見ると、まるで私が子どものころに見たニトサマンのようだった。

このとき私は、アンドルがちょうどお腹にいて、まだ予定日になっていなかったが、心臓をドキドキさせてニトサマンの神降ろしの舞をしばらく見ていると、お腹がだんだん痛くなってきた。掌や額に汗が噴き出る。私はラジタに手を伸ばした。ラジタはこの汗が怖くて出た汗と思い、私の耳元にそっと口づけして、私を慰めてくれた。こうして、私は激痛をこらえ、ニトサマンの舞を見終えた。ルーニーの婚礼での母の舞と同じく、それがニトサマンの最後の舞になるとは思ってもみなかった。

舞が終わると、吉田は囲炉裏に近寄り、ズボンをたくし上げた。そのとき彼の素頓狂な声が聞こえた。足の傷痕がすっかり消えていたのだ！　傷痕はさっきまでは鮮やかな花のようだったが、今はニトサマンが作った風の中で萎れていた。

私たちはニトサマンの後についてシーレンジュを出て、馬を見に行った。星の光に照り映える雪が覆う宿営地の松林の中で、二頭だけ立っているのが見えた。吉田のあの軍馬は、すでに地上に倒れ、息をしていなかった。この軍馬を見て私は初めての記憶を思い出した。夏の日の宿営地で倒れていた灰色のトナカイの仔のことを。吉田は、体に傷ひとつない死んだ軍馬を撫でながら、ニトサマンに向かってクチャクチャとした大声で叫んだ。王録が訳した。

「吉田はこう言っている。神人だ、神人だ。われわれはおまえが必要だ！　おまえは私についてこい。日本のために力を貸してくれ！」

ニトサマンは咳をいくつかすると、背を向けて離れていった。彼の腰はまた曲がってしまった。歩きながら、まず太鼓のバチを、そのあと神鼓、続いて神衣、神裙を放り投げた。神衣には多くの金属製のトーテムが縫いつけられていて、雪の上に落ちるとき、〝チャラン、チャラン〟という音が響いた。ニハオ以外、私たちはあたかも天から落ちてきた巨岩を見守るように、死んだ軍馬を取り囲み、ぼんやりとニトサマンの後ろ姿を見つめたまま、誰も動かなかった。先を行く彼が放り投げ、ニハオがゆっくりと後ろから拾う様子を私たちはただ見ていた。ニトサマンがひとつ投げると、彼女がひとつ拾う。彼の体に法器も神衣もすっかりなくなったとき、ニトサマンは地面に倒れた。

ちょうどその夜、出産のためのヤタジュを建てる暇もなく、私はニトサマンのシーレンジュに着くと、アンドルを産んだ。ニトサマンは亡くなったが、私たちのマルー神は健在で、神は早産の難関を越えられるよう手助けしてくれたことを私は知った。イフリンの助けを借りることなく、ニトサマンの住んでいたシーレンジュで、光明と勇気が両足となって、私を支えてくれたような気がした。アンドルがこの氷雪の世界で産声をあげたとき、私はシーレンジュの天辺から明るく青い光を放つ星を見た。それはニトサマンが放っている光だと思った。

吉田は私たちの宿営地を後にした。彼は軍馬で来たが、帰途は徒歩だった。彼は残りの二頭の馬も私たちに贈った。すっかり打ち萎れ、まるで鋭利な武器を持っていた者が徒手空拳の者と格闘し、戦いに敗れ、意気阻喪しているようだった。

ダシーはこの二頭の馬を気に入り、その主人となった。この冬、彼は毎日のように馬を南向きの裾野に放牧し、枯れ草を十分食べられるようにした。北斜面の草はすべて厚い雪に埋もれていた。以前、クンダが交換してきた痩せ馬を飼育できなかったため、イフリンは馬に対して激しい反感を抱いていた。

「あたしたちのウリレンに来た最初の馬は、あたしたちに幸運をもたらさなかったから、日本人が置いていったこの二頭も災いをもたらすだけさ」

翌年の春は何か早く来た感じだった。アンドルはまだ歩くことができないので、私はこの子を宿営地の揺りかごに入れ、ヴィクトルに子守りをさせ、ラジタとべと場作りに行った。

ヘラジカや鹿はアルカリ土を舐めるのが好きで、狩人はその習性を心得ていた。彼らがよく出没するところに、まず地面の土を三十センチほど掘り下げたあと、さらに木の楔《くさび》でひとつずつ穴を掘って、塩を放り込み、掘った土で埋め戻し、そこをアルカリ化させる。こうしておくとここを通った鹿が喜んで立ち止まりアルカリ土を舐める。私たちはべと場の外の茂みに隠れるだけで、彼らを仕留めることができた。だから、見方を変えれば、べと場は鹿の墓地でもあった。

私たちのウリレンは大小二つのべと場を持っている。しかしここ二年、雨上がりの夜にべと場で隠れて獲物を待ったが、収穫はゼロだった。ラジタが言った。

「俺たちのべと場の位置はあまりよくない。水源に近すぎるんだ」

彼は、ヘラジカや鹿はよく南向きの裾野で活動するから、べと場もそこに作るべきだ、と言い、こっそりと山を下り、ウチロフの許財発のところへ行って、べと場を作るための二袋の塩を手に入れてきた。

私たちは二日間かかって、新しいべと場を作った。ラジタは私の耳元に体を寄せて言った。

「この柔らかなアルカリ土は寝床にぴったりだ。ここで娘がひとり欲しいな」

この言葉に私は激しく揺さぶられ、目に浮かんだのは、美しい蝶が私たちの娘を囲んでいる光景だった。

「それはいい考えね」

春の日の穏やか陽光は、新しいべと場を照らし、幾筋もの白い光は、土に入れた塩が芽を出したように、瑞々しくうららかだった。私たちは気兼ねすることなくひとつになって抱き合い、この春の光に清々しい風を吹き込んだ。それは最も心に染み入る睦まじさであり、最も長い睦まじさでもあった。私の体の下には温かなアルカリ土があり、上には私の愛する人、そして愛する人の上は、青空だ。心に深く染み入る営みのなかで、私はずっと天空の雲を見ていた。白雲がひとつに連なり、東から西に向かって漂う様は、まるで天の川のようだ。そして私の体の中にも一本の川が流れている。それは女性だけが持つ密やかな川で、愛する男のためにだけ勢いよく流れる川なのだ。

夏がやって来た。ある日の早朝、起きて、トナカイの乳を搾りに行こうとして、突然地面に昏倒した。気がついたとき、ラジタがにっこり笑って私を見て、優しく言った。

「あの新しいべと場はまったく素晴らしいね。おまえのお腹にはもう仔鹿が宿ったようだよ」

私は思い出した。アンドルを宿したときも、地面に昏倒した。あのとき、ラジタはとてもびっくりしていた。

私たちがトナカイの角を切るころ、宿営地に男が三人やって来た。その中の二人は私たちも知っている道案内のルダと通訳の王録だ。もうひとりは日本人だが、吉田ではなく、鈴木秀男だった。彼は背が低く痩せていて、八字髭をたくわえ、軍服を着て、銃を背負っていた。宿営地に着くや、酒だ肉だと要求し、腹を満たしたあと、私たちに歌を歌わせたり踊りを踊らせ、威張り散らした。王録が言った。

「日本人はウチロフの東に〝関東軍栖林《チーリン》訓練営〟を設立したんだ」

つまりのちの人が言う「東大営」だ。鈴木が今回やって来たのは、男性の狩猟民を召集して山から下ろし、訓練を受けさせるためだ。十四歳以上の男は全員、かならず訓練を受けなければいけない。

ラジタは王録に質問した。

「われわれは山の狩人だ。なぜ山を下りる必要があるんだ?」

「下りると言っても一カ月少々だ。今は日本人の天下だから、奴らに刃向かえば難儀をするだけだ。一緒に山を下りて、ちょっと格好をつけ、かけ声かけて、鉄砲を撃ってさ、風景でも愛でに出かけると思えばいいさ」

「それじゃ俺たちに兵役を課すのと同じじゃないか? たとえ兵役を課されたとしても、日本人の兵隊なんかにはならないぞ!」

王録は言った。

「兵役なんかじゃないさ。訓練だ。戦いもしない。すぐに戻ってこられるさ」

ラジタはため息をつくと言った。

「もし本当に兵役となれば、俺たちはハイランチャのような兵士になるぞ」

ハイランチャの話は、父から聞いたことがある。

ハイランチャはエヴェンキ族で、幼くして父を亡くし、母とも早くに死別した。子どものころにハイラルへ行き、ある商店の馬の放牧を手伝った。彼が放牧を手伝う前は、その店の馬はしばしばオオカミの害に遭っていたが、彼が行くようになってからは、オオカミは寄ってこようとしなくなった。彼は寝ているとき、トラのような大きな鼾をかき、その声がはるか先まで伝わったという。オオカミの群れは当然、彼が放牧している馬の群れを遠く避けるようになった。乾隆《けんりゅう》年間に、ハイランチャは徴兵に応じて入隊し、新疆《しんきょう》へ赴き、ジュンガルの反乱平定に加わった。反乱軍の首謀者のひとりを生け捕りし、これによってその名が知れ渡った。乾隆帝は彼を称賛し、また前後してハイランチャは兵を率いて、ビルマ、台湾、チベットなどに遠征し、赫々《かっかく》たる名声をあげたエヴェンキの将軍となった。父は言った。

「ハイランチャは勇猛果敢なだけでなく、ハンサムな男だ。おまえも将来男を見つけるとき、ハイランチャのような男を見つけるんだぞ！」

当時私は、首を振って父に言ったことを憶えている。

「それは無理よ。寝ているときにトラと同じような大声を出す男じゃ、耳が聞こえなくなってしまうじゃないの」

父は腹を抱えて笑った。

イフリンは、フンと声を出すと言った。

「もしハイランチャが生きていたら、日本人はここに来ようとしたかい？　ハイランチャは高い鼻のイギリス人を追い払ったんだから、鼻の低い日本人など怖がるもんか。奴らの腸《はらわた》を引きちぎらなかったらおかしいくらいだよ！」

王録は驚いて唇がわなないた。彼はイフリンに言った。

「この日本人は今じゃエヴェンキ語が少しわかるんだ。絶対に彼の前でめったなことを言っちゃだめだ。首がふっ飛ぶぞ！」

イフリンは言った。

「人間の首はひとつ。他人が切り落とさないなら、最後は熟した果物のようにそれ自身で地面に落ちる。早かろうと遅かろうとなんだっていうんだ」

鈴木は、話がいささか張りつめた様子に、王録に詰問した。

「この〝野蛮人〟たちは何を言ってるのだ？」

彼は、吉田が私たちを「山の民」と呼んだのと違い、「野蛮人」と言ったのだ。王録は彼に告げた。

「野蛮人たちは、下山して訓練を受けるのはいいことだ。ついていきたい、と」

鈴木は疑い、イフリンを指して聞いた。

「それじゃ、なぜこの女は不満そうにしているのだ？」

王録は機転を利かせて答えた。

「この女は訓練を受けるのが男だけなので不満なのです。山の女は男と同じく強く、なぜ女を行かせないんだ、と言っています」

鈴木は笑うと、繰り返し言った。

「この女はいい奴だ、本当にいい奴だ。鼻が曲がってなければもっといい」

王録がこの言葉をそのまま通訳すると、一同揃って笑った。イフリンも笑って、言った。

「その男に言ってやって。鼻が曲がっていなかったら、おまえは山中であたしに会うはずもなかったし、あたしは皇后になっていたからね、って！」

言い終えると、ため息をひとつつき、クンダとジンドに目をちらっと走らせ、言った。

「あの二人と別れられて、せいせいするよ。兵営でしっかりと鍛えてもらえるなら、このあたしも有り難いってもんさ！」

イフリンはクンダとジンドに行ってもらいたいと思っているが、マリアの方はまったく違う。息子のダシーはその当時ちょうど訓練を受ける年齢に達していた。彼女は夫のハシェの下山はかまわないが、ダシーとは離れたくなかった。ダシーがよそで苦労するのを考えただけでも、マリアはこらえきれずに涙をこぼした。鈴木はマリアを指して王録に聞いた。

「この女は何を泣いている？」

「この女は嬉しくなるとすぐ泣くんですよ。自分の子は本当に幸せだと。歳がちょうど十四歳。そうでなかったら訓練を受けられない。訓練を受けられなかったら、一人前の男にはなれなかったと！」

鈴木は褒め称えた。

「このウリレンの女たちは本当に素晴らしい！」

言い終えると、彼の視線はニハオに向けられた。たとえて言えばニハオは電灯で、鈴木の視線は飛んでいる蛾だ。どうしても彼女の体に引き寄せられてしまうのだ。

ニハオは成長し、ルーニーによって、ふくよかな女になっていた。彼女は身籠って、ルーニーととても熱い仲のときだったので、彼女も下山するルーニーと離れ難かった。彼女は賢いから、鈴木がしきりに自分を見ていることに気づいたとき、腕をルーニーの肩に掛け、親しげな素振りでこの日本人に、自分が愛しているのはもたれ掛かっているこの男なんだと教えた。

男たちが集合し、訓練を受けにウチロフへ向かった。私たちが宿営地を離れる彼らを見送ったとき、林の中をたくさんの白い蝶が飛び回っているのが見えた。太陽が燦々と輝いているのに、白い蝶に囲まれた彼らがまるで雪の中を歩いている感覚に襲われた。普通、夏に白い蝶が多いと、冬は雪が多い。ラジタは手を伸ばして蝶を一匹捕まえると、振り向いて私に「雪をおまえにあげよう」と言った。私は今でもそれが忘れられない。彼は笑いながら、手を開いた。果たして白い蝶は軽やかに私の方に飛んできて、見送りの女たちは楽しい笑い声に包まれた。

宿営地の留守をあずかることになった私たちは、最初のころはとても楽しかった。私たちはトナカイの角切りのあと、毎日一緒に集まってお茶を飲み、食事をし、針仕事をした。しかしすぐに、男手がないと多くのことに支障をきたすと気づいた。たとえば毎日トナカイは宿営地に戻ってくるが、かならず数頭少ない。もし男手があれば、彼らに捜しに行ってもらえるのだが、今やこの仕事は私たちの肩に掛かってきた。二、三頭のトナカイを捜すのに、私たちはよく総出で、午前中の時間を費やしてしまった。出かけるときは、獣が宿営地に来て小さな子どもを襲う危険があるので、私はヴィクトルを背負い、アンドルを揺りかごに入れて木に高く吊し、泣くのもかまわず、行かなければならなかった。一度、私たちが戻ってきて、アンドルを降ろしたところ、見れば顔中が腫れ上がっている。どうやらアシナガバチが白くて柔らかい顔を花と見て、容赦なく刺したようだ。アンドルはすでに泣きすぎて声が嗄れていた。さらに、男がいないので、狩りに出る者がいなくなった。新鮮な肉を食べ慣れていたイフリンにはそれがどうにも我慢ができなかった。男たちは銃を持って下山したが、かりに私たちがそれを持っていても役に立たないし、使いこなせる者もいないのだ。そこでイフリンは自分で獲物を捕まえに行こうと考えた。私とラジタがべと場を作ったことを憶えていて、イワンのところから槍を一本持ち出し、身重の私とニハオを宿営地に残し、彼女はマリアとべと場に行って獲物を待った。しかし二人は三晩続けて通ったが、帰ってきたときは手ぶらだった。早朝、二人が宿営地に戻ってきたとき、顔は太陽の出ない朝のように真っ青だった。でもイフリンは少しも諦めず、粘り強い性格で、四日目にも、これまで通りマリアとべと場で待機した。その日は小雨が降り、しかも鹿は雨上がりの夜に出没する傾向があるので、出かけるとき、イフリンは自信に溢れていた。彼女は私とニハオに言った。

「肉を煮る鍋をちゃんと用意しておきな。今日はこの槍がきっと役に立つよ」

イフリンは約束通り、翌日の早朝、マリアと仔鹿を一頭担いで帰ってきた。槍はまさしく仔鹿の喉に刺さっていた。イフリンが言うには、鹿は向かい風に行動するというのを知っていたから、二人は風下の林の中で待ち伏せた。真夜中過ぎ、〝ガサ、ガサ〟と音がして、べと場に大小二頭の鹿が現れた。イフリンが仔鹿の方を選んだのは、仔鹿が横向きになって、首がちょうど的のようになり、母鹿の方は背を向けていたからだったという。マリアが言った。

「イフリンが投げた槍が稲妻みたいに、〝シュッ〟という音とともに仔鹿めがけて飛んでいったら、仔鹿はもんどり打ってべと場に倒れたのよ」

マリアが有頂天になってしゃべっているあいだ、私は心が徐々に痛くなった。そのべと場は子を授かった場所で、母鹿にそこで仔を失わせたくはなかった。

私たちは三脚型の棚を組み立て、鹿の頭を切り取り、そこに置いて風葬にした。そのあと、内臓を取り出し、シーレンジュに運び、マルー神に捧げた。ニトサマンの法器と神衣はニハオが拾ったあと、ずっと彼女のところにあった。ラジタは言っていた。

「ニハオの挙動を見ていると、彼女は将来サマンになるような気がするんだ。だからニトサマンが祭っていたマルー神はニハオのところで祭ったほうがいい」

私は小さいころから見たいと思っていたマルー神を、イフリンが獲ってきた仔鹿を祭るとき、ついに見ることができた。

ノロ革の袋には十二の神像が入っていて、われわれはそれを総称して「マルー」という。その中の主神が「シャオク」で、すなわちわれわれの祖先神だ。実物は木彫りの二体の人形で、男神と女神からなる。手足があり、耳と目があり、さらに鹿革で作られた小さな服を着ていた。口元には多くの獣の血が塗られていたため、赤黒かった。ほかの神具と神像はすべて主神のシャオクと関係がある。小さな太鼓は、シャオクが太鼓の音が好きだからであり、鹿革で作られている。「ガヘイ」鳥は、シャオクがそれに乗るのが好きだから、ガヘイ鳥の皮を剝いで、付き添わせている。トナカイは、シャオクがトナカイに乗るのが好きだから、轡《くつわ》とリードを持たせている。このほか、ノロ革の袋にはシャオクが好きなキタリスの皮、カモの皮、エゾオコジョの皮、それからブリキで作られた蛇神、シラカバで作られた小鳥の形をした子どもを守るウーマイ神、カラマツの曲がった枝で作られたトナカイを守るアロン神と熊神が入っている。

ニハオが私に神像のことを説明しているとき、耳のそばで繰り返しサワサワという風の音がした。この風の音はマルー神の神像から聞こえてきた。私はニハオに訊ねた。

「おまえはなぜこんなに神像のことに詳しいんだい？」

ニハオは、小さいとき、祖父がこういう神像を彫っていたので、それらが何を掌《つかさど》る神かを知っていたのだ。

私は長いあいだ、木や枝や獣皮からできた神像を見つめていた。それらはすべて私たちが暮らす山からのものだ。このことから私は信じた。もしそれらが本当に私たちを守ってくれるなら、私たちの幸福は山の中にあるのであって、ほかのところにはないのだと。それらは私が想像したような美しさも、不思議さもなかったが、その神体から生じた奇妙な風は、私の耳を小鳥の翼のようにパタパタと動かし、私はそれらに心から敬意を抱いた。この歳まで耳も目もしっかりしているのは、きっとこのような風の音を聞いたことと関係があるのだろう。

その晩、私たちは宿営地でかがり火を焚き、肉を食べ、酒を飲んだ。イフリンとニハオはしこたま飲んだが、酔った様ははっきりと分かれ、イフリンは泣き、ニハオは歌った。ニハオの歌は即興で、イフリンの泣き声が伴奏となったため、物悲しく聞こえた。イフリンはわれを忘れて泣き、ニハオはわれを忘れて歌い、泣き声と歌声で、吉田が置いていったあの二頭の馬も驚いていないなき、マリアは、慌てて馬に駆け寄った。馬が手綱を引きちぎり、宿営地から逃げてしまうのではないかと心配したからだ。ダシーがウチロフへ行くとき、一番の気がかりはこの二頭の馬だった。彼は幾度となくマリアに、しっかり面倒を見て、どこに行って草を食べさせ、どこの川に行って水を飲ませなければならないか、ひとつひとつ説明した。ダシーが行ったあと、マリアはわが身同様、二頭を大事に扱っていた。

私はこの一生で多くの素晴らしい夜を過ごしたが、この泣き声と歌声が融合した夜もそのひとつだった。私たちはかがり火が消えかかるころ、ようやくシーレンジュに戻った。あの晩の風は涼しく、アンドルはすでに眠っていた。ヴィクトルが私の懐に潜り込み、お話をねだるので、私はラジタが話してくれた話をひとつ聞かせた。

ラジタの話はこうだ。

彼の祖父がまだ若いころ、山に入り巻き狩りをした。その日に宿営地に戻ることができなかったので、みんなはシーレンジュを建て、その中で七人の男たちが、それぞれに場所を見つけて寝た。真夜中、祖父は小用で起きると、シーレンジュの中が明るかった。それは満月の日で、丸い月がシーレンジュの上方に懸かっていたからだ。月を見て、そのあと首を屈めて寝ている仲間をしげしげ見ると、様々な姿になって寝ていることに気づいた。トラのように腹這いになっている者、蛇のように体を曲げている者、さらに穴籠りの熊のように蹲っている者がいた。祖父は納得した。人間は満月の夜に真の姿を現し、寝姿からその人の前世が何だったか見て取れると。熊から生まれ変わった者、トラから、蛇から、そしてウサギから変わった者がいると。

ヴィクトルが私に訊ねた。

「アマの祖父ちゃんは何から生まれ変わったの?」

「起きていたから、自分が寝ているときにどんな姿かわからないのよ」

「それじゃ、今晩寝ない。アニが何だったか見るんだ」

私は笑った。

「月は丸くないから、アニの前世は見られないよ」

私はぎゅっとヴィクトルを抱きしめた。シーレンジュの天辺から星を見ながら、ラジタをとても恋しく思った。

私たちは男たちが秋には戻ってくると思っていたが、行って二カ月、なんの音沙汰もなく、誰ひとり戻ってこなかった。元の宿営地の付近を三度ほど小さく移動したが、トナカイのために大きな移動をしなければならなくなった。それというのも、付近にはトナカイが食べられる苔やキノコがなくなり、トナカイが徐々に遠くへ行くようになったからだ。二日間で一度も宿営地に帰らないということもあり、トナカイの仔を宿営地に繋いで親を牽制しようとしたが、役には立たなかった。トナカイを捜すため、私たちはさんざん苦労した。イフリンは言った。

「ここを離れなきゃだめだ」

そこで荷物を整理し、ベルツ川に沿って西南に移動することにした。

私たちは余計な物を「カオラオポ」に入れ、生活に必要な物だけを持って、七十数頭のトナカイと二頭の馬を率いて、二日間移動した。私は先頭を進み、斧で樹号をつけた。イフリンが私に言った。

「一番いいのは、印をつけないことさ。あたしたちがどこへ行ったかわからなければ、戻ってきた男どもをイライラさせられるよ」

「そんなことできるわけないじゃない？　もし私たちを見つけてくれなかったら、冬がすぐにやって来るのに、誰が狩りをしてくれるの？　食べる肉がどこにあるのよ？」

イフリンが大声で言った。

「どうやらおまえが食べたい肉は、鹿や熊じゃなく、ラジタの体の肉を欲しがっているんじゃないか？」

イフリンのこの言葉にトナカイに乗っていたニハオが体を揺らして笑い、危うく下に落ちそうになった。最後尾で馬を牽《ひ》いていたマリアも大笑いして地面にしゃがみ込んだ。私の後ろはマルー王で、そのつぎが火種を載せたトナカイだ。多くのトナカイはその後に続く。ヴィクトルもトナカイに乗っていたが、全員がこんなに笑うので、大声で私に言った。

「アニ、もしアマの肉を食べるなら、足はよしなよ。臭いよ！」

ヴィクトルの言葉に私たちはさらに笑ってしまった。

数時間歩いたあと、イフリンは私の手の斧を受け取り、私をトナカイに乗せて休ませ、代わって樹号をつけた。彼女は斧で樹号をつけるたび、「オー」と叫んだが、その切られた木が口を開いて声を発しているかのようだった。男のいない移動はそれだけでも辛いものだが、さらに目的地も定まらなかったので、私たちの進む速度は遅かった。そのため本来は一日の行程が、のろのろと進み二日はかかった。だが最後にはやはりトナカイが私たちの新しい宿営地を決めた。彼らは川に近い山の麓でキノコの生えている場所を見つけて止まった。彼らが止まると、私たちもそれにつれて止まった。私たちはシーレンジュを二つだけ建て、ニハオと私たちが一緒に泊まり、マリアとイフリンが一緒に泊まった。トナカイは新たな宿営地に着いたあとは二度と遠くへ行かず、毎日時間通り戻ってきた。どうやら移動は正しかったようだ。

北方の森の秋は、まるで内気な人のように、秋風が二言三言口出しすれば、すぐに俯いて、早々と歩み出す。九月末になると、南の斜面でまだまばらに見えた野菊の花も、風が突然二日も吹き荒れると、活気に満ちていた世界はその姿をすっかり変える。樹木は葉が落ちて、丸坊主となり、根元は落ち葉で厚く埋もれてしまう。寒風が吹き出して、季節はあっという間に変わる。

雪がいつもより早く来た。普通、最初の雪はあまり降らない。たいてい降るさきから溶けていく。そのため私たちは雪が舞い始めても、とくに慌てなかった。ところがこの雪は一日中降り止まず、夕方、宿営地の周囲で薪を拾い集めているとき、すでに厚く積もり、空はまだ厚い雲で覆われていることに気づいた。私は餌を探しに出ているトナカイを心配し、イフリンに訊ねた。

「明日まで降り続くかしら?」

イフリンは灰だらけになった人を見るかのように、尊大に空を一瞥し、きっぱりと言った。

「最初の雪はあまり降らない。勢いが激しくてもね」

イフリンは経験豊富なので、私は彼女の言葉を信じ、安心してシーレンジュに戻った。ニハオはこれから生まれる子どものために手袋を縫っていたが、悪戯なアンドルが糸を摑もうとしきりに手を出すので、仕事がなかなか進まない。ニハオが私に声をかけた。

「夏に白い蝶が多かったから、冬の雪はやはり多いわね」

彼女の言葉で、ラジタが出かけた日のことが思い出された。私がため息をつくと、ニハオもため息をついた。私たちはみな夫のことを心配した——訓練のときにムチ打たれてはいないか、腹いっぱい食べているか、ぐっすりと寝ているか。今日のような寒い日に、日本人は夫たちに厚着を用意してくれただろうか、もし凍えていたらどうしようか。

その夜の雪は激しく、囲炉裏から照り返す微かな黄色の光の中で、私はシーレンジュに舞い降りてくる雪を見ていた。雪は煙の出る小さな穴から、ふわふわした頭を潜り込ませてくる。しかし雪は砂粒のようにまっすぐ下まで落ちる硬さがなく、実に柔らかい体をしているので、ちょっとした暖かさも耐えられず、シーレンジュに入ってくるや溶けてしまう。しばらく雪を見ていたあと、囲炉裏に湿った薪をくべた。燃えにくい湿った薪に、ゆっくりと火がまわって夜明けまでもつようにして、やがてアンドルを抱いて寝た。

誰もが予想しなかったが、翌日起きると、雪で身動きがとれないだけでなく、雪は昨日より激しくなっていた。シーレンジュの外の雪はすでに膝が埋もれるほどに達し、気温もどんどん下がっている。山は一面の雪の原となり、川もすでに結氷していた。私がシーレンジュから出たときに、イフリンがよろめきながら私のところにやって来た。彼女は驚きで色を失っていた。

「どうしたらいいだろう。まさか〝白災〟が来るんじゃないだろうね？」

私たちは雪の災害を白災と呼んでいた。白災は私たちの狩りに影響を及ぼすだけでなく、さらに恐ろしいことに、トナカイを危険に晒す。トナカイは厚く積もった雪の下の苔を探し出せず、無残にも餓死してしまうのだ。

私たちは心配しながらトナカイが戻ってくるのを待った。昼になったが、宿営地にトナカイの姿はない。雪は依然として空一面に舞っている。風も吹き始めた。冷えきった風のせいで、しばらく外に立っているとすぐ震えがきた。イフリンはマリアと二人でトナカイを捜しに行くことを決め、私とニハオは宿営地に残るよう言った。お腹の大きな二人の女はこんなときは足手まといだ。トナカイがどこへ行ったか、イフリンは皆目見当がつかない。いつもなら、トナカイの足跡をたどっていけば見つけられたのだが、大雪が彼らの足跡をすっかり隠してしまっていた。

私はニハオとじりじりしながら待った。日が暮れたが、トナカイの影もなければ、イフリンとマリアの影さえなかった。最初、私たちはトナカイのことだけを心配していたが、今や二つの心配がない交ぜになり、居ても立ってもいられなくなった。何度となくシーレンジュを出て彼女たちの姿を捜したが、毎回がっかりして戻った。私とニハオが今にも泣き出しそうになったとき、イフリンとマリアがようやく戻ってきた。彼女たちの体は雪に覆われ、髪の毛は氷で固まり、まるで雪女のようだ。イフリンが言うには、彼女たちは午後いっぱいかかって一キロも進めなかった。雪が本当にひどくて、まったく進めない。トナカイの姿はまったく見られず、私たちが二人を捜しに出るのではと心配して、戻ってきたという。

その晩私たちはまんじりともせずに夜を明かした。そしてマルー神の前に額ずき、トナカイが無事であるよう祈った。このとき私たちはよりいっそう男たちのことを恋しく思った。もし彼らがいれば、たとえ白災が起きても、対応する方法がある。イフリンは私たちを慰めた。

「トナカイはとても賢いから、雪が激しいときは、崖の下に身を隠すはずだ。そこは雪が少ないし、風も弱く、さらに餌の苔もある。四、五日はそこでしのげる。雪が止めば、当然、トナカイはちゃんと歩いて、宿営地に戻ってくるよ」

この雪は私の一生のうちでも一番の大雪で、まるまる二日降り続いた。三日目の朝、ちょうど私たちがトナカイを捜しに出かけようとしていたとき、男たちが帰ってきた。のちにハシェから聞いたことだが、日本人は男たちをもう数日訓練しようと考えていたが、雲の動きから天気が大きく崩れそうなのを見て取ったラジタが、山に残っている女たちを心配し、王録を通して鈴木に訴えた。自分たちは山に戻らなければならない。そうしないと、白災が発生したらトナカイが危ない、と。鈴木が反対したので、ラジタは吉田に会った。東大営は吉田が管轄しているからだ。吉田は、ニトサマンの舞で自分の軍馬が死に、足の傷口が癒えたことを体験したからか、ニトサマンのウリレンから来た者に対して、ある種畏敬の念を寄せていた。そこで彼は鈴木に、銃を男たちに返し、山に帰すように命じた。彼らが戻る途中、空から雪が降り始めた。元の宿営地に着く前に、私たちが残した樹号を見つけ、すでに移動したことを知り、そこで印に従って、ベルツ川に沿って一路追いかけてきたのだ。

彼らはすでに二日間休息をとることなく、途中、野ウサギを一羽捕まえて飢えをしのいだだけだった。ウリレンに戻ったあと、ラジタはトナカイがもう二日も宿営地に戻っていないことを聞き、水を数杯飲んだだけで、すぐにみんなで手分けして捜しに出かけることにした。彼らは三つのルートに分かれた。ハシェ、ダシー、イワンがひとつのルート、クンダはルーニーとジンドを連れてひとつのルート、ラジタはひとりだった。全員スキーを履いたが、ラジタだけは馬に乗った。彼が言うには、馬はトナカイと一緒に長いあいだ過ごしているから、トナカイの体の臭いをよく知っている。だからトナカイ捜しに役立つはずだ、と。

私たちのウリレンにはスキー板が十数組ある。素材は松で、板の裏にはヘラジカの毛皮を張り、長さは百七十センチほど、先が反り上がり、後ろは傾斜していて、真ん中は足を結わえるベルトがついている。男たちは雪が降ったあとの狩りにスキーを使う。一般的に、普段歩いて三日間の道のりをスキーでは一日で行くことができる。男たちは私たちとの話もそこそこに、スキーを履いて宿営地を出かけた。最後に出発したのはラジタで、私は騎乗する彼を送った。彼は雪の上で、自分たちが二人だけとわかると、私のお腹を指して、「もうすぐか?」と聞いた。私は軽く頷いた。ラジタは私に向かってウインクをして、笑いながら言った。

「その子が出てきたら、もうひとり仕込んで、お腹を休ませないぞ!」

翌日の夕方、ラジタが戻ってきた。しかし彼は二度と私に声をかけることはなかった。彼は馬に覆い被さり、ピクリともしなかった。馬は疲れ果てて息があがり、宿営地に着くなり、腹這いになった。どうやら連日動き回っていたラジタはくたびれ果て、おそらく馬上でちょっと居眠りをしようとしたのだろうが、そのまま跨ったまま寝入ってしまうとは思わなかったのだろう。彼は夢を見ているあいだに凍死したのだ。馬は自分に跨っている主人が身動きも、命令もしないので、きっと何か起きたと感じ、主人を乗せたまま宿営地に戻ってきたのだ。

私は激しく後悔した。ラジタにほかの人と同じくスキーでトナカイを捜しに行くよう勧めなかったことを。そうしていれば居眠りするはずもなかったし、私が彼とべと場で得た子どもを失うこともなかった。私は硬くなったラジタを見て気を失い、意識が戻ったときには、お腹は空になっていて、早産の死児はすでにイフリンによって白い布の袋に入れられ、山の南斜面に投げ捨てられていた。この子はやはり女の子だった。

イフリンは泣いた。彼女はラジタと死児のために泣いた。マリアも泣いた。彼女はラジタのために泣いただけでなく、あの馬のためにも泣いた。マリアは、馬が疲れ果て、水を欲していたので、水を飲ませた。ところが馬は立ち上がって水を飲み終えると、あろうことか〝ドドッ〟と音をたてて倒れ、二度と呼吸をしなかった。馬の死をダシーが悲しむだろうと思うと、マリアの心は掻きむしられるように痛んだ。

私も泣いた。涙の一部分は頰に向かって流れたが、大部分は心に向かって流れた。なぜなら目から流れ出るのは涙だが、心の底に流れるのは血だからである。ラジタが私の体に流し込んだのは、まさに一滴一滴が濃くて優しい熱い血潮だった。

スキーで出かけた男たちが三日目につぎつぎと宿営地に戻ってきた。私たちのトナカイは白災で散らばり、その中の三分の二は山の北斜面に追いやられた。もともと雪が多いところに西北の風が吹いて、雪の一部がさらにそこに吹き溜まり、トナカイの周囲に高々とした雪の壁が築かれてしまった。そのため中に閉じ込められたトナカイは、この三、四日身動きがとれず、食べ物も探せず、大部分が凍死か餓死してしまった。生きながらえたのはわずか四頭だった。残りの三分の一はマルー王に率いられ、谷あいに面した崖の下に避難していた。そこは雪が少なく、岩の上には食べられるものがあり、数頭の仔トナカイが凍死した以外は、全部生き残った。しかしそれらを加えても、三十数頭にすぎなかった。私たちのトナカイの数は激減し、あの疫病が蔓延したときと同じようになってしまった。

私たちはラジタを宿営地のそばで風葬にした。ラジタが亡くなったので、全員でイワンを新たな族長に推挙した。

その冬は、私にとって終わりのない長い夜だった。たとえ晴れ渡った昼間でも、目の前はいまだ暗闇のように感じた。男たちが狩りから戻ってきた足音が宿営地に響くと、私はあいかわらず期待に胸をふくらませ、ラジタを出迎えにシーレンジュから走り出た。ほかの妻たちは自分の夫を迎え、戻っていくのに、私だけ、ぽつねんと寒風の中に立っていた。その寒風はしだいに私を目覚めさせた。ラジタは本当にいなくなったのだと。私はラジタの魂の居場所に連れていってくれるよう寒風に願った。しかしヴィクトルとアンドルの戯れる笑い声がシーレンジュから聞こえてくると、私はふたたび囲炉裏に引き戻され、子どもたちの傍らに戻っていった。

ニハオは春に男の子を産み、ルーニーがゴーゴリと名付けた。私たちはゴーゴリが好きだったが、イフリンだけは例外だった。彼女はおくるみの中のゴーゴリを見るたび、かならずじろっと横目で見て、この子の額の赤痣はイワンと同じで、イワンの運は良くないから、この子もきっと良い運じゃないだろう、と言った。無論、イフリンが言うときは、イワンがいないときだ。ルーニーはイフリンの言葉を意に介さなかった。ジンドがニハオを得られなかったから、イフリンはずっと憤懣やるかたないことを彼は知っていたからだ。ゴーゴリが生まれてまもなく、イフリンはジンドのために縁談をまとめた。その娘は非常に仕事ができ、名前はジェフリナといった。性格は穏やかだったが、口が少し歪んでいて、いつも何かむくれているかのような顔だった。ジンドはイフリンに、「あの娘は嫌いだ」と言ったが、イフリンは、「あたしは気に入ったよ」と言った。

「まさか鼻の曲がった母親だけでは足りないから、口の曲がった女と結婚しろって言うのか」

ジンドの言葉に、イフリンは狂ったように怒り、大声で怒鳴った。

「おまえが好きになった娘は嫁に来ない。嫌いな娘なら嫁に来るはずさ。これはおまえとおまえの親父の運命のようなもんだ！」

「もし俺を無理矢理あいつと結婚させるなら、俺は崖から飛び下りてやる！」

イフリンは冷ややかに笑うと言った。

「おまえにそんな気骨があるなら、間違いなくイフリンの息子だろうよ！」

雨季がやって来ると、男たちはまたウチロフへ行った。彼らは出かけるときに獲物を持っていった。帰るときに私たちが必要としている物と交換して戻ってくる算段だ。

ハシェが語った。「わしらの東大営での訓練は、毎日隊列を組んで駆け足をして、組み討ちや銃剣の使い方を練習し、それに偵察という科目も勉強しなければならないんだ。一番機敏なダシーは偵察班に編入されたよ。あいつは写真の撮影も会得した。日本人はさらにわしらに日本語を覚えさせようとしている。でもイワンは日本語を拒み、日本語を言わせられるとすぐに舌を斜めに出して、鈴木に、舌が役立たずで話せない、ということを見せるんだ。だもんで、日本語の授業の時間となると、イワンはひもじい思いをするはめになってさ。鈴木はイワンを罰して、おまえの舌は回らないんだから、当然、食事もできないな、って」

今回の訓練はわずか四十数日で、男たちは秋に戻ってきた。彼らが交換してきた物品は可哀想なくらい少なかった。ハシェが語った。「イワンには先見の明があって、キタリスの毛皮二十数枚とノロの毛皮六枚をこっそりと東大営付近の洞穴に隠し、満州畜産株式会社に全部持っていかなかったんだ。でなきゃ、持って帰った物はもっと少なかったにちがいない。訓練が終わってから、イワンはその洞穴に急ぎ、こっそりと取り出し、夜の闇に紛れてウチロフへ行き、許財発に会って、銃弾や白酒《バイジュウ》（高粱などから作る蒸留酒）や塩に換えたんだ。もともとトナカイを失って生活が苦しい年なのに、もっと苦しくなるところだったよ」

民国三十一年、つまり康徳九年（一九四二年）の春、私たちのウリレンでは大きな出来事が二つあった。ひとつはニハオがサマンになったこと、もうひとつはイフリンが無理矢理ジンドの結婚式の日取りを決めたことだ。

その年の「アニエ祭」つまり春節が過ぎてすぐ、ニハオが奇妙な行動をとるようになった。ある雪の降る夕方、彼女は突然ルーニーに言った。

「夕陽を見に行ってくる」

「雪の日に夕陽が出るわけがないだろう?」

ニハオは黙ったまま、靴も履かずに裸足のまま飛び出していった。ルーニーがニハオのノロ革のブーツを持って後を追った。

「靴を履かないと凍傷になるぞ!」

だが、ニハオはただハハハと声をあげて笑いながら、振り向きもせず走っていく。ウリレンの中で一番足の速いルーニーが、どういうわけかニハオに追いつけず、みるみる離され、あっという間に見失ってしまった。驚いたルーニーが私とイワンを呼んで、手分けして彼女を捜しに行こうとしていると、不意にニハオがつむじ風のように駆け戻ってきた。裸足のまま雪の中を駆け回る軽やかな足取りは、敏捷な仔鹿のようだった。シーレンジュに戻ったニハオは、事もなげにゴーゴリを抱き上げ、胸元を捲り赤ん坊に乳を与えた。まるで何も起きなかったかのようだ。彼女の足は少しも凍傷に罹っていなかった。私は彼女に訊ねた。

「ニハオ、さっきどこに行ったの？」

「ここでゴーゴリにお乳をあげていたじゃない」

「足は冷たくないかい？」

「火の前にいるのに、足が冷えたりするもんですか」ニハオは囲炉裏を指して答えた。

私とルーニーはたがいに顔を見合わせて、納得した。ニハオはまもなくサマンになるにちがいない。ニトサマンが亡くなって今年でちょうど三年、そろそろわが氏族に新しいサマンが現れるころだった。それからまもなくして、ニハオが病気に罹った。彼女は囲炉裏の脇に横たわり、昼も夜も目を見開いたまま、食べもせず飲みもせず、一言も口を利かなかった。こうしてまる七日が経つと、居眠りからいま目覚めたかのように、欠伸をひとつして起き上がった。そしてルーニーに訊ねた。

「雪は止んだ？」

彼女が横になった七日前は、雪が降っていた。

「雪はとっくに止んだよ」

ニハオはゴーゴリに目をやると言った。

「ひと眠りしただけなのに、こんなに痩せてしまうなんて」

この七日間ニハオはゴーゴリに乳を与えられず、ルーニーが急場しのぎにトナカイの乳を飲ませていただけだったので、痩せてしまったのだ。

ニハオが起き上がったとき、マリアが「マルー王が死んだ」と慌てふためき駆け込んできた。二十年も生きたマルー王は、老衰だった。私たちは深い悲しみに暮れた。普通、マルー王が死ぬと首の銅鈴をはずしてサマンの元に保管し、新しいマルー王が選ばれると、サマンがまた鈴をつけることになっていた。

私たちがトナカイの群れに足を踏み入れると、地面に横たわるマルー王の姿が目に飛び込んだ。マルー王の毛並は長年の風雪に晒され、まるでまだらに残るなごり雪のようだった。私たちはマルー王の前に跪いた。ニハオがごく自然に前に進み出て、マルー王の首元の銅鈴一対をはずすと、ぱっとそれを口に入れた。

「ニハオ、なんで鈴を食べるんだ!」

驚いたルーニーの叫びも終わらないうちに、鈴はすっかり呑み込まれていた。銅鈴はゆうにカモの卵ぐらいあり、牛の太い喉でも、それをするりと呑み込むのは無理である。ルーニーは肝を潰したが、ニハオの方はまるで素知らぬ顔で、ゲップひとつしなかった。

毎年四月末から五月は、トナカイの出産の季節で、その時期になると私たちは、近くに川が流れハナゴケがたくさんある谷あいを出産の場所に選び、牡トナカイや去勢トナカイを簡単な柵で囲って出産の邪魔をしないようにする。このときは、母トナカイが仔を産むまで一カ月ほどあり、私たちはまだ出産の場所も決めずにそのまま宿営地に留まっていた。すると、銅鈴を呑み込んだニハオが、いきなり私たちにこう言った。

「新しいマルー王がもうすぐ生まれるわ!」

ニハオの言葉に間違いはなかった。白い模様のある母トナカイが、急に鳴き声をあげたかと思うと、真っ白な仔トナカイが一頭生まれた。それはまるで大地に落ちたひとひらの瑞雲《ずいうん》のように映った。私たちとニハオが仔トナカイに駆け寄ったとき、急にニハオが立ち止まり、大きく開けた口の先に両手を伸ばすと、いとも簡単に銅鈴を口から吐き出した。彼女は両手にそれぞれ鈴を載せ、生まれたばかりのマルー王にゆっくり近づいていった。鈴は作ったばかりのように一点の曇りもなく輝いていた。ニハオの体の中にはきっと澄みきった川が流れているにちがいない。だから、鈴の汚れをこんなにもきれいに落とすことができたのだ。

その仔トナカイは私たちのマルー王となり、ニハオが銅鈴を首に懸けてやった。

私たちが死んだマルー王を埋葬していると、ニハオが歌を歌った。このときが彼女が神歌を歌った最初だ。

おまえの体のあの雪のような白さよ、
それは春の日に溶けてしまった。
おまえの足元のあの花のような足跡よ、
そこはすでに青草が芽を出した。
空に現れたふたひらの白雲よ、
それはおまえの今も輝く二つの瞳だ！

ニハオが神歌を歌ったとき、紺碧の空にふたひらの真ん丸で真っ白な雲がはっきりと現れた。私たちはそれを見ながら、覚えのあるマルー王のあの澄んだ瞳を見ているような気がした。ルーニーは愛おしげにニハオを抱きしめ、手でそっと髪を撫でた。優しく、そして悲しげに。私にはわかった。彼はわが氏族に新しいサマンが現れてほしいと思う一方で、神憑りのときに受ける肉体的苦痛を自分の愛する者が味わう姿は目にしたくないのだろう。

草は青々と茂り、花は咲き、ツバメは南から戻ってきて、川にはふたたびさざ波の煌めきがたゆたい出した。ニハオがわが氏族のサマンになる儀式は、春の光の中で行われた。

しきたりでは、新サマンの伝授式は、老サマンのいるウリレンまで出向かねばならない。だがそのときニハオはまた身籠っていたので、遠出して彼女の体に負担がかかるのを心配したルーニーが、イワンに取り成してもらって、別の氏族から老サマンを招き、ニハオのために新サマンの召命儀式を執り行ってもらった。老サマンはジェラサマンといい、七十をとうに過ぎていたが、腰はぴんと伸び、歯も揃っていて、髪は黒々としていた。彼女の声はよく通り、どんぶり三杯もの酒を立て続けにあおっても、目が虚ろになることはなかった。

私たちはシーレンジュの北側に二本の火柱を立てた。左はシラカバ、右は松で、ともに大木でなければならない。この二本の大木の前に、さらに二本小さめの木を立てるが、やはり右は松、左はシラカバだ。そのあと二本の大木のあいだに革縄を一本渡して、サマンの神々に捧げる供え物――たとえば、トナカイの心臓や舌、肝臓、肺など――をぶら下げた。小木の方にはトナカイの血を塗る。このほかにもジェラサマンはシーレンジュの東側に木製の太陽を掛け、西側には月を掛けた。また木彫りのヒシクイとカッコウも一羽ずつ別々に掛けた。

神降ろしの儀式が始まった。ウリレンの者が全員焚き火の周りに座り、ジェラサマンがニハオに神降ろしの舞を伝授するのを見ていた。ニハオがまとっていたのは、ニトサマンが残した神衣だったが、それらにはジェラサマンの手が加えられていた。というのも、ニトサマンは一時太っていたし、ニハオより上背があったので、そのままでは大きすぎたからだ。サマンの衣を身にまとったニハオは、とても美しく気品があり、まるでその日はふたたび花嫁になったかのようだった。神衣には人間の背骨をかたどった木片が縫いつけてあり、さらに人間の肋骨を象徴する七本の針金、稲妻をかたどった作り物および大小様々な銅鏡がついていた。彼女が羽織った肩掛けはさらにきらびやかで、表面にはミズガモ、魚、ハクチョウ、カッコウの飾り物がついていた。彼女の穿いている神裙には無数の小さな銅鈴が縫いつけてあり、十二本の色鮮やかな綬帯が下げられ十二の干支を象徴していた。彼女の被っている神帽は、まるで樺皮製の大鉢を頭にすっぽり被せたような形をしていて、後ろには細長い布が垂れ下がり、天辺には小ぶりの銅製のトナカイの角が二本取り付けてあり、角の叉には虹をかたどった赤や黄や青の綬帯が何本か掛けられていた。そのうえ神帽の正面には赤い絹紐がずらりと垂れて、ちょうどニハオの鼻筋あたりまで掛かっていたので、彼女の眼差しは絹紐の隙間に見え隠れし、その瞳に神秘さを添えていた。神降ろしの前に、ニハオはジェラサマンに教えられた通りに、ウリレンの仲間全員の前でまず挨拶をした。

「サマンになったのちは、自分の命と神が授けてくれた力によって、かならず己の氏族を守ります。わが氏族が代々絶えることなく栄え、トナカイは大きな群れとなり、狩りはいつも豊かであるよう、力を尽くします」

それが済むと、彼女は左手に神鼓を持ち右手にノロの足のバチを握り、ジェラサマンについて舞い始めた。ジェラサマンはけっこうな歳だが、舞い出すと意外なほど活力に溢れていた。彼女が神鼓を叩いていると、多くの鳥が遠くから飛んできて、つぎつぎと私たちの宿営地の木々に止まった。鼓の音色と鳥の囀りが混ざり合い、その素晴らしさは、私が生涯で耳にした最も美しい音だった。ニハオはジェラサマンについて昼から日が暮れるまでずっと舞っていた。ゆうに六、七時間、二人は少しも休まなかった。ルーニーはニハオを気遣い、水を持ってきて一口飲ませてやろうとしたが、ニハオは目もくれなかった。ニハオの鼓は徐々に上手くなり、サマンの舞もだんだんと板についてきて美しくなった。二人が舞い終えたとき、ルーニーの椀の水は前より増えていた。彼の額から流れ落ちた汗がその中に滴ったからだ。

ジェラサマンは私たちの宿営地に三日間滞在し、三日間舞を舞った。彼女は自身の鼓音と舞でもって、ニハオを一人前のサマンに鍛え上げた。

ジェラサマンが帰り支度をすると、イワンは二頭のトナカイを牽いてきて謝礼として贈った。彼らが宿営地を出立する間際、見送りの行列にイフリンが姿を見せた。全身黒ずくめで、まるでカラスそっくりのイフリンはこう言った。

「もうジンドの式の日取りを決めたよ。あの子がウチロフの訓練から戻ってきたら、ジェフリナを花嫁に迎えるつもりさ。息子の結婚式は立派なサマンに挙げてもらいたいと思ってたから、ジェラサマンに頼むことにするよ。ちょっと今行って頼んでくる」

私はまだよく憶えているが、ジェラサマンは少し口元を歪めただけで、引き受けも断りもせず、トナカイに乗って私たちに手を振ると、イワンを呼び寄せ帰ってしまった。一行が帰っていくとき、近くの松の木からキツツキが小気味よく木を突く音が響いてきた。それはまるでジェラサマンがさっきまでここで打ち鳴らしていた神鼓の余韻のようだった。

ジェラサマンとイワンが行ってほどなく、ジンドとイフリンが喧嘩を始めた。

「俺は一生嫁はもらわないし、あの口の歪んだ娘とひとつのシーレンジュに住む気もない。本当にそうなったら、墓穴に入った方がよっぽどましだ！」

そう言い終えると、ジンドの潤んだ目がちらりとニハオを見やった。ニハオは微かに口をすぼめて、さっと首を垂れた。

「それじゃ、墓穴に入ればいいさ！」イフリンが冷ややかに笑った。

男たちが東大営に行っているあいだ、イフリンは計画通り式の準備に取りかかった。彼女は普段から蓄えておいた生地を、一枚残らず引っ張り出した。彼女はジンドとジェフリナそれぞれに式の衣装を縫うつもりなのだ。私はイフリンの器用さが羨ましかったので、彼女が針仕事をしているとき、アンドルを抱いて見に行った。イフリンは大切にしている一着の魚皮服（魚の皮を鞣して作った服）を広げて私に見せてくれた。クリーム色の地にグレーの模様が点々とついている。開襟、筒袖、バックル付きで、簡素ながら美しく、私の祖母が若いころ着ていたものだった。イフリンは言った。祖母は中背でほっそりしていたが、彼女自身は背が高く太めなので、ずっと着られないでいた。本当は魚皮服はノロ革の服なんかよりよっぽど丈夫なのだと。彼女はこの服を私に当ててみて、大喜びで言った。

「おまえが着るといい。寸法もぴったりじゃないか、あげるよ！」

「もうすぐジェフリナがジンドの花嫁になるんだから、ジェフリナに着てもらうのが一番よ。とっておいたら？」

「あの娘はあたしらと何の血の繋がりもないんだ。ご先祖様が残してくれたものを、なんであの娘なんかに」

イフリンはため息交じりに言った。そのため息から、彼女も内心ではこの結婚に満足していないのだと、私は感じ取った。そこで彼女に言ってみた。

「ジンド相手にそんなに意地を張らなくてもいいじゃない。ジンドがジェフリナを好いてないなら、どうして無理強いするの？」

イフリンはしばらく私の目をじっと見つめてから、小さくつぶやいた。

「おまえはラジタを好いてたが、ラジタはどこにいる？　イワンはナジェシカを好いてたが、結局ナジェシカは子どもを連れて出て行ってしまったじゃないか？　リンクとおまえのアグトアマは二人ともタマラを好いてたが、結局二人は仇同士のようになってしまった。ジンドはニハオを好いていたが、結局ニハオはルーニーに嫁いだだろう？　あたしは諦めてるんだよ。何であれ、愛したものは結局失うことになるんだ。愛さないものなら、逆にいつまでも一緒だとね」

そう言ってイフリンはまたため息をついた。私はこれ以上、心の奥に言い尽くせぬ悲哀を溜めた女性に、幸せが――たとえその幸せがどんなに短くても――人間にとっていかに大切であるかを口にするのは忍びなかった。だから、もう何も言わなかった。

イフリンはジンドのために左右にスリットの入った濃紺の長上着を仕立てた。襟と袖口に薄緑の縁取りが施してある。さらにもう一着、普通ならあまり使い道のないノロ革の切れ端と余り布でもって、彼女はジェフリナに婚礼の衣装を縫ってやった。それはキュッと締まった上半身に裾の広いスカートがついたワンピースで、半月形の襟に馬蹄形の折り返しのついた袖口、腰のあたりにはエメラルドグリーンのラインが施され、たいそう美しく、ニトサマンが母に作ったあの羽根のスカートを思い出させた。この服には、縁に飾り模様が型押しされた鹿革のブーツがぴったりだ。このほかにも、彼女は二人のためにノロ皮の上掛けとイノシシの毛皮で作った敷布団を一組仕立てた。

「花嫁を熊の毛皮布団に寝かせるわけにはいかないだろう。そんなことをしたら子ができなくなるからね」

男たちが東大営の訓練から戻ってきたとき、すでにイフリンは式に必要なものはすべて揃えていた。

それは夏の終わり、森の植物が最も生い茂る季節だった。イフリンがジンドにジェフリナを妻に娶るよう言うと、彼はもう逆らわなかった。

今回ダシーは顔を輝かせて戻ってきた。彼はカーキ色の綿入れオーバーを持ち帰った。彼は東大営で騎馬を習得しただけでなく、偵察班に交じってアルグン川を越え左岸にまで行ってきたのだ。ダシーがソ連領に行ったと聞いたマリアは、驚いて腰が抜け地面にへたり込んでしまった。

「もし戻ってこられなかったらどうするの。日本人はうちの一人息子を崖から突き落とすつもりかい？」

そう彼女が繰り返しぼやくので、この繰り言に全員が笑った。ダシーは私たちに話して聞かせた。彼は別の二人と闇夜に紛れて樺皮のカヌーに乗りアルグン川の左岸に上陸したと。彼らはカヌーを岸辺の藪に隠し、それから幹線道路に沿って鉄道を探し、その一帯に橋や道路がいくつあるかを数え、また兵力の分布状況を探った。ダシーは写真撮影を担当し、文字の書ける一人が記録を、もう一人が状況報告と数値報告を担って、線路を毎日往き来する列車の種類と本数、および車両数を逐一記録した。彼らは銃と携帯食料袋を担ぎ、袋の中にはゆうに七、八日はしのげる干し肉とビスケットを入れていた。ある日のこと、彼が線路に架かるアーチ形の橋を撮影していたら、見回りのソ連兵に見つかってしまった。兵が大声で喚きながら追いかけてきたので、驚いた彼らは一目散に逃げ出して林の中に隠れたのだそうだ。ダシーが言うには、幸い彼はカメラを首に懸けていたので何事もなかったが、でなければ慌てふためいているあいだになくしてしまったにちがいないと。その日から、道路と橋の見回りの人数と回数が増えたことに彼らは気づき、偵察はいっそう困難になってしまった。ダシーたちはソ連領内に七日間留まり、そのあとカヌーを隠した地点まで引き返し、闇に乗じて右岸に戻ってきた。日本人は彼らの偵察結果にたいそう満足し、一人一着ずつ綿入れオーバーを褒美として与えたのだという。

私たちがダシーの話を聞いていたとき、イフリンが出し抜けにイワンに言った。

「もしあんたがダシーのように偵察を習得してソ連に行ったら、ナジェシカを連れ帰ってこれるんじゃないかい？」

イワンはその大きな手を組んだまま、何も言わなかったが、暗い顔をして立ち去った。クンダがため息をついた。おそらく彼はイフリンに小言のひとつも言いたかったのだろうが、結局その言葉を口にしはしなかった。

「日本人がソ連領内にまで人を送り、そうしたものを探らせるということは、どうやら満州国の境界をそこまで伸ばすつもりのようだな」

ハシェがこう言うと、イフリンは鼻で笑った。

「奴らは夢でも見てるのさ。ここだって奴らの土地じゃない。ここで好き勝手なことをしているが、ソ連でもまた甘い汁を吸うつもりなのかね？　ソ連がそんな簡単に手玉に取られるとでも？　無駄骨だとあたしは思うね！」

ちょうど私たちは夏の放牧地から秋の放牧地へと移動する時期にかかっていたので、イフリンはその前に急いで式を挙げなくてはと言った。彼女はクンダと花嫁側のウリレンに一度足を運び、日取りを決めてきた。

イワン一行がジンドを伴いジェフリナを私たちのウリレンに迎えたのは、太陽が燦々と輝く日だった。ジンドは真っさらのあの長上着を着ていたが、表情は硬いままだった。ジェフリナはイフリンが縫った衣装とブーツを身につけ、髪にはたくさんの野の花を挿し、口を歪めてにこにこしながら、嬉しくて仕方ないという様子だった。イフリンは初めジェラサマンを招いて、ジンドの式を挙げてもらうつもりだったが、イワンが頑なに氏族のサマンが司るべきだと主張したため、それに従うしかなかった。ニハオがウリレン全員を代表して、二人に祝福の言葉をかけたとき、ジェフリナは満面の笑みでジンドを見ていたが、ジンドの目はニハオに向いていた。ジンドがニハオを見る眼差しには愛しさと切なさが滲み、私は胸が痛んだ。

式が済むと、人々はかがり火を囲んで酒を飲み焼肉を頬張り、それから歌い踊った。ジンドはかいがいしく一人一人に酌をして回り、それから手を振って楽しく集っている人たちに言った。

「みなさん、存分に食べて飲んで歌って踊ってください！　俺はとても疲れたから、ひと足先に行ってます」

みんなは、ジンドは婚礼の疲れが出て、シーレンジュに戻って休みたいのだろうと思った。彼が立ち去るとダシーも続けて座を立った。ダシーの方は馬に乗るためだとみんなもわかっていた。彼はいつも午後になると、河畔でひとしきり馬を乗り回していたからだ。

日暮れ時、突然ダシーが泣き濡れた顔で、かがり火の前に現れた。そのときみんなは、ハシェとルーニーが熊闘舞（二頭の熊が格闘する様子をまねた民族舞踊）を踊る姿を笑いながら愉快に見ているところだった。もうかなり酒の入った二人が、口々に「ハウモ、ハウモ」と大声をあげ、膝を曲げ体を揺らし、よろりよろりと踊る姿はとても面白かった。ダシーの涙顔に驚いたマリアが、馬に何かあったのかと訳を聞こうとした矢先、ニハオが火のそばから立ち上がり、ブルッと身震いをしてダシーに声をかけた。

「もしかしてジンド？」

ダシーは小さく頷いた。

馬での帰り道、もうすぐ宿営地というあたりで、ダシーは一本の立ち枯れた松の木にぶら下がっているジンドの亡骸を見つけたのだ。私はその木を知っていた。まっすぐ立ってはいたがすでに枯れており、緑の葉は一枚もなかった。ただトナカイの角に似た枝が二本斜めに伸び出ているだけの木だ。

以前イフリンと薪を集めていたとき、私が斧で伐ろうとしたらイフリンに止められたことがあった。枯れているのになぜ伐ってはいけないのかと訊ねると、イフリンが答えた。枝がトナカイの角のようになっているからには、軽々しく伐ってはいけない、いつか復活するかもしれないから、と。まさかイフリンもその木がジンドの命を奪うとは想像もしなかったろう。一見その枝は干乾びていて脆く、ミミズクが止まってても折れてしまいそうなのに、こんなに楽々とジンドを括り殺せると誰が思ったろう。枝が鋼鉄に変わったのでなければ、ジンドが羽毛に変わったのだ。

ニハオは言った。

「ジンドは優しい人だわ。首を吊るときでさえ、元気な木を損ねたくなくて枯れ木を選んだのよ。われわれのしきたりでは、首を括って死んだ者はかならずその木とともに火葬されるって、彼は知っていたから」

私はまだ憶えている。私たちが自殺の現場に着いたとき、突如その木が〝カァーカァー〟とカラスの鳴き声のような音をたて、見る間に幹が西に傾き出した。ぶら下がっているジンドも一緒に西に傾き、木はまるでジンドを抱くようにドーンという大音声をあげて地面に倒れてバラバラに砕け散った。不思議なことに、幹は砕けたのにトナカイの角のようなあの二本の枝は少しも折れなかった。イフリンは近づいて、これでもかと足で枝を踏みつけながら、声を嗄らして叫んだ。

「悪霊め！　この悪霊め！」

彼女は力いっぱい踏みつけたが、枝は少しも折れることなく、なおも彼女に向かって美しい触角を広げていた。イフリンは号泣したが、クンダは泣けなかった。クンダの顔は苦悩に歪み、ついに体を震わせてイフリンに言った。

「これであいつも、正真正銘おまえの子になっただろう？」

おそらくニハオのような体験をしたサマンはいないだろう。一日のうちに婚礼を挙げ、葬儀も執り行う、それも同じ人物のためとは。首を吊って死んだ者は、普通その日のうちに葬る。だから私たちはジンドが生前着ていた服、使っていた物をみんな持ってきて、彼とその木と一緒に火葬にした。ニハオが火を点けると、ジェフリナが突然火に飛び込もうとした。

「ジンド、あたしを置いていかないで。ジンド、あたしも一緒に行く！」

彼女は泣き叫んだ。私とマリアが二人がかりでジェフリナを引き戻そうとしたが、彼女の力の強いこと、足がもう火にかかっていた。ついにイワンがその馬鹿力の手で、火のそばから引き離すと、彼女は悲痛な声をあげて泣き崩れた。

火の光は闇夜を切り裂き、ジェフリナの顔を赤く照らした。まさにこのとき、私たちの予想だにしないことが起きた。ダシーが出し抜けにジェフリナの前に進み出ると、跪いてこう言ったのだ。

「ジンドは君を捨てたんだ。無理に跡を追っても報われないよ。君のことを何とも思っていない男の跡を追うなんて、馬鹿げてる！　俺のところに来いよ、俺が娶る。君を火に飛び込ませるようなこと、俺はしない！」

もし私が、あなたの人生の中で魂の打ち震えるようなことがどのくらいあったか、と訊ねられたら、こう答えるだろう。ダシーがジンドの火葬の場で跪き、寡婦になったばかりのジェフリナに求婚したときが、私の記憶の中で最も忘れ難い場面だと。ひ弱なダシーが、あのときは堂々たる勇者に見えた。

その場にいた者は全員呆気にとられた。そうでなかったのは火の明かりだけだ。炎はますます勢いを増し、奇妙な香りが鼻を突いた。そう、これはジンドの肉体が融けようとしているときの匂いだった。

マリアはしばらく茫然としていたが、ふとわれに返ると、ダシーを抱きしめ喚き出した。
「ダシー、ダシー、酔ってるのかい、しっかりおし！　ジェフリナはおまえよりずっと年上なんだよ、口も歪んでるし。あの娘はもう後家なんだよ、気は確かかい？　バカ言うんじゃないよ、ダシー、ダシー！」
ダシーは何も言わず、マリアを押しやり、ジェフリナの前に跪いたまま、まるでツバメが自分の巣を見るような目で優しく彼女を見ていた。ジェフリナは突然降ってきた縁談に驚き戸惑っていたが、もう泣きはしなかった。彼女はダシーを見ながら、まるで萎れきった草が久しぶりの雨に出会ったかのように、期待と感謝で胸がいっぱいになっているようだった。全員が押し黙ってしまったとき、ニハオが神歌を歌い始めた。歌の伴奏は、ピチ、パチという炎の音……

魂の遠くに去りし人よ、
闇夜を恐れることはない、
ここには火の光があり、
あなたの行く手を照らすだろう。
魂の遠くに去りし人よ、
もう家族を気遣わなくともいい、
そこには星や天の川や雲や月がある、
あなたの到来を歌い寿ぐだろう。

炎はしだいに小さくなり、消えてしまった。枯れ木とジンドはともに灰となり、闇夜がまた首《こうべ》をもたげてきた。私たちは宿営地に戻った。婚礼のかがり火はすでに花のごとく打ち萎れ、悲しみと憂いが宿営地を覆っていた。イフリンは泣き続け、マリアも泣き止まず、私はどちらを慰めればいいのかわからなかった。私はそばに来たダシーにそっと訊ねた。

「本当にジェフリナと結婚するつもり?」

「口にした以上は、そうしないと」

「本当にジェフリナのことが好きなの?」

「ジンドは彼女を捨てた。でも彼女が俺らのところに嫁いできたからには、うちの人間だ。後家になってしまったうえに、口も歪んでいる。もし俺が娶らなかったら、彼女はどうなる? 俺は彼女の涙を見たくないんだ。気の毒すぎるよ……」

ダシーの言葉に私の目が潤んだ。だが彼には私の目の涙は見えない。その夜は月もなく、星も輝きを失っていたから。人があのような悲しみの闇に沈むから、闇夜となるのだ。

私はクンダのシーレンジュのすぐ近くで寝起きしていた。ジンドの逝った夜、シーレンジュの中からイフリンの叫び声が何度も何度も聞こえてきた。私はクンダがジンドの死を責め、彼女を懲らしめているのだと思い込み、上着を羽織って止めに向かった。近くまで来ると、イフリンの叫び声が耳に入った。

「クンダ、よして、痛い! 痛い、よして!」

クンダは何も答えず、彼の重くせわしいあえぎ声とムチ打つような風の音が聞こえた。彼はまるでイフリンに〝ダダダッ〟と弾を浴びせているようだった。これがイフリンを罰するクンダの方法なのだとわかった。シーレンジュに戻ると、さっきまで寝ていたヴィクトルが目を覚まし、囲炉裏に薪をくべていた。

「アニ、外でオオカミが吠えているみたいだよ。火をもっと焚いてオオカミを追い払わなきゃ。オオカミが入ってきてアンドルが攫《さら》われたら大変でしょ！」

つぎの日の朝、イワンは全員に荷物をまとめさせた。秋の宿営地へ移動する準備だ。彼はみんなを悲しませるこの地をすぐにでも離れたかったのだと、私にはわかった。わずか一晩で、イフリンは一回りも痩せてしまった。彼女は目を赤く腫らし、歩くにも足を少し引きずっていた。私たちは同情の眼差しで彼女を見たが、マリアだけは恨みのこもった目で見ていた。マリアが心中激しくイフリンを責めているのがわかった。もしイフリンがジンドを好きでもない娘と無理矢理結婚させなければ、ジンドは死ぬこともなかったし、ジンドが死ななければ、ダシーはジェフリナを哀れんで妻にしようと考えることもなかったのだから。マリアにジェフリナを受け入れさせるのは、裸足で凍った川を渡らせるのと同様、とてもできることではなかった。

「おまえが本当にジェフリナと結婚するつもりなら、ジンドの三年の喪が明けるまで待たないといけないよ」マリアはダシーに言った。

「待つよ」

「ジェフリナはもうイフリンの家の者だから、喪中の三年はイフリンたちと暮らさないとね」マリアがたたみかけた。

イフリンとクンダは何も言わなかったが、ジェフリナをじろりと見た。ジェフリナはダシーに言った。

「あたし、元のウリレンに戻ります。三年経って、妻にと思うなら、会いに来てください。もし来なくても、恨んだりしません」

「会いに行くよ」

私たちが秋の宿営地に移るころ、ダシーはジェフリナを連れ、馬で彼女を送っていった。二人は同じ馬に乗っていった。イワンはダシーに私たちの移動する方向を伝えたが、それでもルーニーが心配して、道すがら斧で立ち木に樹号をつけていった。初めのころマリアは無関心だったが、夕暮れになり、谷あいや渓流が雲間から射す黄金色の夕陽を浴びるころになると、マリアはこらえきれなくなり泣き出した。ちょうどルーニーが一本の大木に樹号をつけているところだった。マリアは跳びかかってルーニーの手から斧を奪い取ると、叫んだ。

「戻ってきてほしくないのよ。もうあの子にかまわないで。二度と会いたくないわ!」

彼女の声は谷あいにこだまし、繰り返し響いた。こだまの響きはとてものどかに聞こえ、マリアの口から出たとは思えなかった。おそらく鋭い声は木々や雲、そよ風と触れ合い、柔らかくなったのだろう。

この年の秋、私は岩に絵を描き始めた。

もしイワンが鉄を鋳造しなかったら、もし鍛冶場の土が鉄のように鍛えられて色鮮やかに変化していなかったら、それを顔料に使おうとは思いつかなかっただろう。

もし私が岩に絵を描かなかったら、幼いころからいつも私にまとわりついていたイレーナが絵を学ぶこともなかったし、彼女の若々しい姿がこんなに早くベルツ川の流れとともに逝くこともなかったかもしれない。

しかし絵を描くことに罪はない。それは私の代わりに心の奥の懐かしさや夢をいろいろと語ってくれたのだから。

すでにベルツ川支流のアニャンニ川の岸にある岩絵はご存知だろう。川辺の風化した岩の上に現れ出たのは、血の色をした岩絵だ。われわれの祖先はそこの真紅の土を利用して、岩にトナカイやヘラジカ、狩人、猟犬、そして神鼓を描いた。

私が岩絵を描いたとき、アニャンニ岩絵は――それが私のはるか以前からあったとしても――まだ発見されていなかった。

私はアルグン川右岸のあちこちに岩絵を残した。イレーナが知っていた数カ所を除いて、それがどこにあるのか、どんな絵なのかを知る者はいない。今ではイレーナも死んでしまい、岩絵を知る者は私だけになってしまった。もしかすると、それらは長年の風や雨によって影も形もなく洗い流され、その線も花びらのように谷あいに散ってしまったかもしれない。

私はイワンが鉄を鋳造した鍛冶場の土を棒状に練り、一本ずつシーレンジュの中に並べて陰干しし、それを棒絵具とした。私が初めて岩絵を描いたのは、イマチ川の畔の岩だった。それは黒っぽい岩石だったので、赤い線が描かれるや、まるでどんよりした空に雲間の光が射したようだった。私がなにげなく描いた最初の絵は、一人の男性の姿だった。頭部はリンク似で、腕と脚はニトサマン、広く厚い胸は明らかにラジタを写したものだった。私の元から逝ってしまった三人の家族が、ここでひとつに合わさり、完璧な男性の風貌を私に示してくれた。さらに私はこの男性の周りに八頭のトナカイを描いた。真東、真西、真南、真北にそれぞれ一頭ずつ、つぎに東南、東北、西南、西北にそれぞれ一頭ずつ、八つの星のように真ん中の男性を取り巻いている。ラジタが私の元から逝って以来、私の心に瑞々しい恋心が溢れることはなかった。ところが不思議なことに、岩に絵を描き終えると、心の奥底から温かな春の水がまた湧き上がってきた。血の気を失った私の心臓に顔料が染み入り、ふたたび生きる喜びと活力を取り戻したかのようだった。このような心臓は間違いなく一輪のつぼみであり、もう一度花を咲かせることだろう。

その年の秋、ニハオは二人目の子を産んだ。女の子だ。彼女は娘にジョクトカンと名付けた。ユリの花という意味だ。

夜も更けたころ、宿営地では今日もクンダがイフリンをムチ打つ音が繰り返し聞こえた。イフリンが口走る叫びはいつも同じだった。

「クンダ、よして、痛い！」

イフリンの背はしだいに曲がり、逆にクンダの腰はぴんと伸びた。あるとき、彼は酒に酔いハシェにこう言った。

「イフリンはもう一人ジンドを産んでよこすんだ。あいつが息子をむざむざ死なせたんだから、わしに息子を返さんといかん！」

冬狩りが始まったころ、男たちはまた東大営の訓練に召集された。イフリンは歯嚙みして言った。

「いっそのこと男たちを帰さずに、兵隊に取ってくれたらいいのに！」

しかしクンダたちは予定通り戻ってきた。戻らなかったのはイワンである。

ダシーが私たちに事情を説明した。ある日、列を作って行進の練習をしていたとき、クンダは間違ってばかりで、回れ右と言われれば左に回り、いつも列を乱していた。鈴木秀男は腹を立て、クンダを訓練場の真ん中に立たせると、シェパードを放って彼に跳びかからせた。犬はすぐさまクンダに跳びかかり、クンダの顔や腕に幾筋も傷をつけた。初めはイワンもほかの者同様、突然の出来事に茫然としていたが、そばでこの様子を眺めていた鈴木が笑い声をあげると、イワンの怒りが爆発した。彼はすぐさま駆け寄り右手で犬の尾をひっつかむと、それをロープのようにぎゅっと握りしめて、ぐるんぐるんと犬を振り回した。キャンキャンという悲鳴が聞こえるや、尾はたちまち体からもげてしまった。この尾を失ったシェパードは、狂ったようにイワンめがけて襲いかかった。イワンは目にもとまらぬ早業で犬を自分の股座《またぐら》に押さえ込み、思いっきり蹴り上げると、わずか数回で犬はピクリとも動かなくなった。イワンの足は手と同じく馬鹿力が出る。鈴木は驚きのあまり立ち尽くした。イワンが元気のいいシェパードをあっという間に一匹の死ネズミに変えるのを、ぽかんと見ていた彼の額に玉の汗が噴き出た。イワンは犬の尻尾を手に一歩一歩鈴木に近づくと、それを彼の懐に突っ込んだ。このときようやく鈴木はわれに返り、怒声を張り上げ兵士を二人呼ぶと、イワンを捕らえて兵舎の西にある牢にぶち込んだ。夜、牢内からムチの音がひっきりなしに響いてきたが、イワンの叫び声は少しも聞こえなかった。きっとぐっとこらえ、うめき声ひとつ洩らさなかったにちがいない。そしてその夜、イワンは脱走した。牢の鉄の扉は堅く閉じられ、窓には鉄格子がはまっている。ところがイワンは、鉄を鍛えたその手で鉄格子をもぎ取り、まるで籠を出た鳥のように、やすやすと東大営から逃げ去った。二名の日本兵がシェパードを連れて山中を捜したが、何の痕跡も見つけられなかった。

ダシーがイワンの事件を話しているとき、クンダは囲炉裏端にしゃがみ、頭を埋めたまま深く恥じ入っている様子だった。イフリンは横目でクンダを見ていたが、そのうち鼻の先でせせら笑った。

「日本人の犬の相手もろくにできないくせに、女の相手がちょっとばかりできるからって、それで男ってよく言えたもんだよ！」

クンダは返す言葉もなく、うなだれたままだった。パチッ、パチッという音だけが囲炉裏で響いた。彼の涙が火の上に滴り落ちたのだろう。

これ以降、夜の宿営地でイフリンの悲痛な声は聞かれなくなった。その痛みはクンダの身に移ったようだ。イフリンは背を丸め腰を屈めることがなくなり、ふたたび大声で憚ることなく人と話すようになった。一方クンダの腰は大雪に押し潰された枝のように曲がってしまった。

イワンがいなくなってしまったので、私たちはルーニーを族長に推挙した。その冬、私たちは三頭の熊を仕留めた。熊のための風葬の儀式をするとき、毎回ニハオは熊送りの歌を歌った。この歌は、その後わが氏族に伝えられることになった。

熊のおばあさんや、
倒れてしまったのだから、
もうゆっくりお休みよ！
あなたの肉を食べるのは、
あの黒羽根のカラスたちだ。
わたしたちはあなたの目を、
恭しく木々のあいだに置こう。
神の灯火を置くように！

ダシーはウリレンに戻ってまもなく、馬でジェフリナに会いに行った。マリアは一日中深いため息をついていた。イフリンはマリアが嘆く訳をよくわかっているのに、わざと彼女に憎まれ口を叩いた。

「ダシーがジェフリナと結婚するなら、心配はいらないよ。あの娘の花嫁衣装はあたしが揃えてやるから」

生来おとなしいマリアもこのときばかりは怒りを抑えきれず、すごい剣幕でイフリンにくってかかった。

「あの口の歪んだ娘をホントに娶ることになっても、花嫁衣装は結構だよ。あんたが作った服を着た者には結構な前途が待ってるからね！」

イフリンは冷ややかに笑いながら、マリアの言葉を訂正した。

「間違っちゃいけないよ、ダシーが娶るのは口の歪んだ娘じゃなくて、口の歪んだ後家だよ！」

マリアの堪忍袋の緒が切れた。彼女はイフリンに跳びかかり、その鼻をギュッと摘んで罵った。

「オオカミの生まれ変わりめ！」

「はい、はい。鼻を摘んでくれてありがとさん。こりゃ、鼻がまっすぐになるかもしれないねぇ！」

イフリンは薄ら笑いを浮かべたまま茶化した。マリアは手を放し、踵を返すと、おいおい泣きながら去っていった。かつて一番仲の良かった二人は、これを境にすっかり疎遠になってしまった。

またつぎの年の春が来た。康徳十年（一九四三年）の春だ。この年、私たちは水底まで見える澄んだ谷川のそばで、二十頭のトナカイの仔を取り上げた。普通なら、母トナカイは一回に一頭の仔しか産まない。しかしその年は、なんと四頭もの母トナカイが双子を産み、仔トナカイはいずれも元気そのもので、みんなに喜びの笑顔をもたらした。深い緑の渓谷を流れるこの名もなき谷川を、私たちはロリンスキー川と名付け、私たちにこよなき友情を示してくれたロシア人アンダの記念とした。この川の水は冷たくて甘く、トナカイだけでなく人間もこの水が好きだった。このときから毎年出産の時期になると、たとえロリンスキー川に行かなくとも、私たちは遠方の親戚を思い出すように、決まってそこを話題にした。

ヴィクトルはずいぶん背丈が伸びてきた。彼はルーニーに弓矢を教わり、梢に止まったエゾライチョウをたやすく仕留められるまでになった。ルーニーも、私たちのウリレンにまた腕のいい猟師が生まれたと認めた。アンドルも背が伸び、ゴーゴリと一緒に遊べるようになった。アンドルはゴーゴリより体格がよく、背も頭一つ分高いというのに、よくゴーゴリに意地悪をされた。ゴーゴリは悪戯好きで、アンドルと遊んでいるとき、わざと不意打ちを食らわせアンドルを泣かせようとした。ところがアンドルは、地面に倒されても泣きもせず、空を見ながらゴーゴリに「お空に白い雲がいくつも浮かんでるよ」などと言って、かえってゴーゴリから腹いせに踏んづけられた。それでもアンドルは泣かず、ケラケラと笑い出すものだから、もうゴーゴリは悔しくて泣くしかなかった。するとアンドルが起き上がって、なぜ泣くのかと訊ねた。

「倒されたのにどうして泣かないんだ? 踏んづけられたのにどうして泣かないんだ?」

「倒されたけど、雲が見られたよ。これっていいことだもの、何を泣くの? くすぐったがり屋のおいらを踏んづけたのは、笑わせようとしてでしょう?」

アンドルは幼いころからとろい子だと言われてきたが、この子は私のお気に入りだった。孫のアンツォルも父親によく似ている。

アンドルとゴーゴリはトナカイの仔が大好きだった。トナカイの角を切る時期になると、トナカイの仔はもうあたりの草を食めるようになる。はぐれた仔トナカイが群れの後を追う途中でオオカミに襲われないよう、私たちは足の遅いものを宿営地に繋いでおいた。アンドルとゴーゴリは、よく仔トナカイの縄を解いて、ロリンスキー川まで牽いていった。行くときはポケットに塩を詰めていく。二人は掌に塩を載せては、仔トナカイによく舐めさせていた。ある日、私がロリンスキー川で洗濯をしていると、悲しそうに泣いているアンドルを見つけた。ゴーゴリが言うには、仔トナカイは塩も舐めたがるし水も飲みたがるから、それならいっそ塩を水に溶かして塩水をトナカイに飲ませた方がいいとアンドルが言ったのだそうだ。ゴーゴリが、塩を川に入れたら水と一緒に流れてしまうと言ったが、アンドルはまったく信じなかった。そしてポケットの塩を全部水に撒いて、白くキラキラした粒が溶けて消えるのを見ながら、顔を水面に近づけて水を舐めてみた。案の定、塩の味はどこへやらで、アンドルは大泣きして、水は嘘つきだと罵ったのだそうだ。このときから、アンドルは魚を食べなくなった。水中から得た食べ物はみんな邪悪な鬼で、人の腹の中に入ったらきっと腹を齧って網のようなぼこぼこの穴だらけにしてしまうにちがいないと。

この年の夏、山では「黄疸」が蔓延し、日本人は東大営での訓練を中止し、狩人たちを山に留めた。こんな時代は病気が自由をもたらしてくれるのだ。

黄疸の被害は三、四のウリレンに広がった。この病気に罹ると、皮膚と白目が霜にあたった葉のように黄色くなった。病人は食べ物が喉を通らず、水が飲めず、腹は太鼓のように膨れ上がり、歩くこともできなかった。ルーニーが聞いた話では、黄疸に感染した数カ所のウリレンでは、世話する者のいなくなったトナカイが、たくさん死んでいるという。また、日本の医者がそれらのウリレンを訪れて注射もしたが、まったく効き目がなく、すでに多くの人が亡くなったらしい。私たちのところでは黄疸に罹った者がいないので、ルーニーは私たちを下山させず、近くの同氏族のウリレンに出かけることも全員に禁じた。黄疸が持ち込まれるのを危惧しての処置だ。

黄疸がイナゴのように飛んできたとき、マリアは見るからに興奮ぎみで、ダシーの方は暗い顔をしていた。マリアはジェフリナのウリレンに黄疸が広がり、口の歪んだあの娘が天に召されるのを切望したのだ。そうすれば当然の成り行きとして別の花嫁が探せる。しかしダシーは心からジェフリナを心配していた。彼はルーニーにジェフリナの様子を見に行かせてほしいと再三懇願したが、ルーニーは許さなかった。族長として、ダシーがここに黄疸を持ち込むような状況を作るわけにはいかないからだ。ダシーは食い下がった。

「それなら、黄疸が治まってから戻ってくるよ」

「もし黄疸のせいで永久に戻ってこれなくなったら、誰がマリアとハシェの面倒を見るんだ」

ルーニーにこう言われては、ダシーも言い返せなかった。結局彼は残ったが、一日中眉間に皺を寄せていた。

　黄疸は毒花のように、三カ月近く咲き続け、秋が深まるころ枯れ萎んでいった。この病気は三十数名の命を奪った。思いもよらぬことに、ラジタのあの大家族が黄疸に倒れ、生き残ったのはたった一人、ラジタの弟のラジミだけだった。そこのウリレンの生存者はわずか九人、しかもラジミは可哀想に家族全員を失ってしまったと聞いて、私は彼を私たちのウリレンに引き取った。ラジタは亡くなってしまったが、私はラジミを自分の家族と思っていたからだ。

　ラジミは当時十三歳、小柄で痩せていた。元来彼は明るく元気な子どもだったが、家族が一人また一人と夜明け前の星のように彼の前から消え去るのを目の当たりにしてからは、寡黙な少年に変わってしまった。私が彼を迎えに行ったとき、彼は石のように川辺に蹲り、手に父親の残した口琴――ムクレン――を握りしめ、身じろぎもせず私を見つめていた。私は彼に言った。

「ラジミ、一緒においで」

「黄疸は天の神様なの？　どうしてこんな勝手に人を連れ去ってしまうの？」

　ラジミは悲しげにそう言ってから、ムクレンを唇に押し当てそっと鳴らすと、涙がスーッと流れ落ちた。

　ジェフリナは生き延びた。ダシーはこのうえなく喜んだが、マリアはまた憂いのため息をつき出した。

　ダシーはラジミをたいそう気に入り、乗馬を教え、いつも一緒に馬に乗っていたので、本当の兄弟のように見えた。私はまたラジミの笑い声を聞くことができるようになった。彼がふたたびムクレンを吹いたとき、その音色から物悲しさは消えていた。ムクレンの中に暖かい春風がいっぱいに溢れ、それが中のリードを鳴らしているような、伸びやかで心地よい音がした。ヴィクトルのような幼子たちだけでなく、イフリンやマリアといった年配の者も聞きたがった。宿営地にムクレンの音色が響くようになると、まるで一羽の楽しげな小鳥を飼っているかのように、私たちは晴れ晴れとした気持ちになった。

毎年九月から十月は、トナカイの繁殖期だ。この時期オスはメスを取り合ってしばしば激しく争うので、たがいの角で傷つけ合うのを防ぐため、オスの角の先を切り落とした。中には頭に籠を被せなければならないオスもいた。これまでこの仕事はイワンとハシェがしていたが、今度からダシーとラジミが担当するようになった。普通、種オス以外のオスはすべて去勢する。私は、去勢のときにオスが発する凄惨な鳴き声を耳にするのがとても苦手だった。当時の去勢方法は酷いもので、オスを地面に横倒しにし布で陰嚢を包んでから、睾丸を棒で叩き潰したのだが、そのとき去勢されるオスの絶叫が谷あいにあまねく響き渡った。ときおり去勢されたオスが死ぬことがある。思うに、その死は傷だけが原因なのではなく、絶叫のあまり息絶えてしまうのではないだろうか。いっぱしの大人でも、去勢するときにはたいてい及び腰になる。それをわずか十三歳のラジミが、これほど手際よくきっちり成し遂げるとは思いもしなかった。彼が言うには、幼いころから父親のやり方を見てこの技術を会得したのだという。彼は棒でオスの睾丸を潰すとき、手早く済ませた。こうするとトナカイはそれほど激しい痛みを味わわずにすむ。しかも去勢し終わったのち、彼はトナカイのためにムクレンを吹いて、その音色で慰めてやったので、トナカイはみるみる元気になった。

ダシーとラジミは昼間は種オスを囲いに入れ、夜になってから放して餌探しがてらメスと交配させた。この年、私たちのトナカイで去勢で死んだオスは一頭もなく、どれも見るからに健康そうだった。

この年の冬、何宝林《ホーバオリン》という男がトナカイに乗って私たちの宿営地に来た。ニハオに頼みごとがあった。

たからだ。彼の十歳になる息子が重い病に罹り、高熱が引かず食も受け付けないので、ニハオに息子を救ってくれるよう頼みに来たのだ。普通、サマンは喜んで病を取り除くものだが、ニハオは口で承知しながらも険しい顔をした。ルーニーは彼女が子どもを案じているのだと思い、ゴーゴリとジョクトカンの心配はいらない、自分がきちんと面倒見ると彼女に言った。ニハオが自分の神衣と法器を持って出かけるとき、囲炉裏端で遊んでいるジョクトカンには見向きもせず、ゴーゴリを抱きしめると、目を涙で潤ませて何度も頬ずりをした。彼女は宿営地が遠くなっても、まだ振り向いてはゴーゴリを見やり、とても去り難い様子だった。

ゴーゴリが生まれてから、この子のそばにはずっとニハオがいた。最初の二日、ゴーゴリはさほどニハオを恋しがらなかった。アンドルと一緒に雪の上でルーニーから熊闘舞を習い、はしゃいでいた。三日、四日目になると、ルーニーに向かって「アニに会いたい」と駄々をこね、自分のアニをどうしてよその人が連れていくのかとぐずった。

「アニは小さな子どもの病気を治しに行ったんだよ。すぐ戻ってくるから」

「上に登って、アニが帰ってきたかどうか見てくる」

ゴーゴリはそう言うと、ヤマネコのように木に登り出した。ニハオがウリレンの近くまで戻ってきたとき、ゴーゴリはあたりで一番高い松の木の上にいた。彼が太い枝の元に腰を据えると、一羽のカラスが亡霊のごとく現れ、バサバサと彼に向かって飛んできた。ゴーゴリは手を伸ばして捕まえようとしたが、カラスはさっと身をかわし上空へ飛び去った。ところがゴーゴリは、バランスを崩して転落してしまった。それは昼前のこと、私とマリアが宿営地で戻ってくるトナカイを迎えているときだった。ゴーゴリが転落する一部始終を私たちは目の当たりにした。射抜かれた大鳥のように、両腕を広げ叫びながら墜ちていった。

「アニー！」

これが彼がこの世に残した最後の叫びだった。

私とマリアが血まみれのゴーゴリを抱きかかえてシーレンジュに戻ったとき、ニハオが帰ってきた。彼女は入るなりビクッと体を震わせた。彼女はゴーゴリを見て、静かに私たちに言った。

「わかってます。あの子が木から墜ちたんでしょ」

ニハオは泣きながら語った。宿営地を出立するときすでに、彼女にはわかっていたのだという。もしその子を救えたなら、自分はわが子を一人失うことになると。「どうして？」と私が問いただすと、ニハオは答えた。

「天がその子を欲したのに、私がその子をこの世に引き留めたから、代わりに自分の子を差し出さねばならないの」

「じゃ、助けに行かなければよかったじゃない！」マリアが泣いて言った。

ニハオは悲痛な面持ちで答えた。

「私はサマンだもの、どうして見て見ぬ振りができる？」

ニハオはその手で白い布袋を縫い、ゴーゴリを日の当たる斜面に置いてきた。彼女はその場所でゴーゴリに最後の童謡を歌ってやった。

よい子や、よい子、
決して地面の下に行ってはいけません、
そこは日の光がなくて、とても寒いから。
よい子や、よい子、

行くなら空の上に行きなさい、
そこには光があり
きらめく天の川があるから、
おまえに神鹿の世話をさせてあげましょう。

「氷を穿ち水と化す」のは冬には欠かせない仕事だ。私たちは氷用のノミで川面の氷を切り出し、それらを樺皮の桶か袋に詰める。もし宿営地が水場の近くなら、そのまま持って帰る。もし遠ければ、トナカイに氷を積んで運んでこなければならない。その冬、ルーニーとニハオは狂ったように毎日水場に行っては氷を切ってきた。道が遠かろうと、二人はトナカイに運ばせたりせず己の力でそれらを運んできた。二人は夕食後、よく氷の切り出しに出かけた。一回、二回、三回と出かけていき、月が西に懸かるころ、くたくたになってシーレンジュに戻り、ばたんと横になるなり眠った。まるで氷の切り出しで長い夜をやり過ごそうとしているかのようだった。宿営地の前には、氷の塊がうずたかく積まれ、真昼の太陽に照らされて、無数の宝石がキラキラ輝くような色とりどりの光芒を放った。私はニハオが氷の山の前に立ち尽くして涙をこぼす姿を何度も見かけた。イフリンはそんなニハオの様子を見ると鼻歌を歌い出した。知っての通り、イフリンはニハオがジンドに嫁がなかったことを根に持っている。ニハオの不幸はおそらく彼女のジンドへの負い目を軽くしたのだろう。

康徳十一年、つまり一九四四年の夏、道案内のルダと通訳の王録がまた鈴木秀男を連れて山に上ってきた。鈴木はもうこのとき多くの中国語を話せるようになっていた。彼はウリレンの人間を全員集め、まずイワンが戻ってきたかどうかを訊ねたので、戻ってきていないと私たちは答えた。

「奴が戻ってきたら、かならず東大営に連行してやる」

鈴木はそう言い、さらにこう脅した。イワンは悪党であり、私たちの敵だから、もし私たちが彼が戻ってきたことを隠したり知らせなかったりしたら、吉田大尉がウリレンの者全員を捕らえるよう命じるぞと。そのあと鈴木は、黄疸の伝染はすでに治まったので、今年の集団訓練はいつも通り実施することを告げた。彼は、私たちがしっかり訓練しなければ、将来どうソ連に立ち向かうつもりなのかと叱咤したが、日本人はこのときすでに、自らの終わりがすぐそこまで来ていることを予感していたにちがいない。彼はルーニーにウリレンの冬猟の成果をすべて持ってこさせた。ウチロフに持っていき、彼が責任を持って私たちの必要なものと取り換え、あとでルダに届けさせると言いはしたが、彼が商人の取引にも手を伸ばし、旨い汁を吸おうとしているのは見え見えだった。この年、ラジミは十四歳になったばかりだった。黄疸の死地から生き延びた彼は、日本人にとても警戒心を抱いており、鈴木がみんなに訓示しているあいだ、遠くに隠れていた。でもなにせ純朴な少年なので、隠れている合間にムクレンを吹き始め、山風のように響くムクレンの音色が彼の隠れ場所を明かしてしまった。鈴木は音をたどって彼を見つけ、彼に歳はいくつかと訊ねた。ラジミはビクビクしながら十四歳だと答えた。鈴木は彼が手にしていたムクレンを取って何度か吹いてみたが、少しも音が出ない。諦めてそれをラジミに返すと、彼にもう一曲吹くように言った。そこでラジミは一曲吹いた。喜んだ鈴木はラジミに言った。

「君は十四歳になったのだから、そろそろ満州国のために尽くさなければならない。君も東大営に来なさい」

ダシーと離れたくないラジミは、ダシーが行くところならもとより行きたい。ラジミは頷いて承知した。鈴木はまた手の中のムクレンを指して言った。

「これも持ってくるように。大尉にお聞かせしよう！」

ダシーは、鈴木が大尉の歓心を買うためにラジミにムクレンを持参させるのを見て、ひらめいた。彼は大好きな馬を残していくのが気がかりだったのだが、宿営地に繋いでいるその馬を指して鈴木にこう言った。

「この馬は吉田大尉が置いていった軍馬です。大尉は何年もこの馬を見ていないので、きっと心配しているでしょう。馬も東大営に連れていき、大尉にお見せしたらどうですか」

鈴木は、馬がいれば冬猟の獲物を積むのにちょうどいいと言って、同意した。

獲物をすべて渡してしまうと、鈴木はかなり上前をはねるにちがいない。それは肥えたウサギを何羽もオオカミの口に入れてやるようなものだと見越していたルーニーは、鈴木が酒を楽しんでいる隙に、キタリスの皮三束と熊の胆《い》二つをこっそり私の手に押し込み、宿営地近くの木の洞《うろ》に隠すように言った。出発時、案の定鈴木は獲物の数に疑いを抱き、ルーニーに問いただした。

「なぜこんなに少ない？」

「去年の冬は獲物が少ないうえに弾も不足していたから、あまり獲れなかったんだ」

「もし獲物を隠していたら、おまえらの銃をみんな没収するぞ！」

「捜せばいい。もしそんな物があったら、喜んで銃を渡すよ！」

鈴木の脅しに、ルーニーは落ち着き払って答えた。鈴木は捜さなかった。たぶん私たちが隠したものを見つけ出すのは、天に登るより難しいとわかっていたのだ。

宿営地はまた女と子どもだけになった。私たちは、トナカイの世話をしなければならないうえに、子どもの面倒も見なければならず、また忙しくなった。数日後、約束通り鈴木は交換した品物をルダに届けさせた。穀物粉一袋、マッチ一箱、お茶二袋と塩少々。イフリンが一番欲しがっていたのは酒だが、彼女は届いた品があまりにも少ないうえに酒が一瓶もないのを見て、向かっ腹を立ててルダに、途中で彼が酒を飲んでしまったにちがいないと当たり散らした。ルダはムッとしてイフリンに言い返した。

「鈴木が、山に残ってるのは女子どもだから酒はいらんと言ったんだ」そして言うには、ほかのウリレンに届ける食品にも酒はないし、それに、酒が飲みたければ、ウチロフではいつどこでも手に入るのだから、他人の口に入るものをくすねる必要はないと。イフリンは「フン！」とルダを蔑み、嫌味を言った。

「おまえは日本人の奴隷になって、いい道案内だろうよ。毎年奴らを連れて山に来て、毎月給金をもらってるんだからな。食うには困らないってわけさ！」

ルダはため息をつき、荷を降ろすと、水も飲まずに馬を牽いて行ってしまった。

私は自家製のブルーベリー酒を樺皮の桶ひとつ分残しておいたので、それをイフリンに持っていった。その日の夕方、彼女は立て続けに二杯飲んだあと、ふらふらした足取りで宿営地を出て行った。彼女は飲みすぎたとき、よく川に行って水を飲む。彼女が出かけていってまもなく、私たちは悲痛な声を耳にした。初め、それが泣き声だとはわからなかった。川水が激しい唸りをあげていると思っていたのだ。ちょうど雨季で、私は水かさが増したのだろうぐらいにしか思っていなかった。しばらくしてニハオがイフリンの泣き声だと気づいた。それは私が初めて聞いた彼女の慟哭だった。私たちは止めに行かなかった。ただシーレンジュの外に座って、彼女が戻ってくるのを静かに待っていた。

川辺の嗚咽は深夜にまで及び、ようやくイフリンはふらつきながら宿営地に戻ってきた。その夜は満月で、昼のように明るかった。銀色の月影が彼女を包み込み、左手にくねくねした蛇を握ったざんばら髪の彼女の姿がはっきり見えた。彼女はシーレンジュの前の空地まで来ると、私たちの目の前で蛇を踊らせ始めた。彼女が飛び跳ねると、手の中の蛇も飛び跳ねる。そのうち急に、蛇が妖術にかかったようにイフリンの手からまっすぐ身を起こし、鎌首をもたげ、まるで彼女とヒソヒソ話をするかのように、その頭をイフリンの耳元に近づけた。と、一息おいてイフリンが〝ドン〟と地面に跪き、蛇に向かって言った。

「タマラ、すまない。気をつけておいき」

蛇は彼女の懐から飛び出し、何度か伸びをすると、身をくねらせ草の中に消えていった。

イフリンがなぜ蛇に向かって私の母の名を呼んだのか、わからなかった。それにその蛇をどうやって捕まえたかも知らなかった。蛇が宿営地から姿を消すと、イフリンはシーレンジュに戻って眠った。翌日、私はイフリンになぜ蛇に向かって母の名を呼んだのかと訊ねると、彼女は言った。

「ほんとに蛇を持ってきたのかい？　見間違いじゃないか？　飲みすぎて何も憶えてないんだよ」

私はその言葉は嘘じゃないと思い、それ以上聞かなかった。後年、イワンの葬儀のとき、急に現れた二人の自称イワンの義理の娘を目にして、私たちが彼女たちの素性をあれこれ憶測していると、老眼でもう朧《おぼろ》にしか見えないイフリンが私に語った。

「あの白ずくめの娘たちは、きっと昔イワンが山中で見逃してやった二匹の白狐《びゃっこ》だよ」

氏族の者はみんな、イワンが山奥で二匹の白ギツネを放してやった出来事を聞いたことがあった。イワンが若いころ一人で狩りに出たときのことだ。一日中歩いても獲物が一匹も見つからなかった。そんな夕暮れ時、彼は洞穴から走り出てきた二匹の真っ白なキツネにばったり出くわした。喜び勇んだ彼が銃を構えて引き金を引こうとしたまさにそのとき、キツネが口を利いた。キツネは彼に古風なお辞儀をすると言った。

「イワン、私たちはあなたが凄腕の猟師だとわかっていますよ」

キツネが人間の言葉を話すのを聞いたイワンは、すぐさまこのキツネは修行を積んで神通力を得た仙狐だと悟り、跪いて無礼をわび見送ったのだという。そのイワンの葬儀でイフリンが私に打ち明けた。以前、彼女が川辺で泣き崩れ、身投げしたいと思うほど泣き腫らしたとき、一匹の蛇が不意に彼女の背後からそっと近づいてきて、首に巻きつき、涙を拭ってくれた。彼女はこの蛇には何かいわくがあると思って、宿営地に持ち帰ったのだそうだ。でもまさか、その蛇を踊らせているとき、彼女の耳元でしゃべり出すとは思いもしなかったと。

「イフリン、どんなに踊ってもあたしには勝てないわよ」

それがタマラの声だとすぐわかったので、跪いて蛇を放したのだと。この話をしてくれたとき、イフリンはもういつお迎えが来てもおかしくない年寄りになっていたので、このうえ私に嘘をつく理由はないと思った。それに、あのとき、蛇が話すのを聞いたわけではないが、イフリンがたしかにタマラの名を呼び、蛇に跪いたのを私は憶えていた。このときから、私は子や孫にどんな蛇にも決して手を出さないよう言いつけた。

一九四四年夏のあの訓練は、わがウリレンの男たちの最後の訓練となった。翌年、日本は戦争に負けて降伏したのだ。最後となったこの訓練の期間はとても短く、男たちは二十日余りで戻ってきた。しかしラジミとあの馬は戻らず、ダシーのひどく心配そうな様子が傍目にもありありと見て取れた。ダシーが言うには、大尉の吉田がラジミの吹くムクレンを気に入り、ラジミをそばに置いて馬丁にしたので、馬もそこに残してきたと。私はラジミのことが心配でたまらず、なぜ連れ帰ってきてくれなかったのかとルーニーをなじった。ルーニーは言った。

「連れ帰ろうとしたさ。でも鈴木秀男が、吉田がラジミを気に入っているし、ラジミのムクレンも気に入ってるから手放せない、と許さなかったんだ」

ダシーも言い足した。

「ラジミは帰りたがったのに、鈴木が脅したんだよ。もし馬丁として残らなければ、俺とラジミが可愛がっていたあの馬を殺すって。だから残るしかなかったんだ」

しかし誰が予想しただろう、まさにその馬がラジミの生涯にわたる不幸の原因になるとは。

一九四五年の八月上旬、空にソ連軍の飛行機が現れ、山々にはドーンドーンという砲声が轟いた。ほどなくして、ソ連赤軍はアルグン川を渡り東大営への攻撃を開始した。日本人に最後の日が来たのだと、私たちは知った。

後日、ラジミは私たちに話してくれた。東大営はソ連軍が来る前からすでに混乱状態だった。日本人は文書を焼却し、荷物を整理し、撤退の準備をしていた。そのときまだ日本の天皇は正式に敗戦を宣言してはいなかったが、日本はもうだめだと吉田はわかっていた。東大営を引き払うとき、吉田は一枚の地図をラジミの懐に押し込み、彼に言った。

「わたしはもうおまえを守ってやれん。馬で山に戻り家族を捜すんだ、いいな。おまえはまだ子どもだから、もし道に迷ったら地図を見ろよ。ソ連軍に出くわしたら、決して日本人の元で馬丁をしていたと言ってはならんぞ」

さらに吉田はラジミにライフル一丁、マッチ一箱とビスケットを少し持たせてくれた。別れ際、最後に吉田はムクレンを一曲聞かせてほしいと言った。ラジミの吹いた曲は「別れの夜」だった。これは彼の父親が教えてくれた曲で、黄疸で一人また一人と家族が命を落としたとき、死にゆく家族のために彼が吹いたのがこの曲だった。物悲しく切々とした旋律は聞いていた吉田の顔を涙で覆った。馬に乗るラジミに手を貸した吉田は、最後にこう言った。

「君たちは本当に素晴らしい。君たちの舞は馬をも殺せるし、君たちの音楽は傷をも癒す！」

ラジミはそのとき私たちがどこにいるか知らなかったが、きっとベルツ川流域で宿営しているはずだと判断し、この川に沿って私たちを捜した。一方こちらは砲撃に驚いたトナカイがあちこちに逃げ出し、私たちは一日の大半をトナカイ捜しに取られた。砲声は大地が作り出した雷鳴で、この招かざる客の到来は人間と動物を極度にうろたえさせた。木々の梢では驚き飛び立つ鳥たちを、林では逃げ惑う獣たちをよく見かけた。だが私たちの猟銃はこのときくず鉄同然だった。というのも弾をとっくに使い切っていたからだ。小麦粉はなくなり、干し肉も残りわずか。私たちは食べるため、大切なトナカイを殺さざるを得なかった。

まさにこの異常な時期に、私はベルツ川の畔でワロジャに出会った。

私の最初の仲人が飢えだとしたら、二人目の仲人はこの戦火だった。

ソ連軍進攻の砲声が響くやいなや、この一帯に駐屯していた日本兵はバラバラと逃げ出した。すべての道と船着場はすでにソ連軍に押さえられ、彼らは山中を突き進むしかなかった。しかし彼らは山に不案内なため、ともすれば山に入るとすぐ方向を誤った。ワロジャは酋長で、当時彼らの氏族は二十数人しかいなかった。ワロジャはソ連赤軍の命を受け、仲間を率いて道に迷った逃亡兵を追っていた。私が彼に出くわしたとき、彼は二名の逃亡兵を捕らえたところだった。

日本の逃亡兵はそのとき筏を作ろうと斧で木を伐っていた。筏に乗ってベルツ川を下るつもりでいたようだ。ワロジャが仲間とともに彼らを包囲すると、日本兵は多勢に無勢を知り、すぐ斧と銃を捨てて彼らに投降した。

それは昼ごろのことで、ベルツ川の水が強い日射しに照りつけられ、眩しい白い光を跳ね返していた。川面には青いトンボの群れが飛んでいる。岸辺に佇むワロジャの痩せた体には、ほかの人にはない気品が漂っていた。彼は毛のすり切れたノロ皮のズボンを穿き、トナカイ皮のベストを着て、腕は剝き出しのまま、首には魚の骨を下げた紫の革紐を巻いて、長い髪を頭の後ろに束ねていた。私はその髪型から、彼が酋長だとわかった。酋長だけが髪を伸ばせるからだ。痩せこけた顔、その頰には幾筋もの三日月形の深い傷痕があったが、彼の眼差しは温かく愁いを帯び、まるで早春の細雨のようだった。彼に見つめられて、私は心の奥に一陣の風が吹き込んだように感じ、体がポカポカして、とても泣きたくなった。

その晩、われわれ二つの集団は河畔にシーレンジュを建て、かがり火を焚き、一緒に集って食事をした。男たちは分捕った銃と弾で、ゆうに百キロ以上はあるイノシシを仕留めた。イノシシはもともと群れで行動する動物だが、これも砲撃のせいで散り散りになってしまった。私たちが仕留めたのもまさに群れからはぐれたイノシシで、ハコヤナギの皮を鋭い牙で剝ぎ取って食べているところを見つけた。私たちがイノシシ肉を焼いていると、日本の逃亡兵は食らいつきそうな目でオレンジ色の炎をじっと見つめていた。逃亡兵はワロジャが自分たちに食べ物など与えるわけがないと思っていたのだろう、焼き上がったイノシシ肉を真っ先に振る舞われたとき、二人はぼろぼろと涙を流した。二人は片言の中国語でワロジャに訊ねた。

「あなた方は自分たちを捕まえたあと、殺すつもりか？」

ワロジャが、町に連れていき捕虜としてソ連赤軍に渡す、と答えると、片方の日本人捕虜がワロジャに救いを求めた。ソ連赤軍に引き渡されたら、自分たちはかならず殺される。私たちと一緒に山で生活し、私たちのためにトナカイの世話をしたいと。ワロジャが答えないうちに、イフリンが口を出した。

「あんたらを置いといたら、オオカミを二匹置いとくようなものじゃないか？　もと来たところへとっととお帰り！」

そう言いながら、彼女は立ち上がって捕虜の後ろに回ると、イノシシから抜いた針金のような剛毛を二人の襟首に投げ入れた。二人は毛先が刺さってチクチクすると騒ぎ出し、ほかの者はイフリンの悪戯を笑った。

翌日、私たちとワロジャの率いる部族はそこで別れた。彼は捕虜を連れてウチロフに向かい、私たちは引き続きはぐれたトナカイを捜した。私は彼がアルグン川の方へ向かうと知り、できたらラジミを捜してほしいと頼んだ。そのときの彼の返答を私は今も憶えている。

「ラジミと一緒に君のところに戻ってくるよ」

意味深い彼の言葉を、そのときの私はまったくわかっていなかった。だから十数日後、彼がラジミを連れて突然私の前に現れ、私に求婚したとき、私はなんとその場で気を失ってしまったのだ。

私は言いたい。ひとりの女がひとりの男によって幸せのあまり気を失ったとしたら、その女の一生は価値あるものだと。

ワロジャの妻は難産で二十年も前に亡くなっていた。彼は妻を深く愛していたので、ほかの女性に心動かすことは二度となかった。彼は独り身のまま、部族を引き連れ狩りをしながら山を渡り歩いた。自分の人生にもう幸せが訪れることはないと思っていたという。ところが、ベルツ川の岸辺で、そこに立っていた私を初めて見たとき、彼の心が打ち震えたのだそうだ。私は真昼の日射しに感謝しなければならない。その光が私の顔の愁いや疲れ、優しさ、意志の強さをありありと浮かび上がらせたのだから。まさにこの複雑な表情がワロジャを魅了したのだ。これほどの味わい尽くせぬ表情を持つ女性なら、きっと心映えも素晴らしく自分と苦難をともにしてくれるにちがいないと思ったという。私の顔色は青ざめていたが、日の光を浴びてその青白さは穏やかさに変わっていたと。それに私の目は愁いを湛えていたが、このうえなく澄みきっていて、ワロジャが言うには、このような瞳は男にとってまさに安らぎの湖なのだと。彼はルーニーの口から夫のラジタがすでに亡くなっていることを聞いたとき、心の中で私を妻にすると決めたのだそうだ。

意識を取り戻したとき、私はワロジャの胸の中にいた。男性の抱擁はどれひとつ同じではない。ラジタの胸に抱かれていたときは、自分が谷あいを吹き抜ける風のように思えた。しかしワロジャの胸の中では、春の水の中でのびのびと泳ぐ魚のように感じた。もしラジタがそそり立つ大木だとしたら、ワロジャは大木に掛かる温かな巣である。二人とも私の愛する者だ。

ラジミは無事戻ってはきたが、もう以前の五体満足なラジミではなかった。ある日、彼が私たちを捜して松林を通り抜けていると、旋回していたソ連軍の飛行機が爆弾を二発投下した。爆発の轟音に驚いた馬は、ラジミを乗せたまま狂ったように駆け回り、彼をこれ以上ないというほど揺さぶり続けた。やっと馬が止まったとき、ラジミは鞍の部分がじっとりと熱く感じたので見てみると、どす黒い血がべったりついている。陰嚢が裂け、睾丸がぐちゃぐちゃに潰れていた。あの飛行機は凶暴なタカとなり、彼の睾丸は殻の中で息絶えるヒナのように、囀ることもないままタカに食われてしまったのだ。ラジミは話し続けた。自分はもうまともな男ではなくなってしまった、もう生きていたくない。それで草紐を編んでムクレンをしっかりと括ってから馬の首に懸け、馬に私たちを捜しに行かせた。ダシーがムクレンと馬を見たら、自分がもうこの世にいないとわかるはずだと。ラジミはライフルで自殺しようと二度試みたが、二度とも失敗し、その銃声が捕虜を護送して近くを通りかかったワロジャの注意を引いた。ワロジャはラジミを救い、彼を伴ってウチロフへ向かった。そのころ東大営はすっかり廃墟と化し、吉田がアルグン川の岸で割腹自殺を遂げた以外、ほかの日本兵は全員ソ連軍の捕虜となった。

ラジミはその馬を連れて戻った。馬はダシーを見ると目にいっぱい涙を浮かべた。草も食まず、水も飲まない。ダシーには馬の気持ちがよくわかったので、水辺に牽いていき、殺して、そこに埋めた。ダシーとラジミは馬を葬った場所で泣いていたが、彼らが馬のためだけに泣いたのではないことを、私たちは知っていた。

これ以降、私たちのウリレンでは二度と馬を飼わなかった。そしてトナカイの去勢はラジミが自ら進んで一人でこなした。

その年の秋、満州国が滅びた。満州国皇帝もソ連に護送された。ニハオは秋の暮れに男の子を一人産み、エルニスネと名付けた。クロカンバの木という意味である。この子が樹木のごとく丈夫でたくましく風雨に負けないようにとの願いからだ。ニハオは子どもを産んでから表情がずいぶん明るくなった。彼女は婚礼を二つ続けて執り行った。ひとつはダシー、もうひとつは私のだ。ダシーは誓い通り、口の歪んだジェフリナを妻に迎えた。ダシーの婚礼の席で、マリアは酒に酔い、酔った勢いで小麦粉を一つかみイフリンの頭にぶっかけた。イフリンの髪と顔は粉だらけになり、まるでカビでも生えたかに見えた。一方、私とワロジャの婚礼は盛大かつ賑やかに行われた。ワロジャ側の者とこちらの者が一緒に集い楽しみ、みんな思う存分酒を飲み歌を歌った。私はイフリンが私に縫ってくれたあの衣装をもう一度着て、花嫁になった。ワロジャも、その青い衣装の襟と袖と腰の部分に縫い込まれた薄紅色の布をとても気に入り、まるで雨後の空に架かる幾筋もの虹のようだ、と言った。

喜びが春の水のように勢いよく溢れていた婚礼の最中、思いもよらぬことに、突如馬に乗った覆面の人物が私たちの宿営地に現れた。その男が乗っている栗毛の馬は非常に剽悍《ひょうかん》で、ダシーとラジミは羨望のため息をついた。覆面の男は馬から跳び下り、かがり火に近づくと、自分で酒を注いで一気に飲み干した。酒椀を握っている大きな手に、私たちは驚きとこのうえない懐かしさを覚えた。だから男がまだ覆面を取らないうちに、もう誰かがその名を呼んでいた。

「イワン!」

第三章
黄昏

シーレンジュの中が薄暗くなってきて、どうやら夕方になったようです。囲炉裏から立ち上る暖かい空気と翳りを帯びた日の光で、私と私の物語がうたた寝をしてしまいそうです。外に出て、新鮮な空気を吸ってきましょう。

雨が止みました。西の空にオレンジ色の夕焼けが数本たなびいています。夕陽が金色一色の太鼓だとしたら、この夕焼けはまさに嫋嫋《じょうじょう》とした太鼓の音です。空に浮かぶ雲は雨水に洗われて、白くなりました。気がつけば、宿営地が緑に変わっています。取り払ったばかりのシーレンジュの跡に、なんとアンツォルが一本一本松を植えたのです。

宿営地に残ったシーレンジュはこの一棟だけ。更地になったのを見て、私が胸を痛めるにちがいないとアンツォルが心配し、木を植えたのでしょう。清々しい空気と不意に現れた緑樹は、まるで私に駆け寄ってくる二匹の優しい子猫が、そのよく動くしっとりした舌を伸ばして右や左の頰を舐めるように、私の疲れをすっかり拭ってくれました。

トナカイはとっくに宿営地を出て、餌探しに行ってしまいました。日中、トナカイのために煙を上げていた焚き火は、灰になってしまいましたが、まだ草木の灰の暖かな匂いが溢れています。

トナカイは星によく似ています。夜、まばたきをしながらあちらこちらに出かけていき、昼は、宿営地に戻ってきて休むのです。

私たちはトナカイを十六頭だけ手元に残しました。私たちに何頭のトナカイを残していくか、この件でタチアナはあれこれ悩みました。多すぎれば世話しきれないし、少なすぎても私たちが寂しがると心配したのです。結局、私とアンツォルで山に残るトナカイを選びました。今後も山中を移動するかもしれないので、神像を運ぶマルー王と火種を運ぶトナカイは欠かせません。この二頭はタチアナが私たちに残してくれました。あとはアンツォルが半分、私が半分選びました。アンツォルは慈しみと憐みに満ちた青年なので、彼が選んだ六、七頭はどれも老いて体の弱いトナカイでした。そのうちの二頭は重い咳を患っています。私の方は、この群れを立派なものにできるよう、一番たくましいオス二頭、生育に適したメス三頭、それと元気な仔トナカイを二頭選びました。私が選んだトナカイに印をつけ終わったころ、タチアナの目に涙が光り、私にこう言いました。「アニの瞳は今もキラキラしているわね！」

アンツォルは片手にバケツを提げ、もう片方の手にシオンの花を一束握って、向こうからやって来ました。私がこの花を好きだと知っていて、彼は川に水を汲みに行く途中、わざわざ摘んできてくれたにちがいありません。彼は私がもうシーレンジュの外に出ているのを見て、笑いました。私の前まで来て花を手渡すと、バケツを持ったままさきほど植えた木に水をやりに行きました。

木に水をやり終え、バケツを置くと、彼は休憩も取らずにシーレンジュの中から日干しにしたコウモリを持ってきて、青黒い石板に載せるとそれを丸石ですり潰しました。粉末にしてから水薬を作り、病気のトナカイの鼻に注いで、咳を治そうとしているのです。

私がシーレンジュに戻ると、囲炉裏の火が出かけたときより盛んになっていました。アンツォルがコウモリを取りに入ったついでに、薪をくべたのでしょう。火の光はシーレンジュを明るく照らしました。私は樺皮の花入れを捜してシオンを活けようと思いました。

私は久しくその花入れを使っていませんでした。私がシオンを好きだと知り、ワロジャがわざわざ作ってくれたものなのです。紫色を引き立たせるために、彼が選んだ樺皮はどれも色が濃くて波紋のような模様があるものでした。花入れは掌ほどの高さで、口がわずかにすぼまっているだけの扁平な筒形をしたものです。ワロジャはこう言いました。この花を活けるのに細長い花入れではだめだ。それじゃ少ししか活けられないし、花がまるで縛り上げられているようで、見るに堪えない。花が小さめで枝葉の多いこの手の花を活けるには、口が大きく高さのあまりない花入れを使わないとな。そうすれば花がとても生き生きして見えるよ、と。

私は鹿皮の袋をひとつ持っていて、その中に私のお気に入りの物が入っています。ロリンスキーがレーナに贈った丸い手鏡、ワロジャが作ってくれた花入れ、ニトサマンとニハオが使ったノロの足の太鼓バチ、リンクが銃を磨くのに使ったトナカイの革、ラジタが狩猟用ナイフを挿していた樺皮の鞘、一対の蝶の刺繍がしてあるイフリンのくれたハンカチ、イレーナが残した一枚の毛皮絵、トナカイの角と樹木の模様が型押しされたジェフリナのくれた革バッグ。これらはすべて今は亡き人が残したものです。

もちろん袋の中には、まだ生きている人が私にくれた物も入っています。たとえば、マクシムが三叉になった根で作ってくれた燭台、シーバンが風でカラカラになったコナラの瘤を使って彫ってくれた痰壺、タチアナが私に買ってくれた梅とカササギのめでたい柄が彫られている銀の簪、それからパリゴが町で私に誂えた老眼鏡と動かなくなってしまったリューシャのくれた腕時計。

私は九十になりますが、目は今もよく見えるので、老眼鏡の必要がありません。たまに風邪を引くこともありますが、一日二日咳が出るくらいで治ってしまい、痰壺もただの飾りになっています。私は月の光と囲炉裏から放たれる炎の光が好きなので、燭台は闇夜でも使い道がありません。太陽と月は私の目にはまさに二つの丸い時計です。生まれてこの方、私はその顔から時を計るのに慣れてしまったので、腕時計は私が持っていても役に立ちません。もし銀の簪を黒髪に挿すのなら、簪はシーレンジュの上に降り立つ白い鳥のように美しいかもしれませんが、今の私は髪がすっかり白くなってしまったので、銀の簪がこんな白髪に紛れたら、美しさも埋もれてしまいます。だからそれもそのままにしてあります。ワロジャがいればよかったのですが。読書好きの彼に贈って栞として使ってもらえたでしょうに。

私は鹿皮の袋を開きました。中の品物はまるで久しく会わなかった旧友のように、つぎつぎと私の手を握ろうとしました。太鼓バチに触れたと思ったら、樺皮の鞘が手の甲に張り付いてきます。手にまとわる銀の簪を押しのけると、ひやりとする時計が私の掌にずっしりと滑り込んできました。

私は樺皮の花入れを捜し出し、水を注いでシオンを活け、それをノロ皮の敷物の前に置きました。花入れに活けた花は、頼れる男性を見つけた娘のように、さらに気品と美しさを増したのがよくわかります。

アンツォルが入ってきました。どうやら、もうコウモリを粉にしたようです。彼がゴレバを手渡してくれたので、私は半分に割って片方を彼にあげました。

リューシャが出かける前に、二袋分のゴレバを焼いて私たちに置いていってくれました。このパンはひと月おいても悪くなりません。彼女はまる二日パンを焼いていました。もしかすると煙が彼女を燻したために、彼女の目がその二日間赤く腫れていたのかもしれません。私がお茶を淹れてパンを食べていると、アンツォルはまた出て行きました。彼は体を動かさずにはいられないたちなのです。夕焼けは消えてしまったでしょう。シーレンジュの頂きから、空がずいぶん暗くなってきているのが見て取れます。でも晴れた夏の夜には、このような暗さが長く続くことはありません。月と星がそれを深い青に変えてしまうからです。
私の物語はまだ終わりではありません。さっき開けた鹿皮の袋の中の品々は、きっと明け方にはもうその耳をそばだて、午前には雨と火、午後にはアンツォルが拾ってきた物と一緒に、物語を聞いたことでしょう。私はこのあとも残りの話をそれらに話してやりたいのです。私の元に来たばかりのシオンは、私の物語が途中からなのでわからないとしても、まあ、そう焦らないで、まず落ち着いてそれらと一緒に聞いてください。この物語の最初の方は、私が話し終えてから、樺皮の花入れにもう一度話してもらいましょう。樺皮の花入れよ、くれぐれも断らないでおくれ。おまえにシオンを抱かせて、その花から流れ出る清々しい香気を吸わせてやったのは、誰なのかを忘れないで。

イワンが私とワロジャの婚礼の席で覆面を取ったとき、宿営地は沸き返った。ルーニーは子どものように跳び上がり、歓声をあげながら、早速イワンに二杯目の酒を注いだ。ハシェはというと、新鮮なノロの肝をざっくりと切り取り、彼に渡した。イワンはたちまち二杯目を飲み干し、ノロの肝を平らげた。そして私とワロジャの前にやって来て言った。私たちが式を挙げると聞いたので、顔を隠してびっくりさせてやろうと思ったのだと。彼は手酌でまた酒を注ぐと、私たちの結婚と幸せを祝して一気に飲み干した。その後、私は彼に四杯目を注いだ。彼が私たちのウリレンに戻ってきたことを祝って。イワンは四杯目を飲み干すと、ここには一両日しかいられない、今は正規の兵士になったからと言った。彼の話では、あの年、東大営から脱走したあと、山中で偶然日本軍と戦う抗日連合軍の小分隊に出会ったのだそうだ。戦況が厳しく、彼らは兵力温存のためにソ連領内に退却するところだった。そこでイワンは道案内となって、彼らを連れて無事アルグン川左岸にたどり着いた。彼はそこで正規兵となり、現在、彼らはソ連赤軍と協力して日本兵と戦っていた。

「山にはまだ日本兵がうろついてるから、奴らを一人残らず退治してからでないと、戻ってこれんな」

天から降ってきたようなイワンに、マリアは変な夢でも見たかのような顔をして、「ああ、なんと！」と胸を何度も叩きながら、イワンが目の前にいるのが信じられないといった様子だった。かたやイフリンは気落ちした様子で、彼女の腰は重い石が載せられたかのようにみるみる曲がってしまった。クンダはというと、長いこと濡れ衣を着せられていた人がふたたび日の目を見たように、満面涙に濡らしながら、イワンを見ていた。もしイワンが戻ってこなかったら、クンダは自責の念に苛まれつつ残りの人生を送っただろう。

ラジミはじっとしていられずムクレンを吹き始めた。宰丸を失ってから初めて吹くムクレンだった。それはイワンを歓迎するためだけでなく、あの美しい栗毛のために頌歌を奏でているのだと、みんなにもわかった。というのも、彼は吹きながらしだいにその馬に引き寄せられていったからだ。ダシーもラジミの後から、馬に近づいていった。彼らの顔には涙の痕がついていた。そして、ムクレンの音に魅せられた馬の目も潤んでいた。

ムクレンの音色が流れ去る川の水のように森の中に消えると、マリアがイワンに馬鹿な質問をした。

「ソ連に行って、ナジェシカと子どもを見つけたのかい？」

イワンがその大きな手で顔を一撫でしてから言った言葉は、十数年前ナジェシカが彼の元を去ったときと同じだった。

「捜しはせん。出て行きたい者を連れ帰ることはできん」

イワンは二日間滞在すると、栗毛に乗って戻っていった。彼が出発するとき、ダシーは一枚の地図を彼に渡した。吉田がラジミに持たせた地図だ。私たちの元に帰ってきたラジミが地図を焼こうとしたとき、ダシーが取り上げておいたのだ。地図にはくねくねした意味のわからない印がたくさんついているから、取っておけば何かの役に立つかもしれないと言って。そのときイフリンは「日本はもう負けたんだ、奴らの物を取っておいても、災いにしかならないね！」と腐したが、それでもダシーはこっそり取っておいた。

イワンが出発した日の夜、私はふたたび夜更けにクンダがイフリンをムチ打つ音を聞いた。イフリンは以前と同じように痛い痛いと叫んでいた。この状況を喩えるなら、イワンがかつては一本のムチと化して、それを自らイフリンに渡したことにより、イフリンの腰がぴんと伸びたのだとすると、イワンの帰郷はこのムチの持ち主を変え、いまふたたびクンダの手に握られたと言えよう。その年の初冬、年老いたイフリンがなんと身籠った。宿営地では彼女の嘔吐する声がいつも聞こえてきた。クンダのイフリンへの態度は明らかに優しくなり、クンダがわが子をひどく欲しがっているのが、よくわかった。彼はこれまで見せたことがないほどイフリンをいたわり、水仕事も薪割りもさせず、トナカイへの塩やりもさせなかった。トナカイが急に暴れて彼女の腹を蹴り、彼が心待ちにしている花を蹴落とすのではと心配してだ。イフリンが針仕事をしただけで、クンダはくどくど注意した。腰の筋を違えて母体の障りになったらどうする、と。

クンダの気遣いに対し、イフリンはまるで他人事で、時には冷笑さえ浮かべていた。彼女はあいかわらず自分の好きな仕事をした。冬のさなか、ある激しい雪の日に、突然イフリンがいなくなった。彼女が出かける姿を見た者はいない。クンダは心配のあまり口がカラカラに乾き、雪を一つかみまた一つかみ口に詰め込んだ。きっと彼の腹の中で無数の炎が飛び跳ねていたにちがいない。夕方になって雪が収まったころ、突然イフリンが亡霊のようななりで宿営地に姿を見せた。ざんばら髪にスキーを履き、顔には薄汚れた涙の痕がついている。ノロ革のズボンは鮮血に染まり紫色になっていた。彼女は私たちの前に仁王立ちになり、その二本の足はまるで狂風に打たれた枯れ木の枝のように、激しく打ち震え、股のあいだから鮮血がポタリポタリと滴っていた。血は一面の雪の上に点々と、真っ赤なコケモモのように滴っていた。

イフリンはスキーを履き、雪山の尾根や谷を一日中往来し、クンダが日夜待ち望んだ小さな命を消してしまったのだ。イフリンがクンダを見たときのあの眼差しを、私は死ぬまで忘れることができない。復讐を遂げた満足そうな目の奥に、言葉には尽くせない悲しみが滲んでいた。

その夜、宿営地ではまたクンダがイフリンをムチ打つ音が響き渡った。今回クンダが使ったのは本物のムチだ。イフリンはもう叫び声をあげなかった。痛みが彼女を麻痺させてしまったのかもしれない。この日から、彼らのあいだにはほとんど言葉が交わされなくなった。彼らはあの夜を境に、すっかり老け込み、無口になってしまった。それからの日々、彼らはたがいに向き合ったまま風化していく二つの岩のようだった。

私は一九四六年の秋にタチアナを産んだ。ワロジャはとてもその子を気に入り、いつも懐に抱いて囲炉裏端に腰を下ろし、わかるかどうかもわからない子に詩を読んで聞かせた。タチアナは何やら言葉らしき声を出しながら、ワロジャの長い髪を摑んで、まるで草を食む仔羊のようにそれを口に入れた。子どもの涎のせいでワロジャの長い髪はベタベタになり、梳こうにも梳けない。いつも私は澄んだ水で彼の髪を洗ってあげなくてはならなかった。

ワロジャは漢族との交流が多く、幼いころ中国語の勉強をしたので中国語の本が読めた。彼は普段からよく詩を書いており、わが民族の詩人だった。私の話す物語がドラマチックで、表現力もまずまずと感じられるとしたら、ワロジャの影響があったということだ。

私たちの婚礼が済むと、ワロジャは彼の部族を二つに分け、チヤラという人物を族長に任命し、十数名とともに独立させた。彼らはベルツ川一帯でこれまで通り狩りをして歩き、何か決めねばならない重要事項が発生したら、チヤラが自分たちの酋長に会いに来た。

そのほかの十数名は彼とともに私たちのウリレンの一員となった。私には、ワロジャが私のためにこうしてくれたのだとわかっていた。彼は彼らの氏族の酋長だったが、私たちのウリレンでは何事もルーニーに従っていた。この温厚で寛容な態度が、逆に彼らの氏族の一員である馬糞茸《ばふんだけ》というあだ名の男の不満を掻き立て、男はワロジャを己の氏族を売った裏切り者だと罵った。

ダシーがジェフリナと結婚してからというもの、マリアの胸にはわだかまりが残った。彼女は口では何も言わなかったが、ジェフリナへの態度から、誰が見ても彼女がその娘を除け者にしているのがわかった。彼女はいまだジェフリナをまともに見ようとせず、ジェフリナに仕事を言いつけるときでさえ、彼女がまるで毒を放つ花と言わんばかりにそっぽを向いていた。マリアはこれまでとても働き者だったが、ジェフリナが来てからは、食べてばかりの怠け者になり果て、仕事の大半をジェフリナにさせた。ジェフリナが少しでも言う通りにしないと、彼女はジェフリナに食事を与えなかった。ある日、マリアがジェフリナに髪を梳かせたところ、櫛にたくさんの髪が絡まっているのを見て、抜け毛がひどいとは言わずに、ジェフリナがわざと髪を抜いて自分を禿頭にする気だと責めた。マリアはダシーを呼びつけ、その櫛を渡すとこう迫った。もしその櫛でジェフリナの目を潰さなければ、自分で自分の髪を残らず引き抜くと。するとなんと、ダシーはその櫛を握るや自分の目を突こうとした。マリアは青くなって櫛を奪い取り、涙ながらに言った。

「ダシー、ダシーや、この老いた母に死ねというつもりかい」

ダシーは目を潰しこそしなかったが、それでも片方の目が傷つき、マリアのジェフリナへの恨みはいっそう強くなった。

あるとき、ダシーが薪を割り、ジェフリナがその薪を運んで積み重ねていた。一休みしているとき、ダシーは斧を地面に置きっぱなしにしていて、それに気づかなかったジェフリナが、薪を抱えたまま斧を跨いでしまった。そこを折悪しくマリアに見られてしまったのだ。わが民族の禁忌のひとつに、「婦女は斧の上を跨いではならない」というのがある。そんなことをすると、愚かな子が生まれるというのだ。マリアはジェフリナが故意にやったと非難し、ジェフリナにそこに跪くよう命じ、薪を一本手に取るとジェフリナを真正面から殴りつけた。これを目にしたワロジャ側の者は、マリアの横暴ぶりに眉をひそめた。このときダシーが斧を振り上げ、自分の足を切り落として片輪者になってやると叫ばなかったら、マリアはジェフリナへの制裁を止めなかったにちがいない。

しかしその後に起きた出来事に比べたら、これなど大したことではなかった。

ジェフリナが身籠ると、マリアは、ジェフリナが以前斧を跨いだからお腹の子に呪いがかかり、愚かな子が生まれてくると難癖をつけ、どうあってもジェフリナにその子を産ませまいとした。ジェフリナは二日二晩泣き明かしたのち、ダシーを困らせないためにと、こっそり山に登って高い場所から転げ落ち、流産した。ジェフリナが満面に涙の痕を残し、ズボンをべっとり血に染めて宿営地に戻ってきたとき、見覚えのある光景に、私はイフリンを思い出した。違いは、一方は愛のために、もう一方は憎しみのためにしたということだ。

マリアのジェフリナに対する憎悪、さらにイフリンとクンダの仲の悪さは、わが氏族の頭上に立ちこめる二つの暗雲だった。そしてワロジャの氏族の頭上にも暗雲がひとつ懸かっていた。それは馬糞茸である。

本物のバフンダケ（和名オニフスベ、別名ウマノクソダケ、キツネノヘダマ、ケムリダケなど多数）は森に育つ菌類の仲間である。形は球形で、出始めは白いが育つと茶色に変わり、中はスポンジ状になっている。子どもたちはバフンダケを踏みつけて遊ぶのが大好きだった。踏むと〝プッ〟と音をたて、あっという間に萎む。そのとき裂け目から灰のような胞子が噴き出るのだ。バフンダケは薬にもなり、喉が腫れて痛いときや怪我をして血が出たときなど、嚢内の粉末を湿布するとすぐ良くなった。

馬糞茸と呼ばれるその男は、酒好きで、背が低く、太っていた。もし遠目に彼が歩く姿を見たら、ボールがゆっくりとこちらへ転がってくるように見えたかもしれない。彼には九歳になる娘がいて、ヴィクトルより三つ年下でリューシャといった。リューシャは馬糞茸とは似ても似つかず、すらりとした体つきに、弓形の眉、弧を描く口元、にっこり微笑むととても愛らしかった。馬糞茸は酔っぱらうとよくリューシャに絡み、彼女に自分の靴を脱がさせたり、タバコの火を点けさせたりした。リューシャがもたもたしようものなら、すぐ叩く。リューシャが顔を覆ってシーレンジュから飛び出すと、馬糞茸が殴ったのだと知れた。ワロジャが事情を話してくれた。リューシャの母親は美しいダフール族の娘だった。ある年の初春、彼女とエヴェンキ族の娘二人がアルグン川の氷上で魚捕りをしていた。折からの強い春風に、川の氷が急に裂け、大小さまざまな塊に割れてしまった。三人の娘は大慌てでそれぞれ氷の上に踏ん張った。二人の娘が踏ん張った氷は小さめだったが、それは岸の方に流れついた。リューシャの母親の乗った氷は大きかったが、流れに乗って川の中央に漂い、あっという間に大きな氷の塊とぶつかって沈んでしまった。ダフール族なら泳げない者はほとんどいないが、氷が溶け始めたばかりの川の水は非常に冷たく、彼女は何度か水を掻いただけで足がつってしまった。二人の娘は岸に上がってすぐ大声で助けを呼んだ。馬糞茸はそのときウチロフで獲物と弾を交換してきた帰り道だった。ちょうどそこを通りかかり、服を脱いで身を切るような冷たい川に飛び込み、彼女を救った。娘の父親は、命を救ってもらった恩に報いるため、娘に好いた人がいるにもかかわらず、娘を馬糞茸に嫁がせた。こうして彼女は家族と別れ、馬糞茸とともに山での暮らしを始めることになった。

ワロジャが言うには、彼は初めからこの結婚がうまくいくとは思っていなかったそうだ。というのも、彼らはあまりにも違いすぎた。容貌や性格、さらには生活習慣まで。それに、そもそも彼女の心は馬糞茸になかった。だからリューシャを産んでまもなく、彼女は逃げ帰ってしまった。彼女は逃げ帰ったあと、馬糞茸が捜しに来るのを恐れ、好きだった人とともに生まれ故郷を離れ、行方知れずとなった。

このときから馬糞茸は酔って暴れるようになり、すべての女を目の敵にした。彼はリューシャを毛嫌いし、大人になったら母親と同じあばずれになる、といつも嫌味を言っていた。幼いリューシャは母親に似て魚が大好物だった。魚を見るととても喜んだ。しかし馬糞茸はわざと魚を火に投じて焼き捨て、リューシャに言った。

「覚えておくんだ。好きだからといって、それが手に入るわけじゃないとな！」

ヴィクトルはこのころからもうリューシャを好きだった。だからひとたびリューシャが泣き濡れた顔を覆ってシーレンジュから飛び出していくのを見ると、馬糞茸がまたリューシャを叩いたと知り、非常に腹を立てた。ヴィクトルは馬糞茸に仕返しをしようと、アンドルと二人で森でバフンダケを籠いっぱい集め、大小のバフンダケを彼のシーレンジュの出入り口に並べた。馬糞茸が外に出るなり、バフンダケを踏みつけ、飛び散る灰のような胞子が彼の顔に噴きかかり、咳き込んだ。近くで様子をうかがっていたヴィクトルは大声で囃し立てた。

「おーい、見てみろよ。馬糞茸がバフンダケを踏んづけたぞ！」

真っ先にラジミが物見に駆けつけ、馬糞茸のうろたえた顔つきを見て思わず笑い出した。憤った馬糞茸はラジミに跳びかかり、彼の胸元を激しく一突きすると罵った。

「おまえみたいな男でもない奴に、俺を笑う資格があるっていうのか⁉」

この侮辱の言葉はラジミを深く傷つけたが、ラジミは怯むことなく言い返した。

「子ども相手に喧嘩をするような奴が、一人前の男ってか？」

二人は取っ組み合いになった。馬糞茸はラジミの首を絞め、ラジミは足で相手の股を蹴り上げる。馬糞茸が喚き立てた。

「誰か来てくれ、この男でなしが、俺を自分と同じにする気だ！」

この騒ぎのあと、馬糞茸は私たち氏族の者と口を利かなくなり、私たちもますます彼が疎ましくなった。それというのも、リューシャにきつく当たるだけでなく、ワロジャに対しても不遜な態度をとり、いつもワロジャを辛辣に嘲ったからだ。一人の後家のために己の氏族を分裂させた罪人だ、と。しかしワロジャは馬糞茸の心中の苦しみをわかっていたので、少しもこだわらなかった。

リューシャは幼いころから仕事のできる子で、山菜や果実を採るのが好きだった。のちに彼女はヴィクトルに語った。こういう仕事が好きなのは、父親の誹りを受けずにすむうえに、森の清々しい風と鳥の囀りがもたらす心地よさを一人で満喫できるからだと。

ある日、ワロジャとルーニーは一緒に熊を一頭仕留めた。二人が熊を宿営地まで担いでくると、出迎えの人はみんな立ったまま泣く真似をした。馬糞茸はその日熊の皮を剝ぐ大仕事を申し出た。普通熊の皮を剝ぐ前に、熊の睾丸を切り取り、それを木の上に掛けなければならない。そうすれば睾丸を切り取られた熊がおとなしくなると考えられていた。馬糞茸は熊の睾丸を切り取り草の葉で包むと、なんとラジミに渡してそれを木に掛けさせたのである。彼が睾丸をラジミに渡したとき、顔に薄ら笑いを浮かべていた。ラジミは何も言わず、真っ青な顔をして、震える両手で熊の睾丸を受け取ると、よろよろと松の木の方へ歩いていき、枝の上にそれを置いた。踵を返して戻ってくるとき、その目に涙が光っていた。

熊を仕留めたときは、ウリレンの人々が車座になって熊肉を食べる。それは私たちの最も楽しい時間だった。そして熊肉を食べ終われば、一同でまた熊油を回し飲んだ。ところが馬糞茸のラジミに対する辱めに、私たちの部族の者は怒っていたので、熊肉を食べるときもみなの顔色は冴えなかった。馬糞茸はその場の反感を感じ取ってか、わざと大声で談笑し、浴びるように酒を飲んだ。

リューシャは父親のそんな様子を見ていられず、肉を一切れ食べただけで、樺皮の桶を提げてブルーベリーを採りに出かけた。季節はちょうどブルーベリーの実る時期だった。リューシャが行こうとすると、ジョクトカンが一緒に行くと駄々をこねた。この汗ばむ陽気に、ニハオは強い日射しを浴びながらゾクッと背筋が寒くなった。

「リューシャについていっちゃだめよ」

彼女がそう言うと、ジョクトカンは「行きたい、行く！」と言って、今にも泣き出しそうになった。

「遊びたいのさ。一緒に行かせたらいい。遠くに行きはしないよ」とルーニーが言った。

「一人で勝手に行っちゃだめよ。リューシャについていくのよ、わかった？」

「わかった、わかった！」

ジョクトカンは返事を繰り返した。ジョクトカンがリューシャの後を追いかけていったとき、ニハオはまたゾクッと背筋が寒くなった。

熊肉を食べるにあたっては多くの禁忌がある。たとえば、肉を切るナイフはどんなに切れ味の良いナイフでも、私たちはそれを「カルケンチ」と呼ぶ。「なまくら刀」の意味だ。しかし馬糞茸はわざと刃物を振り回して喚いた。

「見ろよ、こいつはよく切れるぜ。信じないなら、髪を抜いて試してみろよ、間違いなくスパッと切れるだろうよ！」

熊肉を食べるときは、骨をむやみに捨ててはならない。しかし馬糞茸はなんとしゃぶった骨を気ままに放り投げた。焚き火の中に投げ捨てたり、小石のように遠くに放り投げたりした。ワロジャは堪りかねて、馬糞茸を叱りつけた。これ以上骨を粗末に扱ったら、その手を叩き切ってやる、と。ちょうど骨をくわえていた馬糞茸は、しゃぶりながら手前勝手なことを言った。

「手を叩き切るっていうなら、悪いが、両方とも切っとくれよ！　手がなければ何もしなくてすむ。あんた方は俺をマルー神のように敬わなくてはならなくなるなぁ。そうしたら、どんなにいい気分だか！」

こう言ったかと思いきや、馬糞茸が突然「グェッ」と奇妙な声をあげた。なんと熊の骨が喉に引っ掛かったのだ。とたんに形相が変わった。口を大きく開け、目は飛び出さんばかり、頬の肉はぶるぶる震え、口元は引きつっている。さっきまで赤く艶々していた顔は、みるみるどす黒くなった。物言おうにも言えず、腕をバタつかせている。ワロジャがその口に指を突っ込み、何度も骨を取り出そうとしたが、指が届かない。骨はかなり奥に引っ掛かっているようだ。馬糞茸は息が詰まってウーウーと低く唸っている。額には玉の汗が滲み、助けを求めるように自分の仲間たちを見た。

みんなはまず、彼の口に熊油を数匙流し込んでから背中を叩いた。喉の滑りをよくして一叩きすれば、骨は熟した果実が落ちるように自然と腹に落ちるかもしれないと。しかし骨は牙が生えたように、まだしっかりと彼の食道に食らいついていた。これじゃだめだと、仲間の一人が別の手を思いつき、こう言った。その大きな頭を下にして吊り上げたら、骨が自然と吐き出されるかもしれないと。

そこでルーニーは縄を持ってきて彼の両足を縛り、近くのシラカバの木に吊り下げて彼の肩を叩いてみた。しかし骨はまるで種子が肥沃な土壌を見つけたように、なおもしっかと食い込みビクともしない。みんなは大慌てでまた彼を木から引き下ろした。馬糞茸の顔はすでに紫色となり、息も絶え絶えの様子だ。彼は力を振り絞ってラジミに向かってほんの少し腕を上げた。目には後悔の色が溢れ、ほとんど彼の許しを乞うているようだった。ラジミは大きなため息をつき、馬糞茸に軽く手を振ると、立ち上がってさっき馬糞茸が放り投げた骨を拾い集めた。まるで人間の霊魂を探すように、丹念に心を込めて。馬糞茸の目からは涙がこぼれ落ちた。

しかし熊の骨を拾い集めても、馬糞茸の喉に引っ掛かった骨が動く気配は微塵もなかった。彼の息は徐々に弱くなっていった。思いつく方法はすべて試したが、少しも効き目がない。あの熊の骨は、一本のナイフとなって馬糞茸の喉を切り裂こうと腹を決めているようだった。

みんなは期せずしてニハオを見やった。彼女しか彼を救えないと。

ニハオは震えながら、何も言わず、ただ悲しそうに顔をルーニーの胸に埋めた。その様子でルーニーも悟った。もし馬糞茸を救ったら、彼らは可愛い娘のジョクトカンを失うことになるだろうと。ルーニーの方も震え出した。

しかしニハオはやはり神衣を身につけた。この神衣は彼女にとって山よりも重かったにちがいない。彼女が被る神帽は荊の冠となって突き刺さり、頭を傷だらけにするだろう。彼女が打ち鳴らす神鼓も真っ赤に焼けた鉄の塊となり、その手を焼くことだろう。息も絶え絶えの馬糞茸がシーレンジュの中に運び込まれ、ニハオが舞い始めたとき、ルーニーはとっくにジョクトカンを捜しに向かっていた。

普通、あたりがまだ明るいうちは神降ろしはできない。神はその時刻、めったに降りてこないからだ。黄昏になりつつあるとはいえ、夏の一日、空はまだ明るかった。暗闇を作り出すため、ニハオは冬にだけ用いる毛皮のテント覆いを薄い樺皮のテントの上に掛け、光が透けるのを塞いだ。さらに東に向いている出入り口の覆いをしっかり縛り、出入りを禁じ、囲炉裏の火を落とした。こうして、シーレンジュの「柱《ジュ》」の先端から射し込む一筋の明かりだけになった。

シーレンジュの中には私とワロジャだけ残った。ワロジャの手はまだトナカイの温かい血に濡れていた。ニハオが馬糞茸を助けると決めたとき、みんなはすぐさま宿営地に残っていたトナカイの仔を捕まえてきて、ワロジャが殺し、マルー神に捧げたのだ。

ニハオは神降ろしの舞を舞い始めると、もう彼女自身ではなくなった。彼女のおとなしい気質は影をひそめ、激しさがほとばしって見えた。太鼓の音が鳴り出すと、私の心臓も一緒にドンドンと鳴り始めた。最初、私たちにはまだ馬糞茸の「ウーウー」といううめきが聞こえたが、その声はのちに太鼓の音に掻き消されてしまった。ニハオが旋回しながらシーレンジュの中央まで来たとき、一筋の白光がパッと彼女を照らした。私には彼女が五色の蠟燭に見えた。その白光が炎となって彼女に点ったように感じたのである。

ニハオが二時間ほど舞ったとき、シーレンジュの中に突然湿った風が起こった。風はビュービューと唸りをあげ、まるで真冬の北風のようだった。「柱」の先端から降り注ぐ光は、このときすでに白ではなく黄昏色だった。おそらく太陽が山に沈んだのだろう。この不思議な風は初め周辺で起きていたが、しだいにひとところに集まり唸り出した。その場所とはまさに馬糞茸の頭上である。私はこの風が熊の骨をもうすぐ吐き出させるだろうと思った。果たして、ニハオが神鼓を下ろして舞を止めたとき、馬糞茸は急に上体を起こして「アー」と叫ぶや、熊の骨を吐き出した。血に染まった骨はシーレンジュのど真ん中に落ち、まるで神が放り投げた一輪のバラのようだった。

ニハオは棒立ちになり、馬糞茸はくぐもった声で泣いていた。ニハオはしばらく押し黙っていたが神歌を歌い出した。死の淵から戻った馬糞茸のためではなく、すでに萎れてしまった彼女のユリの花――ジョクトカンのために歌った。

太陽は眠りに就き、
森には光がなくなった。
星はまだ現れず、
風は木々を吹き鳴らす。
わたしのユリの花よ、
秋はまだ先なのに、
おまえにはまだ美しい夏の日があるのに、
どうして自分の花びらを凋《しぼ》ませてしまったのか？
おまえは散って、
太陽も続いて沈んだ、
でもおまえの香りは薄れない、
月はまた昇るだろう！

ニハオがこの神歌を歌い終わり、私たちが彼女の後からシーレンジュを出ると、ルーニーがジョクトカンを抱いてこちらに向かってくる姿が見えた。リューシャは泣きながらルーニーの後についてきた。

リューシャはブルーベリーを摘んでいるあいだ、ジョクトカンから目を離さないようにしていた。ところが、ブルーベリーがたわわに実っている放牧地を見つけ、夢中になって摘み始めると、すっかりジョクトカンに気を配るのを忘れてしまった。ジョクトカンがいつそばを離れたのか、リューシャはまったく気づかなかった。しばらくして、ジョクトカンの悲鳴にリューシャの手が止まった。声のした方に行くと、ジョクトカンが林の中に倒れていた。シラカバの枝にぶら下がっていた巨大なスズメバチの巣にぶつかり、顔はもう見分けがつかないほど腫れ上がっていた。木々の向こうには艶やかに咲き誇る赤ユリの花が見える。おそらくジョクトカンはユリの花を目指して走ったのだろう。

森のスズメバチは、普通のミツバチよりずっと大きく、黄に黒の縞模様のあるこの昆虫は尻に毒針を持っていた。こちらが驚かせなければ、蜂は気の向くまま巣に出入りしてのんびり花の蜜を集める。だがうっかり巣を壊すようなことをしたら、蜂は一群となって飛び出し報復する。ジョクトカンは、清らかなユリの花の手前にまさかこのような「邪魔者」が横たわっているとは、夢にも思わなかったにちがいない。この巣に突き当たったせいで、彼女は天にまで突っ込んでしまったのだ。ルーニーがちょうど二人を捜していたとき、リューシャが必死にジョクトカンを抱えて戻ってきた。毒はすでにジョクトカンの全身に回り、ブルブルと痙攣を起こしている。ルーニーがジョクトカンを抱きしめると、ジョクトカンは微かに笑いかけ、消え入るような声で「アマ！」とつぶやくと目を閉じてしまった。

その夜、宿営地は悲しみに包まれた。ニハオはジョクトカンの顔に刺さった毒針を抜き、傷口をきれいに洗ってやり、薄紅色の服に着替えさせた。ルーニーは蜂巣の向こうにひときわ映え咲くユリの花をわざわざ摘んできてその胸元に添えてから、ジョクトカンを白布の袋に入れた。

ニハオとルーニーは最後にキスをひとつジョクトカンの額にして、ようやく私とワロジャにその袋を運ばせた。私たちが南向きの裾野を歩いているとき、手の中のジョクトカンはあまりにも軽く、まるで雲を抱いているかのようだった。

私たちが出かけたときは月がまだ空に懸かっていたが、戻ってきたときには雨になっていた。ワロジャは私に言った。

「ニハオに話しておきなさい、今後はもう子どもに花の名を付けないようにと。咲き続ける花など、この世のどこにもありはしないんだ。ジョクトカンという名にしなければ、スズメバチもあの子を刺さなかったかもしれない」

そのとき私は憎しみでいっぱいだった。馬糞茸があんな馬鹿な真似をしなければ、ニハオは救わなくともいい人間を救う必要もなく、ジョクトカンも死ぬことはなかったのにと思った。私はむくれてワロジャに言った。

「ジョクトカンという花はあなたたちが散らせたのよ。もしあなたが馬糞茸のような人でなしを留めなければ、私たちは無事に過ごせたのに！　あんな憎らしい奴の顔なんかもう見たくない！」

私は雨の中に佇んで泣いた。ワロジャは私に手を伸ばした。彼の手はなんて温かいのだろう。

「明日、チヤラに馬糞茸をそっちのウリレンで引き取るように言うよ。それでいいだろう？　ともに暮らす妻の涙は見たくない」

ワロジャは私を抱き寄せ、そっと髪を撫でた。

ところが、ワロジャがそれを実行に移す前に、馬糞茸は己の行いに対し自らを傷つけるやり方で私たちの許しを乞うた。

ジョクトカンが亡くなった翌日は晴れだった。朝早く、私たちはリューシャの泣き声を聞きつけた。私とワロジャは、また馬糞茸が娘に八つ当たりしていると思い、止めに入ろうとした。けれども目の前の光景に、私たちはゾッとなった。馬糞茸はどす黒い顔をしてノロ皮の敷物に横たわっていた。大股を広げ、ズボンは穿いていたがベルトはしていない。そのズボンの股は血で赤黒く染まっていた。彼のそばに数個の干したバフンダケが置いてあった。おそらくそれを潰して中の粉で止血しようとしたのだろう。

馬糞茸はワロジャを見ると顔を引きつらせてニヤリと笑った。冷たい光がギラリと光るような笑いだ。彼はかすれた声でワロジャに言った。

「あんな物、なくてちょうどいい。身もずいぶん軽くなったし、せいせいする」

馬糞茸は夜が白むころ、ナイフで自分を去勢したのだ。この日から彼とラジミは親友となった。ニハオとルーニーも彼を救う価値のない人間とは思わなくなった。

馬糞茸の事件後、私たちは平和で落ち着いた暮らしを送っていた。私たちはこれまで通り、春と秋に山を下り、獲物やトナカイ製品を必要なものと交換した。一九四八年の春、ニハオはまた女の子を産んだ。その子の名はイワンにベルーナと付けてもらった。ニハオが子どもを産んですぐ、イワンが馬で私たちの宿営地にやって来たからだ。彼の服装は以前と異なり軍服を着ていた。イワンは私たちに言った。ダシーがくれた地図はただの地図ではなかったと。山嶺や河川名が書き込まれていただけでなく、関東軍が作った軍事施設も記されていた。イワンたちは地図を頼りに戦車と爆薬が保管されていた洞窟を見つけ、さらにそこには抵抗する二名の日本兵もいたが、彼らは日本の天皇が降伏したことをまったく知らなかった。

そのころすでに人民解放軍は山に逃げ込んだ匪賊の一掃を始めていた。イワンの今回の山入りは、私たちに知らせるのが主な目的だった。いま山中には、逃げ込んだ国民党兵だけでなく反共の武装集団もいる。もし発見したら、絶対奴らを逃してはならない。直ちに通報するようにとのことだった。

イワンはもうひとつショッキングなニュースを伝えた。王録とルダが売国奴の罪名で捕らえられ、もし有罪になれば処刑されるかもしれないと。私たちにはまったく理解できなかった。とくにルーニーの反発は激しかった。

「王録とルダは、なにも日本人の手先となって悪事を働いたわけじゃない。一人は日本語がわかり、もう一人は道を知っているから、日本人に利用されただけじゃないか。二人に罪があるというなら、王録の罪は舌に、ルダの罪は足にあるだけだ。罰するなら王録の舌を切り、ルダの足を切り落とせば十分だろう。なんで首を切るんだ?」

反発するルーニーにワロジャが言った。

「もしかすると、われわれが知っているのは王録とルダの表面だけなのかもしれん。二人は日本人のために働いて何らかの見返りを得ていたってこともある。われわれの知らんことがあるのかもしれんな」

ルーニーはワロジャがこのように王録とルダを見なすのが癪に障り、言い返した。

「もしそんなふうに売国奴を決めるなら、ラジミだって危ない。ラジミは東大営に残って吉田にムクレンを吹いてやったじゃないか!?」

ルーニーの言葉が切れると、久しく口を利かなかったイフリンが急に口を開いた。

「ラジミは吉田にムクレンを吹いて、日本を吹き負かしたんじゃなかったのか?」

彼女の声は聞こえるか聞こえないかぐらい低く、まるで谷から吹いてきた薄気味悪い風のようだった。驚いた私たちが彼女を見やると、彼女はあいかわらず皮靴下を縫いながら、顔を上げようともしなかった。

ルーニーは王録とルダの件でイワンと少々気まずくはなったが、イワンが来たときちょうど娘が生まれたので、やはりイワンは自分に幸せを連れてきたと考え、彼に子の名付け親になってくれるよう頼んだ。イワンはちょっと考えてから言った。

「それじゃ、この子の名はベルーナにしよう」

イフリンがまたも口を挟んだ。

「イワンの周りには女がいつかん。娘の名付け親になぞしたら、かならず失うぞ」

イフリンは俯いたまま針仕事の手を休めなかった。ルーニーはビクッとし、イワンはため息をついた。

「この名はなかったことにしてくれ。おまえとニハオで別のを付けるといい」

「もう付けてもらったのに、その日のうちに別の名前にするなんてできないよ。娘の名はベルーナにする」ルーニーはこう言ったが、口調は沈んでいた。

イワンは一日だけ滞在して帰っていった。全員集まってイワンに別れを告げ、彼が山を下りるのを見送ったが、イフリンだけは腰を屈めて宿営地はずれの小さな木の根元に座り、どうでもいいという様子でナイフを弄んでいた。流水のような蹄の音がしだいに遠のくと、イフリンはため息交じりにつぶやいた。

「鍛冶屋がいなくなってしまったよ。このあと、槍や氷用のノミが折れたり、鉈や斧の刃が毀《こぼ》れたら、誰が打ち直すんだい？」

イフリンの言葉で私は取っておいた「棒絵具」――イワンが鉄を鋳造した跡に残った赤褐色の土――を思い出した。イワンが立ち去った日、春の光がポカポカする午後に、私はその少々ひびの入った棒絵具を数本携え、数里の道を歩いてベルツ川のごく小さな支流沿いに白い岩を見つけると、火炎模様のある神鼓とそれを取り巻く七頭のトナカイの仔を描いた。私は神鼓を月に見立て、七頭の仔トナカイを月を取り巻く北斗七星として描いた。岩のある支流には名がなかったので、私がそこに絵を描いてからは、心の中でその川をウトオン川と呼んだ。ウトオン、つまり神鼓という意味である。今ではウトオン川はロリンスキー川同様干上がってしまった。

それは私が岩に残した会心の岩絵だった。ウトオン川は澄みきっており、裸足で水の中に立って白い岩に絵を描いていると、魚が私の踝をつついているのを感じた。魚たちはきっと水の中に立っているこの二本の白い石柱を見たことがなかったのだろう。悪戯好きで好奇心の強い魚が、私をつついて探りを入れたが、石ではないとわかると、さっと身を翻して泳いでいってしまった。魚が身を反すとき、水面に〝パシャッ〟と音がして、波紋が響きとともに広がった。私は太陽が山に沈むまで、ずっと描いていた。夕陽が白い岩と流れる水面に金色の光を吹きかけるころ、私はもうすぐ訪れる夜のために、一つの満月と七つの星を昇らせた。

そのころ、私はウトオン川を照らすのは二つの月だと信じていた。ひとつは天上に神が掲げる月、もうひとつは岩に私の夢が掲げる月。

月が昇ってから私が宿営地に戻ると、ワロジャがシーレンジュの外に立って、心配そうに私を待っていた。私は彼の姿を目にしたとたん、長い別れののちに再会したような心地がして、思わず泣き出してしまった。岩に描いた景色と現実の景色が、私の心を強く揺さぶったのだ。私は彼に自分がどこに行ったかは言わなかった。この行為は私と岩との秘密だと思ったからだ。ワロジャは何も訊ねなかった。ただ彼は私に美味しいトナカイのミルク茶を持ってきてくれた。立派な男というのは、女の行き先をいちいち詮索しないものだ。

その夜、ワロジャはきつく私を抱きしめた。タチアナの柔らかな寝息が春風のようにシーレンジュの中にこだました。私とワロジャはひとつに溶け合った。魚と水のごとく、花びらと雨露のごとく、そよ風と鳥の囀りのごとく、月と天の川のごとく。

さらにその夜、ワロジャは私に低い声で彼の作った歌を歌ってくれた。彼の歌はニハオの歌う神歌と違い、とても温かい……

早朝の露滴は目を潤し
真昼の陽光は背に注ぐ
黄昏の鹿鈴は爽やかにして
夜半の山鳥は森へ帰る

ワロジャが最後の一句「夜半の山鳥は森へ帰る」を口ずさんだとき、彼は私の背中をポンポンと軽く叩いた。それだけのことなのに思わず目が潤んでしまった。幸い闇夜で彼に私の涙を見られることはなかった。私は顔を、まるで一羽の鳥が温かい巣にぴったりと寄り添うように深々と彼の胸に埋めた。

ジェフリナは流産したあと、二度と身籠らなかった。彼女はいつも青白い顔でニハオのところに行き、マルー神の前に跪いて敬虔に祈りを捧げていた。この光景は私にマリアの若いころを思い出させた。いつもニトサマンのところに行ってマルー神に子どもを授かるよう祈っていたではないか。違いと言えば、マリアは頭にスカーフを結んでいたが、ジェフリナの頭には何もなく、髪留めさえつけていなかった。おそらく彼女は自身の口元の欠点をよくわかっていたので、髪を梳かすとき、いつも髪を口の歪んでいない方にわがねた。そのわがねた髪は、上弦の月に懸かる群雲のように見え、彼女の欠点を覆い隠し彼女の顔を威厳あるものにした。マリアもやはり、あのときジェフリナに身籠った子を失わせるべきではなかったと悔やんだのだろう。トナカイの角を切る時期になり、切り口から滲み出る鮮血を見ると、彼女の涙もまたポタポタと落ちた。

一九五〇年、つまり建国の翌年、ウチロフに供銷合作社（購入販売協同組合）ができた。もと漢族のアンダだった許財発《シューツァイファ》が、息子の許栄達《シューロンダー》と一緒に合作社を営んでいた。合作社は毛皮類、鹿茸などの産物を買い入れ、私たちには銃や弾、鍋、マッチ、塩、布、穀物、タバコ、酒、砂糖、茶などの品物を提供した。

この年の夏、ラジミはウチロフから一人の女の子を拾ってきた。

彼がダシーと一緒にウチロフに行ったときのことだ。二人は合作社で品物の取引を済ませ、小さな宿屋に一泊した。翌朝食事を済ませ出立しようとすると、ダシーが、もう一度合作社に寄ってジェフリナの薬を調達してくれるよう許財発に頼んでくる、とラジミに言った。ジェフリナのために不妊症治療の薬を催促しに行くのだと察したラジミは、することがないので外に出て時間を潰そうと思った。入り口を出て宿屋の隣の馬小屋を通りかかったとき、中から幼子のケラケラと笑う声が聞こえてきた。ラジミはあれっと思った。店の主はなんて不注意なんだろう、乳飲み子が這い出して馬小屋に入り込んでも知らないとは。馬に蹴られでもしたら大ごとだ。そこでラジミは戻って宿の主人に言った。

「お宅の小さい子が這い出して馬小屋に入り込んでるよ。様子を見に行ったら？」

「うちの息子はもう店の手伝いをしていますよ。娘も十四、そんな子どもはうちにはいませんよ、何かの間違いじゃ？」と主人は笑った。

「そんなはずはない。あそこから聞こえてきた声は、まだ赤ん坊の声だったよ」

「きっと空耳ですよ、行くには及びませんって。ここ数日、お泊りのお客さんで赤ん坊を連れた方はいませんでしたから」そのうえ主人はラジミにこう冗談を言った。「もし本当に馬小屋に赤ん坊がいたら、その子はきっとキリストですよ。なら、わしは喜んで天の父なる神様になりますとも。宿屋を営む苦労をしなくてすみますからね！」

ラジミは絶対聞き間違いではないと言い張った。

「わかりました、じゃ一緒に見に行きましょう。もし赤ん坊がいなかったら、その着ている毛のすり切れた皮服を負けの形にもらいますよ」主人はそう言い、ラジミは承知した。

二人は馬小屋の中に入って驚いた。目の前には、まだ小さな赤ん坊が干し草の上に横たわり、銀灰色の馬が舌を伸ばしてまるで顔を洗ってやるように赤ん坊の顔をペロペロと舐めていたのだ。赤ん坊はくすぐったくて、ケラケラと笑い声をたてていた。

赤ん坊は青地に白い模様のある掛け布団にくるまれており、ほっぺたは白く柔らかで、黒々とした目はくるくるとよく動いていた。片方の手がおくるみから出ていて、赤ん坊は自分を見ている人がいると気づくと、その手を振り動かし、ますます元気よく笑った。ラジミが言うには、なんて美しく可愛らしい赤ん坊なんだろう、と一目で気に入ったのだという。

宿の主人は言った。「この子はきっとどこかに問題があるんですよ。でなければ、どうしてこんなところに捨て子にされるんですか？」

二人はまず赤ん坊の目、耳、鼻、喉、舌、手を調べてみたが、異常は見つからない。そこでおくるみを解いて、体か足に問題があるのではと見てみたが、どこも問題はなかった。おくるみを解いたとき、彼らは赤ん坊が女の子だと知った。

「可哀想に！　こんな元気で可愛い子を捨てるだなんて」主人が嘆いた。

「俺が引き取るよ」ラジミが主人に言った。

「見たところ、一カ月そこそこってところですかね。まだまだお乳の時期ですよ、どうやって育てるんです？」

「トナカイの乳で育てるよ」

主人もラジミが睾丸を潰してしまったことを知っていたので、ラジミに言った。

「巡り合わせかもしれませんね。きっと、神様がこの子をおまえさんに贈ってくれたんですよ。この子を育てて、ゆくゆくは実の娘として老いの世話をしてもらう。いい話じゃありませんか」

宿屋の女房が馬小屋で捨て子があったと聞き、仕事の手を止めて駆けつけた。彼女が言うには、昨夜小用を足しに起きたとき、馬の蹄の音が聞こえてきて、店の前で音がしなくなった。こんな夜更けに客が来るわけないと思って、灯りは客が戸を叩いたら点けようと待っていた。女房はマッチまで摑んでいたが、戸を叩く音がしない。空耳だったのかなと思って寝床に入って横になると、また蹄の音がした。しかしその音はどんどん小さくなり、馬上の人はすでに行ってしまったらしかった。そのころ、山ではまだ逃げ回っている匪賊がいたので、もしかしてさっきのは賊が宿を襲おうとしたのではと女房は心配になり、起き出してもう一度閂《かんぬき》を確認し、やっと安心して寝たのだという。どうやらその馬上の人物が赤ん坊を捨てていったようだ。

おくるみの中には何の添え書きもなかった。この子がどこから来たのか、またいつ生まれたのかもわからなかった。しかし赤ん坊にまだ歯が生えていないところを見ると、まあ二、三カ月ぐらいだろう。赤ん坊の顔を見るとエヴェンキの血ではないようだ。というのも、鼻が高く、目が大きく、口角が上がっていて、色白だからだ。宿の女房が言った。

「この子の二親は漢族じゃないかしら。それにしても、どうしてわが子を捨てたりしたのかしら」

主人は訳を考えてみた。いちばんありそうなのは、どこぞの金持ちのお嬢様の私生児、でなければ、誰かが仇の家の子を奪ってきて仕返しをしたとか。女房が口を挟んだ。

「もし仇に仕返ししたいなら、山に捨ててオオカミの餌食にしてしまえばいいじゃない？　馬で来た人は赤ん坊を馬小屋の中に置いていったのよ。生きてほしいからに決まってるわ」

　ラジミとダシーは赤ん坊を抱いて山に戻った。彼らが女の子を拾って帰ってくるとは、考えてもみなかった。みんなはこの子をとても気に入った。赤ん坊は顔立ちが美しいだけでなく、よく笑い、ほとんど泣かなかった。ラジミがワロジャに名を付けてくれるよう頼んだので、ワロジャはちょっと考えてから言った。

「馬小屋に捨てられても、馬が一晩この子の世話をし傷つけなかったわけだから、〝馬《マ》〟という姓にしよう。それにこの子は少しもじっとしてない。まだこんな小さいのに踊らんばかりに手足を振って、大きくなったら〝イカン〟を踊るのが大好きになりそうだな。じゃ、この子の名をマイカンにしよう」

　イカンとは「円舞」とか「かがり火舞」の意味である。

　マイカンはウリレン中の人にこのうえない喜びをもたらした。私は毎日トナカイの乳を搾ると、まずラジミのところに届けた。彼はそれを一度沸かし、人肌ぐらいに冷めるのを待ってから、赤ん坊に飲ませた。ラジミはときどき急いで飲ませるものだから、赤ん坊がむせ返ってしまい、私はいつも手助けに行かねばならなかった。ベルーナはそのとき二歳、まだお乳を飲んでいた。ニハオのお乳はたくさん出なかったが、いつもお乳をマイカンにもちょっとあげていた。ニハオが乳首をマイカンの口に押し込むと、ベルーナはまるで非常に不当な扱いを受けたかのように、ニハオの服の裾を引っ張って泣き止まない。それでニハオはいつも手早く乳を飲ませると、すぐマイカンを下ろしてベルーナを抱き上げた。

　ジェフリナはマイカンをとても可愛がった。ただ、マイカンを抱くと、彼女の顔にはいつも物悲しい表情が浮かんだ。彼女は自分の子が欲しくて仕方なかったのだ。マリアはマイカンを見るといつも、自ずと口調が控えめになった。めったなことを口にしたら、舌が焼け爛れるとでもいうように。マリアは言った。

「あれまあ、こんなきれいな子は見たことないよ、お利口さんや！」

しかしイフリンはマイカンに冷ややかだった。マイカンが来て二カ月経っても、彼女は一目も見ようとはしなかった。秋の終わり、ラジミはマイカンに美しい冬服を作って着せてやりたいと、子どもを抱いて鞣したノロ革を二枚小脇に抱え、イフリンに頼みに来た。イフリンの腕を一番信用しているからと。

そのときが、イフリンがマイカンを見た最初だった。彼女は一瞥して言った。

「こりゃ水の上の火じゃないか？」

ラジミは訳がわからず笑うばかり。そこでイフリンはさらに言い足した。

「陸の上の魚ってことだよ！」

ラジミはてっきりイフリンがマイカンに服を作りたくないので、訳のわからないことをわざと言って断ろうとしているのだと思い、立ち去ろうと背を向けたとき、イフリンが言った。

「ノロ革を置いてきな。三日後に取りにおいで」

三日後、イフリンは服を縫い上げた。それはとても奇妙な服で、襟も袖もなく、まるでずだ袋のような訳のわからない代物だった。ラジミは目を剝いて怒った。私はラジミに言った。

「イフリンはもう歳だからね、腕も昔のようにはいかないのよ。それに少々頭もボケてきているから、こういう服を作っても仕方がないわ」

私はこの服をほどいて作り直し、襟や袖口に緑のステッチを刺したので、満足したラジミは、もうイフリンを悪くは言わなかった。

イワンは言葉に反して山には戻ってこなかった。私とルーニーは彼のことをとても案じていた。その年の冬、許財発がやって来た。馬にたくさんの荷物を積んできたが、一番多いのは穀物と塩と酒だった。彼が言うには、荷車で運送を請け負っているモンゴル人にイワンが言づけて、合作社にお金を届けさせ、そのお金で揃えた品物を私たちのウリレンに届けるよう頼んだというのだ。イワンはほかにも伝言を託していた。彼は今ジャラントンにいるから心配しないように、二年したらみんなに会いに帰ると。

そのとき私たちは初めて毛皮や鹿茸との交換品ではない品物を受け取った。この思いもよらぬ贈物に、全員が喜んだ。

「イワンはやるな。わしらはこれからあいつの軍人手当で食ってくことができるんだな」

ハシェがそう言うのを聞いて、許財発が言った。

「わたしはね、手当で食べるなんて、いいとは思わんよ。やはり山の産物とトナカイで食べる方がいいね」

彼がそう言うと、イフリンがやって来て彼にミルク茶を渡した。許財発は久しくイフリンに会っていなかったので、彼女がこんなに老い衰え、腰も曲がってしまっているとは思いもしなかった。

「山だと早く老け込んじまうな!」彼は思わず嘆息した。

許財発はラジミがウチロフの宿屋で女の子を拾ったことを耳にしていたので、ラジミに言った。

「みんながあの子は天女にも負けない器量だって言ってるよ。どれ、わたしに抱いて見せてくれんかね」

するとラジミが聞き返した。

「この半年、この子を捜しに来た人はいなかった？」

「捨て子っていうのは撒かれた水のようなもの。誰が捜すというんだい？」

許財発の答えを聞いてラジミは胸を撫で下ろし、マイカンを連れに行った。彼はずっと気になっていたのだ。マイカンを捨てた人が後悔して捜すのではないかと。彼が子どもを抱いて連れてくると、許財発は舌を鳴らして褒めちぎった。

「噂通りだね、本当に美人だ。将来うちの孫の嫁にもらえないかい？」

ラジミはとたんに顔色を変えて言った。

「マイカンは俺だけの娘だ。大人になっても、よその男になど嫁にやるもんか！」

その場にいた者はみんなラジミの言いっぷりに笑った。

許財発は話を続けた。

「いま山の外じゃ、土地改革が行われていて、昔はたいそう羽振りの良かった地主たちが、今じゃ誰も彼も霜に打たれたみたいに萎れきってしまったよ。地主の土地も屋敷も牛や馬も、全部取り上げられてしまってさ、貧乏人に分けられたんだよ。昔地主の元で働いていた小作たちは、大喜びで地主をとっちめてるよ。ある地主なんかはぐるぐるに縛られて通りを引きずり回され、落ちぶれて靴もぼろぼろ、踵が出ていたよ。それに地主の家のこれまでは絹や錦を着ていたお嬢さんたちも、今じゃ馬子でさえ嫁にしたがらない。まったく世の中変わったもんだ」

許財発の話にみんなはこれといった反応も示さなかったが、イフリンだけははっきりした声で言った。

「やっちまえ、とことんやっちまえ！　わしらもソ連人と日本人をこんなふうにやっつけるんだ。奴らはわしらのところからそりゃたくさんの物を取っていったんだ。取り返さんとな！　地主をやっつけられるなら、奴らだってやっつけられるだろう⁉」

イフリンの言葉に同調する者はいなかった。彼女は一人ひとり見回し、首を振ると、のろのろと立ち上がって、許財発が先ほど言った言葉を繰り返した。

「山だと早く老け込んじまうな！」

そうして、曲がった腰のまま立ち去った。

その夜、人々は宿営地でかがり火を焚いて、キタリスの肉を焼き、それを肴に酒を飲んだ。酒のあとはみんなで火を囲んで踊った。私は離れたところから、ゆらゆら揺れるオレンジ色の炎を愛でていた。なんとまばゆい光なのだろう。近くの林を照らすだけでなく、遠くの山稜の曲線まで照らし出している。もし天も狩りをしているとしたら、この炎こそが天の獲物だ。この獲物は天と私たちに喜びをもたらす。私は、天も存分に獲物を愛でているのだと感じた。なぜなら、かがり火が燃え尽きたとき、煙と煌めく炎は天上へと漂っていったではないか？　ワロジャは私がぽつんと立っているのを見つけ、そっと私の後ろに歩み寄った。彼は両腕を私の肩に回して、耳元に口を寄せると感極まったようにささやいた。

「俺は山、おまえは水。山は水を産み、水は山を育てる。山と水は相連なり、天と地は永久《とこしえ》なり」

もしも私たちが暮らしているアルグン川右岸を天にも届く巨人に喩えるなら、大小様々な川は、巨人の体を縦横に走る血管だ。そして巨人の骨格は多くの山嶺が形作っている。その山嶺とは大興安嶺の山々のことだ。

私はこの人生でどれほど山を見てきたか、もう憶えていない。私の目にアルグン川右岸の山々は、どれもこれもみな大地に煌めく星々だ。これらの星は、春夏には緑、秋は黄金色、冬になると銀色になる。私はそれらを愛した。それらは人間同様、己の性格や姿を持っている。ある山は低く、つるりと丸い。まるで伏せた鉢のようだ。またある山は、力強く優美に延々と連なっている。まさにトナカイの頭にある美しい角のような姿だ。山の木々も、私の目にはひと塊またひと塊と並ぶ血肉に映った。

山は川とは違って、そのほとんどに名前がない。しかし私たちはいくつかの山に名を付けた。たとえば、高く聳える山をアラチ山、白い岩が剝き出しになっている山をカイラチ山と私たちは呼んだ。ヤガ川とルチテウ分水嶺のあたりのクロマツが生い茂っている山をヤンゴチと呼び、大興安嶺の北面にかつて見つけた牛の頭のような山をオクリトイ山と呼んだ。山には清水が各所に湧いていて、その多くは澄みきって甘い水だ。しかし、ある山から流れ出る清水は、まるで山が悲しみに暮れているような苦い味がしたので、この山はシルスカ山と呼ばれた。

馬糞茸は山に名を付けるのが好きだった。たとえば苔の多い山を見ると、トナカイがそこからなかなか立ち去ろうとしないので、その山にモジェフカ山と名付けた。苔の生える山の意だ。キバナオウギの生い茂っている山を見つけると、彼はそこをエクシヤマ山と名付けた。キバナオウギの茂る山の意である。私はこの山々の名をまだ憶えているが、実際にどの山だったかは忘れてしまった。しかし永遠に忘れられない山の名がある。それはジン川流域のレスエンコ山だ。

一九五五年の春、トナカイが仔を産み始める季節、私たちはヴィクトルとリューシャの結婚式を行うことにした。というのもヴィクトルは春のあいだずっとリューシャのために鹿骨のネックレスを磨いていたからだ。二人はいつも、みんなから離れて、二人だけで果実を摘みに行ったり、キタリスを捕まえたりしていた。ワロジャが言った。

「二人はもう大人になったんだから、一緒にしてやらんと」

ニハオが式を行うとなれば、リューシャを見て、亡くなったジョクトカンを思い出し胸を痛めるかもしれない、そう私たちが心配していると、折しもわが氏族の酋長が亡くなったとの知らせが届いた。ニハオは氏族のサマンとして酋長の葬儀を取り仕切らねばならず、とすれば彼女はリューシャの式を行わずにすむ。

酋長の葬儀には、ニハオだけでなくウリレンの族長であるルーニーも行かねばならない。彼らが出発するとき、私たちはヴィクトルとリューシャの式を行うことはおくびにも出さなかった。ニハオの反対を懸念したからだ。道理から言えば、氏族の酋長が亡くなったら、婚礼は先延ばしにすべきなのだが、私はこう考えていた。命というのは生まれるものもあれば死ぬものもある、悲しみがあれば喜びもある、葬儀があっても婚礼はすべきだ、禁忌は多すぎてはいけない、と。だから二人が出発すると、ウリレンではさっそく式の準備に取りかかった。

ニハオとルーニーは息子と娘の二人を宿営地に残していった。ニハオは私に、くれぐれも子どもをお願いします、と頼んでいった。私は心配しないよう言った。私の九歳の娘タチアナと二歳年下のニハオの娘ベルーナはとても仲が良かった。二人はいつも一緒にいるし、利発な娘たちだったので、気を揉むことはなかった。またマイカンも五歳になり、タチアナとベルーナはマイカンも誘ってよく一緒に遊んだ。三人が宿営地で追いかけ合う様子は、まさに飛び交う三匹の美しい蝶のようだった。ニハオの息子エルニスネはその年十歳になった。彼はとても聞き分けの良い子で、苦労を厭わずよく手伝いをし、亡くなったゴーゴリよりもみんなに可愛がられた。ニハオがゴレバを食べるときは、いつもゴレバに熊油を塗る手伝いをし、ルーニーが茶を飲みたがっていると、手早く湯を沸かした。八歳のときにはもう、ルーニーについてキタリスを獲りに行ったが、帰りにはいつも途中で薪にする枯れ枝を集め背負ってきた。ワロジャはこう言っていた。

「エルニスネは大きくなったら、温和で人に好かれる好男子になるな」

エルニスネはトナカイの仔が大好きで、馬糞茸とラジミがトナカイの出産に立ち会うときは、いつもそばで様子を見ていた。そして、仔が生まれると、もう仔鹿のように喜んで跳ね回り、手を振り回して歓喜の声をあげた。トナカイはときどき餌を探して遠くまで行ってしまうことがある。仔トナカイが腹をすかせると、女たちは母トナカイを捜して連れ帰り、仔に乳を飲ませなければならない。こんなとき、エルニスネはいつも私たちについてきて、母トナカイを捜しに行った。彼はトナカイを見つけるとこう話しかけた。

「おまえたちも母さんトナカイに乳をもらって大きくなったんだよ。母さんトナカイがおまえたちに乳をやらなければ、今ごろおまえたちはとっくに塵になっていたよ」

ニハオたちが出かけてから三日目、ワロジャがヴィクトルとリューシャのために婚礼を執り行った。式の前日、一晩中雨が降ったので、空気はとても清々しく、森の鳥たちもことのほか楽しげに鳴いていた。

婚礼はジン川河畔の山の麓で行われた。華奢なリューシャは私が彼女のために縫った花嫁衣装を着て、頭には野花で編んだ花輪を載せ、首にはヴィクトルが心を込めて彼女のために作った鹿骨のネックレスを懸けて、たいそう美しくおしゃれに見えた。馬糞茸はその日さっぱりした身なりに髭も剃り、顔は始終ほころびっぱなしで、この結婚にとても満足しているようだ。彼は自傷後かすれ声になり、顔の皮膚も弛んでしまった。ラジミが馬糞茸に言った。

「この山に名を付けなくては。ヴィクトルとリューシャの結婚を記念して」

山には松が鬱蒼と生い茂っていたので、馬糞茸がこう言った。

「それじゃ、レスエンコ山にしよう」

レスエンコとは松林の意味である。

この山にいったん名前が付くと、ワロジャはすぐその名を使った。彼は式を執り行うなかで、ヴィクトルとリューシャに告げた。

「われわれは、二人の結婚を祝福するために、トナカイの産み場に集まりました。滔々たるジン川の水は二人の愛の雨露、勇壮なレスエンコ山は二人の幸せの揺りかごです。ジン川の水が永久《とこしえ》に二人を抱き、レスエンコ山が永久に二人の夢に寄り添いますように！」

たくましい姿のヴィクトルを見ていて、私はラジタを思い出した。道に迷い飢えていたときに遭遇した、あのわが人生の最初の男性を思い出し、私は目頭が熱くなった。ワロジャがとても温かく私を見守ってくれていたが、このひととき、私はやはり心底ラジタが恋しかった。ふと私は気づいた。わが命の灯の中に、まだラジタが残した油が残っているのだと。彼の炎は消えてしまったけれど、燃える力はずっと残っていたのだ。ワロジャは私に新たな油を注ぎ、愛と慈しみでそれに火を点してくれたが、彼が点したのは、実は油が残っていた以前の灯火だったのだ。

式が終わると、みんなは肉を食い酒を飲み歌を歌って踊り出した。宴の料理はジェフリナが手掛けた。彼女の作った腸詰は大好評だった。ノロ肉を細かく刻んでから、クワ芹と行者ニンニクを加え、塩を振ってよく混ぜてから腸に詰め込み、沸騰した鉄鍋の中に入れる。それをさっと四、五分煮てから取り出し、ナイフで切り分けたものだ。香りといい、味といい、このうえなく美味だった。彼女はさらに鍋でカモを数羽煮込むとき、煮汁に野ニラのみじん切りを散らした。このカモはこってりしていながら、脂のしつこさがなかった。このほかに、ノロジカの頭部の水煮や、トナカイのチーズ、焼魚の切り身、ユリ根粥があった。私が出席した披露宴の中で、これは最も豪華な宴だったと言えよう。ワロジャは何度もジェフリナの腕前を褒めそやしたので、彼女はすっかり赤くなってしまった。

マリアはイフリンと同じく、腰がすっかり曲がってしまった。彼女たちはかがり火のそばに座って祝い酒を飲んでいたが、たがいに一言も口を利かなかったし、相手を見ようともしなかった。マリアはそのころ一日中咳き込んでおり、いったん咳が出だすと喘息を起こしそうになった。イフリンはマリアの咳を耳にするなり、まるで福音を聞いたかのように、眉が得意気に跳ね上がり、顔にはそれとはわからない笑みが浮かんだ。

もしかがり火が、昼のあいだはつぼみだとしたら、夕闇の迫るころには、恥ずかしそうに花をほころばせることだろう。闇夜が訪れたときには咲き揃い、夜更けには咲きこぼれる。かがり火が咲きこぼれたころ、馬糞茸は酔い、クンダも酔った。クンダは酔って手が震え、腸詰を切るとき手も切ってしまい、血が指の隙間を伝った。馬糞茸は呂律の回らない口でクンダを慰めた。

「大丈夫だ、わしを揉み砕いて傷口に振りかければ、血は止まるって」

彼の酔った戯言に、踊っている者たちは笑い出したが、クンダは有難さに涙をこぼした。彼は言った。

「わしの体はどこもかしこも傷だらけだが、幸い、おまえという大バフンダケがいる。でなければ、血は流れっぱなしだよ」

アンドルはこれまで酒を口にしたことはなかったが、兄の結婚を喜んで、酒を一杯手にした。馬糞茸がアンドルの肩を叩いて言った。

「ああ、わしに娘が二人いたらよかったな。一人が大リューシャ、もう一人が小リューシャ、一人はヴィクトルの嫁にやり、もう一人はおまえの嫁にして、おまえたち兄弟、同じ日に結婚させたのになあ」

アンドルは真顔で訊ねた。

「じゃ、おいらが娶るのは、大リューシャ？　それとも、小リューシャ？」

アンドルもそろそろ結婚の年頃になるが、彼自身の愚鈍な性格は少しも変わらず、この質問も、みんなを笑わせたことは言うまでもない。

式の行われた夜、宿営地に残っていた出産待ちの最後の母トナカイが仔を産んだ。だが思いもよらぬことに、生まれたのは奇形の仔トナカイだった。普通、黒いトナカイには奇形の仔は生まれず、白い方によく奇形の仔が生まれると言われている。もし奇形の仔がメスなら吉祥で、オスなら不吉のしるしだ。奇形の仔は生き延びられず、たいてい三日もしないうちに死んでしまう。イフリンはかつて奇形の仔を、トナカイの中の「鬼っ子」と言ったことがある。奇形の仔が死んだら、亡くなった子どものように簡単に投げ捨ててしまうことはできない。その耳、尾、腰、首に朱色の布を結び、まっすぐなシラカバの木を一本選んで、仔トナカイを掛け、サマンを呼んでそれのために神降ろしをしてもらわなければならなかった。

奇形の仔を産んだ母トナカイは、真っ白ではなく、灰色がかった白だった。生まれた奇形の仔はオスで、雪のように白かった。仔トナカイには尾がなく、三本足で、顔はねじ曲がり、目は片方が大きく片方は小さかった。ウリレンの者はラジミが河畔で奇形の仔を取り上げたと聞くと、踊ってなどいられなくなり、つぎつぎと見に駆けつけた。仔トナカイを見た大人は、誰もが顔色を変えた。奇形の仔はまだ立ち上がれず、母トナカイの足元にまるでひと塊のなごり雪のように蹲っていた。マリアは一目見るなり、「なんと！　……ニハオはいつ戻ってくるんだい？」と声を震わせた。見に来たときはまだ、足はよろよろしても彼女は一人で歩けた。しかし河畔を後にするときには、ダシーの支えが必要になっていた。

ワロジャは、奇形の仔の誕生がヴィクトルの婚礼のめでたい雰囲気に水を差すのを案じ、ひとつの神話をみんなに語って聞かせた。当時私は、その神話が彼が即興で作ったものとは知らなかった。

むかしむかし、美しいハクチョウがいて、巣いっぱいの卵が孵りました。殻を破って出てきたヒナはみんな真っ白でしたが、一羽だけはとても醜い姿でした。そのヒナの足は短く、首も短く、全身煤けた灰色をしていたので、ほかのヒナはみんな相手にしませんでした。しかしハクチョウは醜いヒナを嫌ったりせず、同じように一所懸命餌を与えました。ヒナは日一日と大きくなり、母鳥について川に魚を捕りに行けるようになりました。ある日ハクチョウがヒナを連れて川で遊んでいると、激しい風が襲ってきて、上空から一羽の獰猛なタカがハクチョウに狙いをつけて急降下し、母鳥をくわえ去りました。ヒナたちはみんな驚いて逃げてしまったのに、あの醜い黒ヒナだけは母鳥を救いに向かいました。しかし黒ヒナの力はあまりにも弱く、母鳥がタカに捕らえられるのをみすみす見ているしかありませんでした。川面はまた静かになりました。ヒナたちはまた集まって楽しく遊びましたが、醜いヒナだけは悲しみに打ちひしがれ、岸に佇んで泣いていました。この声が通りかかった狩人の注意を引きました。なぜ泣いているんだい？　狩人が訊ねると、ヒナは答えました。母さんがタカに捕まって対岸の岩の上に連れていかれてしまったの。僕の翼はまだ弱くて、母さんを助けられない。お願いだから母さんを助けて、と。狩人は言いました。もし母さんを助けたら、おまえはおそらく命を落とすことになるよ、怖くないのかい？　ヒナは答えました。母さんがタカの魔の手から逃れられるなら、僕は喜んで母さんの代わりになります。狩人は川を渡り、山の麓にやって来ると、岩の上のタカめがけて矢を射ました。タカは旋回して落ち、ハクチョウは助かりました。しかしあの一番醜いヒナは、果たして川辺で死んでいました。狩人が事の次第をハクチョウに告げると、ハクチョウは泣いて狩人にこの醜い子を救ってくれるよう頼みました。狩人は言いました。そのヒナを生き返らせたら、川面の多くのヒナを失うことになるよ。そのときヒナたちはのんびり楽しげに遊んでいました。ハクチョウは言いました。あの一番醜い子が生き返るなら、私はほかの子たちを失ってもかまいません。狩人はちょっと笑うと何も言わずくるりと背を向けて行ってしまいました。彼が行ってしまうと、川水が突然増水し、真っ白なヒナたちは逆巻く波に呑み込まれ恐怖の悲鳴をあげました。一方、岸の死んだヒナは、その翼がふたたび動き出し、ゆっくりと起き上がって生き返ったのです。驚いたことに、醜かった黒ヒナは、なんと全身真っ白に変わり、首も長く美しいハクチョウになりました。川面に浮かんでいる白いヒナはみんな黒い灰色に変わり、まるで一面に散らばったゴミのようでした。

この物語はその場にいた全員の心に響き、一同の憂いを吹き飛ばした。中でもエルニスネは非常に喜び、奇形の仔を指して言った。

「わかってたんだ。明日の朝、とっても可愛い仔トナカイに変わるはずだって。おまえの目は星よりもキラキラしてるし、おまえの欠けた足だって雨上がりの虹のように伸びてくるよ」

エルニスネの言葉にみんながホッとしたのもつかの間、続けて彼が言った一言で、その場にいた全員の顔色が変わった。

「もしおいらのアニが危険な目に遭ったら、あの醜いヒナと同じように、身代わりに死んだってかまわない！」

ヴィクトルとリューシャの結婚当夜は、この奇形のトナカイの仔が生まれたことで暗い影が懸かった。私たちは仔トナカイが三日と生きていられないのを知っていたので、ニハオが予定通り戻ってきて、死んだ仔のためにきちんと神降ろしをしてくれるのを待ち望んだ。

夜半ごろ、また雨になった。降り始めは小雨だったが、しだいに激しくなった。普通、婚礼の日に雨が降るのは吉祥と言われている。だからシーレンジュに戻り、雨音を聞くうちに、奇形の仔トナカイに乱された私の気持ちも少しずつ落ち着いてきた。

雨は一晩中降り続け、朝になってようやく止んだ。シーレンジュを出ると、仙郷に踏み入ったごとく、遠くの山近くの山がみんな霧に沈み、宿営地は霧に覆われ、向かいの人さえもぼんやりとしか見えず、まるで足が大地から離れ宙を漂っているような感じがした。私より早起きのワロジャは言った。岸に行ってみたらジン川が増水していて、水辺のヤナギはすっかり水に浸かり、川面には深い霧が充満していた、と。彼は続けて、もし雨があと一日降ると、おそらく水が川から溢れ出し、宿営地はもたないかもしれない。上流の高台にいつでも移動できるよう準備をしておかなければ、と言った。

私は例のトナカイの仔が気になっていたので、ワロジャに生きているかどうか訊ねた。ワロジャは笑って言った。

「あいつは生きてるよ。それどころか、とても元気だぞ。母トナカイの乳も飲むし、危なっかしい足つきで何歩か歩くんだ」

びっくりした私は、彼に言った。

「三本足の仔が、どう歩くっていうの?」

「信じないなら、行って見てみるといいよ」

私はジン川の畔にやって来た。川面の霧は山中よりもっと深く、ジャバジャバという水音は聞こえるが、水の煌めきは見えなかった。ラジミは母トナカイに面繫《おもがい》を取り付けている最中で、例の仔トナカイは聞いた通り、傾きながらも歩いていた。ラジミは言った。

「その仔は川の霧がとても好きらしいよ。しきりに川の中に行こうとするんだ。でもあまり歩けなくてさ。ひょこひょこと四、五歩も歩くと倒れてしまうんだ」

私はラジミに言った。

「ちゃんとその仔の面倒を見てね。もし死んだら、宿営地に連れ帰ってニハオが戻ってくるのを待たないと。くれぐれもカラスの餌食にならないようにして」

霧の敵はきっと太陽だ。昼ごろ、ついに太陽が厚い雲を引き裂いた。もし霧が悠々と移動する白い象の群れだとしたら、日光は鋭い弓矢だろう。いったん放たれれば、射止められない霧はない。霧はたちまち日光に捕らえられ、影も形も消え失せてしまうのだ。空が晴れると、みんなの心も一緒に晴れやかになった。雨さえ降らなければ、私たちはこのままここに留まることができ、移動の必要はない。このあたりの山は苔が豊富なので、トナカイはさほど遠くまで足を延ばさなくても、餌にありつくことができた。出産が済んだばかりのこの時期、授乳のたびに母トナカイを捜して連れ戻さなければならない私たちにすれば、その手間がずいぶん省けるこの宿営地は、まさにうってつけの場所であった。

子どもたちはこの奇形の仔トナカイをとても気に入り、霧が晴れると、つぎからつぎへとジン川の畔に様子を見に走っていった。タチアナはベルーナとマイカンを連れて、青々とした緑の草で草輪を編み、仔トナカイの首に懸け、「これで可愛らしくなったわ」と言った。エルニスネは火を熾して蚊やアブを払ってやった。

エルニスネと仔トナカイの事故が起きたのは、夕方のことだった。そのとき私たちは宿営地でちょうど夕食の支度をしていた。ふと見ると、タチアナとベルーナが川の方から泣きながら走ってきて言った。

「仔トナカイとエルニスネが、川に呑まれて姿が見えなくなってしまったの。いまヴィクトルがカヌーを漕いで後を追っている」

太陽が西に傾く夕暮れ時、お腹がすいたとマイカンがぐずるので、ラジミは彼女を宿営地に連れ帰り、食事を与えていた。戻る前、タチアナたちに、仔トナカイに何かあったらすぐ呼びに来るよう言いつけていたのだ。

タチアナとベルーナは最初エルニスネと一緒に仔トナカイの周りで遊んでいた。そのうち二人はヴィクトルがヤスを持ってやって来るのを見て、彼が魚好きのリューシャのために魚を捕るのだと、見に走っていった。増水すると、魚は普段より多くなる。ヴィクトルが選んだ場所は、川が蛇行しているあたりで、そこには渦が生じるため、魚はまるで籠に閉じ込められた鳥のように飛び跳ね、とても捕りやすかった。ヴィクトルは川の中ほどの大きな石の上に立ち、魚を一匹刺すごとに岸に放ってよこして、タチアナとベルーナにヤネギの枝に刺すよう言った。急所を突いていない魚だと、岸に上がってもバタバタ跳ねるので、タチアナとベルーナはこのような魚をヤナギに刺し通すとき、引きも切らず笑い声をあげた。というのも、魚がしきりに尾で二人の顔をはたいて、どちらの顔にも白いねばねばがくっついたからだ。

刺し漁は、目が利き動作も機敏でないとできない漁だ。ヴィクトルはそれをさも簡単そうにやってのける。彼のヤスは安定し正確なので、岸の魚もどんどん増えた。タチアナとベルーナは忙しくてほかのことにはかまっていられなかった。タチアナがベルーナに言った。

「こんなにいっぱい魚があるんだもの、あの仔トナカイに魚の首輪を作って、草の輪っかと取り換えてやらなくちゃ」

「そうだね、魚の首輪したら、顔がまっすぐになるかもしれないね！」

二人は嬉しそうに笑い合った。と、そのとき、岸からエルニスネの叫び声が聞こえてきた。

「戻ってこーい、戻ってこーい」

ヴィクトルはこのときジン川の上手で魚を捕っていた。一方の仔トナカイとエルニスネは下手の方にいて、距離にすれば一山分だったので、その様子をはっきり見ることができた。仔トナカイが飛ぶように岸から駆けてきて、あっという間に水に飛び込んだ。その瞬間、仔トナカイは大魚に姿を変えたように見えた。叫びながら後を追ったエルニスネも、ジン川に飛び込んだ。川の中央に流された仔トナカイと少年は渦に巻かれたように旋回し、浮いたり沈んだりして、どれが人でどれがトナカイかはっきりしなかった。ヴィクトルは「まずい！」と一言叫ぶと、慌てて岸に戻り、ヤスを放り出した。三人が下手に駆けつけたとき、エルニスネと仔トナカイは増水した激流に呑み込まれてしまっていた。ヴィクトルはすぐ岸のヤナギの茂みに置いてあるカヌーを引き出し、水に浮かべ飛び乗ると、それを漕いでエルニスネの救出に向かった。一方タチアナとベルーナは宿営地に駆け戻り、事の次第を知らせたのだ。

私たちは続々とジン川の畔に駆けつけた。すでに太陽が半分ほど沈み、西向きの水面を黄色に染めている。川面の一方は深い青色、他方は淡い黄色と、川が二分したように見えた。何年ものち、激流郷の商店に行って、布地売場の棚に明るい色と暗い色の二疋《ひき》の布地が立て掛けてあるのを見たとき、私はこの刹那目にしたジン川を不意に思い出した。たしかにあのときのジン川は、まるで明暗二色の布を並べたようだった。ただ、売場の布はしっかりと巻いてあったが、川の布はすっかり広げられ、私たちの目の届かないところまでまっすぐ伸びていた。

ワロジャと馬糞茸はカヌーをもう一艘担いできて、同じようにエルニスネを捜しに出た。

私たちは岸辺でじりじりしながら待っていた。誰もが押し黙っていた。ただベルーナだけが何度も同じことをタチアナに話していた。

「あの仔トナカイは絶対もう一本足が生えたんだよ。見たでしょう、エルニスネよりずっと速く走ったのを。四本足でなければ、あんな速く走れないよね？」

ベルーナはこう言いながら、ぶるぶる震えていたが、話を聞いていた私たちも震えていた。

夕陽は尽き、水面の艶やかな光も行ってしまった。ジン川はふたたび一色のジン川に戻った。ただ空のせいなのか、その色はなんともどんよりと煤けて見えた。ジャバジャバという水音は、まるで誰かがナイフで私たちの心をグサリグサリと刺しているかのように、とても痛々しく聞こえた。

星が出て、月も出たが、エルニスネを捜しに出た者たちは戻ってきていない。ところがルーニーとニハオが、音もなく私たちの背後に立っていたのだ。ニハオは私たちを見て最初にこう言った。

「これ以上待つことはないわ。わたしのエルニスネはもう逝ってしまったから」

ニハオの言葉が終わるなり、川面にカヌーの影が二つ現れた。まるで私たちの方に泳いでくる二匹の大魚のようだった。二艘のカヌーには合わせて四人、三人は立ち、一人は横たわっていた。横たわっている者は、永遠に横たわることとなったエルニスネだった。

エルニスネはもう十分川の水に洗われていたが、ニハオはそれでもジン川の水でもう一度わが子の体を洗い、衣服を取り換えた。私とワロジャがエルニスネを白い布袋に入れて、レスエンコ山の南斜面に置いてきた。この山はヴィクトルとリューシャの結婚の記念に名付けられたが、私の心の中ではひとつの墓となってしまった。

ニハオは、エルニスネは自分を救うために死んだのだ、と言った。彼女とルーニーがトナカイに乗って戻ってくるとき、一刻も早く子どもの顔が見たかった二人は、少しでも早く宿営地に戻るため、近道をして歩きづらい白い岩場を進んだ。白い岩場の細道は、狭く曲がりくねっていた。道の片側は切り立った岩、反対側は深い谷だ。普通なら、火急の用でもなければ、通らない道である。この道に入るとトナカイの足も震えた。

続けざまに二度の大雨に降られ、表面が非常に滑りやすくなっていたので、二人は速度を落とし注意深く進んでいた。しかしその道は本当に狭く、そのうえ雨が路肩の土を柔らかくしてしまってい た。曲がり角に差し掛かったとき、前を行くニハオの乗ったトナカイが、路肩の土を踏んで足を滑らせ、体勢を崩し、ニハオを乗せたまま奥深い谷に転落してしまった。ルーニーが語った。ニハオとトナカイが目の前からあっという間に姿を消したとき、瞬時に心が凍りついたと。こんな深い谷にトナカイもろとも落ちたら、助かる見込みはまずない。ところが奇跡が起きた。トナカイは谷底に転落して死んでしまったが、なんとニハオは路面からわずか人の背丈分ほど下にあったクロカンバの木に引っ掛かっていた。ルーニーはロープを下ろしてニハオを引き上げたが、彼女は上がるなり泣いてルーニーに言った。エルニスネに何かあったにちがいない。というのも、そのクロカンバの木がニハオを受け止めたとき、その木が瞬時に二本の手を出したのが彼女には見えたというのだ。それはエルニスネの手だったと。エルニスネという名は、クロカンバという意味だった。

ニハオが事故に遭った時刻は夕暮れ時、まさにエルニスネが川の水に呑み込まれた時刻だった。ルーニーは言った。自分はよくよくそのクロカンバの木を眺めてみたと。それは勢いがあって力強く、エルニスネそっくりだった。木の上からは、ニハオが落ちる瞬間見たという手を、彼は見ることができなかった。ルーニーは、息子の温かい小さな両手が握れることを、切に願った。

あの奇形のオスの仔トナカイは、憂えた通り私たちに災いをもたらした。

悲嘆に暮れたその夜、全員が悲しみで食事も喉を通らなかったとき、イフリンは宿営地でかがり火を焚いて、昼間クンダが仕留めた野ガモを焼き、肉を食べながら酒を飲んだ。肉の香りが私たちの悲しみに暮れる心を弾のように撃ち抜いた。彼女は月が西に傾くまで飲み続けてから、ようやくよろよろと立ち上がった。シーレンジュに向かうとき、ニハオの泣き声を耳にした彼女は立ち止まり、空を見上げて高らかに笑うと、小躍りしながら手を打って言った。

「ジンドや、お聞きよ、聞こえるだろう？　誰が泣いてるって？　おまえが一緒になりたかった女と一緒になりたくなかった女、どっちが幸せかね？　ジンドや、聞こえているかい？　あの泣き声をお聞きよ、わしは今までこんないい声は聞いたことがないよ！　ジンドや！」

そのときのイフリンはまさに鬼だった。ジンドと関わりのあった二人の女性の悲劇に見せた彼女の喜びようは、人をゾッとさせた。

そのとき私はちょうどマリア一家と囲炉裏端に座っていた。他人の災いを嘲る彼女の叫びに、マリアは憤って激しく咳き込み、ジェフリナがそっとマリアの背をさすった。マリアは咳が軽くなると、あえぎながらジェフリナの手を取って言った。

「わしのために子を産んどくれ。元気な子をな！　ダシーと幸せになって、イフリンに見せておやり。結婚してこんなに幸せだと！」

イフリンの尽きることのない恨みが、かえってマリアがジェフリナを許すきっかけになるとは、思ってもみなかった。

ダシーとジェフリナはそれぞれマリアの手を片方ずつ取って、感極まって泣いた。

マリアのところから自分のシーレンジュに戻るとき、私はニハオがまた神歌を歌い出したのを聞いた。

この世の白い布袋よ、
おまえはなぜ穀物や干し肉を詰めないのか、
わざわざわたしのユリの花を踏み潰し、
わたしのクロカンバの木を叩き切り、

おまえの汚い袋に詰めてしまうのか！

私たちはそそくさとレスエンコ山を引き払い、ジン川を後にした。ただし今回の移動は全員が同じ方向を目指すのではなく、二手に分かれた。ワロジャが一方を率い、ルーニーがもう一方を率いた。イフリンのあの晩の狂った叫びが、全員の心に突き刺さったのだ。イフリンとマリアを別々にしなければならない、とルーニーは言った。ルーニーたちは、マリア一家、アンドル、さらにワロジャの氏族の数人を率いた。私はアンドルをそばから放したくなかったが、彼はルーニーと一緒に行きたがっているようだった。アンドルがそうしたいなら、私はその意思を尊重したい。

ルーニーについていくのを一番ぐずったのはベルーナだった。ベルーナはタチアナやマイカンと離れたくなかった。別れがせまるとベルーナは泣いた。

「別々になるけど、近くにいるんだよ。いつでもタチアナと会えるから」

私が慰めると、ベルーナはやっと泣き止んだ。

イフリンはルーニーが一部のトナカイと人々を連れて別の方向に行こうとするのを見て、しかもマリア一家がその中に含まれているのを見て、まるで好戦的な人が突然ライバルを失ったかのように、すごい剣幕で怒り出した。彼女はルーニーが分裂を図ったと罵り、ルーニーはわが一族の罪人だと言った。彼女は昔も同じような口調でラジタを罵ったことがある。

ルーニーは取り合わなかった。イフリンは振り返るとベルーナの頭をつついて言った。

「おまえはあいつらと行って無事で済むと思ってるのかい？　ニハオが神降ろしをすれば、たちまちおまえはあの世行きなんだよ！」

ベルーナは泣き止んでいたのに、イフリンの言葉はまたベルーナを怯えさせ泣かせてしまった。ニハオはため息をつきベルーナを抱き上げた。陽光が彼女たちに降り注いだが、二人の顔色はひどく青白かった。

クンダはイフリンと口を利かなくなって久しいが、このとき突然ナイフを摑んでイフリンの目の前に行き、ナイフをちらつかせて言った。

「これ以上何か言ってみろ！　おまえの舌をちょん切って、カラスにくれてやるからな！　脅しじゃないぞ！」

イフリンは上目づかいにクンダをちらりと見ると、ニヤリとして口を閉じた。

翌年の春、イワンが戻ってきた。数年会わないうち、彼はずいぶんと痩せこけ、ひどく老いてしまった。イフリンは彼を見るなり「おや」と声をあげ、言った。

「兵隊暮らしができずに、また山に戻ってきたのかい？」

イワンはクンダに言った。彼はすでに部隊をはずれ、彼の所属していた組織は別の場所に移動したと。クンダが、部隊で過ちを犯して除隊になり帰されたのか、と聞くと、イワンは否定して言った。いつもテーブルに座って家の中で食事をし、夜寝るときはドアや窓をきっちり閉めて風の音さえ聞こえない、そんな暮らしに慣れなかっただけだと。さらに、部隊はしばしば彼に女性を紹介したが、その女たちはみんな、彼の目には長患いの病み上がりのように、陰気臭かった。もしこれ以上あそこにいたら、早死にしてしまうと。彼のいた組織は、結局満帰《マングイ》（内蒙古自治区の北端の町。激流川が近辺を流れている）に落ち着き、さらにそこからイワンは給金を受けることができたが、私たちの毎月の狩猟民生活補助金よりずっと高かった。

イワンはワロジャに語った。

「これからは山も静かじゃなくなるかもしれん。実はな、満帰に多くの人足たちが集まってきていてな、山に入って木を伐採し、大興安嶺の開発を進めるつもりらしい。鉄道兵も到着したしな。あいつらは山に線路と道を造って、木を外に運び出す支度をするつもりさ」

ヴィクトルが訊ねた。

「木を伐って何を作るつもり?」

「山の外には人間がたくさんいて、誰もが住む家を欲しがってるのさ。木がなければ家を作れんだろう?」

みんな押し黙ってしまった。イワンの帰郷は、私たちに何ら喜びをもたらさなかった。しかしイワンはみんなの憂鬱な気分を察していないのか、さらに二つの話をした。ひとつは王録とルダについて、もうひとつは鈴木秀男のことだった。

王録とルダは首が飛ぶのは免れたが、二人とも監獄行きとなり、一人は十年、一人は七年になったと。イワンは十と七の二つの数字を言うとき、舌が少々もつれた。

鈴木秀男の話はこうだった。彼は逃走中に捕まって捕虜となり、多くの日本人捕虜とともにソ連に送られ、ドイツ人捕虜と一緒にシベリア鉄道の建設に動員された。鈴木は故郷を偲び、老いた母親が心配で日本に戻りたがった。どうあっても帰ろうと、彼はある日作業中にわざと枕木で自分の足を潰した。片足が不自由になった彼は鉄道建設に携われなくなったため、ようやく本国に送還されたのだそうだ。

イワンが鈴木秀男の身に起きた出来事を話し終えると、クンダがため息をついて言った。

「これからの人生、もうあいつは日の当たる道を歩けんな!」

「あいつが俺と同じ〝廃人〟になるとは、思ってもみなかったよ」とラジミが言った。

イワンは私たちのところに三日だけ留まり、すぐルーニーのところに行ってしまった。

その年、私には孫ができた。リューシャはとても元気な男の子を産み、私に名前を付けてくれるよう頼んだ。ニハオが子どもたちに付けた草木の名前は、いずれも弱々しかったことがパッと脳裏に浮かび、私は思い切ってこの子に九月《ジウユエ》と名付けた。九月生まれだからだ。神は簡単に草花や木々を連れていってしまうが、暦の月なら連れていけないと思った。一年十二カ月、良かれ悪しかれ削れる月などないからだ。

イワンの話は間違っていなかった。一九五七年、林業労働者が山に留まるようになった。彼らは地勢に暗いうえに、「伐採基地」で使うものを人力だけで運び込むのは大変な作業で、そんなときは、私たちが彼らの道案内を務めねばならないだけでなく、トナカイも彼らのテントや物品の運搬に駆り出さねばならなかった。ワロジャはこれまで三度ウリレンの者とともに、トナカイを率いて彼らのために荷物を運んでやったが、一回の運搬におおよそ半月は取られた。

伐採音がこのときから響き出した。雪の降るころまでずっと斧の音とノコギリの音が聞こえた。太く立派な松の木はつぎからつぎへと切り倒され、木材運搬用の林道は一本また一本と切り拓かれた。最初のころは馬で林道まで原木を牽いていったが、のちにはトラクターが唸りを響かせ入ってきた。トラクターは馬より力があり、十数本の原木を一回で運ぶことができた。山奥から運び出した木材は、長い木材運搬トラックに積まれ、外へ運ばれていった。

トナカイと私たちは静けさを好むため、このころから私たちは、伐採期間になると森での移動がいっそう頻繁になった。私たちはひっそりした場所を探したが、ひっそりした場所がすべて宿営地に適するわけではない。まず、そこにトナカイの好きな苔があるかどうかを確認しなければならないし、つぎに、そのあたりが狩りに適しているかどうかも見極める必要があった。これ以降、私たちは春が一番好きになった。春になると伐採期間が終了し、森は以前の静けさを取り戻したからだ。

一九五九年、役所はわれわれ狩猟民のためにウチロフに数棟の丸木造りの家を作ってくれた。氏族のいくつかがときどきそこに行って住み始めた。しかし彼らはどうしても長居ができず、やはり山での暮らしを好んだ。せっかくの家も大半が空き家で、炊煙が上がることは稀だった。そこには小学校があり、エヴェンキ狩猟民の子どもは学費がいらなかった。ワロジャはタチアナをその学校に行かせたいと持ちかけた。

学校に関しては、私とワロジャの考えは違っていた。彼は子どもは学校へ行って勉強すべきだと考えていたし、私は子どもは山でいろいろな動植物を知り、それらとともに暮らす生き方を理解し、風霜雨雪といった天候の変化の兆候を察知できるのも勉強だと思っていた。私は一貫して、輝かしい世界、幸せな世界を本の中から学べるとは信じていない。しかしワロジャは、「知識を持つ人間だけが、視野の広さを持ち、この世の輝かしさを目にすることができるんだ」と言った。

しかし私は、輝かしさとは、川筋脇の岩絵に、そして一本一本連なる木々に、花の露に、シーレンジュの先端の星の煌めきに、トナカイの角にあると感じていた。もしこれらが輝かしさでなければ、何を輝かしさと言うのか。

タチアナは結局学校へは行かなかったが、ワロジャが暇を見てタチアナとマイカンに字を教えた。彼は枝を筆に、地面を紙にして、その上に字をいくつか書き、二人に読み方を教えた。タチアナは字を習うのが好きだったが、マイカンはだめだった。マイカンは習っているとすぐ居眠りを始めた。マイカンを溺愛しているラジミは、彼女に字を習わせるのを止め、こう言った。

「ワロジャが蟻もどきをマイカンの頭の中に詰め込んだが、蟻なんかに大事な娘を傷つけさせるものか」

一九五九年晩秋、ルーニーが突然私を訪ねてきて、私たちをアンドルの結婚式に招待した。

ルーニーの方のグループに、ワーシャという娘がいた。アンドルより三歳年上でワロジャの部族の者だ。ワーシャはよく話しよく笑う娘で、背丈はアンドルより高く、おしゃれが大好きだった。ルーニーの話では、彼らは誰一人アンドルとワーシャができていたとは思いもしなかったという。というのもワーシャはすでに婚約していたからだ。

夏のある日、明け方宿営地に戻ってきたトナカイが三頭足りず、ルーニーはウリレンの若者を総動員して、捜しに行かせた。彼らは午前中に出発し、午後には見つけて連れ帰ってきた。トナカイは戻ってきたが、人の方が戻らない、アンドルとワーシャの姿が見当たらないのだ。二人がいつはぐれたのか、誰も気づかなかった。ルーニーは言った。

「アンドルはまじめな青年だから、道理に背くことをするはずがないし、それにワーシャは婚約している。二人が一緒だったとしても、間違いなんて起こりっこない」

二人は夕方近くなって戻ってきた。アンドルはどことなくしょんぼりしている。彼の顔には何本もの傷がついていて、まるで人に引っ掻かれたようだった。彼に聞くと、ボケの棘で引っ掻いたとしか言わなかった。ワーシャの方は、まるで真夏日に冷たい泉の水を飲んだように、とても愉快そうに見えた。彼女はみんなに、自分とアンドルは脇道に入ってしまって、それで戻るのが晩《おそ》くなったと言った。

一カ月ほどして、ワーシャは毎朝起きると決まって吐いた。みんなは胃でも壊したのだろうと思って、オオカミノシタを採ってきて煎じ彼女に飲ませた。さらに二カ月が過ぎ、秋になると、彼女の腹が大きくなった。それでようやく、その中に詰まっているのが何なのかが知れてしまった。人々は、アンドルとワーシャがあの日二人っきりで戻ってきたことを思い出した。ワーシャの父親はアンドルを見つけると、「ワーシャは婚約中だぞ。うちの娘をこんな傷物にして、よくも崖下に突き落とすような真似してくれたな」と言うや、鼻っ柱が青くなるほどアンドルを殴った。アンドルは自分が何をして殴られたのかがわからず、言った。自分は裸になるようなことはしたくなかったのに、ワーシャがすごくいいことだと言ったのだと。彼はさらに続けた。あの日ワーシャは自分の方からズボンを脱いで、彼を抱きしめ、何をどうすべきかわからない彼に、ワーシャが手ほどきしたのだと。ワーシャはそのとき喜びに浸って、まるで狂ったように「アンドル、アンドル」と叫び、手で彼の顔を掻きむしり、顔が傷だらけになってしまったのだとアンドルは説明した。そのうえワーシャは誰かがもし顔の傷について訊ねたら、ボケの棘でついた傷だと答えるよう彼に言い含めたのだそうだ。

しかしルーニーが言うには、ワーシャの言い分は違っていたらしい。自分は強要された、アンドルが強姦したのだと。ルーニーは言った。

「事実はどうあれ、ワーシャがアンドルの子を身籠ったからには、婚約話はなかったことにして、アンドルはワーシャを娶るしかない」

これは双方とも望まぬ結婚だった。アンドルは嘘つき女など娶りたくないと言い、ワーシャの方はうすのろに嫁ぎたくないと泣いて訴えた。

私はルーニーのところに行き、アンドルに訊ねた。

「おまえはワーシャと一緒になりたいかい?」

「一緒になんか、なりたくない。あれは嬉しくなると人を引っ掻く。それに嘘つきだ」

「でもね、おまえはあの娘を孕ませたんだ。娶らないわけにはいかないよ!」私とルーニーは彼に言い聞かせた。

アンドルは両手で顔を覆い、声を押し殺して泣いた。その指の隙間から流れ落ちる涙を見て、私の心は張り裂けそうだった。彼は泣き終わると私たちに向かって頷き、自分のまいた種の苦い果実を飲み下すことに同意した。

二人の婚礼をニハオが執り行っているあいだ、アンドルはずっとうなだれたままだし、ワーシャの方は片方の足で地面を蹴り続けていた。マリアが咳をしながらワーシャを指さして言った。

「その足をおとなしくさせときな、でないと子どもが流れてしまうかもしれないよ」

私はマリアにこれ以上口を出してほしくなかった。アンドルがもっと辛い思いをするかもしれないからだ。そこで彼女に酒を一椀手渡した。マリアも老いてしまったものだ。一椀の酒をちびちびと何回にも分けて飲んだが、それでもやっと半分飲んだだけだった。そのうえ椀を持つ手は、まるで寒風に煽られる炎のように、震えっぱなしだった。

アンドルの婚礼が済むと、私たちは自分のウリレンに戻った。しかし一カ月後、初雪で山や森が白銀の頭巾を被ったころ、私はまたルーニーに呼ばれた。今回は葬儀に参列するためだった。

マリアが亡くなった。彼女は亡くなるまで、ずっとジェフリナの手を握り続け、最後の一息を吐き出すと、その手をゆっくりと放した。

彼女は死の間際まで、ひたすら待ち望んでいたダシーの子を見ることができなかったので、目を見開いたまま逝った。

そんな葬儀のときに、ルーニーは私にニハオがまた身籠ったと告げた。ルーニーがこの話をしたとき、唇が微かに震えていた。子を授かるのは、他人にとってはめでたいことだが、彼らはむしろ底知れぬ恐怖に包まれていた。私はニハオに言った。

「これからはわが子を他人の子とし、他人の子をわが子とすれば、すべて上手くいくはずだよ」

ニハオは私の話に納得し、悲しげに言った。

「それじゃ、わたしもわが子が苦しむのを見て、ほっておくわけにはいかないですね」

彼女の言うわが子とは、実は他人の子のことだと、私にはわかっていた。

マリアは天に召された。イワンはそのころリュウマチを患っており、膝関節が変形してほとんど歩けなかったので、療養のため山を下りた。ルーニーたちとともに行動していたワロジャの部族の二家族もウチロフに移ったため、ルーニーのところは閑散としてしまった。私はルーニーに言った。

「マリアが亡くなって、イフリンとのあいだの憎しみも消えたから、戻ってきて以前のように一緒に過ごさないかい。それに、実はアンドルのこともあってね。どうもワーシャは浮ついていてわがままみたいだから、アンドルのことも粗末にしているのではと心配なのよ。私が二人と一緒にいれば、ワーシャへの歯止めにもなるでしょう。ワーシャがアンドルを馬鹿にしたら、私がワーシャに年長者の威厳を示せるから」

この提案にルーニーとニハオも賛成した。というのも、遊び仲間のいなくなったベルーナが、どんどん偏屈になっていたのだ。ニハオが言うには、あるときベルーナが黄色い蝶を捕まえてきてこう言った。蝶を自分の腹に入れて、腹の中を飛ばせて、自分と遊ばせるのだと。ニハオは口先だけだと思っていたが、ベルーナは本当にそうしてしまった。ベルーナは蝶を生きたまま口の中に入れると、口を閉じ、目を細めたまま何時間もずっと口を利かず、ニハオとルーニーをひどく心配させたらしい。

ルーニーがウリレンのメンバーを連れて私と宿営地に戻ると、イフリンはマリアとイワンの姿がなく、一方ワーシャとニハオのお腹が大きくなっているのに気づき、鼻を鳴らして言った。

「二人行って、また二人来た！」

「イワンはマリアとは違うのよ。マリアは天に召されたけど、イワンは山を下りて療養しているの」

私がそう言うと、イフリンはしばらくぽかんとしていたが、すぐ気を取り直して、いつものようにフンと鼻を鳴らすと、腹立たしげに言った。

「軍の給金なんぞもらってた奴は、結局だめなのさ。おまけに病気かい！」

イフリンはイワンを非難し終えると、急に目に涙を浮かべた。口ではイワンの悪口を言っているが、心ではきっとマリアを思い出していたにちがいない。涙がその証だ。

その夜、クンダが私に、イフリンが食事を取らなかったと告げた。

翌日も、彼女は食事をしなかった。

三日目、彼女はもう思うように歩けなくなってしまった。杖をついて、やっとのことでハシェのところに来て、彼に訊ねた。

「マリアは風葬だったのかい？　それとも土葬かい？」

ハシェはまだイフリンを嫌っていたので、素っ気なく言った。

「マリアは見上げなくとも太陽や月を見られるのさ。キタリスが松かさを抱いて、マリアの体の上を飛び跳ね一緒に遊ぶだろうよ。あんたはマリアが風の中にいると思うかね、それとも土の中にいると？」

イフリンはうなだれた。

「風の中にいるならいいんだ、風の中はいい」

イフリンはハシェのところを後にすると、突然手にしていた杖を投げ捨てて、両手を合わせ、天を仰いで三度拝んだ。拝み終わると、彼女は杖を拾い上げ、よろよろと自分のシーレンジュに戻っていった。

イフリンはまた食事を取るようになったが、このときから、彼女は杖が手放せなくなってしまった。

その年の冬、ワロジャとハシェがウチロフの合作社に食料の交換に行って戻ると、私たちに、山の外は飢饉に見舞われていると教えてくれた。穀物の供給が厳しくなり、彼らは四袋の小麦粉と塩一袋しか手に入れられなかった。このわずかな穀物は私たちウリレンの頭数からすると、まったく話にならないほど少なかった。穀物不足は酒造りにも当然影響を及ぼし、酒の値段も跳ね上がった。酒好きの者たちはみんな意気消沈した。しかし私たちには干し肉と干し野菜がたっぷりあるし、弾の備えも十分だ。狩りで獲物を仕留めれば、それはそのまま私たちの食料となるので、誰も慌てはしなかった。小麦粉は主にルーニーとアンドルに分けた。彼らのところには妊婦がいるからだ。

アンドルはワーシャと結婚してから笑わなくなってしまった。彼はワーシャと床をともにせず、これはワーシャには耐え難いことだった。あるとき彼女は私を訪ね、涙ながらに訴えた。自分は不幸な星回りだと。アンドルは女と寝ることもできない、本当にこの世で一番の大うすのろだと。私は彼女に訊ねた。

「おまえが言うようにアンドルが女と寝られないっていうなら、その突き出た腹は風が膨らましたとでもいうのかい?」

ワーシャはいっそう泣き喚き、こう言った。自分はついていない、アンドルとのあの一回だけであいつの子を身籠るなんて。私は言った。

「身籠ったら、お腹の子のために房事は控えなくては。もし最初の子を流産してしまったら、ジェフリナのようにふたたび子を授かるのは難しくなるかもしれないんだよ」

ワーシャは地団駄踏んで喚いた。

「そんなの嘘っぱちさ!　三年前にも一度堕《お》ろしたけど、また妊娠したじゃないの⁉　なんであたしってついてないのよ!」

ワーシャは言ってしまってから、すぐ自分の失言に気がついた。彼女は口を覆い、目には怖れと後悔の色が現れ、押し黙ってしまった。私はこのとき初めて、彼女はアンドルと関係するずっと前からすでに純潔な娘ではなかったのだと知った。相手が誰なのか、彼女は言わなかったし、私もことさら聞かなかった。

この出来事があってから、ワーシャはずいぶんおとなしくなった。もう私の前でアンドルをうすのろと罵ることはなかったが、内心はまだ不満たらたらだった。女を見るときの目は、死んだ魚のように淀んでいたが、年頃の男の姿となると、いつもその目は機敏に動き、眉もきりっと上がった。しかし男たちは彼女の仄めかしを、取り合おうともしなかった。

あるときワロジャがアンドルに「おまえはワーシャが嫌いなのか?」と訊ねたが、アンドルが繰り返したのはあの言葉だった。

「俺はあれが嫌いだ。あれは嬉しくなると人の顔を引っ掻く。タカの爪のような手だ。それにあれはよく嘘をつく。いい娘は嘘などつかない」

ワロジャはさらに訊ねた。

「じゃおまえは、あれの腹ん中にいる自分の子も嫌いか?」

「生まれてもいないのに、その子が好きかどうかなんて、わかるわけがない」

アンドルの答えに私は笑い出してしまった。

年が変わって六月、ワーシャは草地で男の子を産んだ。ワロジャはその子にアンツォルと名付けた。

アンツォルが生まれて、アンドルの顔にふたたび笑みが現れた。ワーシャは逆にアンツォルをうとみ、アンドルのことをうすのろと言わなくなった代わりに、この呼び方をアンツォルになすりつけた。ワーシャはアンツォルに乳をやるとき、いつも「うすのろ、お飲み！」と言った。アンツォルのお尻を拭くときも、ぷりぷりして言った。

「このうすのろのうんちは、なんて臭いんだろう！」

ワーシャは、アンツォルが生まれて、アンドルはとても子どもを気に入っているから、自ずと自分に対しても感謝と優しさが芽生え、自分を求めるはずだと思っていた。ところが彼はあいかわらず彼女と一緒に寝ようとはしなかった。怒ったワーシャは、アンツォルに乳をやるときはいつも、しきりに子どもを罵った。

「このうすのろが、あたしの一生を台無しにして！」

あるとき、アンツォルを罵るワーシャの声を耳にしたラジミが、彼女を叱った。

「どの子もみんな宝なのに、おまえはなんで朝から晩まで腹を痛めた子をうすのろ呼ばわりするんだ？　その子がうすのろでなかったら、将来おまえがうすのろと呼ばれるぞ！」

ワーシャはラジミに言い返した。

「この子のアマがうすのろなんだから、この子もうすのろに決まってるじゃない！　違うかい？　あんたみたいな用無し男が、女がどれほどいいものか知らないのは置いとくとしても、どこに女が好きじゃない男がいるっていうのさ？　あいつがうすのろだからに決まってるじゃないか！」

ワーシャの言葉はラジミに深く突き刺さり、ウリレンの者すべての心にも突き刺さった。それ以降、ワーシャと口を利く者はいなくなった。私は彼女がこれほど恥知らずとは思ってもみなかった。私のアンドルがこの先もずっとあの娘と暮らすことを思うと、あの子があまりにも不憫で、私はワロジャに二人を離婚させたいと相談した。ワロジャも同意した。私たちはまずアンドルを訪ねて、私たちの考えを彼に話した。ところが、なんとアンドルは即座に否定した。

「ワーシャは嬉しくなると人を引っ掻くし、嘘もよくつく。俺があれを自由にしたら、また別の男に悪さをするに決まってる！　オオカミみたいに、人を食うと知ってて俺が放したら、それこそ罰当たりだ！　俺はあれを繋いで、目を光らせておかないと。あれに人を食うようなことはさせない！」

この一節は、私が憶えているアンドルの言葉の中で一番長いものだった。しかも筋道が通っていて、最も決然とした言葉だった。彼のこの言葉の中に、私はふたたびラジタの影を見た。

この年の八月、ニハオのお産がもうすぐというころ、十頭のトナカイが急に行方知れずとなった。内訳は、仔トナカイ四頭、種付け用オス二頭、メス四頭。これは私たちにとってただごとではなかった。男たちが三組に分かれてトナカイを捜しに出た。ワロジャ、ヴィクトル、アンドルが一組、ラジミ、馬糞茸、ダシーが一組、ルーニー、クンダ、ハシェが一組。男たちが宿営地を出て行ってから、私たちはじりじりと彼らの帰りを待った。一日目の夕方、ラジミたちが戻ってきた。彼らは空手で戻ってきた。二日目の夕方、ワロジャたちも戻ってきた。彼らの顔には落胆の色がありありと浮かんでいた。三日目の夕方、ルーニー率いる一行がついに私たちのトナカイを連れて戻ってきた。トナカイのほかに、ルーニーは見知らぬ漢族の男三人も連れ帰った。そのうちの二人はハシェとクンダの後から歩いてきた。一人は背が高くもう一人は低い。残りの一人はトナカイの背に力なくもたれ、うんともすんとも言わず死人のようだった。ルーニーは言った。

「この三人はトナカイを盗み、山の外に運び出して屠って食べるつもりだったんだ」

ルーニーが三人に追いついたとき、三人はすでに仔トナカイを一頭殺して食べてしまっていたため、戻ってきたトナカイは九頭だった。ルーニーが私たちに説明しているあいだ、そのチビとノッポの二人は、私たちに跪き、見逃してほしい、どうか撃ち殺さないでくれと懇願していた。彼らは泣いて説明した。私たちのトナカイを盗んだのは、すべて飢饉のせいなのだと。彼らはろくに食えず、家にいる父母や妻、子はみんな飢えに苦しんでいる。私たちが山でトナカイを放牧していると耳にして、盗み心を起こしたのだと。ワロジャは彼らに、どこから来て何をしているのかを訊ねたが、彼らはただ、山の外から来た、仕事はしていない、と言うだけで、具体的なことは一言も言おうとしなかった。二人はさらに、トナカイの背に伏せている一人を指して言った。

「お願いだ、あいつを助けてくれ。あいつはまだ十六で、結婚もしてないんだ！」

「十六の小僧が盗みとは、将来ろくな大人にならない！」

ハシェはぶつぶつ言いながらも、そのトナカイに伏せている若者を抱き下ろすと地面に横たえた。若者の丸い顔は青ざめていて、濃い眉に閉じた目、唇は分厚かったが顔同様血の気がなかった。見たところたしかに十五、六歳ぐらいだ。髭は薄くまばらで、まるで春先に南斜面に芽生えた青草のように、柔らかくしなやかだった。彼はカエルのように腹が張っていた。ピクリともしない様子を見て、死んでしまったのだとみんなは思った。ワロジャがしゃがみ込んで手で彼の鼻息を探ってみると、まだ息のあることがわかり、跪いていた二人を立たせて、この若者はどこが悪いのかと訊ねた。ノッポが言った。

「仔トナカイを殺して火を熾し、一緒に肉を焼いていたんだが、あいつったら、あんまり腹すかしてたもんで、火が通ってないっていうのに齧りついて、焼けたら焼けたでそれも食って。腹が抜けるほど食ったら、今度は喉が渇いたって言うから、水筒を渡すと一気に飲み干してさ。そうしたらこの有様で」

チビの方も付け足した。

「水を飲んですぐ倒れたんじゃないんです。あいつは立ち上がって一本の大木に小便をひっかけ、ふらふらしながら戻ってくると、ペタンと尻餅をついてね。そのあと顔に冷や汗が噴き出して、〝ドサッ〟と倒れてしまったんですよ」

「どうして大木に小便なんかするんだ！」ワロジャは言った。「きっと山神様の怒りに触れたんだ！」

クンダが言った。「山神様がお怒りなのさ、おそらく、もう命はないな！」

ノッポとチビは同時にまた跪き、私たちに土下座して訴えた。

「俺らはあんた方の神様がたくさんいると聞いてたんで、山に入ってからはよくよく注意してたんですよ。切り株にも石にも座らず、草さえ折らんようにしてました。なのに一回の小便が神様にかかってしまうだなんて！　決してわざとじゃありません。聞いた話だと、あんた方のところには巫女がいて、神様を呼べるって。神様にあいつを許してくれるようお願いしてください。俺ら、もう飢え死にしたとしても、金輪際盗みはしません！　あいつが死んじまったら、あいつの家族に会わす顔がない！　お願いです、救ってやってください！」

リューシャは九月《ジウユエ》を抱き、ワーシャはアンツォルを抱き、タチアナは片手でベルーナの手を引き、もう片方の手でマイカンの手を引き、地面に横たわっている若者を取り囲んで見ていた。そのときニハオの体はもうかなり重くなっていたし、出産のときに籠るヤタジュ（産屋）さえ建て終わっていた。二人のよそ者の頼みに、彼女は全身震え出した。彼女が震え出すとルーニーも震え出した。

「ああ、俺はなんであんな奴らを連れてきてしまったんだ！」

ルーニーはそう叫びながら、ベルーナを自分の懐に抱き寄せた。まるでルーニーは風化した岩のごとく、ベルーナはというと激しい風雨を避け、岩の下でぶるぶる震える小鳥のようだった。私はこれ以上彼らが他人を救うために、自分の愛する子をまた失うのを見たくなかった。私はそのよそ者に言った。

「私らのところには巫女はいないよ！　この若い人は、どうやら、神の怒りを買ったんではなく食べすぎのようだね。その腹を見ただろう、私らの仔トナカイを半分近くもまる呑みするとはね！　自分で自分の首を絞めたようなもんだよ。どうにかして、その腹ん中の肉を吐き出させれば、大事にはならないだろうよ！」

「腹ん中に入ったもんは、深い井戸に落ちたも同じ、どうやって取り出すっていうんです？」とノッポが言った。

「何か薬はないですか？　食べた物を吐き出せるような」とチビも言う。

私たちはその若者を起こし、指を喉に突っ込んで、刺激を与え吐かせようとしたが、少しも反応がない。そこで今度は下剤を飲ませて、食べた物が下って排出できないかと期待したが、この方法も効果がなかった。

太陽が沈んだ。空の際に数本のオレンジ色の光の帯が現れた。これが太陽の最後の呼吸なのだ。空はもう薄暗かった。この薄暗さは、私の胸を締めつけた。ニトサマンとニハオが神降ろしをするのは、たいていこういう時刻からだ。ワロジャはもう一度少年の息を探ってみた。彼の手がぴくっと震えた。もう息がないらしい、潮時だ。この瞬間、私はふっと気が軽くなった感じがした。若者の命が消えたのだから、当然もう救う必要はないと思った。

まさにこのとき、ニハオはやっとのこと体を屈めて、その手を若者の額に載せた。彼女は立ち上がるとルーニーに言った。

「仔トナカイを一頭殺して、この人をわたしたちのシーレンジュに運んで」

「ニハオ、よその子のためによく考えるんだよ！」

私は声を張り上げた。彼女だけは「よその子」の意味がわかるはずだと。

ニハオの目が潤み、私に言った。「わが子がまだ救えるのに、どうしてそんなこと……」

ニハオは終いまで言わなかったが、みんなには彼女が口にしなかった言葉がわかった。

ルーニーは立ち尽くし、ぎゅっとベルーナを抱きしめるしかなかった。ワロジャは馬糞茸に、仔トナカイを殺してマルー神に供えるよう言いつけた。そしてハシェと一緒にその若者を抱えてルーニーのシーレンジュに運んだ。

今回ニハオは誰もシーレンジュに入れなかった。彼女がどう無理をして、あの重たい神衣を身につけ、神裙を締め、神帽を被ったのか、誰も知らない。太鼓の音が響き出し、真の闇夜が訪れた。天の際に輝いていたオレンジ色の光の帯は、ことごとく消え失せ、闇夜にすべて呑み尽くされてしまった。私たちは恐れおののきながら宿営地に立ち尽くした。まるで小島を取り囲む水のように、ルーニーとベルーナを取り巻いた。

「大丈夫だ、怖がらなくていい」

ルーニーがベルーナに言った。

「大丈夫、怖がらなくてもいいよ」

私たちも言った。ところがワーシャだけはこう言った。

「おまえのアニが神降ろしをすると子どもが一人死ぬんだとさ。怖いならなぜ逃げない？　おまえは馬鹿だよ！」

ベルーナはさっきから震えていたが、ワーシャの話を聞いていっそう震え出した。私はアンツォルをワーシャの懐から抱き取り、彼女に言った。

「ここから出て行って！」

「何かまずいことでも言った？」

「出ておいき、今すぐ！」

私は声を荒げた。ワーシャはぶつぶつ言いながら、この場を離れていった。彼女がいなくなると、アンドルもいなくなった。しばらくして、ニハオの太鼓の音と神衣の飾り金具がたてる〝チャランチャラン〟という音が聞こえなくなった。ワーシャの泣き声と罵声に掻き消されてしまったからだ。ヴィクトルがやって来て私たちに話してくれた。アンドルがワーシャを木に縛りつけ、カバの木の枝で彼女をムチ打っていると。

「当たり前だ！」

ワーシャの両親は声を揃えて言った。私たちは誰も止めに行かなかった。

ワーシャは三十分ほど泣き叫ぶと、泣き声は弱々しくなり、罵声も微かになった。厚い雲のような泣き声と罵声がひとたび払われるや、月のように澄みきった太鼓の音が輝き出した。太鼓はせわしく打ち鳴り、ニハオがとても激しく力を込めて舞っている様子がうかがえた。あんなに華奢な彼女が、まもなく生まれる子をお腹に抱え、どうして耐え続けられよう！　私たちにしてみれば、太鼓の音は寒波の覆う中吹き荒ぶ北風のごとく、背筋を凍らせる音だった。

月はすでに中空に懸かった。その弦月は半分欠けているが、明るく清らかだった。太鼓の音が止んだ。舞も止んだのだろう。ベルーナはあいかわらずルーニーに抱かれている。私たちは深い吐息をついた。

「太鼓の音が止んだから、もう大丈夫だよ」

私がベルーナにそう言うと、ベルーナは「ワァー」と声を張り上げて泣き出した。まるで途方もない負担を強いられたかのように。私たちはベルーナを慰めながら、ニハオが出てくるのを待った。だがベルーナの泣き声が止んでも、ニハオは出てこない。私とルーニーはハッとして、ニハオの様子を見に中に入ろうと思ったちょうどそのとき、シーレンジュの中から、神歌を歌う彼女の声が聞こえてきた。その歌声は私にある光――氷に映える月の光――を思い出させた。

わが子よ、戻ってきておくれ、
おまえはこの世界の光をまだ見ていないのに、
闇の中へ行ってしまった。
母さんがおまえのために皮の手袋を揃えたんだよ、
父さんがおまえのためにスキー板を揃えたんだよ、
わが子よ、戻ってきておくれ。
焚き火はもう燃えている、
鍋ももう懸かっている。
おまえが戻ってこないと、
みんなは焚き火の周りに座っても、
寒々しく感じるんだよ。
おまえが戻ってこないと、
みんなは鍋いっぱいの肉を囲んでも、
ひもじさを感じるんだよ。
わが子よ、戻ってきておくれ、
スキー板を履いてトナカイの群れを追いかけよう、
おまえがいないと、オオカミが襲うにちがいない
トナカイのあの美しい角を。

私とルーニーは気づいた。ニハオの神歌がもうすぐ生まれるはずだった子に歌ってやっているのだと。私たちは子どもが生まれてもいないのに死ぬだなんて、信じられなかった。私とルーニーはシーレンジュに駆け込んだ。中はひどい臭気で、むせるような生臭さと血の臭いがしている。囲炉裏の火は消えそうになっていた。ルーニーが熊油ランプを点けて見てみると、生き返った若者が隅のほうに蹲りむせび泣いていた。彼の周りには腐った嘔吐物がごろごろと散らばっていた。ニハオは死んだ赤ん坊を抱きしめ、うなだれて囲炉裏の前に座っていた。彼女が神帽を取ると、汗に濡れそぼった髪がシダレヤナギのように、死んだ赤ん坊の髪の上で微かに揺れていた。神衣と神裙はまだ身につけたままで、おそらくもう脱ぐ力もないのだろう。神裙は血に汚れていたが、神衣を飾る金具は、変わらずにキラキラと輝いていた。

死んだ赤ん坊は男の子だった。その子はこの世界の光を何ひとつ見ることなく、暗闇の中へ沈んでいった。赤ん坊は名付けられることもなく、ニハオの死児の中で唯一名前がなかった。

私とワロジャは、また白い布袋を提げて、ルーニーとニハオの骨肉を葬りに行った。今回はその子を適当に捨て置くのではなく、その子のために手で穴を掘り埋めてやった。私たちの目には、その子はまるで一粒の種のように、いつか発芽して天にも届く大樹へと育つものに映った。八月の日射しは焼けるように熱く、地面までも熱くする。この目に、南斜面は鬱蒼とした樹木のほかに、熱く激しい植物が伸びているかに映った。つまりそれは太陽の日射しだ。私とワロジャが手で墓穴を掘っていると、爪のあいだに熱い土が詰まり、よい香りを放った。そんな中、私は桃色のミミズを一匹掘り当てたが、うっかりそれを断ち切ってしまった。ミミズは二つに切られても、体は元のように思いのまま動き、土の中をもぞもぞと這い回っている。ミミズの生命力はなんと強いのだろう。一匹のミミズの中にいくつもの命が秘められているように思え、私は深い感慨を覚えた。人間もこのような生命力を持っていたらよかったのに、と。

ルーニーはニハオに建てたヤタジュを燃やしてしまった。産婦が入ることのない、そして赤ん坊が生まれることとのないそのヤタジュを。本来ならそれは一群の雨雲のように、渇ききったルーニーとニハオに雨露と清々しさをもたらすはずだったのに、まさか現れたかと思うや消えていくとは。

私たちは結局、三人のトナカイ泥棒を帰してやった。

「飢餓が盗み心を起こさせたんだ、許してやろう」ワロジャが言った。

三人が宿営地を後にするとき、傷心のルーニーはそれでも彼らに途中で食べるようにと干し肉を少し持たせてやった。三人は地面に跪いて、何度も私たちに深々と頭を下げ、涙ながらに言った。

「いつの日かかならず、命を救ってくれた御恩をお返しします」

ニハオは一週間シーレンジュで静養し、ようやく回復して出てきた。彼女は以前にもまして痩せてしまった。頬は深く窪み、唇には血の気がなく、髪にも白いものがいくつか交じった。彼女は日の光に怯えるかのように、外に出るなりぶるっと体を震わせた。彼女の腹はぺしゃんこになってしまった。まるで、大きな穀物倉を持っていた裕福な人が、突然襲いかかった飢饉のせいで今では倉がすっからかんになってしまったようにだ。私たちは彼女の体から変わった匂いを嗅ぎ取った。それは麝香の匂いだった。

キバノロは森の中で一番不細工な動物だ。その体は黄褐色で、毛は太く硬いが、胸のあたりに白い線が入っている。まるで年がら年中、自分の汗拭き用に白いタオルを一枚用意しているようだ。キバノロの姿は鹿に似ているが、角は生えない。頭は小さく尖っていて、皺くちゃで、とても醜かった。オスのキバノロは大変珍重された。というのも、臍と生殖器のあいだに分泌物を出す分泌腺の袋があり、それを取って乾燥させると独特の香りがするのだ。それが麝香である。だから、私たちはキバノロをジャコウジカとも言った。

麝香は貴重な薬材なので、ジャコウジカを仕留めたときはいつも、ウリレンの祭日となった。麝香は解毒剤になり、興奮や気付けの効能もある。このほかに、避妊薬としても使えた。その香りをちょっと嗅ぐだけで、避妊の効果が出るのである。もし結婚した女性が、麝香を一日中ポケットに入れていたとしたら、一生身籠らないだろう。

ニハオがなぜ麝香をポケットに入れているのか、みんなわかっていた。どこに子を授かるのを嫌がる女性がいようか？　しかしニハオの妊娠はいつも災いと一続きで、喩えるなら苦労して巣を作った鳥が、巣が出来上がると、いつも思いがけない風雨に巣を吹き落とされてしまうようなものだった。

麝香の香りは常に女の涙を誘った。あたかもその香りが私たちの涙腺を刺激するかのように。ルーニーはニハオの行いに何も口は出さなかったが、心の奥では絶望していた。ニハオが麝香を帯びていた日々、夏から秋にかけて、よくルーニーはみんなの前で不意に涙をこぼした。慌てて涙を拭うとき、彼はいつも「なんだか匂いが目に染みてさ」と言い繕っていたが、ルーニーが息子をとても欲しがっているのを私は知っていた。ゴーゴリとエルニスネは二つの流れ星のように、ルーニーの心の空を横切り、影さえ見えなくなってしまった。

冬の初め、ニハオの体から麝香の香りが消えた。私はルーニーの涙がその香りを追い払ったのだと思った。濃霧のごときその香りを、ルーニーの涙がニハオの日の光となって霧を晴らすよう掻き消したのだ。

一九六二年以降、山の外の飢饉もある程度収まったが、食料供給はやはり逼迫していた。イワンは秋に戻ってきた。彼の足はやはり歩行が不自由で、彼は馬を二頭雇って、私たちに酒、ジャガイモ、モンゴル人のところから買ってきたチーズを持ってきた。彼のあの大きな両手は変形してしまい、関節が突き出し曲がっていた。かつては石をも打ち砕いた両手は、いまやカラスの卵を握り潰すのさえやっとのありさまだった。イワンは耳にした話を私たちに教えてくれた。役所がいま重大なことを考えているらしい。村落をもう一度新しく建設して、私たちのような暮らしをしている山の狩猟遊牧民を、そこに移して住まわせようとしていると。

「ウチロフのあの家は、どれもまだがらがらだっていうのに、また別んところに作るのかね。暇なこった！」とハシェが言った。

「山を下りたら、トナカイはどうなるんだ？」とダシーが言うと、ラジミが同調した。

「そうだよ、俺はやっぱり山の暮らしがいい！　山の外は飢饉だの、泥棒だの、それにごろつきだのがいて、外での暮らしは盗人匪賊のど真ん中で暮らすようなもんだ」

ラジミは山を離れたくなかった。マイカンのことがあるからだ。彼は一度もマイカンを連れて出かけたことがなかった。彼女の生みの親が捜しに訪ねてきて、実の娘を連れ帰ってしまうかもしれないと、懼《おそ》れていたのだ。マイカンはとても美しく、その美しさには花も色を失い、日や月も翳るほどだった。宿営地に蹄の音が響くや、ラジミはすぐ猟犬のように耳をそばだて、ことのほか警戒した。誰かがマイカンを連れ戻しにきたと思うらしい。

イワンが戻ってきた日、みんなはたっぷり酒を飲んだ。その夜、私はワロジャと過ごしたくて仕方なかった。タチアナはもう年頃の娘になったので、私は私たちが夜半に紡ぐ風の音がタチアナを驚かせないか心配だった。彼女がその風を聞きながら育ったとしてもだ。しかしこの夜は違った。酒が炎のように私とワロジャの激情を燃え上がらせたので、愛おしさのぶつかり合う風音は、いつもよりもっと激しかったにちがいない。私はワロジャの胸に寄り添い、私たちは話をすることで激情を抑えようとした。私は彼に訊ねた。

「あなたは山を下りて定住したい？」

「それはトナカイに聞いてみないと。奴らは山を下りたいかな？」

「トナカイが下りたがるわけないわ」

「じゃ、わしらもトナカイに従わないとな」ただ、彼はこう言ってからため息をついた。「山の木が今みたいに切り倒されていけば、いずれは、下りたくなくとも山を下りねばならない日が来る」

「山にはこんなにたくさん木があるのよ。伐り尽くすなんて無理だわ！」

ワロジャはまたため息をついた。「われわれは遅かれ早かれ、ここを去る日が来るよ」

「もし私が山に留まり、トナカイは山を下りたら、あなたはどうする？」

「もちろん、おまえと一緒に残るさ。トナカイはみんなの物だが、おまえはわしだけのものだ！」

ワロジャは優しく言った。彼の言葉は私の渇望をさらに刺激し、私たちはしっかりと抱き合った。たがいにキスを交わし、激情はついに黒雲の背後に轟く雷鳴のように激しく爆発した。ワロジャは私に覆い被さり、人を酔わせる春日影のように私を溶かした。その夜の大自然の風音に感謝しなければならない。私たちが二人の秘めた生命の川をゆったりと泳ぎ回り、あの特別な心地よさを味わい始めたころ、シーレンジュの外では強い風が吹き始めた。風は唸りをあげ、まるでわざわざ私たちの激情を匿い、ともに吹き奏でるかのようだった。私が歓びに包まれ、ぐったりとワロジャの腕の中に横わっていたとき、私はこう感じた。ワロジャはまさしく私の山、高く聳える山だ。そして私自身は雲のようにふわふわと漂っている。彼の傍らで永遠に漂う雲なのだ。

私たちは、わりと穏やかな二年間を過ごした。一九六四年の夏、ニハオは一人の男の子を産み、ルーニーがマクシムと名付けた。この子の角ばった大きな顔、広い額、大きな口、手も大きければ足も大きい。この子が生まれたとき、産声が宿営地を揺さぶり、まるでトラの嘯《うそぶ》きのようだった。イフリンはとっくに耳が遠くなっていたが、この子が生まれたときの産声は、彼女にも聞こえたほどだ。「この子の泣き声ときたら、大っきいね。どうやら、この子がこの世に下ろした根は強そうだ。暴風雨でも吹き飛ばせそうにないな!」

このイフリンの言葉にルーニーは心打たれ、涙を流した。マリアが死ぬと、イフリンは昔のイフリンに戻った。ただし戻ったのは善良な心だけ、体の方は昔と同じとはいかなかった。移動するとき、彼女はかならずトナカイに乗り、宿営地内を歩くときは、杖なしでは一歩も動けなかった。クンダが言うには、近ごろのイフリンは体を横たえて寝ることがほとんどなく、いつも囲炉裏端に座って居眠りしているそうだ。昼も夜もそうしているので、まるで火の守り神のようだと。

マクシムが私たちにもたらした喜びは三カ月ともたず、死の暗雲が再度私たちのウリレンの上空に形を成しつつあった。

毎年九月は、森の野生鹿の発情期だ。この時期のオスは気性が荒く、単独行動を好み、明け方や夕方によく一頭で山の斜面に佇み、キョーンキョーンと長く鳴いて伴侶を求めた。この声に呼び寄せられるのは、時には力強い声に引き寄せられたメス、また時には嫉妬に駆られたオス。前者は恋しい相手を求め、後者は闘いを挑みに来る。

私たちの先祖は牡鹿が長く鳴く習性を利用し、鹿笛を作り出した。自然に曲がったカラマツの根の部分を使い、真ん中をくりぬき、魚の皮を貼って作る。それは一方が太く一方が細い角《つの》型で、両方から吹け、鹿の鳴き声によく似た音がした。私たちはそれを「オレウン」と言ったが、普通の人は「呼鹿笛」と呼んでいた。

どの氏族のウリレンにも、数個の呼鹿笛がある。その多くは祖先が残してくれたものだ。秋に私たちはその笛を使って鹿を誘き出した。男の子が八、九歳になると、大人たちは呼鹿笛の吹き方を教える。秋、宿営地に残っている女たちは、たまに〝ブォルブォル〟の鳴き声を聞くと、それが本当に鹿の鳴き声なのか、それとも呼鹿笛の音なのか聞き分けられなかった。

マクシムが二カ月余りになったとき、私たちはまたジン川流域に移った。というのも、その年はこの一帯で野生の鹿が頻繁に活動していたからだ。私たちはレスエンコ山を避け、以前の宿営地には戻らなかった。

男たちが狩猟に出るときは、たいてい二、三のグループを作る。普通三、四人で一組だ。そのころイワンはイフリン同様、歩くには杖が必要だった。ハシェはマリアが亡くなってから、気力がみるみる衰え、目も悪くなってしまった。そのため二人は狩りには出ず、女たちと同じように宿営地に残り、ちょっとした仕事をした。狩りに出たのは若く力のある男たちだった。ワロジャはヴィクトル、クンダ、馬糞茸とよく組み、ルーニーはラジミ、ダシー、アンドルとよく組んだ。

鹿笛が上手いのは馬糞茸とアンドルだった。馬糞茸は自傷してから、冬のさなかに呼鹿笛を吹くことがあった。まるで遠くに行ってしまった彼の雄々しい息吹を呼び寄せようとするかのようだった。彼の吹く呼鹿笛は物悲しく、胸に迫った。アンドルはというと、彼の音色は優美だった。ところが思いもよらぬことに、この二つの音色がたがいにたがいを引き寄せ、終いには、ひとつに混ざり合うことなく、やりきれない悲しみの方が優美な方を消滅させてしまったのだ。

秋、木々の葉は訪れる霜によって、しだいに黄色や赤に染まっていった。霜には薄いもの厚いものがあるので、染まる色も濃淡が一様ではない。カラマツは黄色に、カバやハコヤナギやコナラの葉は赤や黄色になる。葉は色が変わると脆くなり、秋風に乗って舞い散った——あるものは谷の底へ、あるものは木々のあいだへ、さらにあるものは流水の中へ。谷に落ちた葉は土となるだろうし、林に落ちた葉は蟻の傘になるだろう。そして流水に落ちた葉は魚となり、水とともに流れていった。

その日の夕方、私はジン川でリューシャと網を打っていた。リューシャは川の中央に立ち、私は岸に立っていた。その日はまったく当たりがなく、私たちは続けて三回も網を打ったのに、一匹もかからなかった。九月《ジウユエ》はそのときアンツォルを従えて、岸辺で砂遊びの最中だった。二人はひとつもうひとつと砂山を作り、その上に一本一本草の茎を挿していた。日はすでに沈み、私はリューシャに言った。

「今日はだめだわ。魚はみんな水底に潜って出てこないよ。もう引き上げよう」

リューシャは水の中から岸に上がった。彼女は水に入るときに防水の魚皮ズボンを穿いていたため、そのズボンが水と夕陽を映して、しっとりした黄色い輝きを放っていた。まるで彼女が二匹の丸々とした金色の魚を提げて岸に上がってきたかのようだった。私たちは網をしまいながら世間話をした。私はリューシャに言った。

「九月《ジウユエ》はもう八歳だから、もう一人欲しくないかい。孫娘が欲しいね」

ワーシャとリューシャは二人とも息子の嫁だが、ワーシャとこんな話をすることはない。アンドルがワーシャと床をともにしないのは、周知のことだ。リューシャの顔が赤くなった。

「欲しいです。でも、いつも授からなくて。まったくどうしてだか。きっと九月《ジウユエ》が弟妹を欲しがらないのね」

「そうだと知ってれば、漢族の真似をして、九月じゃなくて招弟とか招妹とかにすればよかったよ」

リューシャはにこにこしながら「あの子は砂遊びが大好きだから、招砂とでも付けていれば、あの子のせいにならなかったかも」

彼女の言葉に私も笑った。悲報はその笑い声の中にもたらされた。最初に悲報を伝えたのはジェフリナだった。私たちがまだ笑っていると、彼女が泣き喚きながらこっちに走ってきた。彼女の体から強い塩の匂いがした。ここ数日彼女はずっと干し肉作りをして、毎日塩を肉に揉み込んでいたからだろう。ジェフリナは私の前まで来ると一言、「アンドルが天の水を飲みに行ってしまった！」と言って、川原にへたり込み大声で泣き出した。

その日の朝早く、星がまだ隠れないうち、男たちは二組に分かれ、呼鹿笛を携え猟銃を担いで、鹿を撃ちに出かけた。彼らが出発するとき、私たちはまだ寝ていた。ワロジャはヴィクトル、馬糞茸を連れて東南へ、ルーニーはアンドル、ダシー、ラジミを連れて西南に向かった。本来なら鉢合わせするはずがないのに、不幸な偶然に見舞われてしまった。その日双方とも山中を一日中歩き回ったが、鹿は仕留められなかった。そこで、双方とも途中獲物に出くわすことを期待して、帰り道の方向を変更した。ワロジャたちがレスエンコ山の麓まで来たとき、頂きの方から鹿の鳴き声がしたので、山上に鹿がいると思い、足を止めた。馬糞茸が呼鹿笛を吹き始めると、すぐさま山上から鹿の長い鳴き声が返ってきた。ワロジャ一行は笛を吹きながら山上へ進み、先ほどの鳴き声もワロジャたちにどんどん近づいてきた。このときすでにヴィクトルは銃を構え、ぱっと現れる鹿をいつでも撃てるよう準備していた。狩人の目はよく利く。わずかな動きもその目を欺けない。ワロジャは言った。

「こんなに抑揚豊かな鳴き声は今まで聞いたことがない。起伏に富むこの二つの響きは、激しく、清らかで、まるで音楽みたいだ」続けて、「こんな素晴らしい鳴き声を一瞬で消してしまうのは実に惜しい。できることならヴィクトルに撃たせたくないな」とワロジャは残念がった。

標的まで三、四十メートルに迫ったとき、正面の鹿の鳴き声がさらに熱を帯びた。茂みから〝ガサガサ〟と物音がし、木の葉が揺れ動き、黄褐色の影がちらりと現れた。ヴィクトルは間髪入れず引き金を引いた。彼は二発撃った。銃声が消えると、正面から悲鳴が聞こえてきた。

「わあー！　大変だー！」それはラジミの声だった。

「しまった！」ヴィクトルは一声叫び、真っ先に駆けていった。わが目が信じられないというふうに。彼が撃ったのはなんと自分の弟、アンドルだった。

事の発端はこうだ。帰路の途中レスエンコ山を通ったとき、ルーニーたちはエルニスネを思い出した。ルーニーが山に登りたいと言うので、ラジミ、ダシー、アンドルも彼に付き合い、山頂まで登っていった。すでに太陽は西に傾き、悲しみに暮れるルーニーはため息交じりにラジミに言った。

「太陽の中には鹿がいるかな？」

「俺が呼んでみるよ、そしたらわかるだろう？」

アンドルが夕陽に向かって呼鹿笛を吹き始めた。吹いているうちに、山の麓の方で思いがけず反応があった。ルーニーは喜んだ。

「太陽は本当に神様だ。俺らが鹿を欲しがってると知って、それを届けてくれたんだ」

アンドルたちは笛を吹きながら麓の方に下りていった。一方ワロジャたちは呼鹿笛を吹きながら山を登っていった。実のところ、二つの鳴き声はともに呼鹿笛の音色だったのだ。馬糞茸とアンドルがあまりにもそっくりに吹くので、双方とも相手の鳴き声は鹿の声だと思い込んでいた。悲劇はその一瞬に避けようもなく起きた。もしアンドルが呼鹿笛を吹くとき身を丸めたりせず、鹿の姿――ちょうどその日は鹿の皮で作った服を着ていたのだ――に化けていなかったら、目の利くヴィクトルはすぐその違いを見分け、軽率に発砲することはなかったはずだ。

ヴィクトルの腕は正確で、一発はアンドルの頭、もう一発は下顎を突き抜け彼の胸に達していた。アンドルはヴィクトルが駆けつけるのを待たずに事切れた。私の哀れなアンドル、彼は最後の一瞬、きっと夕陽の中に狩人が潜んでいたと思ったにちがいない。弾はそこから飛んできたのだから。夕陽の中の狩人に撃たれたのは、もしかすると誇らしいことなのかもしれない。だからアンドルが逝ったとき、表情は穏やかで口元には笑みが浮かんでいた。

私たちはアンドルをレスエンコ山の山頂で風葬にした。大興安嶺には多くの山があるが、私の胸に深く刻まれたのはこの山だけである。この山は私の二人の家族を引き取ったからだ。これ以降、私たちは二度とこの山に近づかず、呼鹿笛も使わなくなった。

アンドルを葬ってから、私たちは三日にわたる移動を始めた。それは大移動だった。私たちはもうジン川を見たくなかった。川はみなの目に毒蛇のごとく映り、私たちはそれをはるか彼方に投げ捨てたかった。移動の途中、雪が降ってきた。冬はいつもあっという間にやって来る。昨日まで赤や黄色だった森は、たちまち色を変え白銀色になった。私たちとトナカイは雪の奴隷のように、茫々たる雪の中に閉じ込められた。雪はその冷えきった体で、絶え間なく私たちの顔をムチ打った。今回の移動は、トナカイに乗る者も元気なく、地上を歩く者も意気消沈し、とても沈鬱なものだった。ラジミはこの悲しい空気を和らげたかったのだろう、ムクレンを取り出し吹き始めた。ムクレンには魂がある。吹き手の思いが音となってしまうのだ。心に響く音だったが、悲しい音色だった。ムクレンの音色はみんなの顔に懸かる暗い影を吹き払うことなく、かえって私たちの涙を誘った。

悲しんでいないのはワーシャ一人だった。ジェフリナが私に話した。アンドルが亡くなった知らせを彼女がワーシャに伝えたとき、ワーシャは松の実を齧っている最中だった。彼女は赤紫の殻を「ペッ」と口から吐き出すと、眉を吊り上げて言った。

「ほんとにそんな好運がこのあたしに？」

ワーシャの両親が彼女にレスエンコ山へ行って最後に一目アンドルを見送るよう言ったが、ワーシャは悪態をついた。

「あのうすのろの顔にはもう飽き飽きしてるんだ！」

彼女は本当にアンドルの野辺送りをしなかった。アンドルを弔った日、彼女は宿営地で悠々と干し肉を齧りながら、目の前で遊んでいるアンツォルに言った。

「でかいうすのろが死んだんだよ。チビうすのろはいついなくなるんだい。おまえたち二人ともいなくなれば、あたしは自由になれるのにねぇ」

そのうえ彼女は、ジェフリナにこんなことまで言ったのだ。これからは呼鹿笛を神として崇めることにする。呼鹿笛が彼女に希望をもたらしたから、と。

私はワーシャが私たちの元から出て行くのを願っていた。彼女はさっさと再婚し、決してアンドルのために三年間喪に服したりはしないと思った。私は彼女に言った。

「いつでも自分の望む道を行ったらいい。アンツォルが足手まといだと思う必要はないよ。あの子を愛してないのだから、私の元に残していきなさい」

「わざわざ言われなくても、出て行くときがきたら出て行くわよ」ワーシャは私にそう言ってから、皮肉めいた口調で続けた。「二人の男に嫁ぐのはちっとも恥ずべきことじゃないしね。ハダモアニがそうでしょ？」

私たちは姑をハダモアニと呼ぶ。リューシャはヴィクトルと結婚してからずっと私をこう呼んできたが、ワーシャはそうでなかった。彼女が私をそう呼んだのはこの一回だけ、しかも敬いの気持ちからではなく、私を辱めるためだった。私は言い返した。

「アンドルが亡くなったのだから、おまえは自由だよ。私ももうおまえのハダモアニではないし」

私たちが新しい宿営地に腰を落ち着けると、キタリス狩りの季節がやって来た。男も女も忙しくなったが、ヴィクトルとワーシャだけははずれていた。ヴィクトルはアンドルを死なせてから、雷に打たれた人のように、見るからに虚ろな様でいた。一日中黙ったまま、私たちと話もしないし、リューシャとさえ口も利かなかった。酒を飲むか、あるいは寝ているかで、目はいつも赤く腫れていた。とくにアンツォルを見ることができなかった。アンツォルを見ると、まるでトラコーマの患者が風に当たったように涙がみるみる溢れ出た。私は、落ち込んでいる時期が過ぎたら自然と回復するだろう、この世に永遠に癒えない傷はないのだから、と思っていた。癒えたのちも、天気の良くない日は傷が疼くとしてもだ。ヴィクトルが酒に浸っていた時期、私は少しも止めなかった。ヴィクトルはアンドルを死に至らしめた猟銃をワロジャに渡し、「たとえ飢え死にしても、二度と狩りはしない」と言った。彼は肉にさえ触ろうとせず、酒の肴は干したチョークチェリーや干し魚だった。私たちがキタリスを捕まえているとき、彼は年寄りや子どもたちと宿営地に残った。ワーシャは心中アンドルのことなど少しも気にかけていなかったが、キタリス狩りをさぼる口実に、アンドルが死んだばかりでやりきれず、キタリス狩りの気分ではない、とうそぶいた。ある日の夕方、私とリューシャが数匹のキタリスを提げて戻ってくると、ヴィクトルがわざわざ私のシーレンジュに来て言った。

「アニ、アンドルは死んで、もしかすると幸せだったのかもしれない。生きていたら苦労したはずだ」

「そう思えるようになって、本当に良かったよ」

私が喜ぶと、ヴィクトルは口ごもりながらこう言った。ヴィクトルがシーレンジュで一人酒を飲んでいると、ワーシャが彼を訪ねてきた。ワーシャは彼が酔っているのを見ると、彼の首に腕を回しキスして彼と寝たいと言い寄った。ヴィクトルがワーシャを突き飛ばすと、彼女はなんと「あんたがあたしと寝て、すごくいい思いを味わえば、あのうすのろのことなんかパッと忘れちゃうわよ！」と言ったのだという。ヴィクトルはカッとなって、ワーシャの髪を摑み「もしまたアンドルをうすのろ呼ばわりしたら、その舌を切り落としてやる！」と言うと、ワーシャは、兄弟二人してうすのろだと罵り、泣きながら去っていったと。

私はワーシャがヴィクトルにしつこくまとわりつくのを懸念して、この出来事があってから、リューシャを宿営地に残した。しかし心配はいらなかった。十数日後、私たちの宿営地に一人の馬喰《ばくろう》がやって来た。男は四頭の馬を連れてきて、私たちのトナカイ二頭と交換話を持ちかけたが、私たちは彼と取引しなかった。馬はもうたくさんだ、馬は私たちに痛ましい記憶を思い出させる。それに、彼がトナカイを欲しがるのは、その肉が旨いと聞いて食べようと思ったからだ。どうして大切なトナカイをそんな人間に渡せようか。馬喰は宿営地に一泊すると翌朝早く馬を駆って行ってしまった。男は一人で去ったのではなく、ワーシャを連れていった。

このときからアンツォルは私たちと一緒に暮らすようになった。

一九六五年の初頭、四人のよそ者が私たちのところにやって来た。四人のうち、一人は案内役の猟師、一人は医師、あとの二人は役人ふうの人物だった。彼らが来た目的は、ひとつは私たちの一斉健康診断、ひとつは私たちに山を下りて定住するよう勧めに来たのだ。彼らが言うには、山の暮らしは環境が厳しく、医療条件が悪いので、役所は何度も視察を重ね、さらに一部の狩猟民の意見も聞いて、すでにベルツ川とシャウリジチ川が合流するところに、私たちのためにひとつの村——激流郷——を作り、定住施設の建設に取りかかっていると。

激流郷が置かれた場所はよく知った場所で、あたりには森が広がり、風景は美しく、過ごしやすいところだった。しかし問題がひとつある。つまりトナカイをどうするかだ。全ウリレンのトナカイをそこに連れていくとしたら、トナカイがベルツ川流域だけに留まって餌の苔を食べることはありえない。トナカイの行くところに、結局私たちもついていかねばならなくなる。

「長期にわたってそこに定住するのは無理だ」とワロジャが言うと、二人の役人が聞いてきた。

「あなた方が飼っている四不像《スープシャン》は普通の家畜とどう違うんですか？　同じ動物でしょう？　人間みたいにやわじゃないし、夏は若枝を食べ、冬は干し草を食べれば、飢え死にすることはないですよ」

この発言はみんなの大きな反感を買った。ルーニーは言った。

「あんた方はトナカイを牛や馬と同じだと思っているのかい？　干し草なんか食べないよ。トナカイが山で食べるのは百種類にものぼるんだ。草と枝ばかり食べさせたら、すぐ元気がなくなり、死んでしまうよ！」

ハシェも言った。「あんたらはどうしてトナカイを豚なんかと一緒にするんだ？　豚がどんなもんか、わしはウチロフで見たことがある。糞さえ食べる汚らしい奴だ！　わしらのトナカイはな、夏は、露を踏みながら道を進み、食べるときは花や蝶がそばで見守り、水を飲むときは泳ぐ魚を眺めるのさ。冬はな、積もった雪を払って苔を食べるときに、雪の下に埋もれている赤いコケモモを目にすることができるし、小鳥の声を耳にすることもできるんだ。豚なんぞと比べられるか！」

二人の役人は、一同が怒っているのに気づき、慌てて言った。

「トナカイは素晴らしい。トナカイは神の使いだ！」

こんなことがあったため、多くの者はトナカイのことで定住に不安を抱いた。

聴診器をかけた男医者は、私たちの健康診断を進めるうちに、面倒な問題にぶつかった。彼が男たちに胸元を開かせるのはわりと順調にいったが、女たちにそうするよう言ったところ、イフリンを除いて全員が拒否した。ジェフリナは、自分の胸元はダシーのほかには一生誰にも見せたくない、と言った。リューシャも、よその男に胸を見られるなんて、ヴィクトルに申し訳が立たない、と言った。私はというと、あのひやりとした丸い金属が私の病を見つけ出せるとは思えなかった。私が思うに、風なら私の病を見つけ出せるし、流水や月の光も私の病を見つけ出せるだろう。病というのは、私の胸の中に隠されている秘密の花なのだ。私は生まれてこの方、診療所に行って病気を診てもらったことは一度もない。気が重いときは、風の中にしばらく立っていれば、風が私の心中の憂いを吹き飛ばしてくれる。悩みごとがあると、川辺に行って流れる水の音に耳を澄ます。するとたちまち私に穏やかな心をもたらしてくれるのだ。私が人生九十まで健康に生きてこられたのは、私が正しい医者を選んだ証だ。私の医者とは、清々しい風と流れる水、太陽や月や星々だった。

イフリンは心肺の音を聞いてもらったあと、かすれ声で医者に訊ねた。

「わしはあとどれくらいかね？」

「あなたの心音は弱く、肺にも雑音がある。若いときによく生肉を食べていたのではありませんか？」

イフリンは口を思い切り横に引いて歯を見せると言った。

「神様がわしにこんないい歯をくれたんだ。生肉を噛まないだなんて、もったいないじゃないか」

医者は彼女に肺結核の可能性があると言って、一包みの薬をくれた。イフリンはその薬を受け取ると、杖をつきながらよろよろとニハオのところへ行き、ニハオを見てこう言った。

「これからはもう、人のために神降ろしをして病を治すこともなくなるわい。ほら、病を治すものをもらったよ！」イフリンは薬を掌に載せてニハオに見せた。「おまえさんの子どもはもう大丈夫だ！」

彼女の言葉にニハオは胸がいっぱいになり、涙を流した。

ただし、イフリンはすべての人に憐みの心を持ったわけでは決してなかった。クンダに対しては、あいかわらずひどく冷淡だった。

落ち葉が舞い散るころ、山で狩りを続けていたいくつかの氏族の大多数が、トナカイを連れて激流郷定住地区へと向かった。これはウチロフに続き、史上二度目の大規模な定住だった。役所はそこに私たちのための住宅を建てただけでなく、学校や診療所、穀物販売所、商店、鳥獣買取所まで造った。以後、私たちはウチロフの合作社へ品物の交換に行く必要がなくなった。

私は激流郷に行かなかった。ラジミも行かなかった。

「もしマイカンを連れて山を下りたら、一頭の鹿をオオカミの群れの中に放つようなもんさ」と彼は私に言った。

マイカンは成長してますます美しくなり、彼の心配はますます大きくなった。リューシャも困っていた。ヴィクトルはアンドルの死のせいで定住地区行きの決心を固めていたし、馬糞茸はこれまでの暮らしに慣れ親しんできたので、山でトナカイを放牧するのが一番いいと思っている。彼女は二人の板挟みになってしまった。結局のところ、彼女はやはりヴィクトルを選んだ。ヴィクトルは酒浸りで、常に誰かの世話が必要なほどになっていた。ルーニー一家も行かなかった。

「激流郷に行った人たちも、いずれつぎつぎに戻ってくるでしょうから」とニハオは言った。

年寄りたち、たとえばイワン、イフリン、クンダ、ハシェは体が日に日に衰えているので、定住地区行きは必至だった。ダシーはジェフリナが妊娠できるかもしれないとの望みを診療所の医師に託したため、定住地区行きはやむを得ないことだった。娘のタチアナはその年十九歳、新しい生活をしてみたくてたまらない年頃だった。タチアナは私とワロジャに言った。

「新しい生活は、体験してみなくちゃ良いか悪いか言えないわ」

ワロジャはタチアナと彼の氏族の者のために激流郷へ行くことにした。しかし私には、彼が戻ってくるとわかっていた。

彼らが出発する数日前、私たちはトナカイ分けを始めた。当時私たちは百頭余りのトナカイを飼っていた。私たちはオス、メス、仔の三つに分け、ほとんどを残して一部だけ彼らに連れていかせた。私たちがケチだからではなく、トナカイが新しい環境に適応できるかどうか心配だったからだ。

私はアンツォルを手元に残した。というのも愚鈍な子どもは人の多いところでは、ほかの子からどんな嘲りや悪戯を受けるか知っていたからだ。私はアンツォルにそんな辱めは受けさせたくなかった。山ではこの子の愚鈍さは周りの環境と調和していた。山や水は本質的に愚鈍なものだからだ。山はいつも同じところに端座しているし、水はいつも流れに沿って下っていく。ワロジャとタチアナがいないあいだは、アンツォルだけが私の灯火だった。この子はとてもおとなしく、どんなことでも言いつけるとちゃんとやって、泣いて駄々をこねたりはしなかった。アンツォルは小さいころからトナカイが大好きだった。宿営地で、人のはしゃぎ声や笑い声が聞こえても、われ関せずだが、鈴の音が聞こえると、興奮してシーレンジュを飛び出し、トナカイを出迎えた。アンツォルは塩を掌に載せて、跪いてトナカイに舐めさせた。それはまるで敬虔な信者が自分の崇める神を拝礼しているようだった。私が仕事をしているとき、彼はよく後についてきて眺めていた。口下手だが、手先は器用で、仕事を覚えるのがとても速かった。六歳のときにはもうトナカイの乳搾りができたし、八、九歳にはチャリクを使ってキタリスを捕まえることもできた。仕事をしているときのアンツォルはとても楽しげで、私は今までこの子ほど仕事の好きな子は見たことがなかった。

ワロジャたちは秋に山を下りた。冬が来たとき、私には、彼がもうすぐ戻ってくるという予感があった。だから移動の際、樹号はすべて私が自分でつけた。私は印に一枚の樺皮を挟み、それにひとつの太陽とひとつの月を描いた。丸い太陽と、弧を描く三日月。三日月の一端が太陽に懸かって、まるで太陽を招いているようだった。ワロジャがそれを見たら、私が彼の帰りを待ちわびているのがすぐわかると、私は信じていた。果たして、四度目の雪が降ったとき、ワロジャは帰ってきた。彼は長い髪を切り、かなり痩せてしまっていたが、顔色は赤く艶々して、ずいぶんと若く見えた。

「なぜ髪を切ったの？」と私が訊ねると、ワロジャは言った。彼の氏族の者はほとんどが激流郷に移り、そこには郷長がいて、酋長は廃止することになったのだと。私は笑って訊いた。

「誰があなたを酋長から降ろしたの？」

「時の流れだよ」ワロジャは俯いて言った。そして自分が髪を切るとき、氏族の多くの者が泣いたとも。彼らはワロジャの切り落とした髪をそれぞれ拾い上げ、大切にしまい込み、ワロジャは永遠に自分たちの酋長だと言ったという。私は彼が傷ついているのではと心配になり、わざとこんな質問をしてみた。

「あなたの髪を拾った女の人はいたの？」

「もちろんいたさ」

「それはだめよ。私が悪い夢を見てしまうわ」

「よその女がわしの髪を持っていたとしても、それは死んだものだ。生きているものは、ずっとおまえに絡まって伸びていくんだよ」

彼の言葉がとても情愛に溢れていたので、その夜私たちは心ゆくまで睦み合った。私とワロジャがあの優しい風を送ったあとで、私はアンツォルが囲炉裏の脇にきちんと座っているのが見えた。火の光が彼の顔を赤く照らしていた。私はアンツォルにどうして寝ないのかと聞くと、アンツォルは答えた。

「大風のせいで目が覚めたんだ」彼は私に訊ねた。「アティエは風神なの？」

ワロジャが戻ってきた当日、ルーニー、ラジミ、馬糞茸はちょっと顔を出し、簡単な挨拶だけして帰っていった。おそらく私たちに再会の喜びを十分味わわせたかったのだろう。だが、つぎの日の早朝にはもうやって来て、ワロジャに激流郷とはどんなところなのか、定住した仲間たちの暮らしぶりや、連れていったトナカイの様子について聞いてきた。ワロジャは答えた。激流郷には郷の党委員会の書記がいる。彼は四十過ぎの劉《リウ》という漢族で、温和で優しい人物だ。彼の妻は太っているが、二人の子どもはとても痩せている。郷長はチゴタで、山で暮らしていたエヴェンキの別の氏族の酋長だった人物だ。副郷長二名は一人は漢族、もう一人はエヴェンキだと。ワロジャは続けた。定住地区に着いた翌日、郷では全員を集めて集会を開き、訓示があった。定住後は団結が最も重要である。各氏族間で仲違いや意見の不一致があってはならない。もう大家族として暮らしているのだからと。劉書記がこう述べると、酔っぱらったヴィクトルが絡んだ。

「みんなが一家族なら、女房を取り換えて寝てもいいのか？」

この発言は、危うく集会をだめにしてしまうところだった。というのも、みんな笑いが止まらず、誰も書記や郷長の話を聞かなくなってしまったからだ。劉書記はさらにこう言った。

「みなさん、自分の猟銃はしっかり保管してください。酒を控え、酔っても喧嘩はだめですよ。礼儀正しい社会主義の新しい狩猟民とならなければなりません」

激流郷の家について、ワロジャが言うには、家は二世帯一棟でウチロフのよりも良いらしい。あたりにはハコヤナギが多いためか、家の前にも後ろにもハコヤナギが植えてあるそうだ。部屋の中には綿入れ布団が用意してあったが、みんなはそういう布団は息苦しく感じ、やはり毛皮の上掛けを使っている。最初の数日はみんな寝付けず、夜中にたびたび家の外に出て、まるで夜游神（道教の神、夜中に人の善悪を調べまわる）のように路上を当てもなくぶらついた。寝付けないのは人だけではない。猟犬も同じだった。犬はシーレンジュ近くの林に暮らしていた習慣から、整然と並んだ家に馴染めず、やはり夜になると主人の後についてぶらぶらうろついた。見知らぬ者同士が顔を合わせても話はしないが、見知らぬ犬同士が鉢合わせするとおとなしくしていない。大声で吠え立て、時には咬みつく。そのため、定住し始めのころは、激流郷は夜中になるといつも騒がしかった。

ワロジャは言った。タチアナとイフリン、クンダが一緒に住み、ダシー一家とヴィクトル一家が同じ棟に住んだ。イワンはというと、郷の特別待遇を受けて、一人で一戸分をもらった。郷の党委員会書記はイワンが日本軍と戦った話を耳にしていて、彼を建国の功労者と称えた。男たちは以前同様、山に入って狩りをし、その日に帰ってくることもあれば、数日してやっと帰ってくることもあった。女たちもやはりトナカイの管理が一番大切な仕事だった。トナカイは激流郷に戻りたがらず、静かで広々としたところにいるのをあいかわらず好んだ。そのため女たちは激流郷から一、二キロのところに、トナカイが過ごしやすい場所を見つけて囲いを作り、毎日そこまで携帯食を持ってトナカイの数を数えに行った。もし何頭か足りないと、これまでのように捜しに行かねばならなかった。

馬糞茸が質問した。

「このあいだ来た役人は、激流郷に移ったトナカイには草や若枝を餌にすると言ってなかったか？今の話だと、これまでと同じ飼い方をしてるが、どうしてだ?」

ワロジャが経緯を説明した。初めのころ、トナカイは郷役場の西のシャウリジチ川の畔に集められ、郷の獣医センターの張《チャン》という青い上着を着て眼鏡をかけた獣医が、毎日トナカイの群れの中にいて、トナカイを外に出さず、干し草と豆かすだけを与えていた。しかしトナカイはこれらを食べたがらず、塩をちょっと舐め水を飲む以外は、何も食べなくなってしまった。トナカイが日に日に痩せ細っていくのをただ見ているのに我慢できなくなって、狩猟民たちは張医師は悪魔だと罵り、腕力に訴えて殴ろうとする者まで出てきた。郷のお偉方は狩猟民がひどく憤慨しているのを知り、しかもトナカイの状況も芳しくないため、すぐさまみんなの意見に従い、トナカイはふたたび自由になった、ということだった。

私はワロジャに言った。

「あのあたりの苔が減ったら、トナカイは食べ物を探しによそへ出るはずだわ。二年もしないうちに、あそこの家も空きが出るでしょうね。だって、あそこの家は固定していて、移動できないもの。私たちのシーレンジュのように自由に動かせて、トナカイとともに移動することはできない代物だもの」

その年の冬、大興安嶺の大規模開発が始まった。さらに多くの林業関係者が山里に居座り、彼らはあちらこちらに作業所を設置し、木材輸送の専用路をつぎつぎと切り拓き、伐採の音もますます盛んになった。この年から、森のキタリスの数が減ってしまった。松の伐採が原因だと、ワロジャが言った。キタリスの大好物は松の実だ。松の実は松に実る。松が伐採されるということは、キタリスの食料が減るということだ。人間が飢饉でよそに避難するなら、キタリスも同じ。おそらくリスたちは、ふさふさの大きな尻尾をぴんと反らして、アルグン川の左岸に逃げたにちがいない。

二年後、激流郷に定住していた各部族の者たちは、果たして、トナカイのことが原因で、一組また一組と、渡り鳥のように山に帰ってきた。以前の暮らしというのは鳥の戻る春と案外同じようだ。

私たちのウリレンには、戻ってきた者もいるし、残った者もいた。ダシーとジェフリナは子どもが欲しい事情から、医者や薬をあちこち探し求めて、帰ってこようとしない。イワンは帰りたがったが、彼のリュウマチは歩行が困難なほど重く、心は帰りたくても体が帰れなかった。リューシャはヴィクトルと学校に通っている九月《ジウュエ》のため、そこに留まるしかなかった。帰ってきたのは老け込んだイフリンとクンダとハシェだった。彼らが連れ帰ったトナカイも世話が行き届いておらず、彼ら同様まったく元気がなかった。

帰ってきた中で、一人だけ元気潑剌としている者がいた。私の娘のタチアナだ。タチアナの顔色は赤く艶々して、目には優しい光が溢れ出し、独特の美しさを帯びていた。彼女は宿営地の女たち全員に贈り物を持ってきた。私とニハオには頭に被る青いスカーフを一枚ずつ、ベルーナとマイカンにもそれぞれ柄物のハンカチを一枚。彼女は帰ってきた夜に、私とワロジャに、二人の男性が彼女に求婚したことを話した。そしてどちらを選ぶべきか訊ねた。

タチアナに求婚したのは、一人は激流郷の小学校教員。高平路《ガオピンルー》といい、漢族で、タチアナより六歳年上だった。もう一人はわがエヴェンキ族、ソチャンリンといい、タチアナと同じ歳で、彼らの氏族では名の知れた狩人だった。

タチアナが言った。高平路は背が高く、痩せ気味で色白、穏やかな人柄で、ちゃんと学校を出ている。固定収入があり、しかも笛が上手い。ソチャンリンの方は、中肉中背、がっしりとした体格、笑うととても朗らかで、生肉を好む。彼は私たちと同じ、トナカイ放牧と狩りを生業としている、と。

私は、「その生肉の好きな若者にしなさいよ」と言った。

ワロジャは、「その笛の上手い若者にすべきだ」と言った。

タチアナは言った。「じゃ私は、アニの言う人にすればいいの? それともアマの言う人の方?」

「おまえ自身の心に聞くんだ。心の赴く方へ行きなさい」ワロジャが言った。

タチアナは春に戻ってきた。まるで籠から出た小鳥のように、とても楽しそうに見えた。彼女は、もう激流郷には何の未練もない、やはりシーレンジュに住む方がいいと言った。そして夏、彼女は私とワロジャにこう告げた。

「アニ、アマ、私はやはり生肉が好きな人に嫁ぐわ」

そこで私たちは、急いで娘のために嫁入り道具を揃え、半月後、ソチャンリンはタチアナを娶っていった。

タチアナが宿営地を去る日、ワロジャは私の前で深々とため息をついた。私はわかっていた。彼はタチアナが私たちの元を去るのが悲しいというだけでなく、あの笛の上手い若者でなかったことを残念に思っていたのだ。

タチアナが去ってすぐ、宿営地に客が来た。一人は案内人、一人は激流郷の陳《チェン》副郷長、一人は獣医センターの張医師、残りの一人は例の笛の上手い小学校教員、高平路だった。客人にはそれぞれの目的があった。陳副郷長は人口調査と登録、張医師はトナカイの病気の検査に来た。張医師はさらにトナカイの精液を採取し、品種改良の実験を行うと言って、みんなの失笑を買った。陳副郷長が高平路を紹介するとき、彼は優秀な人物で、夏休みを使ってエヴェンキの民謡を収集しに来たので、彼のためにたくさん歌を歌ってやってほしいと言った。彼は来るなりタチアナのことを訊ねたので、タチアナはこのあいだ式を挙げて嫁いでいったと話すと、彼は口では「それはよかった」と言いつつも、とてもがっかりした様子だった。

ラジミは陳副郷長が人口調査をしに来たと聞くなり、マイカンを脅した。

「おまえを捕まえに来たぞ。決してシーレンジュから出るなよ！　でないと命がないからな！」

マイカンはわかったと言った。しかし、夜、彼女は宿営地の歌い踊るざわめきに、気もそぞろとなり、ふらふらと外に出て、かがり火を囲んで踊っている人々の前に姿を見せてしまった。彼女はもとより露を置くユリのように美しかったが、それに加えしなやかで優美な舞姿が、外から来た男たちの目をこの十七歳の少女に釘付けにした。

突然現れたマイカンは、まさに闇夜に不意に現れた一輪の明月、雨の上がった山々に架かる一本の虹、黄昏時に湖畔に佇む一頭の仔鹿にも似て、ため息が洩れるほどの美しさだった。

「天女じゃないよな?」

陳副郷長は目をこすりながら言った。張医師は口をあんぐり開けたまま、ありえない夢でも見たかのようだ。高平路はというと、初めは俯いて火の光をたよりにノートに歌詞を書き取っていたが、マイカンが現れるや、顔を上げて、筆は止まり、ノートは焚き火の中に滑り落ちて炎と化してしまった。彼は何も言わなかったが、その目ははっきり語っていた。彼は涙を流した。その涙を見て私たちは確信した。彼の心はもうタチアナのことで悲しんだりはしないと。マイカンが一片の雲のように、あっという間に彼の心に吹き入り、風雨を引き起こしたからだ。

ラジミはマイカンの姿を見ると、怒りのあまりわなわなと震えた。人前に出たマイカンはまさに盗まれた掌中の珠であり、一方の彼は空箱を携えた珠の主人よろしく、空しさとやりきれなさがありありと顔に出ていた。だからマイカンの足が楽しげに旋回しているとき、ラジミの肩は傷ついた鳥の翼のように苦痛に引きつっていた。

陳副郷長はワロジャにこう言った。

「この娘はエヴェンキ族ではないだろう? これほどの美人で踊りも上手いとあれば、そのうちかならずこの娘を文工団(文芸工作団。政府機関や軍隊などに付設された、文化宣伝を行う団体)に推薦しなくては。このまま山中に埋もれてしまってはもったいない」

ワロジャは声を落として陳副郷長に説明した。

「あの子は捨て子で、ラジミがあの子を育て上げたんです。あの子はラジミの目、光なんですよ。あの子と離してしまったら、ラジミは盲いてしまいます」

陳副郷長はちょっと顎をしゃくり上げるようにして「おう」と唸ると、もう何も言わなかった。

その夜、ラジミのシーレンジュから途切れ途切れに泣き声が聞こえてきた。初めはラジミの泣き声、続けてマイカンの泣き声。翌朝、二人がいなくなっていることに気づいたが、みんなにはわかっていた。ラジミはあの数人をオオカミと見なし、マイカンを連れて「避難」したのだと。

事実はまさにその通りだった。あの数人が去って三日後、ラジミはマイカンを連れて戻ってきた。このときからマイカンは寡黙になり、ベルーナと一緒に遊ぼうともしなくなった。夕方近くになるとマイカンはよく微かな声で歌を歌った。その歌声は悲しく美しかった。

「高平路は民謡を集めに来たんだから、マイカンの歌声は絶対彼に聞かせるべきだ」そうワロジャは私に言った。

彼女が毎日歌うのは同じ歌で、みんながよく知っているメロディーだったが、歌詞の方はよく聞き取れなかった。秋にベルーナが失踪し、マイカンがまたその歌を歌ったとき、ようやく歌詞がオタマジャクシのように水面に浮かんできた。

ベルーナの失踪はハシェの病が重くなったためだった。

ハシェは大キノコに連れていかれてしまった。しとしと降る秋雨が過ぎると、森にはいろいろなキノコが顔を出す。その中に、傘がとても大きく、赤黒い色をして、表面にねばねばがたっぷりついている、変わったキノコがあった。その特徴から、人はそれを「ねばねばキノコ」と呼んでいた。このキノコは日光が苦手らしく、たいてい日陰の湿った森に生えている。ハシェはこのキノコを踏みつけ、つるりと滑って地面に転倒してしまったのだ。起き上がろうにも、もうその力がない。彼はそのときすでに七十だった。みんながハシェをシーレンジュに運び込むと、彼はルーニーに、決して手当してくれるな、この老いた身では救っても無駄になる、と言い聞かせた。ワロジャがハシェに、これは骨折だから、どうにかして激流郷の診療所まで治療に連れていってやると言うと、ハシェは拒んだ。

「行かん。わしはここに骨を埋める。マリアの骨もここにあるんだ！」

彼の切々とした訴えに胸が締めつけられた。転んだ当日、ハシェの意識はまだはっきりしていたが、二日目からうわごとを言い始め、水を受け付けなくなった。ルーニーが目に涙を溜めてニハオを見ているので、ニハオは彼が自分に何をしてほしいのかわかり、目をベルーナとマクシムに向けた。その眼差しは憂えていた。マクシムはまだ幼く、かつてわが氏族に起きた出来事を何も知らないため、あいかわらず楽しそうにルーニーが削って作った木の人形で遊んでいた。しかしベルーナは恐怖のあまり顔から血の気が引き、まるでオオカミに取り囲まれ孤立無援の仔鹿のように、唇を噛んで震えていた。

その日の午後、ベルーナが姿を消した。私たちは、ベルーナはキノコ狩りに行ったのだと思っていた。彼女はトナカイのようにキノコが大好物だったからだ。しかし夕食時になっても帰ってこない。しばらく様子を見ていたが、あたりが暗くなり星も出たころ、何かあったにちがいないと手分けして捜しに出た。一晩中捜したが、ベルーナは見つからなかった。ルーニーは泣いた。ニハオも泣いた。ニハオはルーニーの胸に顔を埋めて言った。

「捜さないで。わたしが死ななければ、あの子は戻ってこないわ！」

ベルーナが行方知れずとなったつぎの日の夜、マイカンはまたあの歌を歌い出した。今度は、はっきりと歌詞の内容を聞き取ることができた。マイカンの歌はまるで例の笛を吹く人に歌ってやっているような、あるいは自分とベルーナに歌っているような歌だった。

わたしが川辺に洗濯に来ると、

魚がわたしのはめていた指輪を盗んでいって、
それを水底の石の上に載せました。
わたしが山裾に薪を拾いに来ると、
風がわたしの髪を吹き飛ばし、
それを青草に巻きつけました。
わたしが指輪を捜しに川辺に来ると、
魚は遠くに隠れてしまいます。
わたしが山裾に髪を捜しに来ると、
激しい風が身震いするほど吹きつけました。

ハシェは三日三晩苦しみ、ついに目を閉じた。

ルーニーはダシーに訃報を知らせるため、そしてベルーナを捜すために、激流郷へ行った。しかし、そこにもベルーナの姿は見当たらなかった。ルーニーがダシーとジェフリナを連れて戻ったとき、とても辛そうだった。彼はマクシムを見ると、マクシムを懐に抱き寄せ、ぎゅっと抱きしめた。

幼く小さなマクシムは、ルーニーの懐でひきつけを起こし、泣き喚いた。まるでさっきまで楽しく飛び跳ねていたキタリスの仔が、突然山頂から転がり落ちてきた巨石に圧《の》し掛かられてしまったように、苦しそうにもがき、呻いた。

ニハオは震える手で、マクシムをルーニーの懐から抱き取った。マクシムは泣き止んだが、ルーニーが泣いた。

ハシェの葬儀が済むと、ダシーとジェフリナはまた激流郷に戻っていった。

ニハオの体からふたたび麝香の匂いが漂い出した。今回のこの匂いは、彼女の青春を完全に終わらせてしまうものだと、私は察した。果たして、これ以降、ニハオは二度と身籠らなかった。

一九六八年夏、つまりタチアナが結婚した翌年、彼女は可愛らしいイレーナを産んだ。私がイレーナに会った場所は、激流郷で、そのときイレーナはまだおくるみにくるまれていた。この孫娘との最初の対面は、なんと葬儀のときだった。

それはイワンの葬儀だった。

その年に、ダシーとイワンに災いが降りかかろうとは、誰一人思わなかった。

災いの発端は、以前ラジミが持ち帰った地図だった。当時、中国とソ連の関係が悪化し、ほうぼうでソ連修正主義のスパイを捕まえていた。とうに軍事資料として保存されていたその地図が、なんと部隊の造反派に押収されてしまった。地図の裏にロシア語が一句書かれていたからだ。翻訳してみると、「山、その尽きるところあり。水、その果てるところなし」とある。造反派は、この地図はソ連のスパイが作成したものにちがいないと考え、その出所を追跡し、イワンを突き止めたのだ。

造反派は数百キロも車を走らせ激流郷に駆けつけると、イワンに地図がソ連人のところから手に入れたものかどうかを詰問した。イワンは、地図はダシーがくれたもので、ダシーもラジミから手に入れた、と話した。そこで今度はダシーを尋問した。地図がソ連と関わりあると聞かされるなり、ダシーは言った。

「そんなはずはない！　日本人がラジミに地図を渡したんだよ」

イワンも言った。自分たちは当時この地図を手がかりに関東軍が作った施設を数カ所破壊した。このような地図を日本人でなければ誰が作れるのかと。

「じゃ、どうして裏にロシア語が書かれているんだ？」造反派が訝しむと、イワンはロシア語の意味を聞いて、答えた。

「それは吉田の手だ。厭戦の気持ちの強い人だったよ。きっと、負けるだろう日本を山に喩え、強大な中国を水に喩えたんだろうよ。だから〝山、その尽きるところあり。水、その果てるところなし〟と言ったのさ。なぜロシア語で書いたかは、本人にしかわからんことだ。でも吉田は敗戦前夜アルグン川の岸で腹切って死んじまったよ」

ダシーも言った。「どこにそんなたくさんのソ連修正主義のスパイがいるっていうんだ？　俺が当時東大営で訓練を受けていたとき、ソ連にも行ったぞ。日本人と一緒にソ連の道路や橋を撮影したこともある。あんた方の言い分だと、俺もスパイってことかい？」

ダシーの話に、造反派はますます疑いを深め、二人は翌日連行されてしまった。

二人が連れていかれてから三日目、チゴタ郷長は郷の党委員会書記と相談もせずに、銃を背負った十数名の狩猟民を連れて、馬車で一昼夜かけて、イワンとダシーが拘禁されている場所を捜し当てた。チゴタは造反派に言った。

「われわれをイワンやダシーと一緒に拘禁するか、さもなくば、二人をわれわれに返せ！」

イワンとダシーは最終的に激流郷に連れ戻された。だが二人とも障害が残ってしまった。イワンは指が二本欠けてしまい、ダシーは片方の足が折れていた。イワンの指は自分で噛み切ったのだ。尋問中に怒りが爆発したせいだ。ダシーの足は造反派に叩き折られた。

イワンは激流郷に戻ってから二日間血を吐き、亡くなった。彼は亡くなる前まで、意識はとてもはっきりしていた。死んだら土葬にし、頭はアルグン川に向け、墓には十字架を立てるようにと、ヴィクトルに言い残した。十字架はナジェシカの化身なのだと、私にはわかった。ナジェシカも向こうの世界に行ったら、イワンの指が二本欠けてしまったことを悲しむにちがいない。彼女は彼の手をあんなにも愛していたのだから。

イワンの葬儀に、突然、真っ白な服を着た二人の美しい娘が現れた。激流郷の人は誰もその娘を知らなかった。娘たちは、自分たちはイワンの義理の娘で、義父が亡くなったと知りこうして野辺送りに駆けつけた、としか言わなかった。イフリンは、イワンが亡くなったとき杖もつけないほど衰えていて、一歩歩くのさえ人の手を借りなければならなかったが、それでも彼女は、激流郷へ赴いてイワンの野辺送りをしたいと言い張った。私たちは彼女をトナカイに乗せて連れていった。老いたとはいえ、彼女の勘は今なお鋭い。彼女は私に言った。

「あの二人の娘はきっとイワンが若いころ山で見逃してやった二匹の白狐《びゃっこ》だよ。キツネはイワンに恩義を感じ、彼の実の子どもが葬儀に参列できないと知って、それで義理の娘に化けて命を助けてくれた恩に報いたんだねぇ」

イフリンの話に私は半信半疑だった。しかし現実に、イワンの葬儀が無事済むと、二人の娘は魔法のように墓地から姿を消してしまった。彼女たちがどのようにやって来たのかを知らないように、どのように消えたのかも、見た者はいなかった。

このイワンの葬儀で、私はタチアナの懐にいるイレーナを目にした。私が初めてイレーナを見たとき、この子はピンク色のの柔らかい顔を顰《しか》めて眠っていたが、私が抱き取ると、ぱっと目を開けて私に笑いかけた。この子の目はとてもキラキラしている。私はキラキラした目を持つ子は幸運に恵まれると知っていた。

ダシーとジェフリナは私たちと一緒に山に戻った。彼らは激流郷で子どもを授かることができず、かえって片足を失ってしまった。ダシーが杖をついて宿営地に現れたのを見たラジミは、ダシーに抱きついて泣いた。

郷長のチゴタはイワンの件で免職になり、やはり山へ戻った。まもなく劉書記が一人の人民服姿の男を連れて、山にワロジャを訪ねてきた。その男は言った。狩猟民たちがワロジャを激流郷の新しい郷長にと推したのだと。彼はワロジャの意向を訊ねた。ワロジャは私を指して、穏やかに答えた。

「わしは長い髪を切ったとはいえ、今も彼女の酋長なんだ。彼女が山を下りないなら、酋長のわしも彼女に付き添わんとな」

その年の冬、チゴタが亡くなった。獣の罠に誤って落ち、亡くなったのだ。彼らの氏族の者は、今なお彼を自分たちの尊敬する酋長と見なしていたので、彼のために盛大な葬儀を執り行った。

私はすでにあまりに多くの死の物語を語ってきた。これは仕方のないことだ。誰であれみな死ぬのだから。人は生まれるときにはあまり差がないが、死ぬときは一人ひとりの旅立ち方がある。

イワンが亡くなった翌年、つまり一九六九年の夏、クンダとイフリンが相次いで亡くなった。彼らの死は自然の摂理だ。二人とも七十をとうに越した老人だったのだから。もうこれくらいの歳の老人は、山陰に沈みゆく夕陽のごとく、引き留めようにも留められない。とはいえ、クンダとイフリンの死は特別だった。誰が想像しようか？　若いころは獰猛なオオカミを恐れず、怪力持ちの黒熊さえ恐れなかったクンダが、なんと一匹の黒蜘蛛に驚いて死んでしまうとは。

その年、アンツォルは九歳になったが、決して悪戯好きな子どもではなかった。ただ、その日、彼は森でナツメの種ぐらいの大きさの黒蜘蛛を一匹捕まえた。珍しいと思い、草を一本抜いて糸のように裂き、それで蜘蛛を括って、あちこちへ持って歩いた。そのときクンダは、自分のシーレンジュの前に座ってうとうとと日向ぼっこをしていた。アンツォルがクンダの脇を通ったとき、彼は目を開けてアンツォルに訊ねた。

「何か手に提げてるようだが、それは何だ？」

アンツォルは何であるか言わずに、クンダの真ん前に立って蜘蛛を目の前にぶら下げた。はっきり見せようと思ってだ。黒蜘蛛の体は括られていたが、たくさんの足は依然自在に蠢いていた。クンダは「わぁ！」と叫んで、驚きのあまり息をグッと呑むと、首がガクッと垂れ、死んでしまった。

そのときイフリンはシーレンジュの囲炉裏端でミルク茶を飲んでいた。私とニハオが、クンダが一匹の大蜘蛛に驚いて息を引き取ったと告げると、イフリンは急に「プッ」と吹き出した。彼女はずいぶん長いこと笑っていなかった。彼女は言った。

「クンダときたら、やっぱり肝っ玉が小さくて死んだだろう？　あのときもっと度胸があれば、わしじゃなくて好いたモンゴル娘を娶ったろうよ。そうすれば、わしもクンダも幸せだったろうに。そうかい、そうかい。あいつは肝っ玉が小さいから命を差し出したんだ、釣り合いが取れてるってもんだよ！」

クンダは生前早々と、自分の氏族の墓に葬ってほしいと言い残していた。だから彼が亡くなるとすぐ、ルーニーは彼の氏族に使いを出して訃報を知らせ、知らせを受けた方では亡骸を運ぶ馬車も用意してやって来た。馬車は木材運搬道路に停めたが、そこから宿営地までさらに一、二キロの道のりがある。ルーニー、ワロジャたちは松の幹で担架を拵え、クンダを運搬道路まで運ぶ準備をしていた。私はまだ憶えているが、白布で覆われたクンダの亡骸が運び出されようとしたとき、イフリンがニハオに支えられてクンダを見送った。彼女が彼にかけた最後の言葉はこうだった。

「わしの体にあれほど多くのムチを当てたあんただけど、やっぱり腑抜けだったんだね！　腑抜けは行っておしまい！」

クンダが去ってから、イフリンは少し元気になったようだった。彼女はまた杖をついてよろよろと歩けるようになった。彼女はこれまで肉が一番好きだったが、命の最後の日々、ヴィクトルのように肉には見向きもしなかった。毎日トナカイのミルクを少し飲むほかには、アンツォルに林で散った花びらを集めさせて、それを食事にしていた。彼女は言った。自分はもう長くない、逝く前に自分の腸をきれいにしておきたいのだと。

そのころ、五歳のマクシムの首にできものができ、痛がって昼も夜も泣いていた。その日の夕方、みんながかがり火のそばに腰を下ろし、吊し鍋で魚を煮て食べていると、イフリンがやって来た。彼女はニハオの懐にしがみついて泣いているマクシムを指して、なぜ泣いているのかと訊ねた。ニハオが、マクシムの首にできものができて、痛くて泣いているのだと答えると、イフリンは口をとがらせて言った。

「なんで早く言わないんだい。わしは後家になったんだから、こんなのわしが息を吹きかければ治るじゃないか?」

わが氏族には、こんな言い伝えがあった。もし子どもにできものができたら、後家が人差し指できものの上に三回丸を描き、三回息を吹きかける。これを九回繰り返すとできものはすぐ治ると。

ニハオはマクシムをイフリンの前に抱いていった。イフリンは手を震わせながら、枯れ枝のようになった人差し指を伸ばし、マクシムの首に丸を描き、それから力を振り絞ってできものに息を吹きかけた。彼女は一度吹きかけるごとにうなだれ、しばらく苦しそうにあえいだ。震えながら最後の息を吹き終えると、彼女はふわりとかがり火のそばに横たわるように倒れた。火の光がチラチラと彼女の顔を照らし、まるでもっと話がしたそうな様子に見えた。

イフリンの弔いが済むと、マクシムの首のできものは、果たして良くなっていた。

まさにこの年、馬に乗った一人の男が突然私たちの宿営地を訪れ、私たちに酒と飴玉を持ってきた。もし自分で名乗らなければ、この男が昔トナカイを盗んでニハオに生まれるはずだった赤ん坊を失わせたあの若者だとは、まったく気づかなかったろう。彼はすでに一人前の大人になっていた。彼がニハオに、自分の命はニハオがくれたものだから恩返しがしたい、と言うと、ニハオは言った。

「娘の行方がわからなくて。ベルーナといいます。もし娘を見つけられたら、あの子にわたしの葬儀には出るよう伝えてください。それで十分です」

「ベルーナが生きているかぎり、かならず見つけ出します」男は言った。

その後の数年、私たちが過ごした日々はわりと穏やかだった。アンツォルは立派な少年に育ち、ルーニーについて狩りに出るまでになった。マクシムも背が伸びた。彼はトナカイの仔と遊ぶのが大好きで、よく四つん這いになってトナカイの姿勢を真似ると、トナカイの仔と突き合いをするんだと言った。彼の角のない頭では、角のある頭には勝てそうにない。マクシムの腕白さは私たちに多くの楽しみをもたらした。

ワロジャと私も日に日に老いていった。私たちは一つ褥《しとね》に休んだが、風音を作り出す激しい感情はもうなかった。どうやら真の風神は天上にいるようだ。その数年間、私が描いた二カ所の岩絵はどれも風神に関わりのあるものだった。私が描いた風神はのっぺらぼうで、男とも女とも言えた。私は風神の髪をとても長く、まるで天の川のように描いた。

その数年間、激流郷の教員高平路は冬と夏の休みになると、民謡の採集を理由にたびたびマイカンに会いに来て、彼女に求婚した。ラジミはマイカンが結婚するかもしれないと聞くと、大泣きに泣いた。マイカンの結婚話を持ちかける者が誰であれ、ラジミはすべて首を振った。彼はいつも、マイカンはまだ子どもだからと言ったが、彼女はすでに二十二、三の年頃の娘だった。

一九七二年、一発の弾がその年の時の流れの中に、妖しい花を一輪咲かせた。その花はダシーとジェフリナを巻き込んだ。

ダシーは片足を折られて戻ってきてから、ずっと暗い顔をしていた。彼は以前のように狩りに出ることができなくなった。自分は役立たずになってしまった、宿営地に残ってできる仕事をするしかない、といつも言っていた。ルーニー、馬糞茸、ワロジャたちが狩りから戻り、仕留めた獲物の肉を彼に分けるときはいつも、ダシーは悲しげな表情を顔いっぱいに浮かべていた。彼はしばしば訳もなくジェフリナを嘲り罵った。ジェフリナはダシーの辛い胸のうちをわかっていたので、ダシーに何を言われても、じっと耐えていた。

この年の秋、私たちの狩りはとても恵まれていた。仕留めた獲物が多く、仕事も増えた。普通、男たちが獲物を宿営地に運んだあとは、皮剝ぎ、解体、鞣しの仕事はみんな女がする。女が立ち働いているとき、男たちはその脇でタバコを吸ったり茶を飲んだりしながら、狩りの経緯を話すのが常だった。ダシーは足のことがあったため、女たちと一緒に作業するしかなかった。私たちが皮剝ぎをすれば彼も皮を剝ぎ、私たちが肉を切り分ければ彼も切り分けた。鞣しの作業はたいてい彼が一人で担った。ダシーは鹿の皮を剝いでいた日に自殺した。男たちが面白そうに、その鹿を仕留めた経緯を話しているとき、ダシーは地面に座って皮を剝いでいた。話に熱が入れば入るほど、ダシーの表情は辛そうになった。皮を剝ぎ解体を済ませたダシーが立ち去ってから、私とニハオは肉を煮始めた。肉に半分ほど火が通ったころ、私たちがダシーにこっちに来て肉を食べるよう声をかけたとき、突然、宿営地の近くで乾いた銃声が響いた。ダシーが猟銃で自分を自分の最後の獲物にするとは、誰一人予想だにしなかった。彼の腕は確かなもので、一発で片が付いた。

可哀想なジェフリナ、彼女はダシーの血の滴る頭を目にすると、がっくりと膝をつき、狂風に吹き落とされた果実のような彼の頭を慈しむように胸に抱いて口づけをした。ダシーの顔の血は、彼女が舌で少しずつ優しく舐めてきれいに拭った。彼女は彼の顔の血を舐め終えると、私たちがダシーの身を清め衣服を取り換えているあいだに、森へ行き毒キノコを食べて、ダシーの跡を追った。

私たちは二人を一緒に葬った。秋の葉が風に舞う中、ラジミは口琴の音色で親しかった友を送った。彼は胸が張り裂けんばかりの曲を奏でた。それは私が最後に聞いたラジミのムクレンの音色だった。吹き終えると、彼はムクレンをダシーとジェフリナの墓に挿し、ムクレンは二人の墓標となった。

ウリレンの成員はまた少なくなり、私たちは死の暗い影にどっぷり覆われていた。もしアンツォルがいなければ、私たちの暮らしはもっと重苦しいものになっていただろう。その当時、アンツォルの愚鈍さは、暗雲を突き抜ける幾筋ものうららかな日の光のように、私たちに光明と温もりをもたらした。

ダシーとジェフリナの埋葬後のある日、雨が降った。アンツォルは大喜びで私とワロジャに言った。

「墓に立ててあるムクレンが、これでやっと助かるよ！」

私が訳を訊ねると、アンツォルは答えた。ムクレンが墓に挿されてから、天気はずっと乾きっぱなしで、彼はムクレンが枯死してしまうと気を揉んでいたというのだ。雨が降って、ムクレンは雨の恵みを得、育つことができるようになったと。私は彼に、ムクレンは育って何になるのかと訊ねると、アンツォルは言った。

「ムクレンが奏でる音はとても美しいから、たくさんの小鳥になるのはまず間違いないよ！」

このような言葉に、どうして心の底から笑わずにいられようか！

しかし楽しさは長くは続かなかった。一九七四年、ワロジャが永遠に私の元から去ってしまった。この悲劇は喜劇の形で始まった。

その年の夏、放映隊が山中の林業労働者の慰問にやって来た。彼らは作業場と営林署を回り、順番に映画を上映した。私たちはそれまで映画を見たことがなかった。ワロジャはこのニュースを耳にすると、ルーニーと相談し、私たちのウリレンの近くにいる二つのウリレンの人たちにも声をかけ、酒と肉を持って一緒に放映隊を招きに出かけた。林業労働者は私たちにとても親切で、私たちが映画を見たことがないと知ると、快諾してくれた。放映隊は二人組で、上映係とその助手だった。助手はここ数日腹を下していたので、労働者たちは上映係だけを私たちの元によこした。私たちは映写機、発電機などの大型機材二箱をトナカイに載せて運んだ。責任者がワロジャに告げた。上映係は思想改造のため山間部に送られてきた知識人で、以前はある大学の歴史学科の準教授だったが、今は監視下にある人物だと。彼らは私たちに上映後はかならず彼を無事送り返し、くれぐれも間違いが起きないようにと言い含めた。

私たちにはずいぶん長いことこのような楽しい集まりがなかった。近隣の二つのウリレンの人たちが全員私たちのところに集い、総勢四十数名になった。彼らは手土産に、仕留めたばかりの新鮮な獣の肉と酒を持ってきた。私たちは宿営地にかがり火を焚き、肉を食べ酒を飲み、歌い踊った。上映係は見たところ四十代半ば、青白い顔をしてニコリともせず、口数も少ない。みんなは頻繁に彼に酒を注いだ。初めは断っていた彼も、そのうち恐る恐る口をつけ、さらには心地よさそうに啜り出し、終いにはガブガブと豪快に飲み出した。彼がここに来たばかりのときは、湿った薪のようにまるで生気がなかったが、私たちの歓待と明るさに、彼にまとわりつく暗い影がみるみる消えていった。彼は私たちに火を点けられ、快活な炎へと変わった。

空が暗くなると、上映係は私たちに白い幕を木に掛けさせ、発電機をゴウゴウと回し、映写機を設置して、映画の上映を始めた。白く輝く光がスクリーンに当たったとき、地面に座っていた私たちは何度も驚きの声をあげた。スクリーンの後ろに蹲っていた猟犬たちも怯えた鳴き声を発した。スクリーン上には奇跡のように、家屋、樹木、人間の姿が現れ、しかも色付きだった。映し出された人物は自由に動くだけでなく、話しもし歌いもする。本当に不思議に思った。その映画がどんな物語だったかはもう忘れてしまった。というのも、映っている人がしゃべっていると思いきや、急に見得を切ってヤーヤーとひとしきり歌うからだ。私たちには歌詞がわからず、どの映画もちんぷんかんぷんだった。しかしそれでも私たちは興奮した。こんな小さなスクリーンに、様々な場面を見たからである。上映係は私たちに言った。

「最近の映画は昔のより面白くありません。この数本も京劇物です。昔のは白黒だったが、人生の機微が描かれていて、見応えがありましたよ」

それを聞いた馬糞茸がムッとして突っかかった。

「面白いのがあるのに、なんでわしらにつまらんのを見せるんだ。わしらの目玉を馬鹿にしとるんじゃあるまいな？」

上映係は慌てて釈明した。昔の面白い映画は、みんな〝毒草〟として禁じられ上映できなくなってしまったのだと。馬糞茸はまだ納得しなかった。

「この嘘つきめが、面白いもんがなんでお蔵入りなんだ？　それにだ、映画は食い物でもないのに、なんで〝毒草〟になるんだよ。こいつは明らかにでたらめこいてる！」と、腹を立てて上映係を殴ろうとした。ワロジャが急ぎ割って入ってなだめたが、馬糞茸は、上映係が酒を一椀干さなければ許してやらんと言い張った。上映係は手渡されたお椀の酒を、一気に飲み干さねばならない羽目になった。

映画の上映が終わっても、楽しみはまだ続いた。私たちはかがり火を囲み、もう一渡り歌ったり踊ったりし始めた。人々は酒の興に乗じて上映係に歌を歌うよう囃した。そのときはもう上映係は馬糞茸に注がれた酒ですっかり酔いが回り、よろよろしながらもつれる舌で、自分は歌が下手だから詞の朗読にしてもらえないかと言う。みんなはかまわないと答えた。上映係は「大江　東に去り、浪淘《あら》い尽くす、千古の風流人物を……」（宋代の文学者蘇軾の詞、「念奴嬌・赤壁懐古」の冒頭）とここまで詠むとばったりと地面に倒れて、酔い潰れてしまった。彼の詠んだ詞の一節と、彼の突然の転倒は、人々に可笑しな連想を起こさせ、みんな笑い出した。私たちはこの上映係が好きになってきた。というのも誠実な者だけが酔い潰れるからだ。

　宴も月が西に傾くころになると、近隣の二つのウリレンの人たちはつぎつぎと帰っていった。彼らが夜道を急ぐのもすべてトナカイのためだ。もし朝戻ってきたトナカイが主人の不在を知ったら、慌ててしまうにちがいないから。

　つぎの日の朝、私たちが起きるともうアンツォルが忙しく朝食の用意をしていた。彼はトナカイのミルク茶を沸かしていた。普段私たちはヤカンひとつ分しか沸かさない。だがその日彼はヤカンひとつ分沸かしてから、それを樺皮の桶に移して蓋をし、また沸かした。私はたくさん飲みたいのだろうと思って訊ねなかった。だが三度目にかかったとき、私は何か変だと思い彼に言った。

「昨夜映画を見に来た人たちはもう帰ったよ。いつもより上映係の分だけ増えるけど、でもヤカン三つ分は飲めないよ」

　ところがアンツォルは真顔で私にこう言った。

「見に来た人は帰ったけど、昨夜映画の中にたくさん人が来てたじゃない。おいら、男も女も老いも若きも、たくさんの人がいたのをちゃんと見たよ。さっきその人たちを捜したんだけど、いないんだ。一体昨夜はどこで寝たんだろう？　あとでその人たちが戻ってきたらミルク茶を飲むでしょ？」

アンツォルの話に私は笑ってしまった。笑われた彼はなんとなくばつが悪そうに、口ごもって言った。

「映画の中の人たちはみんな帰ったの？　あの人たち、夜っぴて歌って飯も食わずに行くなんて、そんな元気あるわけないよ」

私はシーレンジュに戻り、アンツォルのこの話をワロジャに聞かせると、彼も笑った。しかし笑ってから、私たちは二人とも黙ってしまった。辛さが胸に込み上げてきたからだ。

上映係は飲みすぎたため、九時を回ってようやく目を覚ました。彼は、頭が重い、喉が渇く、足がふらつく、とぼやいている。

「大丈夫、ミルク茶を飲んだら、少しましになってくるよ」とワロジャが言った。

アンツォルはヤカンを提げて彼にミルク茶を一杯注いでやった。彼がそれを飲むと、思った通り「頭もさっきよりずいぶんいいし、足にも力が入るぞ」と言うので、ワロジャはアンツォルにもう一杯注ぐよう言いつけた。上映係はワロジャに訊ねた。

「昨夜、天女のような娘を見たよ。エヴェンキ族じゃなさそうだが、誰なんだ？」

マイカンのことを訊ねているとワロジャは察したが、ラジミがマイカンに関心を持つすべての男を忌み嫌っていたので、「飲みすぎて、目がかすんだんだろうよ」と答えた。

上映係はミルク茶をたっぷり三杯飲み干し、顔色も朝焼けのような色になり、さらにゴレバを腹に入れると、ようやく落ち着いた。ワロジャは彼をからかって言った。

「つぎにエヴェンキの宿営地に来るときは、酔い止め持参で来ないとだめだな」

「私はあなた方の暮らしが本当に羨ましいですよ。こんなにも和やかで、まるで桃源郷のようだ」

そう上映係が言うと、ワロジャは長いため息をついた。

「この世に桃源郷などあるわけがない」

十時ごろだったろう、私たちは機材を箱に詰めてトナカイに背負わせ、上映係を営林署へ送っていった。その日はルーニーとワロジャが上映係を送っていくことになっていたが、出掛けにマクシムが急に腹痛を訴えたので、馬糞茸がここぞとばかり名乗り出て、ルーニーの代わりに行くことになった。馬糞茸は昨夜の酒が過ぎて、まだ顔は赤いし酒の臭いもぷんぷんさせている。上映係は馬糞茸が怖くて、なんとなく彼を避けていた。それを察した馬糞茸は自分から上映係の肩を叩いて言った。

「兄弟よ、つぎ来るときは、おまえさんの言っていた面白い〝毒草〟とやらを持ってきてくれよ!」

「ええ、かならず! いずれ〝毒草〟が〝香草〟に変わるでしょうから!」上映係は何度も頷きながら言った。

宿営地を出て行ったのは五頭のトナカイと三人だった。三人はそれぞれ一頭ずつトナカイに乗り、残りの二頭に映写機等の機材を背負わせた。もしこれがワロジャと私の永別と知っていたら、私はきっと彼を力いっぱい抱きしめ、優しく彼に口づけしたはずだ。しかし私には何の予感もなかった。ワロジャにはもしかすると予感があったのかもしれない。トナカイに乗って出発しようとする彼を私が宿営地で見送ると、急に彼が冗談を言った。

「もしわしが映画の中の人物になって戻ってきたら、くれぐれもひもじい思いはさせないでくれよ!」

その通り、彼は本当に自分を映画の中の人物にしてしまった。その日の夜、彼は横たわって宿営地に戻ってきた。彼らは途中熊に遭遇したのだ。ワロジャは上映係と馬糞茸を守るため、この世の山や川と決別し、私の元を永遠に去っていった。

私とラジタの出会いは黒熊に追われたのがきっかけだった。熊は私の身に幸せをもたらした。そして、私とワロジャの永別も熊によるものだった。思うに熊は私の幸福の原点であり、またその終点でもあった。

普通、熊の被害は春によく発生する。この時期の熊は飲まず食わずで一冬冬眠し、穴から出てきたばかりなので、飢えきっている。しかもまだ野の果実の時期には早いため、あちらこちらに獲物を探し求める。そのため熊が人に害するのは、ほとんどがこの時期だった。夏になれば熊の食べ物は増える。たとえば、いろいろな虫や野の果実など。だから夏季の熊はわりとおとなしい。こちらから仕掛けないかぎり、熊の方から襲ってくることはまずない。しかしもし熊を怒らせたら、熊はかならず人間を死地へ送るだろう。

熊が穴に籠るとき、普通二つの方法がある。「天倉」入りと「地倉」入りだ。熊は大きく空いた木の洞《うろ》を選んで自分たちの「倉」にし、そこに身を隠す。洞の口が空を向いていれば「天倉」、口が洞の中ほどか底にあるのが「地倉」という。夏になれば天倉も地倉も空になる。時にはキタリスがその穴を出たり入ったりして遊んでいることもあった。

馬糞茸が私に語って聞かせた話では、悲劇はまさにこのような「地倉」が引き起こした。

彼らは宿営地を出発して三時間ほど行ったところで一休みした。馬糞茸と上映係は木陰に座ってタバコを吸いながら世間話をし、ワロジャは小便に行った。

彼らが一服してほどなく、ちょうど世間話の最中に、馬糞茸がふと前方の樹木に「地倉」の入り口があり、一匹のキタリスが頭を出してあたりをうかがっているのを見つけた。彼は銃を手に取りその穴に向けて一発撃った。ところが命中したのはキタリスではなく、なんと一頭の仔熊だった。キタリスは逃げてしまった。どうやらリスは地倉に遊びに入ったとき、中の仔熊を見つけ、驚いて逃げ出したようだ。そのキタリスを追い払おうと仔熊が飛び出した瞬間、弾が命中したのだ。仔熊が地面に倒れると、馬糞茸は上映係に言った。

「おまえさんは運がいい！　旨いもんにありつけるぞ！」

彼が獲物を拾ってこようとした矢先、林の奥で〝ガサガサ〟という音がした。銃声を聞いた母熊が仔熊の身に何かあったと感づき、木の洞目指して駆け戻ってきたのだ。馬糞茸は銃を構えて熊に一発見舞ったが、弾はそれてしまった。もう一発撃ったが、それもそれてしまった。このとき母熊は狂ったように彼らめがけて突き進み、馬糞茸がもう一度構えたとき、銃の中の弾はなくなっていた。今回の外出は狩り目的ではなかったので、彼は余分の弾を持っていなかったのだ。馬糞茸はこう言った。あのとき、ワロジャがとっさに熊の背後から熊に一発撃ち込み、母熊の向きを変えてくれなかったら、自分と上映係の命はなかったと。というのも、怒り狂った母熊はもう彼らの目前にまで迫っていたのだ。

母熊は立ち上がり、ワロジャに突進していった。その速いこと、ワロジャはもう一発熊に浴びせ、弾は熊の腹に命中した。この一発で熊の腸《はらわた》が飛び出したが、母熊は怯まず、二本の前足で飛び出た腸を押し戻し、傷口を押さえると、激高してワロジャに向かっていった。ワロジャが三発目を発射したとき、熊はすでにそこまで来ていた。ところがこの三発目があろうことかそれてしまったのだ。ワロジャが四発目を撃つ前に、熊は血だらけの前足を伸ばしてワロジャを抱え込むと、簡単に彼の頭を砕いてしまった。上映係は気絶して倒れ、馬糞茸は銃を手にワロジャの方に駆けつけた。しかしすべては遅かった。母熊はすでにワロジャを地面に打ち捨てていた。熊は銃を拾い上げ、まるで屈強な戦士のように、それを握って馬糞茸に向かってきた。腸がまたもどろっどろっと流れ出て、とうとう持ち堪えられなくなり、前足の銃を放り出した。熊はなんとか数歩進んだが、もう動けなかった。馬糞茸は前に進み出て、銃床で母熊の頭を跡形もなく叩き潰した。

馬糞茸とワロジャの射撃の腕前は確かなものだ。もし前の晩に映画を見て興が乗り、酒をしこたま飲んで、銃を撃つ手がわずかに震えたりしなければ、ワロジャが熊に殺されることはなかった。

わが民族の最後の酋長は、このようにして世を去った。

ワロジャは風葬で弔われた。彼の野辺送りには多くの人が顔を見せた。ワロジャの氏族の者たちは彼の死去の知らせを聞くと、激流郷や各宿営地から続々と駆けつけた。彼の葬儀はニハオが執り行った。弔いの日、とても激しい風が吹いた。もしタチアナが私を支えてくれなければ、私は狂風に吹き飛ばされていただろう。

ワロジャとの死別は、その後の日々にぽっかりと穴をあけた。私は憶えていることがひとつある。あるときワロジャが恋しくてたまらず、胸のあたりを撫でていたとき、ふと胸がすっかり硬い岩になってしまっているような気がした。私は上着を脱いで、棒絵具を手に取り、胸の上で思うままに手を動かした。描くうちにどうにもやりきれなくなって泣いた。このときニハオが入ってきた。彼女は頬の涙と胸の絵具をきれいに拭き取って、服を着せてくれた。のちに彼女は話してくれた。私は胸に一頭の熊を描いていたのだと。

一九七六年、ヴィクトルが死んだ。酒が過ぎて死んだのだ。私は激流郷へ彼の野辺送りに行かなかった。たとえヴィクトルが私の息子でも、意気地なしは見送りたくなかった。彼はイワンの隣に葬られた。その年、孫の九月《ジウユエ》はもう仕事に就いていて、激流郷の郵便局で局員として働いていた。九月《ジウユエ》は仕事を始めたその年に、ある漢族の娘と恋仲になった。その娘は林金橋《リンジンジユ》といい、激流郷商店の店員だった。二人が一九七七年の秋に結婚したおり、私はふたたび激流郷を訪れた。リューシャが私を連れて林金橋に会いに商店へ行ったとき、私は布地が並べてある商品棚に、明るい色と暗い色二疋《ひき》の布が並んでいるのを見つけた。ひとつは青色、もうひとつは淡い黄色。たちまち目の前に、エルニスネが呑み込まれたあの夕暮れに私が目にしたジン川の光景がぱっと現れた。私の歳月の川、そこに流れるのはこの二色だ。私は胸がいっぱいになって、思わず老いの涙をはらはらと流した。私の涙は林金橋を戸惑わせ、彼女はリューシャに訊ねた。お祖母さんは自分が孫の嫁になるのが嫌なのかと。私はリューシャに伝えさせた。ある川を思い出しただけだと。

九月《ジウユエ》が結婚して、リューシャはまた私の元に帰ってきた。彼女は首に今もなおヴィクトルが彼女のために作った鹿骨のネックレスをしていた。満月の日が来ると、彼女はいつもむせび泣いた。ヴィクトルが満月のときよく彼女に愛を求めたからだ。この秘密を、私は彼らが結婚したときにもう気づいていた。なぜなら満月の日になると、彼らのシーレンジュの中からヴィクトルの心地よいあえぎが聞こえてきたから。

一九七八年、タチアナとソチャンリンは生まれたばかりの娘ソーマを連れて、私の元に戻ってきた。その年イレーナはもう十歳になっていた。タチアナはイレーナを激流郷の学校に上げて、九月《ジウユエ》と林金橋に世話を頼んだ。タチアナは私に、男の子が欲しくてならない、とこぼした。ソーマの前に一度身籠ったが、六カ月目のとき思わず山中で転んでしまい、流産してしまった。男の子だったそうだ。彼女とソチャンリンは辛くて何日も食べ物が喉を通らなかったらしい。

アンツォルもそろそろ結婚する齢になった。私は前々からアンツォルを好きになる娘はいないだろうと思っていた。彼の愚鈍さは知れ渡っていたからだ。ところがヨーレンという娘が彼を好きになった。ヨーレンのウリレンは私たちの近くだった。あるとき馬糞茸がそこを訪れ、アンツォルがトナカイのミルク茶を山ほど淹れて映画に出ている人をもてなそうとした可笑しな一件を語った。聞いていた者はみなワハハと大笑いしたが、ヨーレンだけは笑わなかった。彼女は自分のアニにこう言った。

「アンツォルはとても思いやりがあるし、すごく純粋な人だわ。こんな人なら一生涯安心して頼ることができる。わたし、彼に嫁ぎたい」

ヨーレンのアニはこの話を馬糞茸に話した。馬糞茸は跳び上がって喜び、すぐさま立ち戻り私たちとアンツォルの結婚について相談した。私たちは早速二人に式を挙げてやった。当初私とニハオは、アンツォルは男女のことがわからないのではと気を揉み、陰で案じていたが、結婚後まもなくヨーレンは身籠り、私たちは心から喜んだ。ただヨーレンは末永くアンツォルとともに暮らすことはなかった。彼女は翌年双子を産み、出血多量で亡くなってしまったのだ。このような難産で亡くなった女性は、普通翌日にはもう埋葬してしまう。しかしアンツォルはヨーレンの埋葬を拒否し、彼女のそばを離れず、野辺送りに来た人を近づけようともしなかった。一日が過ぎ、二日が過ぎ、三日、四日と過ぎていった。季節は涼しい秋になっているとはいえ、ヨーレンの亡骸はやはり腐り出して、臭気が漂い、カラスの群れを引き寄せた。私は仕方なくアンツォルに言った。

「ヨーレンが亡くなったと思ってはならないよ。本当はね、あの子は一粒の花の種に変わったんだよ。もしおまえが土に埋めてやらないと、芽を出し伸びて花を咲かせられないだろう?」

アンツォルは私に、ヨーレンはどのような花を咲かせるのか、と訊ねた。私はイフリンがかつて私に話してくれたラム湖の伝説を語って聞かせた。ラム湖にはハスの花が咲き乱れるが、ヨーレンはその中の一輪なのだと。こうしてやっとアンツォルはヨーレンの埋葬に同意した。それ以降、春になるといつもアンツォルは私に訊ねた。

「ヨーレンの花は咲いたかな?」

「いつの日かラム湖にたどり着いて、ヨーレンに会えるよ」と私が答えると、アンツォルはまた聞いた。

「おいらはいつラム湖にたどり着けるかな?」

「いつかかならずたどり着けるよ。われわれの祖先はそこから来たんだ。私たちはいずれそこに帰るんだよ」

「ヨーレンがハスの花に変わったなら、おいらは何に変わるのかな？」

「おまえはハスの花の脇の雑草ではなく、花を明るく照らす星になるんだよ！」

「星にはなりたくない。雑草がいい。雑草ならハスの花の顔にキスをし、芳しい香りを嗅ぐことができるから！」

　ヨーレンの残した双子の名前は、アンツォルが付けた。一人はパリゴ、もう一人はシャフリ。パリゴは背負い籠のことで、シャフリは飴玉の意味だ。アンツォルはヨーレンがハスの花に変わるという幻想に取り憑かれてしまったらしく、子どもには少しも関心を示さなかった。子どもを育てる責任は、私の肩に圧《の》し掛かった。

　時は一九八〇年、すでに三十になったマイカンが父の知れない子を身籠った。

　マイカンの悲劇はラジミと深く絡んでいる。マイカンに誰が求婚しようと、いつもラジミは言った。

「娘はまだ子どもだから」

　私とニハオは一度ならずラジミに忠告した。マイカンはもう三十になる。このうえ嫁がなければ、あの子の人生を台無しにしてしまうのではないか？　あの子は捨て子で、もともと哀れな身の上なのだから、幸せにしてあげないと、と。しかしラジミの答えは決して変わらなかった。

「娘はまだ子どもだから」

　もしもマイカン自身がラジミに、自分もほかの娘と同じように結婚し子を産みたいと懇願しようものなら、ラジミは大泣きに泣いた。マイカンという艶やかな花は、ラジミの泣き声の中で日ごとくすんでいった。

高平路は何度求婚してもすべて拒絶され、もう私たちのところに民謡の調査に来なくなってしまった。彼はしばらく前に結婚し子もできた。ラジミは高平路が結婚したと耳にしたとき、マイカンに言った。

「ほら見ろ、好きだの愛してるだの、みんな嘘っぱちさ。そんなのは流れる雲か煙だ！　あの漢族の先生はどうだ？　人並みに結婚しちまったじゃないか？　誰だっておまえを見捨てるのさ。だが、このアマだけは決して見捨てたりしないぞ！」

当時マイカンはすでに、ウチロフの宿屋の馬小屋に捨てられていたという自分の身の上を知っていたので、泣いた。泣いてからラジミにこう言った。

「アマ、もし私が結婚することがあれば、相手はかならずエヴェンキの若者よ！」

マイカンは三十になるこの年の春、突然いなくなった。ラジミは常日頃マイカンによく目を配り、一人で外出させることはなかった。マイカンは激流郷にさえ行ったことがなかったのだ。彼女は山奥の谷に咲く最もひっそりとした花だった。

しかしこの花は、彼女が三十歳の年に突然一匹の蝶となり、山の中から漂い出た。ラジミは気を揉んで、狂わんばかりだった。ルーニーとソチャンリンはそれぞれ人馬を伴い捜しに出かけた。一方は激流郷に向かい、他方はウチロフに向かった。ラジミは宿営地に残って待った。涙も涸れるほど泣いて、幾日も飲まず食わず眠らずに囲炉裏端に座り、目は真っ赤、顔色は黄ばみ、悲愴な声をあげてマイカンの名を呼び続けた。私とニハオはとても心配した。もしマイカンが戻らなければ、ラジミは生きていけないにちがいないと。ところが、いなくなって五日目、ウチロフに彼女を捜しに行った一行が戻ってくる前に、マイカンが自分から帰ってきた。彼女は慌てた様子も見えず、いなくなったときの服をそのまま着ていた。ただ髪にはある物が増えていた。それは一枚の桃色のハンカチで、彼女はそれで髪を束ねていた。どこに行っていたんだとラジミが問いただすと、彼女は道に迷ったと答えた。ラジミは怒りで昏倒せんばかりだった。

「道に迷ったというのに、なんで服に綻びの一つもない？　しかも髪にハンカチなぞつけて、そのハンカチはどこで手に入れた⁉」

「途中で拾ったのよ」

ラジミはマイカンが嘘をついていると気づき、泣いた。実際、もう涙が出なかったので、声を張り上げて泣くだけだった。マイカンは彼に跪き、言った。

「アマ、もうそばを離れたりしない。死ぬまでアマと山にいるわ」

マイカンは戻ってきてしばらくすると、吐くようになった。しかしそのときは、誰も彼女が身籠っているとは想像もしなかった。夏になると、彼女の妊娠は誰の目にも明らかだった。ようやく落ち着きを取り戻しかけていたラジミは激怒して、樺の枝でマイカンを打ち、罵り、どんな奴が彼女にそんなことをしたのか、問い詰めた。

「エヴェンキ人よ。私が望んだの」

「おまえはまだ子どもなのに、そんな破廉恥な真似をするとは！」

「アマ、私はもう子どもじゃない。三十なのよ」マイカンは声を震わせた。

そのときのラジミは、魔物に取り憑かれたようだった。毎日ニハオのところに来ては、マイカンの腹の子どもを片付けてくれるよう神に祈禱してくれとしきりに頼んだ。ニハオは言った。

「私は人を救うだけで、殺したりはしない」

打つ手がなくなったラジミは、マイカンに体に堪えるきつい仕事を言いつけ、彼女が流産するのを期待した。しかしマイカンが身籠った子はたいそう丈夫で、お腹の中にじっとしていた。冬になり、この子が生まれた。男の子だった。マイカンはこの子にシーバンと名付けた。シーバンは二歳になると、もう肉もパンも食べられるようになり、丈夫で健康そのものだった。シーバンを乳離れさせたのち、マイカンは崖から飛び下りて死んだ。

私たちはそのときになってやっと気がついた。マイカンはラジミに連れ添う自分の身代わりを探したのだと。彼女はとっくに生きる希望をなくしていたのだろう。だがそれでもラジミが一人残され世話する者がいなくなるのを憂い、子どもを一人産んだのだ。シーバンは彼女がラジミに贈った最後の贈り物だった。

マイカンの死で、ラジミは泣きすぎてもう少しで目が潰れるところだった。このときから、彼の目はかすんでしまった。彼は酒に酔うといつも苦しそうに喚いた。まるで誰かが彼の心臓をナイフで抉っているようだった。私たちはラジミの代わりにシーバンの世話をし、日々この子の成長を見守った。

イレーナは激流郷で学校に通っていたが、冬と夏の休みになるとソチャンリンが山に連れ帰ってきた。彼女は賢く活発な娘だった。トナカイが大好きな彼女は、夏に帰ってくるとすぐソチャンリンに、午後トナカイの群れと一緒に出かけさせてほしい、朝には一緒に戻ってくるから、と頼むのだ。ソチャンリンはノロ皮の寝袋を携え、娘に付き合って野宿するしかなかった。だからイレーナが激流郷から帰ってくると、行方知れずになるトナカイはほとんどいなかった。彼女はまるでトナカイの守り神のようだった。

その年、イレーナは十一歳ぐらいだったろう。夏休みにまた山に帰ってきた。そのとき私たちはアルグン川の川沿いで狩りをしているところだった。ある日の午後、私は彼女を連れて河畔のとある岩の前にやって来ると、赤褐色の土で作った棒絵具を手に、彼女に絵を教えた。青白い岩にトナカイの姿が現れると、イレーナは跳び上がって叫んだ。

「岩もトナカイが産めるのね！」

私は続いて花と小鳥を描いた。彼女はまた跳び上がって言った。

「岩はもともと土と空だったのね。でなきゃ、そこに花が咲いたり小鳥が飛んだりするわけないもの！」

私は彼女に棒絵具を一本渡した。彼女は岩にまず一頭のトナカイを描いた。それから太陽をひとつ描いた。私はとても意外だった。イレーナの描く岩絵がこんなにも生き生きしているとは。私の描くトナカイはおとなしく、イレーナが描くものはやんちゃだ。トナカイは頭を傾け、前足を片方上げて、自分の首に下がっている鈴を蹴ろうとしている。トナカイの角も対ではなく、片方は七叉、もう片方は三叉しかなかった。

「おまえの描くようなトナカイは見たことないね」と私が言うと、イレーナが答えた。

「これは神様の使いなの。岩だけがこんなトナカイを産めるのよ」

それからイレーナは絵の虜になった。激流郷の学校に戻ってからは、図画の授業に夢中になった。そしてふたたび山に帰ってくるときは、鉛筆で描いた絵を一束持ってきた。鉛筆画には人物だけでなく動物や風景もあった。彼女の描く人物画はとてもユーモラスだった。帽子がずり落ちそうになりながら肉や骨を齧っている人や、タバコを斜めにくわえながら靴紐を結んでいる人などだ。彼女が描く動物はほとんどがトナカイだった。風景画は激流郷の家々や通りを主としたものと、かがり火や川や山並みを主としたものとがあった。彼女はこのすべてを鉛筆で描いていたが、私はその絵に燃え盛るかがり火のオレンジ色の光、月夜の川の輝きを見る思いだった。

イレーナは山に帰ってくるといつもこっそり私にささやいた。岩が恋しくてならない、岩に絵を描くのは紙に描くよりずっと面白い、と。だからいつも私はイレーナが帰ってくると、天気の良い日に彼女を連れて川辺の岩へ絵を描きに行った。イレーナは描き終えると毎回かならず私に訊ねた。

「上手かな?」

「風に判断してもらいなさい。風の眼力は私より凄いんだから」私はいつもこう答えた。

「風はこう言ってるわ。わしが岩を吹き散らした日には、おまえの絵は川の砂に変わってしまうぞって!」イレーナは笑った。

「じゃ、おまえは風にどう答えたんだい?」

「かまわないって、風に言ったわ。絵が川の砂になったら、砂は金になるかもしれないわよって!」

イレーナが帰ってくると、たちまちマクシムがふて腐れた。マクシムはそのころ十五、六になっていた。ルーニーがマクシムを激流郷の学校に送り届けても、毎回すぐ逃げ帰ってきてしまう。彼が言うには、本を見るとすぐ頭が痛くなるのだそうだ。だからイレーナが帰ってくると、マクシムはとても不機嫌になった。イレーナは学校が大好きだったからだ。二人は小さな子の支持を勝ち取ることで、暗に競い合っていた。

当時、シャフリ、パリゴ、シーバン、ソーマはまだ幼かった。イレーナが帰ってこなければ、マクシムは彼らに圧倒的な支配力を持ち、思うがままに彼らを動かせた。マクシムは民族の言葉しか話したがらず、幼い子と話をするときエヴェンキ語しか使わなかった。イレーナは中国語をすらすら話すので、帰ってくるとちびっ子たちに中国語を教えてやった。マクシムは腹を立てて、中国語を話すようになった子は将来舌が腐ってしまうぞ、と子どもを脅かした。この話をシーバンだけは信じたが、ほかの子は信じなかったため、マクシムは別の懐柔策をとった。彼は木片をたくさん持ってきて、子どもたちに人形を彫ってやった。思った通り、子どもたちは大喜びでマクシムの周りに集まった。イレーナはというと、彼女も負けず嫌いなので、早速鉛筆を取り出し、白い紙に子どもの似顔絵を描くと、子どもたちはふたたびイレーナに吸い寄せられていった。イレーナが子どもたちの似顔絵を描くことは、私たちに多くの喜びをもたらしたものだ。たとえばソーマは、白い紙に自分の姿を見たとき、鏡の前に来たと思い込んで、紙を指して「カガミ、カガミ！」と言った。シャフリとパリゴは瓜二つだ。イレーナが一人だけ描くと、二人はいつも言い争った。絵の人物は自分だと。イレーナは茶目っ気を出し、その絵をささっと描き直して、おしっこをしている姿にすると、今度はシャフリもパリゴも絵の人物は自分ではないと言い張った。

マクシムが子どもたちに木の人形を彫ってやっているとき、私たちはシーバンに樹皮を噛む癖があるのを見つけた。シーバンは木片の樹皮を剝いて口に入れ、美味しそうに噛んだ。彼が好んで噛む樹皮はカバとハコヤナギだ。この二種類の樹皮は水分が豊富で甘みがあった。それからというもの、シーバンは数日おきに樹皮を噛んだ。カバやハコヤナギの木に抱きつき、首をかしげて皮を噛む姿は、まるで一匹の仔羊のようだった。ラジミはマイカンの死のせいで、これまでずっとシーバンには冷たかった。まるでシーバンがマイカンを崖下に突き落としたとでも言わんばかりに。だがシーバンがよく樹皮を噛むようになってから、ラジミは少しずつこの子を好きになっていった。ラジミはよく私たちに言った。

「シーバンは大したもんだ。あいつの食料は木にある。飢饉が来ても、あいつなら大丈夫だ！」

シーバンの出生は、マイカン同様謎だった。これまで私は、このような謎が解き明かされる日は来ないと思っていた。ところがイレーナが北京のある美術大学に合格した年のことだ。私とタチアナが激流郷へ彼女を見送りに行ったとき、マイカンの出生の秘密が明らかになった。

イレーナは激流郷で中学を修めたあと、さらにウチロフ——つまり現在の奇乾《チーチェン》——に行き高校に上がった。彼女は奇乾から大学に進学し、トナカイ遊牧で生きるわれわれエヴェンキ族出身の最初の大学生となった。イレーナが北京の美大に合格したニュースは世間の注目を集めた。劉博文《リウボーウェン》という三十代半ばの記者が、早速フフホトからわざわざ取材にやって来た。劉博文はイレーナの取材を終えるとこう言った。

「これから奇乾に行って、父の代わりに、三十数年前そこに捨てられた女の赤ん坊のことを調べなくちゃならないんだ」

劉博文は話のついでになにげなく言ったのだが、私もタチアナも同時にマイカンのことが頭に浮かんだ。私たちは彼に訊ねた。

「その女の赤ん坊って、いつ捨てられたの？　そのときその子はいくつ？」

劉博文が言うには、彼の祖父は当時ジャラントンの名だたる大地主で、多くの屋敷や土地を有し、大勢の小作を雇っていた。土地改革で地主が吊し上げられたとき、彼の祖父は首を括った。劉博文の祖父には二人の妻がいて、劉博文の父は一人目の妻が産んだ子だった。祖父にはもう一人、花か珠のように美しい二人目の妻がいた。祖父が自殺したとき、二番目の妻は身重だった。彼女は一九五〇年に女の子を産んだのち、井戸に身を投げ自殺した。死ぬ前に彼女は劉博文の祖母に娘を託し、貴賤にかかわらず良い人にもらわれ、一生穏やかに過ごせれば十分だと言って、育ててくれる人に渡してほしいと祖母に頼んだ。祖母は隠し持っていた金の腕輪を取り出し、赤ん坊をある馬の仲買人に預け、良い人を見つけてほしいと頼んだ。その仲買人は各地を渡って見知っていることも多かった。彼はウチロフははるか北方の片田舎で人々は純朴だと感じていたので、道が遠いのをものともせず、赤ん坊を連れてウチロフにやって来ると、ある宿屋の馬小屋に置いてきた。仲買人がふたたびジャラントンを訪れたとき、劉博文の祖母に、赤ん坊はウチロフに置いてきた、噂では親切なエヴェンキ人にもらわれていった、と話した。劉博文の祖母は亡くなる前、息子の手を取り、いつか二十余りも歳の離れた妹を捜しに行ってほしい、二人の父親は同じなのだから、と言い残したのだという。

劉博文の話を聞き終え、彼が捜しているのはマイカンだと知り、私は彼に告げた。

「奇乾に行くことはない。もうその娘は崖から飛び下りて亡くなったよ。シーバンという男の子を残したから、会いたいならシーバンに会いに行きましょう」

私とタチアナはマイカンのことを話して聞かせた。劉博文は聞き終わると泣いた。そして彼は私たちについて山に来た。私がラジミに劉博文の叔母さんがマイカンだと話したとき、ラジミはシーバンをぎゅっと抱きしめていた。彼は劉博文に言った。シーバンはマイカンが産んだのではなく、拾ってきた子だと。私は気づいた。シーバンは彼にとって、生前のマイカンがそうであったように、彼の目なのだ。いなくなったら光明を失うに等しいのだと。

劉博文は二日間の滞在中、シーバンに何枚か写真を撮ってやり、その後馬糞茸に送られて山を下りた。ルーニーはソチャンリンに劉博文を送らせるつもりだったが、馬糞茸がこの機会に山をちょっと下りたいと言ったのだ。そのころ九月《ジウユエ》にも息子ができ、六月《リュウユエ》という名だった。リューシャはしばしば山を下りて九月《ジウユエ》と六月《リュウユエ》に会っていたが、馬糞茸にはその機会がほとんどなかった。彼は九月《ジウユエ》と六月《リュウユエ》に会いたくなったので、劉博文を送るこの機会を利用して、一日二人に会いに激流郷へ行こうと思い立ったのだ。馬糞茸はもう結構な歳になっていたが、あいかわらず足腰はしゃんとしていた。まだ狩りにも出られるし、腕前だって鈍っていなかった。

当時、山中の営林署と伐採場は増え続け、木材の運搬路線は伸びる一方だった。そして山の動物はますます少なくなった。狩りに出て手ぶらで戻ってきた日には、馬糞茸は決まってその林業施設を罵った。あれは山に巣食う悪いデキモノだ、動物をみんな追い出してしまう、と。

　馬糞茸は道々酒を飲むのが好きで、酒を飲みながら行くのは、景気もいいし乙なものだと言っていた。劉博文を送る途中、彼はずっと酒を飲んでいた。劉博文の話では、彼らは早朝出発し、だいたい十数キロの道のりを歩いてきて昼ごろ満古《マングー》路線の支線に出たという。そこは激流郷までわずか数キロの地点だった。支線を行き交う木材運搬車が数多く通った。馬糞茸は空のトラックを見る分には何でもなかったが、ひとたび原木を満載した大型トラックが轟音をたてて通り過ぎるのを目にすると、激昂した。「この罰当たりが！」と彼はトラックを指さして罵った。ところがこの日は山を出るトラックがとても多く、一台また一台と通り過ぎていく。四台目のカラマツを満載したトラックが通り過ぎたとき、馬糞茸はとうとう怒りを抑えられなくなり、猟銃を構えるとトラックのタイヤを狙って続けざまに発砲した。彼の腕前に狂いはなく、すぐにタイヤがパンクし、トラックは傾いて停まり、運転手と助手が相次いで車から飛び出してきた。髭面の運転手は跳びかかると馬糞茸の着ていた毛の剝げたノロ皮の上着を引っつかみ、怒鳴った。

「この酔っぱらい。死にてえのか、てめえ！」

「毛皮を引っ被った野蛮人が！」

　助手の若者も、馬糞茸の頭を一発殴り、罵倒した。この一発で馬糞茸は目を回し、ふらふらしながら悲痛な声で「野――蛮――人」と繰り返すと、手の猟銃がまず地面に落ち、続いて彼がばったり倒れた。

　馬糞茸は騒々しいところが嫌いだと私たちは知っていたので、彼を静かな場所に埋葬したかったが、リューシャが反対した。馬糞茸は孫やひ孫に会いたくて亡くなったのだから、激流郷に葬るべきだ。そうすれば、このの ち九月《ジウユエ》も六月《リュウユエ》も彼の供養にいつでも来られるし、それに今静かなところでも、数年したら静かでなくなるかもしれない。やはり激流郷の身内のそばがいい、と。そんな訳で私たちは彼をイワンとヴィクトルの隣に葬った。

私と同世代の人は、大半が別の世界に行ってしまった。九〇年代に入り、私は時の過ぎるのがとても速く感じられた。パリゴとシャフリは成長し、しょっちゅう外へ出かけた。シャフリは酒好きで、飲むと商店の陳列窓を割るか、学校の机や椅子を壊し、でなければ郷役場の車のタイヤをパンクさせた。九月《ジウユエ》は私にこぼした。シャフリが激流郷に姿を現すと、派出所の者たちが即座に警戒し、シャフリがよく行く場所の主人にこう注意を促すのだと。

「シャフリが山を下りてきたぞ。自分の物をよく見張っておけよ」

パリゴはというと、彼はよくフフホトにイレーナを訪ねていった。踊りが大好きな彼はいつも、いつかイレーナの紹介で劇団に入団し各地で公演できると夢見ていた。そのころイレーナはすでに北京の美大を卒業し、フフホトの新聞社で美術関係の編集をしていた。彼女はセメント工場の工員と結婚したが、たった一年で離婚してしまった。

イレーナの離婚後、劉博文も離婚した。

「イレーナは劉博文と同棲を始めたよ」と、パリゴが私に教えてくれた。そして「二人は一緒だといつも言い争いをしてる」とも言った。なぜ喧嘩をするのかと私が訊ねると、「よく知らないよ。喧嘩が終わるといつも、劉博文は物を壊すし、イレーナは酒で酔い潰れてしまうんだ」とパリゴが答えた。

イレーナは毎年私に会いに帰ってきた。戻ってくるときは常に画材も持ってきた。絵を描くほかに、イレーナはよくトナカイと一緒に過ごしていた。彼女の絵には色が加わった。イレーナはカンバスにいろいろな油絵具を塗ったが、油絵具は鼻にツンとくるので私は嫌いだった。イレーナは昔ほど楽しそうではなくなった。一人川辺に屈んで絵筆を洗い、川の水に色を溶かし流している姿を、私はしょっちゅう見かけた。彼女の絵はよく画報に掲載された。帰ってくるときはいつも画報を携えて、その絵を私に見せてくれた。いろいろな絵がある中で、私はいつも一目で彼女の絵がわかった。彼女の絵にはいつだってトナカイ、かがり火、川、そして雪を被った嶺が欠かせないからだ。

イレーナは戻ってきて一、二カ月もすると、よく苛立った。山は寂しすぎる、外の世界と連絡を取ろうとすると不便だ、と愚痴った。時には、シーバンを連れてわざわざ激流郷まで出向くこともあった。友人に電話を掛けたいがためだ。彼女はシーバンが好きだった。彼女はほとんど人物画を描かなかったが、シーバンには何枚も描いてやった。絵の中のシーバンは樹皮を齧っているか、宿営地でトナカイに煙を焚いているか、でなければ板に文字を彫っている姿だった。

シーバンには好きなことが二つあった。文字創りと樺皮工芸品の作製だ。以前からエヴェンキ語を使うのが好きだった彼は、使っている言葉に文字がないことを知って、文字を創ろうと決心した。彼は私たちに言った。

「こんな美しい言葉に文字がないなんて、なんてもったいないんだろう」

「文字というのは、そんな簡単に創れるのかい?」と私たちが聞くと、シーバンは言った。「一所懸命やれば、きっと創り出せるよ」

シーバンは、木工作業が得意なマクシムに板をたくさん作ってもらい、積み重ねておいた。彼はよく囲炉裏端に座って字を考えた。字形の案がまとまると、まずボールペンでその文字を掌に書き、私たちに見せて意見を聞き、みんなが認めたらその文字を慎重に板に彫り込む。彼の創った文字はとてもわかりやすかった。たとえば、川は一本のまっすぐな横線、稲妻はくねった横線、雨は縦の点線、風は縦の波線二本、雲は二つ繫がった半円、虹は湾曲した斜線などだ。彼の掌はいつも文字が書かれていたため、手を洗うときは創ったばかりの文字が泡に洗い流されないよう、とても注意した。文字を創るほかに、シーバンはいろいろな「マダ」、つまり樺皮工芸品をよく作った。彼は絵を彫りつける様々な方法を習得し、樺皮製のタバコ入れ、筆立て、茶筒、アクセサリー箱の上に、飛ぶ鳥やトナカイ、花、樹木の姿を彫りつけた。彼がもっとも好んで使った模様は雷と波の文様だ。シーバンの作る樺皮製品はよく売れ、激流郷の商店に卸したあとは、遠い道のりをやって来た観光客が買っていった。シーバンは手にした金で私たちにあれこれ買ってくれた。これはラジミにとって非常に鼻の高いことだった。シーバンの最大の夢は、いつかわれわれのエヴェンキ語に正真正銘の文字ができ、伝わることだった。

シャフリは戻ってくるといつも、難しい顔で文字について考え込んでいるシーバンを見て、嘲った。

「あいつは馬鹿だよ。今どきの若い連中にエヴェンキ語を話したがる奴なんかいるもんか」

「おまえの創った文字なんか、墓穴直行じゃないのか?」

シーバンは少しも気にかけなかった。彼の穏やかな性格は、誰もがアンツォルに似ていると言った。タチアナがこっそり私に言ったことがあった。

「もしかしてマイカンが身籠ったのはアンツォルの子じゃないかしら?」

「そんなわけがないよ。あのとき、マイカンがいなくなって数日後に戻ってきたけど、そのあいだアンツォルはずっと宿営地にいたじゃない?」

「だけど、マイカンが事前に計画を立ててアンツォルと関係を持ってから、わざと失踪してみせて、みんなの目をくらましたのかもしれないわよ」

私はタチアナの話は根も葉もない憶測だと思っていた。ところが一昨年、アンツォルの片付けを手伝っているときに、私は一枚の桃色のハンカチを見つけ、そのときタチアナの推測はもしかすると当たっているかもしれないと思ったのだ。私はハンカチを指してアンツォルに聞いてみた。

「これはヨーレンのものなの？」

「それはマイカンがくれたんだ。彼女が一枚、おいらに一枚。風が強いとよく涙が出るから、涙拭きに使ってと」

私は、マイカンが失踪し戻ってきたとき髪に結んでいたハンカチがぱっと思い浮かんだ。この二枚の桃色のハンカチを、彼女はどこから手に入れたのだろうか？　私には何も思い当たることがなかった。実のところ、暮らしの中には多くの秘密が隠されているものだ。とはいえ、秘密のある暮らしが悪いわけではない。だから私はシーバンの出生の秘密を探ろうとはしなかった。

イレーナは山で暇を持て余すと、自分の絵を背負って町に戻った。だがしばらくもしないうち、彼女はふたたび帰ってきた。帰ってきたときはいつも浮き浮きとして、町はどこも人だらけ、どこも家ばかり、どこも車の波、どこも埃まみれ、退屈ったらない、とぼやく。そして、山に帰ってきて本当に良かった。トナカイと一緒にいられるし、夜寝るときには星が見られるし風の音も聞こえる。目に入るものはすべて山並みやせせらぎ、飛び交う鳥や花々。なんて清々しいんだろう、と言った。ところがこの調子は一カ月と持たない。またもや、ここには飲み屋がない、電話がない、映画館がない、本屋がないと不満たらたらで、酒に溺れ、酔ってしばしば自分の未完成の絵に当たり散らし、こんなものはゴミだと言って囲炉裏に投げ入れ燃やしてしまうのだ。

タチアナはこんなとき、とても気を揉んだ。イレーナは彼女に世俗的な誉れをもたらし、彼女の家から画家が出たことをみんな羨ましがったが、娘の心中の葛藤や苦悩は彼女を不安にさせた。ソーマはというと、シャフリ同様学校が大嫌いだった。彼女は激流郷で学校に通っていたときも、三日にあげず学校をサボった。ソーマは男の子と遊ぶのが好きで、十四歳のときタチアナにもう処女じゃないと宣言したため、怒ったタチアナは山に連れ帰り、山を下りることを許さず、毎日トナカイの世話をさせた。ソーマはトナカイを憎み、罵った。

「トナカイが全部疫病に罹ってしまえばいいのに。そしたら全員山を下りることになるもの」

トナカイに不吉な言葉を吐いたとして、ソーマは大勢の反感を買った。

イレーナはついにある日仕事を辞め、荷物をまとめて私たちのところに戻ってきた。なぜ戻ってきたのかと訊ねると、仕事がもう嫌になった、町も男もうんざりだ、と答えた。そして言うには、今ではすっかり悟った。うんざりしないのはトナカイと木々、せせらぎ、月影や清風だけだと。

今回帰ってきてから、彼女はもう油絵具で絵を描かなかった。毛皮を切り貼りして絵を作った。彼女はトナカイとヘラジカの毛皮を色の違いによって、違う形に切り取ってから繋ぎ合わせ、毛皮絵を作った。こういう絵は褐色や薄灰色が基調色になり、絵の上部はたいてい空と雲、下部はうねる山並みや曲がりくねる川、中間部にはいつも決まっていろいろな姿のトナカイがあった。実を言えば、イレーナが毛皮絵を作り始めたその日から、私の心は落ち着かなくなった。私は毛皮には魂があると思っているからだ。衣服として人間のために雨風を遮り暖かさをもたらすというなら、毛皮としても本望だろうが、人の目を喜ばせるために毛皮を切り刻み、絵にして飾ろうものなら、そんな目に遭った毛皮は憤慨するにちがいない。

イレーナは、自分の絵を山の外へ持って出ることは二度とないと言っていたが、二枚の毛皮絵を作り上げると、やはりじっとしていられず、それを巻いて町へ行った。その様子は、まるで自分の二匹の犬にいい飼い主を探してやろうとするかのようだった。二カ月後、イレーナはテレビ局のスタッフを連れて戻ってきた。イレーナはとても興奮した様子で言った。あの二枚の絵は美術界に衝撃をもたらし、一枚は美術館に収められ、もう一枚は高値で買い取られた。テレビ局の人はわざわざ自分を撮るために来たのだと。彼らはシーレンジュ、トナカイ、かがり火、文字を創っているシーバン、老いさらばえたニハオと彼女の神衣と神鼓をカメラに収めた。彼らは私をも撮ろうとして、私に訊ねた。

「おばあさんはエヴェンキ族最後の酋長の夫人とのことですが、体験談をお聞かせいただけませんか？」

私はさっと背を向けてその場を離れた。なぜ私が昔話を彼らに語らねばならないのか？

一九九八年の春先、山で大火事が発生した。火は大興安嶺北部の山脈から燃え広がった。ここ数年春は乾燥し、風が強く、草は乾いて、よく火事が起きた。雷が落ちて火種となることもあるし、タバコを吸ったときむやみに捨てた吸殻が火元となることもある。吸殻が森を滅ぼしてしまわないよう、私たちはある種のタバコを発明した。嚙みタバコだ。それは細かく砕いた刻みタバコと茶葉と灰の三つを混ぜ合わせて作る。これは火を使わず、少量取って歯茎の隙間に詰めると、口の中にタバコと同じ味が広がり、元気を引き出す作用がある。春から夏にかけては、いつも私たちは嚙みタバコをタバコ代わりにしていた。

その大火災は、二人の林業労働者がタバコを吸っていたとき、不用意に投げ捨てた吸殻が引き起こしたものだった。そのとき私たちはアルグン川の河畔にちょうど移ってきたところだった。火は激しく麓に燃え広がり、森には煙がもうもうと立ちこめ、北から逃げてきた鳥の群れがつぎつぎと飛んでいった。驚いた鳥たちは鳴き惑い、体は煙に燻されて黒ずみ、火の勢いの凄まじさが見て取れた。激流郷の郷党委員会書記と副郷長はジープで山に入ると、各地の宿営拠点を回り、私たちを動員して防火隔離帯を築き、トナカイを守るため、宿営地近辺以外への放牧を禁止した。ヘリコプターが空を飛び交い、人工降雨を試みたものの、雲の厚さが足りず、雷のような音がしただけで雨の降る気配は見られなかった。

ニハオはまさにこのとき、最後となる身支度――神衣、神帽、神裙をまとい、手に神鼓を持って、雨乞いの神降ろしを舞い始めた。彼女の腰はすでに曲がり、頬や目元も深く窪んでいた。彼女は二羽のキツツキを雨乞いの道具とした。一羽は体が灰色で尾の赤いもの、もう一羽は体が黒く頭の赤いものだ。彼女はそれをアルグン川の岸辺の浅瀬に置いて水に浸け、嘴を天に向けて開いてから、神降ろしの舞を舞い始めた。

ニハオが舞うあいだ、空中の黒煙はもうもうと上がり、トナカイの群れはアルグン川の岸に首を垂れて立っていた。神鼓の音は盛んに鳴り響いたが、ニハオの両足は昔のように軽やかではなかった。彼女は舞いながらたびたび咳き込んだ。彼女の腰はもとより曲がっていたが、咳をするといっそう曲がった。神裙は地面を引きずり、埃まみれになった。私たちは雨乞いをする彼女の辛そうな姿を見ていられず、つぎつぎとトナカイの群れの中に逃げ込んだ。儀式を見届ける勇気のある者はイレーナとルーニーだけだった。ニハオが一時間舞うと、空に黒雲が出てきた。さらに一時間舞うと、黒雲は隙間なく空を覆った。さらにもう一時間が過ぎると、稲妻が走った。ニハオは舞を止め、おぼつかない足取りでアルグン川の畔にやって来ると、水に浸けていたキツツキを取り出し、それらを一本のしっかりした松の木に掛けた。彼女がこのすべてをし終えるとすぐ、雷鳴と稲妻が繰り返し現れ、激しい雨が盆をひっくり返したように降り出した。ニハオは雨の中、生きて歌う最後の神歌を歌い始めた。が、歌いきる前に雨の中に倒れてしまった。

アルグン川よ、
天の川まで流れておいき、

乾ききったこの世界……

山火事は収束し、ニハオもこの世を去った。ニハオは一生の中で多くの葬儀を執り行ったが、自分自身の野辺送りはもうできない。

ニハオの葬儀に、長いこと行方の知れなかったベルーナが戻ってきた。彼女を連れてきたのは、果たしてあのときトナカイを盗んだ若者だった。二人ともすでに中年になっていた。彼がどこでベルーナを見つけ出し、また二人がどうやってニハオの死を知ったのか、私たちは何も訊ねなかった。ともかくニハオの願い通り、ベルーナは戻ってきて母親の葬儀に参列した。ニハオが神降ろしの舞を舞うことはもう二度となく、ベルーナが抱いた恐れも永遠に消え去った。

ニハオが逝ってから半年ほど経ったころ、ルーニーも亡くなった。そのときの様子をマクシムは語った。ルーニーはその日とても元気だった。彼はお茶を飲みながら、いきなり「飴玉を持ってきてくれ」とマクシムに言った。そう言い終えるや、首がガクンと垂れ、息は絶えていたと。私は思った。ルーニーとニハオが行った先は暖かな世界だ。ゴーゴリもジョクトカンもエルニスネもみんなそこにいるのだから。

ニハオが雨乞いをする姿は、イレーナに忘れようのない衝撃を与えた。彼女は私にこう言った。あの瞬間に見たのは、わがエヴェンキ族の百年にわたる辛酸と心のうねりだ。絶対にこの光景を絵で表現しなければならない、と。そこで彼女はまず毛皮で表現してみたが、半分ほど作ったとき「毛皮は軽すぎる、やはり油絵具のほうがずっしりくる」と言って、今度はカンバスを板に留めつけ、筆に油絵具をつけて絵を描いた。その進み具合は遅々としてはかどらず、感情が高ぶると、描きながらよく声をあげて泣いていた。

イレーナの絵は、完成までに二年かかった。

その絵はとても気魄があり、上部は黒雲が渦巻く空と靄に覆われた深い緑の山々、中間部は舞うニハオと彼女を取り巻いているトナカイの群れ。ニハオの顔はぼんやりしているが、彼女が身につけている神衣と神裙は本物そっくりで、風がそよ吹けばキラキラ光る飾り金具が音を響かせそうだった。絵の下部は荒涼としたアルグン川と岸に立ち尽くして雨乞いの祈りを捧げる人々だった。

その絵はとっくに描き上げたかに私は思えたが、イレーナはいつも「まだ仕上がっていない」と言った。彼女はまるでその絵を仕上げるのが惜しいかのように、細部まで緻密に描き込んだ。

新世紀に入った年の春、イレーナはやっと私たちに自分の絵が完成したと告げた。そのとき私たちはベルツ川の岸でトナカイの出産を世話していたところだった。彼女の絵の完成を祝うため、私たちはわざわざ火祭りを催した。イレーナはその日かなり飲んだ。彼女は踊らなかったが、歩く様子がふわふわしていて、踊っているような印象を与えた。

そしてその夜、イレーナはこの世を去った。

彼女は飲んだあと、シーレンジュに戻り、筆を一束摑むと、おぼつかない足取りでベルツ川の方へ歩いていった。彼女は私たちの脇を通り過ぎるとき、「筆を洗ってくる」と言い残した。宿営地からベルツ川まで五分とかからない距離だ。私たちは彼女が川へ向かうのを見送っていた。

「筆を洗ったら、あの子はまたきっと新しいものを描くつもりよ。一枚に二年もかけないでほしい、おかしくなっちゃうわ！」とタチアナがため息交じりに言った。

ソーマが言った。「イレーナったらなんて馬鹿なのかしら。絵を一枚描くのに二年もかかるなんて！　そんな長い時間があれば、子どもの二人も産めちゃうわ！」このソーマの言いっぷりに、私たちは可笑しくなった。

イレーナや彼女の雨乞いの絵について、私たちがあれこれ話しているうちに、いつの間にか夜も更けてしまった。イレーナがまだ戻ってこないので、タチアナがソーマに言った。

「まだ戻ってこないの？　姉さんの様子を見てきて！」

「シーバンに行かせてよ！」

シーバンはちょうどそのとき、かがり火のそばに座って、文字創りに熱中していた。マクシムは彼を手伝って板に文字を彫っていた。シーバンはソーマが彼に押しつけるのを聞いて言った。

「おまえが行けよ。俺は文字を創ってるんだから」

「イレーナに描いてもらった人が捜しに行くべきでしょ！」ソーマが言い返した。

「わかった」シーバンはそう言って立ち上がった。「イレーナに描いてもらったのは俺だから、俺が行くよ」

二十分ほどしてシーバンが戻ってきた。彼はイレーナではなく、筆の束を持って戻ってきた。筆はどれも濡れていて、ベルツ川の水できれいに洗われていた。

「イレーナは？」タチアナが訊ねると、シーバンが答えた。

「筆だけ。イレーナはいなかった」

翌日の昼ごろ、私たちはベルツ川の下流にイレーナの遺体を見つけた。シーバンの話では、もし川の屈曲した部分に茂るヤナギの木がイレーナを留めていなければ、遺体はどこに流れていったかわからなかっただろうと。私はおせっかいなヤナギの木を恨んだ。なぜなら、イレーナは魚だ。ベルツ川を下って私たちの目の届かない遠くへ流れいくべきだったのだ。

イレーナが樺皮のカヌーに横たわり宿営地に戻ってきたとき、夕陽が水面を一面黄金色に染めていた。まるで神様が彼女は絵が好きだということを知っていて、わざわざ一面に光を降り注いで彼女を絵の中に閉じ込めたようだった。ちょうどそのころ、一頭の真っ白な仔トナカイがラジミの手でこの世に生まれた。その仔トナカイはきっと天から下ってきたのだろう。ひとひらの雲にそっくりだった。ラジミはその仔に忘れられない口琴の名を付けてやった。ムクレン。

私はイレーナが引き上げられたあたりに白い岩を見つけ、彼女のために灯火をひとつ描いた。彼女が月のない闇夜に泳ぎ回るとき、彼女を照らすようにと願って。この絵が生涯最後の岩絵になると私は感じていた。絵を描き上げると、私は顔を岩に押し当てて泣いた。私の涙はまるで油を注ぐかのように、岩肌の灯火に染み入った。

私たちがベルツ川を去ったとき、シーバンはムクレンの首に一対の金色の鈴を懸けた。鈴は風に鳴って抑揚のある澄みきった音色を響かせ、私の長い年月の記憶を呼び覚ました。鈴の音は天上の太陽と月のように、私たちがアルグン川の右岸に留めた道を照らしていた。その道とは、「エヴェンキの小道」と呼ばれる、われわれの足とトナカイの梅の花のような足跡が踏み固めたいくつもの細い道のことである。

終章　半月

もう一日が終わろうとしています。空が暗くなってしまいました。私の物語もそろそろ終わりです。

タチアナたちはきっとブスーに着いたでしょう。激流郷は今やもぬけの殻、そこに私たちの身内はいなくなってしまいました。

このちっぽけな町は、私の目にそれはそれは大きな都会でした。店先に並んでいたあの二疋の布のことが忘れられません。深い青色と淡い黄色、明るい色と暗い色が並んだ様は、闇夜と朝焼けのようでした。

イレーナが亡くなったことで、タチアナは山の暮らしがほとほと嫌になり、ソチャンリンも出口のない苦悩に陥って、やたらと酒を飲むようになりました。ある日、酒の切れた彼は、ラジミに山を下りて酒を買ってくるよう頼んだところ、ラジミは承知しませんでした。するとこともあろうに彼は斧を振り上げラジミの頭を割ろうとしたのです。シーバンが彼を引き離さなかったら、ラジミの命はなかったでしょう。ソチャンリンは一晩中悲しみのうめき声をあげていました。

ここ数年、森は伐採のしすぎでスカスカになり、動物もどんどん少なくなり、逆に山風は激しくなっています。トナカイの食べる苔も年々減ってきているので、私たちはトナカイを追って頻繁に移動しなければならなくなりました。

ニハオが逝った翌々年、マクシムの身に変わった行動が見られるようになりました。狩猟ナイフで自分の手首を傷つけたり、真っ赤に焼けた炭を口に含んだりするのです。彼は雨の中に駆け出していき、大声で叫ぶようになりました。そして日照りの時期には、大地にくねくねと現れたひびを見るなり、頭を抱え大泣きするのです。これはサマンになる前触れだと、私たちはわかっていました。

ニトサマンとニハオの悲しく寂しい運命を見てきた私たちは、もう新しいサマンの誕生を見たくありませんでした。タチアナはニハオの残した神衣と神帽と神裙を激流郷の民俗博物館に寄贈し、神鼓だけ手元に残しました。私たちはマクシムから例の物悲しく神秘的な気配を引き離したかったのです。

彼は確実に一日一日と正常に立ち返ってきました。日照りの時期に、たまにちょっとした異常な行動が見られるほかは、普通の人と変わらなくなりました。

激流郷はそれができた当初から、定住者でいっぱいになることはありませんでした。人々はそこを足休めの宿屋のようにしか見ておらず、日が経つにつれ荒れていきました。

タチアナたちが移ったブスーが、ふたたび足休めの宿になってしまいはせぬかと、私はとても心配しています。

シャフリは刑務所に入れられてしまいました。一昨年、あの子は山の外の無職のムショ帰り数人を集め、国が保護する天然林の木を伐ってこっそり運び出し、闇木材として売ってひと儲けするつもりだったのです。結局、木材が山を出ないうち、彼らは車ごと検問所で取り押さえられてしまいました。あの子は三年の実刑を言い渡されました。

タチアナがどんなに厳しくソーマに目を配っていても、ソーマはよその宿営地に出かけていっては何度も男たちと密会を繰り返しました。彼女が言うには、山は寂しすぎるのだそうです。男女のことだけが彼女にとってはささやかな楽しみなのだと。彼女の下山は毎回、激流郷での中絶処置でした。タチアナはソーマの結婚のことで非常に苦労しました。誰に紹介しても、みんな馬鹿にしたように言うのです。「ソーマだろう。誰とでも寝る女を、どうして女房にできるのさ！」その後、激流郷にボロをまとった乞食が三人やって来ました。食うのもままならず、結婚しようにもできない彼らは、ここに嫁に行けないエヴェンキの娘がいて、しかも生活保護が受けられると聞いて、婿になろうとやって来たのです。タチアナの受けたショックは、イレーナが亡くなったときにも劣らないものでした。タチアナは泣いて私にこう訴えました。

「アニ、乞食者がうちの娘をゴミでも拾うみたいに思ってるのよ！　こんな嘆かわしい場所から、出て行かなくちゃ！」

タチアナはエヴェンキ狩猟民の定住地を新しく造るために駆けずり回りました。彼女はこう訴えました。激流郷は辺鄙な場所にあり交通が不便だ、医療施設も十分でない、子どもたちが受けられる教育程度も高くなく、将来就職が難しい。わが民族は衰退の危機に瀕していると。彼女はほかのいくつかのウリレンと協力し、激流郷の役所に定住に関する意見書を連名で出したのです。この意見書が今回の大規模な移住の引き金となったわけです。

山で暮らす狩猟民は二百名足らず、トナカイもわずか六、七百頭になってしまいました。私以外は、みんなブスーでの定住に賛成票を投じました。激流郷に新たに着任した古書記《グー》は私が反対票を投じたと聞いて、説得のためにわざわざ山にやって来ました。彼はこう言いました。私たちとトナカイが山を下りるのは森を守ることになる。トナカイの遊牧は植生を破壊し自然のバランスを損ないかねない。それに今は動物保護の観点から、今後狩猟はできないと。さらに続けて、銃を手放した民族こそが文明的な民族で、前途と発展のある民族だと。私は彼にこう言いたくて仕方ありませんでした。私たちと私たちのトナカイは、これまでずっと森と親しい関係でした。伐採に入ってきた万にものぼる労働者に比べたら、私たちなど水面をわずかにかすめる数匹のトンボのようなものです。もし森の川が汚染されたのなら、それがどうして数匹のトンボが川面をかすめたせいでありましょう、と。しかし私はこうは言わず、歌を一曲歌いました。それはかつてニハオが歌ったもので、私たちの氏族に伝わる熊送りの神歌です。

熊のおばあさんや、
倒れてしまったのだから、
もうゆっくりお休みよ。
あなたの肉を食べるのは、
あの黒羽根のカラスたちだ。
わたしたちはあなたの目を、
恭しく木々のあいだに置こう。
神の灯火を置くように！

私は残りました。アンツォルも残りました。これで十分です。私はシーバンも残ると思っていました。あの子は樹皮を噛むのが好きだし、彼の文字はまだ出来上がっていないから。でもシーバンは孝行な子なので、ラジミの行くところに一緒についていったのです。ラジミももう長くはなさそうです。舌がもつれて、言葉もよく聞き取れません。もしもラジミが召されたなら、シーバンはかならず戻ってくるでしょう。

私たちはもう移動のとき樹号を残す必要がなくなりました。山中の道路がとても多くなってきたからです。道のなかったとき、私たちは迷いました。道が多くなった今、私たちはやはり迷うのです。なぜなら、その道がどこへ通じるのか私たちは知らないからです。引っ越しのトラックが朝早く宿営地に入ってきたとき、越していく人たちの目には喜びだけでなく、寂しさや戸惑いも浮かんでいたのが見て取れました。とくに、イレーナが亡くなったときに生まれた白いトナカイは、どうしてもトラックに乗ろうとしませんでした。でも、シーバンはそのトナカイを置いては行けません。彼はトナカイの首に懸かっている金色の鈴を揺らしながら、名前を呼んで、言い聞かせました。「ムクレンや、早く車に乗っておくれ。もしブスーが気に入らなかったり、柵の中に囲われるのが嫌だったら、また戻ってこような！」これでやっとムクレンは言われるまま車に乗ったのです。

私は一日中物語を話し続けて、疲れました。私はあなた方に自分の名前は名乗りません。名を残したくないのです。私はもうアンツォルにこう言い残しています。アティエが逝ったら、土に埋めてはならない、かならず樹上に安置し、風に葬るようにと。とはいえ、今では四本の対になって生えている大木を見つけるのは容易ではなくなってしまいました。

その後どうなったかわからない人たちもいます。たとえば、リューシャと馬糞茸を捨てていったあの女《ひと》、ワーシャ、それにニハオを葬ったのちまた姿を消してしまったベルーナ。物語にはかならず終わりが来ますが、誰にでも終章があるわけではないのです。

アンツォルが入ってきました。火に薪を足しに来たのです。母が私に贈ってくれたこの炎は、歳にすればかなりですが、その姿はあいかわらず生き生きとして若々しいものです。

シーレンジュを出ましょう。

植物の清々しい香りのするしっとりとした空気のせいで、くしゃみが出ました。この心地よいくしゃみが、疲れを振り払ってくれます。

月が昇ってきました。でも、円形ではなく半円の月です。玉石のように白く透き通っています。月はわずかに身を傾け、まるで水を飲む仔鹿のようです。月影の下、山の外へ通じる道を、私は憂いに満ちた思いで眺めていました。アンツォルがやって来て、私と一緒にその道を眺めました。道の表面に残るトラックの轍が、私の目には一本一本の傷痕のように映りました。そのとき不意に、道のはるか先にぼんやりした灰色の影が現れたのです。続いて、微かな鈴の音が聞こえてきて、灰色の影が私たちの宿営地にだんだんと近づいてきました。アンツォルが叫びました。「アティエ、ムクレンが戻ってきたよ！」

私は自分の目が信じられませんでした。しかし、鈴の音はますますはっきりと聞こえてきたのです。私は顔を上げ月を見ました。月はまるで私たちの元に駆けてくる白いトナカイのようでした。そして、私がもう一度こちらに向かってくるトナカイを見たとき、それは地上に落ちた半円の淡く白い月だと感じたのです。涙がこぼれました。私にはもう天上も地上もひとつでした。

訳者あとがき——消えゆく狩猟民への挽歌

著者の遅子建《チーズジエン》

この小説の著者遅子建は、一九六四年二月二十七日に生まれた。場所は北極村《ベイジイ》。北極村は黒竜江省の最北端の漠河市《モーホー》にある村で、中国の最北端の村でもある。北極村はアムール川に面していて、対岸はロシアである。川を遡れば、ロシア領を流れるシルカ川と国境沿いのアルグン川とに名称を変える。さらにアルグン川を遡れば、満州里《マンジョウリ》付近で東折し、ハイラル川と呼称を変える。

遅子建は大興安嶺師範専科学校中文系に入ると、在学中から作品を書き始め、卒業後、教師となるが、その間に「北極村童話」を書き上げ、これが実質的な彼女のデビュー作となった。

一九八七年春、教師を辞めて、三年半の作家修業の生活を送り、ハルビンの『北方文学』の編集部に勤めた。そして二年後、専業作家として生活していくことになった。

一九九七年に「霧の月」（原題「霧月牛欄」）で第一回魯迅文学賞の短編小説賞を受賞。二〇〇一年にも「年越し風呂」（原題「清水洗塵」）で第二回魯迅文学賞の短編小説賞を受賞した。

一九九八年に結婚し、私生活でも仕事でも順調だったが、四年後、夫が交通事故で他界するという悲劇に見舞われた。しばらくは何も手につかなかったようだが、彼女はその悲しみを忘れるためか、作品をふたたび書き始めた。そして二〇〇七年、「世界中のすべての夜」（原題「世界上所有的夜晩」）で三度目の魯迅文学賞の中編小説賞を受け、翌年にはこの「アルグン川の右岸」で第七回茅盾《マオトン》文学賞を受けるという、素晴らしい成果を挙げた。その後も現在に至るまでその健筆は衰えていない。

彼女の作品の特徴をあげれば、すべて題材に中国の北国、つまり旧満州に住む人々を取り上げて書いている。これら取り上げた人々は我々の周りにいる、どこにでもいる庶民であり、英雄などではない。また、この人々の中には彼女自身も含まれていることは言うまでもない。

書けるのはあなただけ

彼女は子どもの頃、薪を取りに山へ行ったとき、幾度となく大木に彫られた胸像を見かけた。父に聞くと、山神のパイナチア像だ、と言う。オロチョン族、エヴェンキ族などの山神である。彼女は、父の話から彼らが山中に住む少数民族で、シーレンジュに住み、狩猟し、樺皮製のカヌーで魚を捕っていることを知った。そして山の先住民は、伐採に入った漢族ではなく、彼ら狩猟民だったことも知った。また、オロチョン族を何度か見かけたこともあった。彼らは馬に乗り、狩人としての誇りを胸に、彼女の遊んでいる道路を過ぎ去っていった。彼女が他の作家より彼らに近しい存在であったことは間違いない。

だが六〇年代に入ると、樹木の大がかりな伐採が始まり、運搬用の道路、鉄道が徐々に造られていった。樹木が減ればそこに棲む獣も減り、獣を獲って暮らす狩猟民の生活は大きな影響を受けた。

政府は狩猟民の定住化を図った。条件の悪い医療や子どもの教育方面の改善がその大きな目的という。しかし馬やトナカイとともに狩猟生活をしている人々にとっては、生活スタイルを変えざるを得ず、祖先から伝わる民族のアイデンティティーが失われていくことでもあった。

二〇〇三年夏、遅子建のもとに友人の編集者である崔艾真《ツイアイジェン》から手紙がきた。中には艾真の書いた記事の切り抜きが入っていた。この切り抜きにはエヴェンキ族出身で初めての大卒者である画家の柳芭《リュウバ》（この小説ではイレーナのモデル）の苦悩と死について書いてあった。そして艾真は付け加えた。

「書きなさい。書けるのはあなただけ！」

エヴェンキ族について、エヴェンキ族の作家が書いていないわけではない。著名な作家としてウロルトがいる。彼の父親はエヴェンキ族、母親はダフール族だ。ダフール族も内モンゴルや黒竜江省に住み、狩猟、漁猟、牧畜を営む少数民族である。生まれたのはダウ・ダフール自治旗で、エヴェンキ族は少なく、ダフールの文化のもとで育った。しかし文化大革命で父親が政治的迫害を受け、ウロルトはエヴェンキ族の狩猟民のところに住むことになった。ここで狩猟民の生活のイロハから学ぶことになり、その経験をもとに、一九七六年からエヴェンキ族の狩猟民の生活を書き始めた。優れた小説ではあるが、あくまでも狩猟の生活を書くことに重点がおかれ、エヴェンキ族の歴史を題材として描いてはいない。

遅子建を理解していた艾真は、エヴェンキ族のことを小説に書けるのは遅子建だけと書いた。遅子建もそれまでトナカイとともに暮らすエヴェンキ族に興味を抱いていた。それは彼らが山から下りて定住生活を強いられ、うまく生活していけるかどうかという問題だった。

翌年、根河《ゲンホー》市の郊外（この小説ではブスー）にあるエヴェンキ族の定住地を視察に行った。彼女の予想通り、トナカイは囲いの中に一頭もいなかった。そしてトナカイとともに暮らすエヴェンキ族の狩人の何人かは山に帰っていた。

ハルビンに戻ると、三カ月間集中して資料を調べ、年末から書き始めた。こうして、翌年の五月初めに初稿を完成させた。

エヴェンキ族とは

エヴェンキ族は紀元前二〇〇〇年頃にレナ川やバイカル湖近辺にすでに居住し、やがてトナカイを飼育して生活をするようになっていた。

トナカイは、自分で苔などの餌を探す。その肉は食用になり、乳は飲用となる。皮は丈夫で防寒に役立つ。角は漢方では貴重な薬の材料となる。また移動手段として荷を黙々と運ぶ。これほど人間にとって有用な動物はいまい。トナカイの飼育を考えついたことは、寒冷地に住む人間の優れた知恵と言えよう。

エヴェンキ族のアルグン川一帯への移動には諸説がある。遅子建は、エヴェンキ族の一部が三百数十年前にレナ川一帯からアルグン川一帯へ移動し、やがてアルグン川を越えて右岸に達した、という説で書いている。これはシベリアでロシア人の勢力が拡大し、圧迫を受けて移動したという理由からだ。現在でもシベリアにエヴェンキ族が散在するところから、一部の勢力がアルグン川一帯に移動したと考えてもおかしくはない。

やがてエヴェンキ族の大半は清朝の勢力下に置かれ、清朝に朝貢し、清朝から「ソロン部（ダフール族、オロチョン族も一部含まれる）」と命名され、八旗（清朝の軍事体制）に編入された。ソロン部は勇猛果敢で知られ、多くの戦地に派遣された。しかしその代償は大きく、エヴェンキ族のかなりの人口減を招いたと言われている。

中国のエヴェンキ族は大きく分けて、「ソロン部」と「ツングース部」と「使鹿部」の三部族からなる。「ソロン部」、「ツングース部」の多くの人々はやがて農業、牧畜を覚え、それを生業として高原などに定住するようになった。「使鹿部」は、「ソロン部の別部」とも称されていた。彼らは狩猟を生業とし、トナカイを飼育し、森の中で生活をしたが、移動してもその生活スタイルは変わらなかった。祖先からの生活スタイルを受け継いだ部族だと言える。

ところで、狩猟エヴェンキ族と日本人が濃厚に接触する一時期がある。一九三八年に満州国治安部参謀司調査課は永田《ながた》珍馨《はるか》らに大興安嶺のオロチョン族を調査するよう命じた。対ソ戦に備えてオロチョン族を調査し、彼らを日本の味方にするためのものであった。彼らは馬オロチョン族と馴鹿《トナカイ》オロチョン族を調査しているが、馴鹿オロチョン族こそ現在のエヴェンキ族である。

関東軍は永田珍馨らの報告に基づいて、オロチョン対策を実行した。この訓練期間中、男手を失ったエヴェンキ族の人々の生活が狂い、また、結核が流行し、この時も彼らの人口が大きく減少したと言われている。

さらに、中生勝美「オロチョン族をアヘン漬けにした日本軍」(『世界』二〇〇〇年五月号)によると、減少の理由は日本軍がもたらしたアヘンの影響という。「アヘンを吸う習慣が定着し、アヘン中毒のため若い女性が子供を産めなくなり、オロチョン族の人口が激減した」とある。エヴェンキ族もオロチョン族と同じ境遇であったところから、アヘンの影響を受けなかったとは言いにくいだろう。

一九四五年八月、ソ連が日本に参戦し、駐在していた日本人の武官およびその家族に悲劇が襲った。ソ連軍だけではなく、それまでの訓練などを通して味方になったと思ったエヴェンキ族などの反撃に遭ってしまったのだ。これに関しては、杉目昇著『関東軍のオロチョン工作と興安嶺を超えて退避した日本人の記録』(二〇〇三年八月、自費出版)などに詳しく書かれている。ここで言うオロチョン族はエヴェンキ族を含むことは言うまでもない。そして、この著の最後の章に、次のように書かれている。

「このオロチョン工作計画の基点はオロチョン族を利用することのみであって、オロチョン族の幸せを願う愛が欠除している」

悲劇を被った人々の痛切な結論であろう。

中華人民共和国成立後の一九五七年、彼らは、自称であるソロン、ツングースそしてヤクート（ロシアのヤクート人がエヴェンキをヤクートと称したため、一部のエヴェンキ人がヤクートと自称していた。彼らが使鹿部に当たる）を統一してエヴェンキと公式に称することにした。エヴェンキとは「森の中の住人」という意味である。中国には五十五の少数民族が現在認定されているが、その中でもかなり人口の少ない民族でもある。

狩猟エヴェンキ族に対して、政府は先述したように、医療や教育の改善のため定住化政策をとり、最初は一九六〇年、ウチロフと呼ばれていた奇乾に、続いて一九六五年、オルグヤエヴェンキ族郷（小説では激流郷）に定住用家屋を造り、その政策を進めた。

やがて二〇〇三年八月、根河市郊外に大規模な定住地を造り、そこに狩猟エヴェンキ族を移すことになった。すでに一九九六年に、動物保護を名目に、狩猟民の猟銃が取り上げられていたが、激流郷の狩猟エヴェンキ族だけは例外だった。ところがこの移住を契機に全面禁猟となり、猟銃も取り上げられた。現在、ふたたび山に戻ってトナカイと暮らす人々がいるが、すでに二十数名となっているという。新たな政策としては、トナカイを数十頭借り受け、一年後に戻すという方法がとられている。この間に生まれたトナカイや鹿茸などがその収入になるが、猟銃が使えないため、トナカイがオオカミに食べられることもままあるようだ。ともあれ、トナカイと山中で暮らす中国のエヴェンキ族がやがていなくなることはおそらく間違いあるまい。

『アルグン川の右岸』について

この作品は、九十歳になる老女が主人公である。彼女が住むウリレンのメンバーが、ブスーという居住地に移り住む日の早朝、正午、黄昏、半月という四部に分かれて、移住するその日を中心にこれまでのいきさつを述懐する。そしてそれに対応するように老女の子ども時代から、青年、壮年、老人の時代が述べられていく。狩猟民族が滅亡（闇夜）に向かって進んでいく危惧は、半月というところで終わっているところに、象徴的に表しているように思える。

ところでエヴェンキ族の生活をこの作品から見ていくと、都会に生まれ育った人間にとって、思わずハッとする場面に出くわす。

自然は、彼らの生活と非常に密着している。住まいから言えば、夏はシラカバの皮でシーレンジュを覆うが、冬にはトナカイの毛皮で覆い、激しい寒さを防いでいる。温暖化の影響で気温が上昇しているとはいえ、時には厳冬にマイナス三十度前後にもなり、シーレンジュの中で火を絶やすことはない。しかし天辺は煙を出すために開けられており、その中で暮らすのは容易でないことがわかる。主人公が結婚の祝いに母から代々受け継がれてきた火種をもらうのは、火がどんなに彼らにとって大事かを物語っている。

またこの作品では、トナカイや馬に乗って移動中に、居眠りをしてそのまま凍死してしまう場面がある。さらにオオカミに食べられ、熊に襲われ、また落雷で亡くなる場面がある。エヴェンキの人々の場合は日常生活の延長で被害を受けるのだ。狩猟民の生活が原始社会の生活に近いと言えばそれまでだが、死が自然と非常に密接な関係であることがわかる。

そして彼らの世界には、医者や薬の代わりにサマン（シャーマン）がいた。この作品にはサマンの存在が通奏低音として流れている。遅子建に、「思いは多くの山の外にある」（原題「心在千山外」）（二〇〇八年一月、人民文学出版社『遅子建散文』所収）という文章がある。そこには、病気を治すため神降ろしの舞をすると、患者の代わりに自分の子どもが突然死んでしまうという、実在したエヴェンキ族最後のサマンの話が書かれている。つまりニハオのモデルになるサマンの話だ。現代人の感覚からすれば信じがたい存在とも言えるが、ただ、これまで長い間信じられていたのにはそれなりの理由があったからであろう。この小説を読んでいると、彼らの精神世界にサマンの存在が非常に大きいことがわかる。

また彼らは余分な狩猟をしない。これは動物を根絶やしにしては次に獲るときに困るわけで、つまり資本の蓄積を目的とする生活とは異なっている。彼らの生活は、必要なものだけを獲るという、共存共栄の生活なのだ。そしてシーレンジュを移動するときは、ごく僅かに出たゴミを土中に深く埋め、人為的な匂いが残らないようにする。動物を追い払わないためでもある。また、薪には、枯れたり折れたりした木や枝を使い、生木は伐採しない。実に清潔でエコロジーな生活をしていると言えよう。

遅子建は、この作品でエヴェンキ族の盛衰を描いているが、ある対談で、現在、彼らの生存状態を一言で言い表すなら「悲涼《ベイリャン》」だと語っている。悲涼とは、物悲しいという意味だが、中国における少数民族、とりわけ狩猟少数民族に共通する問題であり、これはなにもエヴェンキ族だけに限ったものではない。狩猟民族などに対する猟銃の使用禁止、定住政策がそこにあると言えよう。他の少数民族も様々な問題で存在の危機、アイデンティティーの喪失という問題に直面している。また最大の問題としては、中国の少数民族が漢族の膨張に緊張感を強いられていることもある。チベット族やウイグル族の一部が過激にそれに対抗しているとも言える。今後とも少数民族に対する政策を見守っていく必要があろう。

出典および映像関係

この作品は、最初、文芸雑誌『収穫』の二〇〇五年第六期に発表された。単行本は同年の十二月に北京十月文芸出版社から出版されている。翻訳はこの単行本を底本にした。

また、この作品は海外でも翻訳され、二〇一一年にイタリア語訳が、そして英訳版が二〇一三年一月に、"*The Last Quarter of the Moon*"として出版された。またオランダ語訳、スペイン語訳版も出版されるという。

日本で翻訳されている遅子建の作品は、単行本に限れば、孫秀萍訳『満州国物語』上下（二〇〇三年七月、河出書房新社）が一部省略されて出版されている。また、「コレクション中国同時代小説」全一〇巻の第七巻に、竹内良雄・土屋肇枝訳『今夜の食事をお作りします』（二〇一二年七月、勉誠出版）がある。この本には遅子建の七編の中短編小説が入っている。

なお、オルグヤのエヴェンキ族を撮影している映画監督がいる。顧桃《グータオ》監督で、彼はエヴェンキ族の中に入り、記録映画「オルグヤ、オルグヤ…」（二〇〇七年）を制作。未来への展望が開けないエヴェンキ族の中年のある姉と弟や芸術家が酒に溺れ、喧嘩を繰り返す日々を愛情を持って撮っている。さらに「雨果《ユーゴ》の休暇」（二〇一一年）では、学校の休暇で帰ってきた息子の雨果とその母親（「オルグヤ、オルグヤ……」で登場する姉）との愛情のやりとりが描かれ、山形国際ドキュメンタリー映画祭で上映され、小川紳介賞を受賞している。

また、楊明華《ヤンミンホア》監督がこの小説をもとに「アルグン川右岸」を二〇〇九年に撮影している。そして二〇一二年に上映されたとインターネット上では書かれているが、残念ながら未見である。

なお、翻訳は前半を竹内、後半を土屋が担当し、互いにチェックして訳稿を作った。

二〇一四年二月

訳者を代表して　竹内良雄

装丁　緒方修一